Patrizia
Di Stefano

NOSTALGIA SICILIANA

aufbau

Patrizia
Di Stefano

NOSTALGIA SICILIANA

Roman

aufbau

MIX
Papier | Fördert gute Waldnutzung
FSC® C083411

ISBN 978-3-351-04217-2

Aufbau ist eine Marke
der Aufbau Verlage GmbH & Co. KG

1. Auflage 2024

www.aufbau-verlage.de
10969 Berlin, Prinzenstraße 85

Einbandgestaltung U1berlin, Patrizia Di Stefano
Satz Greiner & Reichel, Köln
Druck und Binden CPI books GmbH, Leck, Germany

Printed in Germany

Für meinen Vater Giovanni Di Stefano

»Weißt du, was unser Leben ist? Deins und meins? Ein Traum, geträumt in Sizilien. Vielleicht sind wir immer noch dort und träumen.«

LEONARDO SCIASCIA (1921–1989)

Tita

Freitag, 03. September 2004, Berlin

Als das Telefon klingelte, war Tita gerade damit beschäftigt, Manuskripte zu sortieren. Die erledigten nach rechts, die unerledigten nach links. Der linke Stapel war mit zwölf Manuskripten deutlich höher als der rechte mit nur acht.

Tita sah auf die Uhr. Es war kurz nach vier. Zwölf Romane warteten auf ein Cover. Zwölf Autoren und Autorinnen fieberten dem Erscheinungstermin entgegen. Und zwölf Lektoren in vier Verlagshäusern warteten darauf, einen ersten Blick auf die Layouts zu werfen.

Ein beigefügtes Blatt enthielt eine kurze Inhaltsangabe, Informationen über den Autor, die Definition der Zielgruppe und eilig notierte Gestaltungswünsche von Autor und Lektor.

Auf dem Vordruck fanden sich darüber hinaus einige Balken mit Gegensatzpaaren, auf denen von Lektorat und Marketing die Tendenz markiert werden sollte. Innovativ – konventionell. Kein Eintrag. Jung – alt. Kein Eintrag. Warm – kalt. Kein Eintrag. Tita blätterte im Schnelldurchlauf durch die Manuskripte und seufzte. Nirgends auf den Vordrucken ein Eintrag. Das bedeutete, dass sich niemand festlegen wollte, was die Positionierung des Titels betraf, was wiederum bedeutete, dass sie im Blindflug würde gestalten müssen.

Trotz alledem – Tita liebte ihren Job. Papà hatte immer gewollt, dass sie Lehrerin wurde. Sie selbst hatte immer Bücher schreiben wollen. Figuren erschaffen, die man wie ein Magier durch fremde Welten schicken konnte und die Dinge erleben würden, die nur Tita für sie bestimmte.

Wenn sie anfing zu schreiben, machten sie sich selbstständig. Sie entwickelten ein Eigenleben, das sie nicht mehr bestimmen konnte, und am Ende blieb immer ein konzeptloses Nebeneinander von Personen und Geschichten. Als das mit dem Schreiben nichts geworden war, hatte sie Grafikdesign studiert. Und schließlich hatte sie eine Nische gefunden, in der sie das eine mit dem anderen verbinden konnte: das Gestalten von Buchcovern. Den Geschichten der anderen ein Gesicht geben.

Sie schob den Stapel wieder zusammen und beförderte ihn ans äußere Ende der Tischplatte, bevor sie den Hörer abnahm. Ein ungewöhnliches Klicken und Rauschen ertönte, als käme der Anruf von Übersee.

»*Buonasera.* Spreche ich mit Signora Tita?«

Der Klang der italienischen Sprache traf sie wie ein Schwall kaltes Wasser an einem heißen Sommertag.

»Ihre Cousinen werden erleichtert sein, dass ich Sie endlich gefunden habe. Dottore Gianluca Mancuso mein Name. Es tut mir sehr leid, Ihnen mitteilen zu müssen, dass ihr Onkel Giuseppe Di Stefano letzten Monat verstorben ist. Ihre Familie hat mich beauftragt, den Nachlass zu verwalten. Ich bitte die Verzögerung zu entschuldigen. Es war nicht ganz einfach, Sie und Ihren Bruder ausfindig zu machen.«

Tita setzte sich kerzengerade hin. Es blieb ein taubes Gefühl, als hätte ihr jemand einen heftigen Schlag aufs Ohr versetzt. Sizilien. Papà. Zio Peppino, Zio Salvatore, Magnì und die Carrubi. Wie lang war das jetzt her? 27 Jahre? Vor 26 Jahren musste sie sich von ihrem Vater verabschieden. Kurz darauf starb Nonna Salvatrice. Davor waren sie jedes Jahr in Magnì gewesen. Elf Sommer lang.

Die langen Autofahrten von Berlin nach Sizilien. Bis zur Fähre nach Messina. Ohne Pausen. Papàs übernächtigte Augen und die Ungeduld, die ihn immer packte, sobald sie die Reise antraten. Daniele und sie saßen hinten auf der Rückbank und vertrieben sich die ewig lange Zeit mit Streitereien. Wenn sie die Augen schloss, sah sie die verwinkelten Gassen von Ragusa Ibla vor sich. Sie roch das Meer in Marina di Ragusa und erinnerte sich an das prickelnde Gefühl des getrockneten Salzes auf der Haut, wenn man darin gebadet hatte, ohne danach zu duschen. Sie sah die Hügel der Monti Iblei vor sich und die weiten Ebenen mit den Carrubi, den jahrhundertealten knorrigen Johannisbrotbäumen mit ihren silbrig verdrehten Stämmen und den ledrigen hellgrünen Blättern. Sie roch die muffigen Wände in der dunklen und kühlen Wohnung von Nonna Salvatrice, die sie mit alten Keksen fütterte. *»Mangia, mangia!«* Und sie spürte auf einmal wieder die liebevoll stacheligen Küsse der zahnlosen alten Tanten mit ihren knittrigen Wangen.

Als Papà starb, fuhr Mamma nie wieder mit ihnen nach Sizilien. Sie ertrug die Erinnerungen nicht. Und so hatten sowohl Tita als auch ihre Mutter und der kleine Daniele das gesamte Leben vor Papàs Tod aus ihren Gedanken gestrichen. Weil es so besser war, weil man ja irgendwie weitermachen musste und weil sie nicht andauernd weinen wollten. Und weil sie Angst hatten vor der Melancholie Siziliens.

»Signora?«

»Ja, *mi scusi*. Die Nachricht kommt überraschend.«

Zio Peppino war 63 geworden. Als sie ihn das letzte Mal gesehen hatte, war er 36 und sie zwölf. Bei Papàs Beerdigung.

Sie spürte die Panik in sich aufsteigen. Es war die altbekannte Angst vor der Traurigkeit. Sie hatte Jahrzehnte gebraucht, um zu verdrängen und zu vergessen. Und es reichte ein einziger Anruf, es reichte eigentlich schon ein einziger Satz in dieser melancholisch sizilianischen Melodie, gesprochen von einem fremden Mann am südlichsten Zipfel Europas, um ihr den Boden unter den Füßen wegzuziehen.

Tita

Dienstag, 07. September 2004, Berlin

Titas Bruder Daniele hatte ihr freie Hand bei der Regelung der Erbschaftsangelegenheit gelassen. Er war damals noch zu klein, als dass ihn jetzt die Erinnerung an Zio Peppino oder an Magnì hätte aus der Fassung bringen können.

Der Flug nach Catania ging am nächsten Dienstagvormittag. Der viel zu kühle Berliner August war in einen regnerischen September übergegangen. Die Arbeit, die bis dahin nicht erledigt war, würde eine Woche warten müssen. Tita rief in den Verlagen an.

»Ja. Ein Trauerfall und eine Erbschaftsangelegenheit. Ich brauche eine Woche.«

Sie würde nicht viel mitnehmen müssen. Ein paar Sommerkleider. Leichte Schuhe. Eine Jacke für die kühleren Abende.

Als sie im Taxi auf dem Weg zum Flughafen Tegel saß, regnete es in Strömen. Kaum vorstellbar, dass nur knapp drei Flugstunden entfernt der Sommer in vollem Gange war. Und kaum vorstellbar, dass nur drei Flugstunden entfernt das ganze Leben, all die Orte und Geschichten, die sie so sorgfältig weggeschlossen hatte, die ganze Zeit über existiert hatten. Als wäre all das Schlimme nicht passiert und als wäre sie nie weg gewesen.

Tita

Februar 1978, Berlin

Dass sich ein Zug von vielen Hundert Menschen in solcher Stille vorwärtsbewegen konnte, beschäftigte Tita. Wie ein schwarzer Tausendfüßer kroch die Ansammlung von Trauernden die lange Strecke quer über den Friedhof auf das Grab zu.

Tita versuchte sich auf Nebensächlichkeiten zu konzentrieren, um den eigentlichen Anlass nicht begreifen zu müssen. Der Boden war hart gefroren. Wie, fragte sie sich, konnte man ein mindestens anderthalb mal zweieinhalb Meter großes und zwei Meter tiefes Loch ausheben, wenn die Erde hart gefroren war? Seit Wochen hielt die Kälte in Berlin schon an. Im November und selbst noch zu Weihnachten war es ungewöhnlich mild gewesen. Dann hatte es geschneit, und schließlich, mit Papàs Tod, war das Thermometer auf einmal gnadenlos gefallen und hatte sie und den Rest der Welt mitsamt des grauen Stadtschnees in einer Art Schockfrost verharren lassen.

Papàs Brüder Giorgio, Salvatore und Peppino sowie seine Freunde Sauro, Franco und Nicola, den alle Selvaggio nannten, trugen den Sarg in gemessenen, leicht schwankenden Schritten. Tita gruselte der Anblick. Wegen Selvaggios geringer Körpergröße schaukelte der Sarg trotz des angemessenen Tempos immer wieder so stark, dass zu befürchten stand, dass er umkippte und Papà auf den gefrorenen Boden stürzen würde. Können sich Tote noch blaue Flecken holen?

Tita konzentrierte sich auf ihre schwarzen Lackschuhe, die bereits letztes Jahr zu ihrer Erstkommunion zu klein gewesen waren. Neben ihr hatte Mamma den siebenjährigen Daniele an der Hand. Auf der anderen Seite lief Nonna Salvatrice, gestützt von Salvatores Frau Lina und Giorgios Frau Artua. Die kleine, kompakte Frau trug eine gefasste Miene, wurde aber zwischenzeitlich immer wieder zitternd wie von einer unsichtbaren Böe ergriffen.

Etwas weiter hinten trug die fast geschlossen erschienene italienische Gastarbeiterfraktion Berlins einen etwa zwei Meter hohen Stiefel aus Blumen in den Nationalfarben Italiens. Man hatte weiße und rote Nelken zu Blöcken gesteckt. Mangels grüner Blüten waren weitere weiße Nelken grün eingefärbt worden. Kellner und Köche, Unternehmer und Schauspieler, Anwälte und Arbeitslose, sizilianische Bauern und Berliner Bauunternehmer – alle waren zu Ehren des »Pizzakönigs« gekommen.

»Berlins Pizzakönig ist tot«, hatte die *BZ* geschrieben. Mit einem Foto von Papà, wie er fröhlich eine Teigscheibe in die Luft wirbelt. Und noch ein kleineres von Papà, wie er vor seiner Fabrik steht und stolz mit der Hand darauf zeigt. Tita konnte sich noch genau erinnern, wann das Foto aufgenommen wurde. Nicht, dass es oft vorkam, dass Papà in der Küche stand und Pizzaböden hochwirbelte. Überhaupt war fürs Kochen zu Hause Mamma zuständig. Aber die Berliner wollten die Geschichte vom kleinen fröhlichen Italiener lesen, der wie alle Italiener singen und kochen konnte und der in ihre Stadt gekommen war, um als Botschafter des guten Geschmacks den Deutschen die italienische Küche nahezubringen.

Anfangs hatte Papà sich noch geweigert. Nein, die italienische Küche bestand nicht nur aus Spaghetti, und in Italien war Pizza ein Arme-Leute-Essen. Das *Il Gattopardo* sollte ein Ristorante sein und keine einfache Pizzeria. Und doch war es am Ende die Pizza, die …

Tita wurde aus ihren Gedanken gerissen. Der Trauerzug

war am Grab angekommen. Mamma, Daniele und sie stellten sich frierend in einer Reihe auf, direkt neben dem klaffenden Loch im Boden. Danach kamen Nonna Salvatrice, gestützt von Peppino, und die beiden anderen Brüder mit ihren Familien.

Die Schlange der Kondolierenden kam nur langsam voran. Jeder wollte ein letztes Mal Zwiesprache mit dem Toten halten. Eine kurze Besinnung. Manche rieben sich die Augen, andere murmelten etwas, was nur für sie selbst und den Verstorbenen bestimmt war.

Schließlich nahm jeder eine Handvoll Erde aus der kleinen Stele neben dem Grab und warf sie in die Senke. Manche hatten weiße Rosen dabei und warfen sie hinab.

Tita merkte, wie ihr Magen rebellierte, jedes Mal wenn das dumpfe Geräusch auf dem hohlen Sargdeckel erklang. Sie fragte sich, ob das Loch für die Erde von all den vielen Trauergästen ausreichen würde oder ob am Ende Papàs Grab von einem Hügel bedeckt sein würde. Höher als die aufgesteckten Kränze, höher als alle Grabsteine und vielleicht auch höher als die Kapelle am Ende des Friedhofs.

Nachdem die Trauernden Papà mit Erde bedeckt hatten, als ob sie sichergehen wollten, dass er von da unten bestimmt auch nicht wieder hochkäme, traten sie zur Familie. Jeder Einzelne.

»Mein Beileid!« Hand von Mamma. »Mein Beileid.« Hand von Tita. »Mein Beileid.« Hand von Daniele. »Mein Beileid!« Hand von Nonna Salvatrice. »Mein Beileid!« Hand von Peppino. »Mein Beileid.« Hand von Salvatore. »Mein Beileid!« Hand von Giorgio.

Eine quälend lange Prozedur. Zum Teil unterbrochen von längeren Umarmungen oder dem Aufschluchzen der Kondolierenden. Am Ende spürte Tita ihre Zehen nicht mehr. Die Lackschuhe waren von der Kälte ganz brüchig geworden.

Mamma legte ihr die Hand auf die Schulter. Sie war in den letzten Tagen eigenartig durchsichtig geworden. Als hätte sie nach dem Tod von Papà nicht nur an Gewicht, sondern auch an Farbe verloren.

»Komm. Wir müssen zum Leichenschmaus.«

Tita verdrängte das Bild schnell wieder.

Leichenschmaus. Als scharte sich eine Handvoll Krähen um eine überfahrene Katze.

Im *Il Gattopardo* war bereits alles vorbereitet. Die Tische waren weiß eingedeckt. Zum Zeichen der Trauer hatte Mamma schwarze Banderolen um die weißen Stoffservietten legen lassen.

Die Menükarten waren auf Deutsch und Italienisch geschrieben. Es gab Caponata, dann Saltimbocca und Salat. Zum Dessert Cassata mit kandierten Früchten und Caffè.

Man war durchgefroren und hungrig und sehnte sich nach leichten Gesprächsthemen.

Einige Kellner waren auf der Beerdigung gewesen und zogen sich nun schnell um. Auch die anderen schwarz gekleideten Trauernden verwandelten sich nach und nach wieder in die Personen, die sie vorher gewesen waren. Zunächst erklang nur vereinzelt vorsichtiges Lachen hier und da, das mit der Zeit immer selbstbewusster wurde. Erleichterung über die ausgestandene Zeremonie vielleicht. Das normale Leben schien für alle außer sie selbst und Mamma und Daniele zurückgekehrt zu sein.

Tita hatte das Gefühl, als hätten sie etwas auf dem Friedhof vergessen. Sie stocherte in ihrem Salat. Radicchio. Papà hatte ihn zur Eröffnung des Restaurants extra aus Italien kommen lassen. Radicchio war damals in Deutschland noch unbekannt. Dann beschwerten sich die Gäste. Was der Rotkohl in ihrem Salat zu suchen hätte. Es war nicht leicht anfangs. »Was der Bauer nicht kennt, das frisst er nicht«, hatte Mamma damals gesagt. *»Sbagliando s'impara«*, hatte Papà lachend geantwortet und den Radicchio zunächst von der Karte gestrichen.

Das *Il Gattopardo* war genauso alt wie sie selbst. Elf Jahre hatte sie wie eine Prinzessin in einem Zauberland gelebt. Die Wohnung über dem Restaurant, der Gastraum mit der Landkarte Siziliens, die beiden Marionetten Orlando und Rinaldo im Schaufenster, die Küche mit der kleinen Durchreiche und der Keller – das alles war ihr Reich, und alle Kellner, Köche und auch die Gäste waren ihre Untertanen. Sie konnte zu jeder Tages- und Nachtzeit in die Küche gehen und beispielsweise sagen: »Ich möchte jetzt eine Zabaglione mit fünf Eiswaffeln«, dann bekam sie eine Zabaglione mit fünf Eiswaffeln.

Manchmal setzte sie sich auch nur in die Küche, hörte dem seltsam fremd und schön klingenden Italienisch der Tellerwäscher zu und baute dabei kleine Häuser aus Zahnstochern. *»La Principessa Pizza«* nannten sie Tita in der Küche und lasen ihr jeden Wunsch von den Augen ab.

Der Keller hatte es ihr besonders angetan. Wenn man neben der Restaurantküche die schmale Stiege hinunterkletterte und den Lichtschalter drehte, gingen jeweils mit einem mehrfachen »Pling« die Neonlampen an der Decke an. Die Kellerräume mit den gemauerten Rundbögen schienen Tita wie die Kathedrale in ihrem Königreich. In großen Regalen lagerten hier gigantische Dosen mit Tomaten, Gläser mit schwarzen und grünen Oliven, die köstlichen, sauer eingelegten Peperoni und die wunderschönen, blau-weiß verzierten Vasen mit Amarenakirschen von Fabbri, in denen Mamma zu Hause Blumensträuße arrangierte. Von der Decke hingen Salami und ganze Parmaschinken herunter wie im Schlaraffenland.

Ein weiteres Regal galt ausschließlich großen Paketen von Teigwaren. Lange Spaghetti, dünne Spaghetti, breite Tagliatelle,

Orecchiette, Linguine, Pappardelle, Penne, Rigatoni, Farfalle, Malfatti und Lasagneplatten. Ein anderes enthielt große Säcke mit Kaffee, abgepackte Eiswaffeln, Zuckertütchen, Bierdeckel und kleine Papiermanschetten für Gläser. Daneben bot ein weiteres großes Metallregal riesigen Parmesanrädern Platz.

Im hinteren Bereich lagerten in schmiedeeisernen Gestellen Hunderte von angestaubten Weinflaschen mit den schönsten Etiketten. Davor standen bauchige Flaschen mit Korbgeflecht.

Noch etwas weiter hinten gab es zwei große Metalltüren. Tita hatte strengstes Verbot, sie zu öffnen oder gar hindurchzugehen.

Papà hatte sie eines Tages auf den Schoß genommen, ihr ernst in die Augen gesehen und gesagt: »*Mai!* Niemals! … darfst du da hineingehen, *piccola principessa. È pericoloso!*«

Mamma formulierte es etwas drastischer: »Wenn du dort hineingehst und die Tür fällt zu, wirst du erfrieren, und niemand hört dich schreien.«

Sie durfte mit Papà manchmal durch die verbotenen Türen gehen. In dem einen Raum lagerten im Halbdunkel Salatköpfe, Auberginen, Artischocken, Zucchini, Karotten, gewundene Stränge von Knoblauch und Chili, Zwiebeln, Eier, große Kartonagen mit Milch und Sahne, Butter, Obst und verschiedene Sorten Fleisch. Hinter der anderen Tür war es frostig kalt. Hier befanden sich Fische, Garnelen, diverse Eissorten, aber auch Cassata und Tartufi sowie ausgehöhlte Zitronen, die statt ihres Fruchtfleischs Zitronensorbet enthielten.

Ein weiterer aufregender Bereich des Kellers war »die Luke«. Die Luke führte von der Terrasse in den vorderen Bereich des Kellers. Normalerweise war er von einer gewaffelten Eisenplatte bedeckt, die mit einem kleinen Schloss verriegelt war. Wenn die großen Lieferwagen mit den Aluminiumfässern vor dem Restaurant hielten, wurden diese zunächst von starken Männern mit Schürzen mittels einer Sackkarre zur Terrasse und anschließend von dort durch die geöffnete Luke in den Keller gerollt. Unten angekommen, wurden die Getränke durch eine Hebeanlage in die Zapfanlage des Tresens gepumpt. Hierfür – und das war Mammas ganzer Stolz – hatte Papà eine Erfindung gemacht, die fürderhin zum Vorbild der Zapfanlagen in der Gastronomie wurde.

»Ehi!«

Tita fuhr aus ihren Erinnerungen hoch. Selvaggio hatte sich zu ihr gesetzt und drückte ihr einen großen Plüschlöwen in den Arm.

»Du bist schon eine junge Dame, aber der hier wird statt deines Papàs auf dich aufpassen.«

Warum er von der italienischen Comunità »Selvaggio«, der Wilde, genannt wurde, entzog sich Titas Kenntnis. Aber er gehörte zu Papàs engsten Freunden. Auch damals, als das Restaurant noch relativ neu war und die Scheiben zweimal in Folge eingeworfen wurden, stand Selvaggio an Papàs Seite, bis die »Probleme« behoben worden waren. Tita hatte diese Problematik allerdings nie ganz verstanden. Man sollte jemanden bezahlen, der dann dafür sorgte, dass weder er selbst noch jemand anders wieder eine Schaufensterscheibe einwarf? Wo war da der Sinn?

»Dein Papà war ein Poet. Und ein feiner Mann.« Piero hatte sich zu Tita und Selvaggio gesetzt und legte mit einem tiefen Atemzug seinen Arm um Tita. »Als ich nach Berlin gekommen bin und das Restaurant eröffnet habe – Gianni war schon erfolgreich mit dem *Il Gattopardo* –, hatte ich anfangs große Probleme.« Piero rieb sich in Erinnerung an die schwierige Zeit die Stirn. »Dein Papà wusste, ich würde nie Geld von ihm annehmen. Nicht geschenkt und nicht geliehen. Eine Frage der Ehre. Deswegen kam er jeden Abend zu mir ins Restaurant«, – er räusperte sich sichtlich bewegt und wischte sich über die Augen –, »und bestellte die teuerste Flasche Wein, die wir hatten. Jeden Abend.«

Tita blickte ihn fragend an.

»Die teuerste Flasche!«, betonte Piero noch einmal. »Er wusste, wir Gastronomen verdienen am meisten am Wein!« Und dann etwas leiser: »Er hat sie nie ausgetrunken.«

Und dann fiel Tita auf einmal ein, was sie auf dem Friedhof vergessen hatten. Sie hatten Papà vergessen.

Tita

Dienstag, 7. September 2004, Ragusa

Die feuchte Luft strömte ins Flugzeug, sofort nachdem die Türen geöffnet worden waren.

Als Tita die Stufen der Gangway hinunterstieg, schlug ihr der Duft entgegen. Als wären in den feinen Molekülen, die der leichte Wind über Kilometer vor sich hergetragen hatte, alle Aromen Siziliens gespeichert. Der Geruch von Stroh und Kräutern auf den trockenen Feldern im Süden, von Zitronen und Orangen der Conca d'Oro im Norden und von den Tausenden weiß und leuchtend pinkfarben blühenden Oleanderbüschen entlang der Autobahn. All diese Düfte, die sich mit dem beißenden Geruch nach verbrannten Autoreifen, Abgasen und je nach Standort auch nach Schweineställen, altem Fisch oder Müll zusammenfanden und die unvergleichliche olfaktorische Melodie dieser Insel komponierten.

Genau das war Sizilien, ging es Tita durch den Kopf. Das Hässliche und das Schöne. Immer dicht beisammen. Nirgends nur schön oder nur hässlich. Niemals nur fröhlich, immer auch ein bisschen traurig.

Tita dachte an die Gegensatzpaare der Romane auf ihrem Schreibtisch und vermerkte in Gedanken »Kein Eintrag« dazu.

Der Pullman fraß sich langsam von Catania über die Strada Statale 194 in Richtung Ragusa. Zunächst vorbei an eilig hochgezogenen Wohnblöcken aus den siebziger Jahren, die neben Lager- und Fabrikgebäuden lagen. Danach durch die weiten Zitrusplantagen mit dunkelgrünen Zitronen- und Orangenbäumen, die sich direkt an die Industriegebiete schmiegten. Inmitten dieser Felder lagen die verlassenen Gehöfte. Halb eingefallene Häuser aus hellem Tuffstein, von denen nur die Außenmauern die Zeit überdauert hatten. Dutzende davon waren von der Straße aus zu sehen.

Tita fragte sich, ob das wohl schon Ruinen gewesen waren, als sie vor 26 Jahren das letzte Mal hier war, und was genau die Bauern dazu bewogen haben mochte, ihre Höfe zu verlassen. Die Nähe der Autoschnellstraße? Die Repressalien der Cosa Nostra? Die gnadenlosen Restriktionen der Konsumgenossenschaften, die so viel wirtschaftlicher arbeiten konnten als die kleinen Betriebe und die wie ein hungriges Geschwür nach und nach alle Kleinbauern geschluckt hatten?

Vielleicht war es aber auch, damals wie heute, die Flucht all der jungen Sizilianer, die, wie Papà damals, nicht bereit waren, die harte Feldarbeit ihrer Väter zu übernehmen. Für einen Lohn, der kaum die Familie am Leben halten konnte. Wenn sie überhaupt Arbeit fanden, hier im Süden, wo die Erträge durch die jahrzehntelange Ausbeutung von Menschen und Böden auf ein Minimum zurückgegangen waren. Tita hatte oft zugehört, wenn Papà von Nonno Carmelo, Zio Salvatore und der schweißtreibenden Arbeit auf den Feldern erzählte.

Ende 1955 hatten auf Drängen Ludwig Erhardts der deutsche Bundesarbeitsminister Anton Storch und der italienische Außenminister Gaetano Martino in Rom ein deutsch-italienisches Anwerbeabkommen unterschrieben. Während in Süditalien eine hohe Arbeitslosigkeit herrschte, konnten im deutschen Wirtschaftswunderland gar nicht genug Arbeiter für Landwirtschaft, Berg- und Straßenbau und später auch für die Automobilindustrie eingestellt werden. In Italien wurden die Bewerber von den italienischen Behörden bereits »vorsortiert«. Nach Ausbildung, Gesundheit und Familienstand wurden sie den entsprechenden Regionen Deutschlands zugeführt: manche nach Köln, manche nach München. Manche kamen auch auf eigene Faust ins gelobte Deutschland. So wie damals Papà.

Der Bus hatte jetzt die Zitrusfelder hinter sich gelassen und schlängelte sich durch die in Stein gehauene asphaltierte Schnellstraße Catania-Ragusa. Tita sah aus dem Fenster, und die Erinnerung kam wie ein ungebetener Gast, der sich nicht abweisen ließ.

Die Erde war ausgedörrt. Die Sonne hatte bereits im Juli jedes frische Grün auf den Böden in ein Ocker verwandelt. Teilweise waren die Felder in Straßennähe während dieser trockenen Zeit durch unachtsam aus dem Auto geworfene Zigaretten oder durch Glasscherben, die das Sonnenlicht bündelten, in Brand geraten und hinterließen eine unwirklich schwarze Ödnis, aus der gespenstisch die verkohlten Stämme der Carrubi emporragten. Je weiter der Bus in den Süden vordrang, desto sanfter und ländlicher wurde die Landschaft. In den Ebenen tauchten Gewächshäuser auf, deren Wände und Dächer mit Plastikfolie verkleidet waren. Darin konnte man bereits im Vorbeifahren dichte Dolden von Tomaten oder Weinstöcke mit vollen Reben erkennen.

Die Schönheit der Landschaft, die Carrubi, das sanfte Ocker der Felder und das müde Silbergrün der in die Sonne gerichteten Olivenbaumblätter konkurrierten mit den Müllbergen am Straßenrand. Plastikflaschen waren vom Wind noch viele Hundert Meter weitergetragen worden. Fetzen von Folie hatten sich wie Lametta über die Oleanderbüsche auf dem Mittelstreifen der Autostrada gelegt. Leere Kanister standen neben Säcken mit Hausmüll, die offensichtlich schon länger dort gelegen hatten und von Vögeln und Nagetieren entdeckt worden waren.

Als der Pullman schließlich mit einem erleichterten Seufzen im Zentrum von Ragusa Superiore hielt, direkt neben der Kathedrale San Giovanni Battista, musste sich Tita erst wieder orientieren. Es war zu lange her. Eine ganze Ewigkeit. Und sie stellte erleichtert fest, dass das hier nicht das frühere Leben war. Auch Sizilien hatte sich verändert, und nicht alles würde sie an ihre Kindheit erinnern und an die Traurigkeit, die diese Erinnerung mit sich brachte.

Mittlerweile war es Mittag. Durch die kleinen steilen Wohnstraßen der Stadt zogen heimelige Gerüche nach Tomatensoße und gebratenen *melanzane*. Aus den offenen Fenstern hörte man das Klappern von Tellern, das leise Klirren von Besteck und das ungleichmäßige An- und Abschwellen von Gesprächen. Mittagszeit bei den Familien. Tita dachte einen Augenblick an zu Hause.

Der Termin mit Dottore Mancuso in einem der herrschaftlichen Palazzi hier in den steil ansteigenden und abfallenden Straßen war erst am späten Nachmittag. Sie hatte noch Zeit, nach Marina di Ragusa weiterzufahren und ihr Zimmer zu beziehen.

Marina di Ragusa. Der Ort, in dem immer Sommer war. Die Piazza lag verlassen vor ihr. Einen Augenblick brauchte Tita, um die beiden Folien übereinanderzulegen, die eine aus ihrer Erinnerung und die andere von heute. Es war erstaunlich, wie viel sie noch in ihrem Kopf gespeichert und wie wenig sich in all den Jahren verändert hatte.

Da war zunächst die Piazza selbst. Sie hatte sie deutlich größer in Erinnerung, aber die Anordnung war immer noch dieselbe. Ringsum gab es Läden. Früher war sie mit Nonna Salvatrice hier einkaufen gegangen. An der Zufahrtstraße war ein Fleischer gewesen und direkt daneben der Fischhändler, der seine Ware vom nur hundert Meter entfernten Fischereihafen erhielt. Um die Ecke gab es den *Panificio*, aus dessen Verkaufsraum bereits morgens um vier der Duft von frischen Backwaren durch die Straßen zog.

Heute waren die Geschäfte andere. Die Kunden waren nun hauptsächlich Touristen. Im Haushaltswarengeschäft von früher gab es jetzt bemalte Keramik aus Caltagirone zu kaufen. Daneben ein Laden für ausgefallene Bademoden und Havaianas. Es gab mindestens zwei Geschäfte mit aufblasbaren Schwimmtieren, Badetüchern, Bällen und Sonnencremes. Außerdem die Filiale einer teuren Speiseeiskette sowie einen Stand mit in Plastikboxen eingepackten Obstschnitzen und *spremute*. Im ehemaligen Fischgeschäft befand sich ein modernes Café, das mit einem Plakat für den DJ warb, der ab 17 Uhr, begleitend zum Aperitivo, auflegen würde.

Dann waren da rings um die Piazza die alten Bäume, die Schatten spendeten. Darunter standen die Bänke mit den Alten. Die Alten hatten schon in Titas Kindheit so auf diesen Bänken gesessen. Mit ihren Coppole – den sizilianischen Schiebermützen – und den ausgebeulten Hosen, manche mit Stöcken, andere mit der Tageszeitung auf dem Schoß. Sie unterhielten sich und sahen den anderen Alten zu, die in der Mitte der Piazza Boccia spielten. Verwundert stellte Tita fest, dass sie immer davon ausgegangen war, dass die Alten stets dieselben waren. Mittlerweile mussten jedoch einige Generationen von Alten gekommen und gegangen sein, ohne dass sich irgendetwas geändert hatte bis auf die Jahreszahlen der Tageszeitungen.

Am Kopf der Piazza gab es noch die alte Gelateria, die schon immer ein Familienbetrieb gewesen war. Tita konnte sich an die Mülleimer in Form von Eistüten rechts und links des Eingangs erinnern, die damals genauso groß gewesen waren wie sie selbst. Als sie eintrat und die kühle, süß duftende Luft einatmete, war sie plötzlich wieder acht Jahre alt und bestellte an der Hand ihres Vaters eine Granita.

»Dai, puoi ordinare in italiano!« Papà stupste sie an die Wange. Tita erinnerte sich an die Scheu, die sie immer hatte, die fremden Wörter zu benutzen. Papà sprach in Deutschland nur deutsch. Er wollte deutscher sein als die Deutschen. Italienisch sprach er nur, wenn er in seiner Heimat war oder wenn er mit anderen Italienern redete. Im Deutschen hatte er diesen liebevollen italienischen Akzent, den alle Italiener hatten.

»Gute Nackt, *tesoro mio!*«, sagte er, wenn er Tita ins Bett brachte. Oder »Bist du noch appetitlick?«, wenn er wissen wollte, ob man noch hungrig sei.

»Una granita al limone e un caffè, per favore.«

»Certo, cara.« Die Dame hinter dem hölzernen Jugendstiltresen mochte Anfang sechzig sein. Ob sie Papà noch gekannt hatte? Sie waren bestimmt zusammen aufgewachsen. Hier hatte früher jeder jeden gekannt. Der Sommer hatte alljährlich die Jugend in einer Art Festivalstimmung vereint.

Die Signora zapfte mit geübten Griffen die Granita aus dem Glasbecken mit den Rührstäben. Früher hatte man sich zwischen Granita al Limone, Granita alla Mandorla oder Granita di Caffè entscheiden können. Heute waren, wie Tita feststellte, weitere exotische Mischungen dazugekommen, wahrscheinlich, um auch den Geschmack der Touristen zu treffen. Es gab leuchtend blaue Granita ai Mirtilli – Schlumpfgranita, dachte Tita –, orangefarbene Mandarinengranita und gritzegrüne Granita alla Menta. In der Vitrine die Eissorten mit den vertrauten Namen. Nocciola. Gianduia. Pistacchio. Fior di Latte. Fragola. Limone. Frutti di Bosco. Daneben die Waffeln und – Tita hatte es bereits am Flughafen gesehen, das kannte sie nicht von früher – Brioche, die aufgeschnitten und mit Eis gefüllt wurden.

Wenn man sich umdrehte, stand direkt neben dem Eingang eine mannshohe Kühltruhe, durch deren Glastür man Eistorten in unterschiedlichen Größen und Geschmacksrichtungen bewundern konnte. Außerdem befanden sich darin mehrere mit Seidenpapier ausgelegte Kästchen mit kostbarem Eiskonfekt. Die walnussgroßen Waffeltütchen waren bereits mit verschiedenen Eissorten gefüllt und oben mit einer weißen oder dunklen Schokoladenglasur bestrichen.

Die Signora hatte sich unbemerkt neben sie gestellt. *»Tieni!«*, sagte sie und reichte Tita den Caffè. Dann öffnete sie die Glastür, nahm eine der Miniwaffeln mit Pistaziengeschmack heraus und reichte sie Tita. *»Assaggia!«*

Tita stellte gehorsam den Caffè und die Granita ab, nahm die kleine Waffel entgegen und biss die obere Hälfte ab. Sobald die Kälte im Mund etwas nachließ, breitete sich der süße marzipanartige Pistaziengeschmack aus. Er flutete ihre Geschmacksnerven, ihre Nase und im Bruchteil einer Sekunde auch ihre Gedanken und ihre Erinnerung. Pistazien gehörten in ihre Kindheit. Tita merkte, wie sich einen Moment lang alles in ihr gegen die Erinnerungen wehrte. Und wie sie dennoch in die Vergangenheit eintauchte wie jemand, der gegen den Schlaf ankämpft und der sich schließlich doch irgendwann erleichtert in ein weiches Federbett fallen lässt und der Müdigkeit nachgibt.

Auf einmal war Papà wieder da und reichte ihr lachend ein Pistazieneis. *»Assaggia!«*, sagte er.

Sie hatten einen Ausflug nach Taormina gemacht und standen am Rand der Piazza IX Aprile. Von hier aus hatte man einen fantastischen Blick über das Ionische Meer. Das Wasser unten funkelte türkisfarben, und hinter ihnen schlug die Glocke von San Giuseppe, während Mamma mit Daniele auf dem Arm unter den Sonnenschirmen des Cafés saß.

»*La Fas-tu-ca.* Sie ist das grüne Gold Siziliens!«

Tita räusperte sich. Seit sie in Berlin das Gymnasium besuchte, war sie schlauer als der Rest ihrer Familie. »Es heißt *Pis-ta-cchio*, Papà! Pistazie!«

Papà lächelte sein typisch geheimnisvolles Giannilächeln. »Der Rest der Welt nennt sie Pistazie. Aber wir auf Sizilien kennen ihr Geheimnis. Und hier heißt sie *fastuca.* Vom arabischen ›Fastuq‹. Die besten kommen aus Bronte bei Catania. Wenn du sie isst, merkst du, wie sie zunächst ihre Süße entfaltet und erst hinterher einen leicht bitteren Nachgeschmack preisgibt. Sie ist wie Sizilien. Niemals nur süß, auch immer ein bisschen bitter.«

Tita öffnete die Augen und war wieder in der Gelateria. Als sie den leicht bitteren Nachgeschmack auf der Zunge spürte, sagte sie: *»Fastuca!«*

Die Signora stutzte. »*Ma sei di qui?* Bist du von hier?«

»Mein Vater kam von hier. Vor vielen, vielen Jahren. Er ist nach Deutschland gegangen. Anfang der sechziger Jahre.« Ihr Italienisch klang hölzern und ungeübt. Wie ein alter Motor, der viele Jahre nicht gestartet wurde.

Die Signora nickte erst wissend, dann stutzte sie und sah Tita an. *»Ma come si chiamava il tuo Papà?«*

»Giovanni. Giovanni Di Stefano.« Tita hatte sich jetzt wieder der Granita zugewandt.

Die Signora sah aus, als wäre ihr ein Geist erschienen. »Du bist Giannis Tochter!«, erklärte sie Tita, als würde diese das nicht wissen. »*O dio mio.* Du bist Giannis Tochter. Du bist die kleine Tita. *La sua Principessa.«* Sie zog sich einen Hocker hinter der Kasse hervor und ließ sich darauf sinken.

Tita sah sie überrascht an.

»Francesca. Meine Freunde nennen mich Franca«, stellte sich die Signora vor, zog einen weiteren Hocker heran, klopfte darauf und bedeutete Tita, sich zu setzen. »Er war meine große Liebe.« Sie lachte verträumt.

Tita sah sie überrascht an. »Wusste er …?«

»Natürlich wusste er davon nichts!« Sie lachte. »Er war älter als ich, und ich habe ihn angehimmelt. Bis er nach seinem Abitur auf einmal nach Siracusa verschwand. Seine Tanten wollten ihn an die Kirche verhökern und hatten ihn ins Priesterseminar geschickt. Diese Biester. Was für eine Verschwendung! Dieser lebenslustige und fröhliche junge Mann zwischen den alten Patres.« Sie bekreuzigte sich.

Tita versuchte, sich ihren Vater im Kloster vorzustellen.

»Jeden Sommer kam er zurück, und wir haben alle zusammen die Ferien hier am Meer verbracht. Eine große ausgelassene Truppe von *Ragazzi*. Ich glaube nicht, dass er glücklich war mit dem Beruf, den man sich für ihn ausgedacht hatte. Er hat das Leben und die Gesellschaft der Freunde zu sehr geliebt. Er wollte aber auch nie Bauer werden. Ihm lag mehr das Vergeistigte. Geschichten schreiben. Gedichte. Über Hintergründe und Lösungen nachdenken.« Franca lächelte in Gedanken an jene Sommer der späten fünfziger Jahre, als Gianni zu Besuch war und in Marina di Ragusa die Abende am Meer warm und die Tage leicht waren.

»Und dann hieß es auf einmal: ›Gianni ist weg! Fort! Niemand weiß wohin.‹ Später ging das Gerücht um, er sei nach Deutschland gereist, um sein Glück zu machen. Ich war sehr unglücklich. Und ich hoffte immer, er würde zurückkehren eines Tages. Mit dem Arm voller Blumen. Und sagen: ›Francesca, meine Liebe, da bin ich wieder! Das Ausland taugt nichts. Ich will in Sizilien bleiben, und ich will nur dich.‹ Das passierte leider nicht.« Sie seufzte. »So hatte ich es aber erhofft. Enttäuscht von Deutschland, zurück zu den Menschen, die ihn lieben. Kennst du das Lied *Gigi l'amoroso*? Von Dalida? Als das

Lied viele Jahre später herauskam, musste ich an Gianni denken. Gianni, *l'amoroso.*«

Die Ladentür ging mit einem Klingeln auf, und ein offensichtlich englischsprachiger Herr in kurzen Hosen und mit heller Haut schob sich durch den Eingang.

»Siamo chiusi!«, blaffte Franca. Sie stand vom Hocker auf, drehte demonstrativ das Schild an der Tür um und setzte sich wieder. »Diese Touristen haben vor nichts Respekt! Rotgesichtige Riesen in kurzen Hosen!« Sie schnaubte verächtlich. Tita sah dem Abgewiesenen nach und fragte sich, ob auch sie für eine rotgesichtige Riesin gehalten worden wäre, wenn sie sich nicht durch ein einziges sizilianisches Wort für ein Gespräch qualifiziert hätte.

»Wo waren wir stehen geblieben? Ah ja! Gianni blieb also für drei Jahre verschollen. Als hätte sich der Erdboden aufgetan und ihn verschluckt. *Via!* Nicht einmal sein Bruder Giorgio konnte ihn finden. Und der war immerhin bei den Carabinieri.« Tita kannte diesen Teil der Geschichte bisher nur von Mamas Seite und hörte gespannt zu.

»Ich hatte in der Zwischenzeit Franco kennengelernt …« Sie zeigte bedeutsam auf die Gelateria. »Na ja, und der Rest ist Geschichte. Nach all dieser langen Zeit stand Gianni dann auf einmal vor mir. Unangekündigt. Einfach so, als wäre er niemals weg gewesen. Nach drei Sommern ohne ein Lebenszeichen. Und er hatte diese junge Deutsche dabei, Carla, deine Mutter. Ich habe mir wirklich Mühe gegeben, sie nicht zu mögen. Aber sie waren so glücklich. Und so verliebt. Und sie machten *bella figura*!« Bei diesen Worten reckte sie das Kinn leicht nach oben, zog die Augenbrauen hoch und die Mundwinkel weitestgehend nach unten und ließ ihre rechte Hand in Schnabelform mehrfach ums Handgelenk kreisen. *»Mamma mia, che bella figura!«* Von da an kamen sie fast jeden Sommer. Erst allein, dann mit dir zu dritt und schließlich mit dem kleinen Daniele. Bis zu diesem unglückseligen Tag im Februar 1978, als die *brutta notizia* von seinem Tod eintraf. Ich hatte gerade den Laden aufgeschlossen, als das Telefon klingelte.« Sie horchte einen Moment in sich hinein. »*Niente.* Danach war der Kontakt zu der Deutschen abgebrochen. Als wäre sie nur seinetwegen hier gewesen. Und als wäre sie erleichtert, uns nicht mehr sehen zu müssen. Wir haben nie wieder etwas von ihr gehört.«

»Aber nein!« Tita musste das klarstellen. »Sie kam nicht mehr, weil es zu sehr wehtat! Und wir waren zu klein. Und später haben wir versucht, nicht mehr daran zu denken. Es war schlimm. Ich vermisse Papà immer noch. Nach 26 Jahren!«

Man konnte Franca ansehen, dass sie die Reaktion nicht nachvollziehen konnte. Sizilien war die Lösung für alles.

»Er hätte nicht weggehen dürfen«, sagte sie sanft. »Einen Carrubo kann man nicht an einen anderen Ort pflanzen. Er braucht die Erde Siziliens, die Sonne und die salzige Luft, die vom Meer über die Ebenen weht. Nur hier im Süden von Sizilien wächst er und bleibt gesund und kräftig. Wenn du ihn umpflanzt, stirbt er. Wie dein Papà.«

Für den ersten Nachmittag waren das mehr Informationen und Erinnerungen, als Tita vertragen konnte.

Sie standen auf, und Franca hielt sie an den Schultern auf Armeslänge vor sich und betrachtete sie, wie man ein Kleidungsstück prüft, das man im Begriff ist zu kaufen.

»Du siehst ihm ähnlich.«

Als Tita das kleine, in die Jahre gekommene Hotel am Lungomare betrat, wirbelte ihr Francas Geschichte zusammen mit ihren eigenen Erinnerungsfetzen durch den Kopf. Sie bezog ihr Zimmer, dessen einziger Schmuck der Blick aus dem Fenster aufs Meer war. Von dort zogen feuchtwarme Schwaden bis zu ihr hinauf.

Hier, an der Südküste Siziliens, war das Klima schon immer ein besonderes. Der Wind, der vom Wasser auf das Land trifft, bringt keine Abkühlung. Es sind Wüstenwinde wie der Scirocco, die die Hitze der Sahara übers Meer bis nach Sizilien tragen. Manchmal mitsamt dem roten Sand der Wüste. Die Herrenhäuser der Großgrundbesitzer und Adligen waren nicht nur aus Angst vor Belagerung nicht direkt an der Küste erbaut worden. Das Klima im Landesinneren, nahe den Hügeln, war frischer, und die Luft war würziger.

Tita legte sich einen Moment hin und hörte zu. Nur einen Moment. Das Rauschen des Meeres und ab und zu ein Motorino, das an der Promenade entlangknatterte. Wie auf- und abschwellender Applaus nach einem Konzert klangen die Wellen. Immer und immer wieder. Sie waren nie weg gewesen. Nur Tita war woanders gewesen.

Als sie wieder aufwachte, war das Leben auf den Straßen zurück. Tita sah zur Uhr. Sie hätte beinahe verschlafen. Der Termin mit Dottore Mancuso war schon in einer Stunde. Sie machte sich frisch, tauschte die Jeans und das Shirt von der Reise gegen ein luftiges Kleid und lief zur Piazza, um von dort ein Taxi zu nehmen.

Die sizilianische Nachmittagshitze lag wie ein feucht gewordenes Federbett auf der Insel. Menschen und Tiere begannen sich nach der Mittagsglut wieder zu bewegen. Auf der Piazza kehrten die Touristen zurück. Autos fuhren wieder. Die Aluminiumrollläden der Geschäfte wurden scheppernd hochgezogen. Am Straßenrand begannen die Zikaden erst vereinzelt, dann in einem großen Chor ein anschwellendes Konzert ohrenbetäubenden Zirpens.

Auch in Ragusa Superiore war das Leben in die Straßen zurückgekehrt. Das Taxi hatte sie im Zentrum abgesetzt, und Tita spazierte an der Kathedrale vorbei über die Piazza San Giovanni, bog in den Corso Italia ein, kreuzte die von blühenden Oleanderbäumen gesäumte Via Roma und erreichte den einstöckigen, ehemals gelben Palazzo mit der Nummer 131.

Das eher kleine Gebäude gehörte im nüchtern und geometrisch konstruierten Ragusa Superiore zu den älteren Häusern. Der klassizistische Stil wirkte fast schlicht, verglichen mit den überbordenden Formen und ausschweifenden Dekoren des sizilianischen Barocks in Ragusa Ibla.

Tita fragte sich, ob dies wirklich das Haus des Notars war, der sie in Berlin angerufen hatte. Ebenerdig schlossen die Türen mit schlichten Bögen ab. Oben waren die sparsam verzierten Fenster mit kleinen schmiedeeisernen Austritten versehen, an deren durchgerosteten Streben man bestenfalls noch einen Blumentopf hätte hängen können. An der Fassade konkurrierten die Stellen von abgebröckeltem Putz mit dem blühenden Schwarzschimmel, der sich von den kleinen Balkongesimsen im ersten Stock weiter nach oben streckte. Die Klimaanlage aus dem späten 20. Jahrhundert und gewundene Stränge von Stromkabeln verliefen direkt neben und über den Eingängen zu der kleinen Bar und der Drogerie im Erdgeschoss.

Tita trat in das kühle und dunkle Treppenhaus. Im Gegensatz zur Fassade war hier bereits einiges zur Restaurierung des Hauses unternommen worden. Der Eingang roch nach feuchtem Putz, der Terrazzoboden schien frisch poliert, und der schmiedeeiserne Treppenlauf war offenbar an einigen maroden Stellen erneuert worden. Im oberen Stockwerk war neben der schweren Tür aus Eichenholz ein hochglanzpoliertes Messingschild mit Klingel angebracht: *»Studio legale. Dottore Gianluca Mancuso. Avvocato. Notaio.«*

Als die Tür sich öffnete, nahm Tita diesen typisch sizilianischen Geruch wahr. Eine Mischung aus Anis, Leder, Holzpolitur und staubigem Papier. Die Kanzlei war mit antiken Möbeln eingerichtet, schwarz und schwer, zwischen denen der etwa zehn Jahre alte Computer und ein Nadeldrucker wie futuristische Designobjekte herausstachen. Auf dem Schreibtisch türmten sich mehrere Dokumentenhaufen. Davor lag, wie ein frisch gewetztes Messer, ein großer, teuer aussehender Füllfederhalter.

Dottore Mancuso erhob sich, trat hinter seinem Schreibtisch hervor und reichte Tita die Hand. Er musste Anfang vierzig sein und trug – entgegen Titas Erwartungen – keinen Anzug mit Krawatte, sondern ein rosafarbenes Poloshirt, eine sandfarbene Hose und Segelschuhe. Ohne Socken, wie Tita irritiert feststellte.

»Signora Tita! *Piacere!* Ich hoffe, Sie hatten eine angenehme Reise.« Er ließ sie auf dem riesigen Stuhl gegenüber Platz nehmen und betrachtete sie mit einem warmen, mitfühlenden Blick. »Darf ich Ihnen etwas anbieten? Ein Wasser?«

Tita schüttelte den Kopf. Sie wollte all das schnell hinter sich bringen. »Sind meine Cousinen nicht hier?« Sie sah sich um.

»Ihre Cousinen lassen sich entschuldigen. Es war ihnen nicht möglich, aus Mailand, L'Aquila und Rom anzureisen. Wir haben die Formalitäten bereits vorher mit ihnen geklärt.« Er räusperte sich. »Wie Sie wissen, ist Ihr Onkel Giuseppe Di Stefano, leiblicher Bruder Ihres Vaters Giovanni Di Stefano, im Juli verstorben. Er lebte bis zum Schluss auf dem Landsitz …«, – er blickte kurz auf seine Unterlagen –, »… Magnì. Ihr Großvater hat ihm das Haus noch vor seinem Tod 1972 als alleinigem Besitzer überschrieben.« Er blickte erneut auf seine Unterlagen. »Giuseppe Di Stefano war unverheiratet. In seinem Testament wurde verfügt, dass Sie und Ihr Bruder die Hälfte des Landsitzes erben, die andere Hälfte geht zu gleichen Teilen an die Kinder seiner Halbbrüder Giorgio und Salvatore.« Er blickte hoch, um zu überprüfen, ob sie bis dahin alles verstanden hatte.

Tita nickte.

»Ihre Cousinen haben bereits dem Verkauf des Landsitzes zugestimmt.« Er reichte Tita ein mehrfach unterzeichnetes Dokument und einen Kugelschreiber. »Bitte unterschreiben Sie hier. Der Verkauf wird treuhänderisch von einer Immobilienagentur durchgeführt, die von Ihren Miterben bereits beauftragt wurde. Der Anteil des Erlöses wird Ihnen gleich nach Verkauf überwiesen.«

Tita meinte sich verhört zu haben. »Was genau meinen Sie mit *verkaufen*?«, fragte sie fassungslos. »Ich will nicht verkaufen. Auf keinen Fall will ich, dass Magnì verkauft wird!« Ohne es zu bemerken, war sie aufgesprungen und hatte ihren Protest lauter artikuliert als gewollt. Sie war selbst überrascht von der Wucht ihres Widerstands.

Dottore Mancuso sah sie ungläubig an. »Hat man Sie denn nicht informiert?«

Tita schüttelte den Kopf. »Ich hätte einem Verkauf nie zugestimmt.« Andererseits fragte sie sich insgeheim, was sie sich eigentlich vorgestellt hatte. Natürlich waren ihre Cousinen nicht interessiert an dem kleinen Stück Land mit dem sicherlich renovierungsbedürftigen Steinhaus. Für die Landwirtschaft war die Nutzfläche viel zu klein, um rentabel zu sein. Darüber hinaus war der Boden, nicht zuletzt durch die Repressalien der *Gabellotti*, fast überall auf Sizilien gnadenlos ausgebeutet worden. Auch für den Tourismus war der Hof nicht interessant. Das Meer war etwa zwanzig Minuten Autofahrt entfernt. Die Umgebung trocken und karg. Tita war rational genug, um den Wert des Hauses einschätzen zu können. Der Leerstand der anderen Höfe ringsum war zu offensichtlich.

»Ich verkaufe nicht«, wiederholte sie dennoch mehr zu sich selbst als zu Dottore Mancuso. »Für wie viel wird der Hof angeboten?«

Dottore Mancuso räusperte sich. »Ich bin natürlich kein Experte«, – er schaute sie unglücklich an –, »aber ich meine, das Anwesen steht für 30 000 Euro zum Verkauf.«

Tita war fassungslos. 30 000 Euro für das Zuhause ihrer Kindheit und die Heimat ihres Vaters, ihrer Onkel und ihrer Großeltern.

Der Entschluss kam so plötzlich und setzte sich so unwiderruflich in ihr fest, dass sie das Gefühl hatte, er wäre schon immer da gewesen. »Ich werde Magnì kaufen.« Sie würde die 15 000 Euro für ihre Miterben und das restliche Geld für ihren Bruder schon irgendwie aufbringen.

Gianluca Mancuso blickte sie mit einer Mischung aus Überraschung, Nachsicht und Verärgerung an. *»Perché?«*, fragte er.

»Weil ich Magnì 26 Jahre nicht gesehen habe und weil ich es trotzdem nie vergessen habe. Es ist mein Zuhause.«

Dottore Mancuso nickte, als wäre das eine Erklärung, die ihm einleuchtete, nahm die Autoschlüssel von seinem Schreibtisch und sagte: *»Andiamo!«*

»Wohin?«, fragte Tita überrascht.

»Sehen wir uns Ihr Zuhause mal an. Es liegt zufällig auf dem Weg zu meinem Zuhause.« Das erste Mal, seit sie die Kanzlei betreten hatte, lächelte er, schob sich dabei die Sonnenbrille auf die Nase und wies ihr den Weg hinaus.

Draußen hatte sich der heiße Tag in einen warmen Spätnachmittag verwandelt. Der Notar fuhr einen Fiat Uno aus den achtziger Jahren. Kein Sammlerobjekt, sondern einfach nur ein altes, staubiges Auto.

»Ich dachte, Italiener wollen vor allem *bella figura* machen«, sagte Tita und wischte provozierend über die Staubschicht des Armaturenbretts. »Wie kommt es, dass ein Großteil der Luxusautos aus Italien stammt, aber fast alle Italiener … also auch die, die es sich leisten könnten«, – sie warf einen kurzen Blick auf Gianluca Mancuso neben ihr –, »kleine untermotorisierte alte Autos fahren?«

Er lachte. »Nun. Weil es eben genau die kleinen untermotorisierten alten Autos sind, mit denen man am besten durch Siziliens enge Gassen kommt.«

Sie waren mittlerweile von der Strada provinciale auf einen kleinen, von Natursteinmauern gesäumten Feldweg abgebogen, der so schmal und holperig war, dass man bestenfalls im Schritttempo fahren konnte. Rechts und links kratzte dorniges Gestrüpp am Autolack, und die Karosserie schaukelte über die Schlaglöcher, dass Tita fast seekrank wurde.

Signor Mancuso schob die Sonnenbrille etwas nach vorne und schaute Tita über den oberen Rand hinweg an. »Oder möchten Sie hier vielleicht lieber mit einem Lamborghini durchfahren?«

Tita blickte aus dem Fenster. Das alles schien ihr so vertraut und gleichzeitig so unwirklich. Die Carrubi und die Olivenbäume, die gelben Felder, die endlosen Linien der Natursteinmauern, die sich bis an den Horizont zogen und nur ab und zu von kleinen Baumgruppen und Kaktusfeigen gesäumt waren.

»Fichi d'India«, murmelte Tita, und die Erinnerungen kamen auf einmal aus ihren Verstecken wie Schwalben, die aus ihrem Winterquartier zurückkehrten.

Gianni

Juli 1973, Autostrada del Sole

Der weinrote Jaguar XJ6 schluckte Kilometer für Kilometer. Der Mittelstreifen der Autostrada del Sole leuchtete von weißen, rosa- und pinkfarben blühenden Oleanderbüschen. Ab und zu drang durch das geöffnete Fenster eine Mischung von Blütenduft und dem Gestank nach verbranntem Gummi ins Wageninnere.

Gianni sah in den Rückspiegel. Daniele schlief. Tita langweilte sich auf der Rückbank und vertrieb sich die Zeit mit dem Zählen der dreirädrigen Apes, die immer häufiger wurden, je weiter man nach Süden kam. Die kleinen Autos sahen wie Spielzeug aus. Manche waren bis zur Höhe der Fahrerkabine mit Wassermelonen beladen, manche transportierten Möbelstücke, einmal zeigte er Tita sogar eine Ape, auf deren Ladefläche ein Netz etwa zwei Dutzend Hühnerkäfige festhielt.

Die Reise nach Sizilien war für die Kinder eine Tortur, er wusste das. Er dachte an den letzten Sommer. Sie waren in Berlin ins Auto gestiegen, und er war die gesamten 2400 Kilometer gefahren ohne eine nennenswerte Pause.

Als sie diesmal nachts gestartet waren, waren Tita und der kleine Daniele beim sanften Brummen des Motors sofort eingeschlafen. Jetzt, um zwölf Uhr mittags, näherten sie sich Bologna. Im Radio lief nahezu in Dauerschleife *Parole* von Dalida.

Gianni fühlte sich leicht fiebrig. Je näher sie Sizilien kamen, desto ungeduldiger wurde er, und desto kürzer fielen die eh schon knappen Pausen aus. Es war, als würde das Auto den ganzen Weg an einer unsichtbaren Schnur gezogen. Vorbei an Feldern, Bergen, Raststätten und Fabriken.

Der XJ6 war sein ganzer Stolz. Jetzt, wo die Geschäfte im *Il Gattopardo* gut liefen und die Eröffnung der neuen Fabrik erfolgreich hinter ihm lag, hatte er sich *Il Gattone* geleistet – die große Katze. Er wollte *bella figura* machen in seiner Heimat. Mit seiner schönen Frau Carla, seiner Tochter Tita, seinem Stammhalter Daniele und – als Zeichen, dass er es in Deutschland geschafft hatte – mit dem nagelneuen Jaguar.

Noch letztes Jahr waren sie etwas beengt in seinem betagten Alfa Romeo Giulia nach Magnì gefahren. *La Giulia*, wie er sie nannte, hatte im Laufe der Jahre ein kapriziöses Eigenleben entwickelt. Dazu gehörten seltsame Motorengeräusche und ein beharrliches Klingeln der Maschine, was ihrer Fahrtüchtigkeit aber keinen Abbruch tat. Darüber hinaus knirschte die Schaltung bei jedem Wechseln der Gänge wie die von Arthrose geplagten Gelenke einer alten Dame. Dennoch hatte *la Giulia* geduldig ihren Dienst getan, bis man sie gegen *il Gattone* austauschte.

Gianni merkte, wie Tita ihn beobachtete, als er sich fahrig eine Atika aus der Schachtel nahm. Er bot Carla eine Zigarette an, die dankend ablehnte, zündete sie am Zigarettenanzünder an und rauchte ebenso hastig, wie er fuhr. Dann drehte er sich halb nach hinten zu Tita um. »Gleich mache wir ein Pause, Amore. *A Bologna c'è un Mottagrill.*«

Er schnippte die halb aufgerauchte Zigarette aus dem Fahrerfenster. Im gleichen Moment wurde sie mit dem Luftstrom durchs offene hintere Fenster neben Tita ins Wageninnere gesogen.

Tita schrie und sprang aufgeregt auf die andere Seite der Rückbank zu Daniele, der seinerseits zu brüllen begann. Während Gianni sich, *»Porcamadonna!«* fluchend, nach der nächsten Haltemöglichkeit umsah und Carla hektisch versuchte, den Zigarettenstummel am Filterende zu fassen zu bekommen, brannte die Glut, unbeeindruckt von all dem Aufruhr, einen braungelben Fleck in die fast neue Sitzbank aus rotem Leder.

Etwa fünfzehn Minuten später rollte *Il Gattone* auf die Raststätte Mottagrill Cantagallo bei Bologna.

Gianni stieg aus und lehnte sich ans Auto. Er betrachtete das imposante Bauwerk, das sich wie eine Brücke über beide Fahrbahnen spannte.

Carla stellte sich neben ihn und legte eine Hand auf seine Schulter. »Möchtest du einen Espresso?«

Gianni nickte, Carla nahm Daniele auf den Arm und Tita an die Hand, und gemeinsam gingen sie zunächst durch das Spalier strategisch aufgestellter Verkaufsregale mit Spielsachen und Süßigkeiten im Erdgeschoss des Restaurants. Daniele streckte die kleine Hand nach einer verlockend metallisch schimmernden Spielzeug-Winchester aus und fing an zu brüllen, als Carla ihn resolut von der Auslage wegdrehte.

»No!«, sagte sie und schaute ihn eindringlich an. »Wir spielen nicht mit Waffen! Niemals!« Das Gebrüll steigerte sich in ein ohrenbetäubendes Crescendo.

Gianni nahm seinen Sohn auf den Arm, zwickte mit Zeige- und Mittelfinger in die kleine Nase und tat überrascht, als zwischen beiden Fingern die Spitze seines Daumens hervorblitzte: »*Ehi, Gioia!* Schau nur, was ich gemacht habe. Ich habe ein Stuck von dein Nase geklaut.« Er fuchtelte Daniele wie zum Beweis mit seinem gefangenen Daumen vor dem Gesicht herum, ergötzte sich kurz an dessen ungläubig staunendem Gesichtsausdruck und tat dann, als würde er unter einiger Mühe die entwendete Nasenspitze wieder anschrauben. Während Daniele noch überlegte, was davon zu halten war, ließ Gianni ihn in einer ruckartigen Bewegung fallen, um ihn sogleich wenige

Zentimeter weiter unten aufzufangen und auf seine Schultern zu setzen. Daniele juchzte, und sowohl die Winchester als auch die verlorene Nase waren im Nu vergessen.

Gianni sah zu Tita hinüber, die genervt mit den Augen rollte. Sie war jetzt in der zweiten Klasse, und bei ihr konnte er mit seinem Trick nicht mehr punkten: Viele Male hatte er sich ihr als großer Zauberer präsentiert und am Ende im Anblick ihrer fassungslosen Bewunderung gebadet. Auf die gleiche Weise, wie er Danieles Nase geklaut hatte, hatte er den Daumen seiner linken Hand verschwinden lassen. »*Oplà!*«, sagte er dann überrascht und schaute verdutzt auf den Daumenstumpen. Diesen zeigte er dann Tita, und sie hatte bis vor Kurzem nicht verstanden, wie er das machte. Das Oberteil seines Daumens war einfach verschwunden. Weg. Man konnte die beiden Enden des Gelenkknöchels sehen. Sie hatte dann oft darübergestrichen und versucht nachzuvollziehen, wie man ein komplettes Daumenglied am Gelenk abtrennen konnte. Und sie hatte es immer wieder bei ihren eigenen Daumen versucht, bis es schmerzte. Es hatte sie schließlich Jahre gekostet, zu verstehen, dass er an diesem Finger tatsächlich kein Oberglied hatte. Gianni hatte ihr am Ende immer den anderen, kompletten Daumen gezeigt. Er musste in Gedanken daran lächeln.

Sie stiegen gemeinsam die Stufen zum Restaurant hinauf. Der längliche Raum spannte sich tatsächlich über die komplette Breite der Autobahn. Es roch nach Gegrilltem, nach fettigen Teigwaren und nach Kaffee. Carla verschwand mit den Kindern im Waschraum. Gianni sah ihr nachdenklich hinterher …

Zwölf Jahre war es jetzt her, dass er eines frühen Januarmorgens in Ragusa in den Zug gestiegen war. Unternehmungslustig und voller Ideale.

»Geh nach Deutschland!«, hatte ihm im Sommer 1960 das junge deutsche Paar am Strand geraten. »Die suchen ohne Ende Leute!«

Giannis Kommilitone Egidio hatte ihm von seinem Schwager Enzo erzählt, der bereits vor drei Jahren aufgebrochen war. Zunächst nach Verona, wo eine Art Sammellager unter Leitung der italienischen und deutschen Arbeitsämter eingerichtet worden war. Hier wurden die Aspiranten zunächst von Ärzten gründlich untersucht. Wie ein Stück Vieh habe man seinen Schwager vermessen, auf Zähne, Herz und Nieren geprüft und ihm schließlich Arbeitstauglichkeit bescheinigt. Entsprechend seiner Qualifikation sei Enzo dann einer deutschen Firma zugewiesen worden, die seine Bahnfahrt nach Köln zahlte und ihn »wie bestellt« direkt am Bahnhof abholen ließ. Von dort habe man ihn in eine enge Gemeinschaftsunterkunft gebracht, und er habe direkt am nächsten Tag mit der Arbeit begonnen.

Trotz aller misslichen Umstände in Deutschland, so hätte Enzo Egidio versichert, es lohne sich. *»Vale la pena.«*

Der Stundenlohn variiere je nach Ausbildung zwischen 2,50 und 3,20 DM und liege damit deutlich über dem Durchschnittseinkommen in Italien. Er habe einen Großteil des Geldes nach Italien zu Egidios Schwester und seinen *figli* geschickt, und dennoch habe er genug zum Leben.

Seit der Geschichte von Egidios Schwager und dem Hinweis des deutschen Paars am Strand war der Gedanke in Gianni gewachsen und hatte sich nicht mehr verdrängen lassen.

Anfangs war es nur eine klitzekleine Idee. *Una follia*, könnte man sagen. Etwas, was einem in den Sinn kam, wenn man sonntags während einer nicht enden wollenden Litanei seine Gedanken auf eine Reise schickte.

Aber dann war im unwiderstehlich lebensfrohen Sommer 1960 ein Windstoß durch Giannis Leben geweht. Er hatte Sizilien verlassen, seine Familie, seine Liebe, sein Zuhause, und war aufgebrochen in ein neues Leben.

In den ersten Jahren in seiner neuen Heimat hatte er sich unzählige Male gefragt, ob er das Richtige getan hatte. *Dalla padella alla brace* – vom Regen in die Traufe. Zu Hause wäre er im Schoß der Familie gewesen. Es hätte jeden Tag gutes Essen gegeben, und er hätte den Sommer am Meer verbracht. Wenn er geblieben wäre, hätte er bereits ein Jahr später sein Priesterseminar in Siracusa beendet. Vermutlich wäre er kurz darauf zur großen Freude seiner Tanten dem ältlichen Padre Vincenzo in der Chiesa del Santissimo Salvatore in Ragusa zur Seite gestellt worden, und heute – zwölf Jahre später – hätte er sicherlich bereits seine eigene Gemeinde. Er hätte Zeit für seine Studien gehabt, hätte lesen und ein wenig im Pfarrgarten arbeiten können. Seine Eltern wären stolz auf ihn gewesen, und er hätte nicht Schande über die Familie gebracht.

Aber dann war alles anders gekommen. Er war aufgebrochen, und anstatt in Deutschland zu studieren, war er als Kellner bei der Bahn gelandet und hatte anderthalb Jahre lang tagein, tagaus in einer schwankenden Zelle den *Crucchi* Bier, Bockwurst, Kaffee und Kuchen serviert, ohne auch nur ein Wort dieser anstrengend klingenden Sprache zu verstehen. Anderthalb Jahre lang hatte er aus dem kleinen, mit Draht verstärkten Pappkoffer gelebt. In provisorischen Unterkünften und mit einem ständigen Schwanken unter den Füßen. Das monotone Rattern der Räder und das unvorhersehbare Schlingern des Waggons im Schienenbett hatten sich in ihm festgesetzt. Wie bei einem Seekranken, der auch nach dem Verlassen des Schiffes meint, die Wellenbewegung zu spüren. Achtzehn Monate lang hatte er sich wie ein herrenloser Ball gefühlt, der im Gepäckraum vergessen worden war. Die Richtung war zwar definiert, aber die Bewegungen innerhalb dieser Richtung waren nicht kontrollierbar.

Bis er im Sommer 1962 eines Tages nach Feierabend auf einen Artikel im *Corriere della Sera* gestoßen war: Unter einem Foto der Eröffnungsfeier des Mottagrill Cantagallo bei Bologna stand ein kurzer Text zur unzweifelhaft erfolgversprechenden Zukunft der Autobahnraststätten. Die Reporter hatten sich nicht sattsehen können an den Prominenten, die zur Einweihung über den roten Teppich geschritten waren. Frank Sinatra, Gregory Peck, Brigitte Bardot und der damalige Schah von Persien Reza Pahlavi zählten zu den Gästen. Cantagallo war das zweite Brückenrestaurant, das in Italien eröffnet wurde. Pavesi, Motta und Alemagna hatten diesen neuen Markt unter sich aufgeteilt und wetteiferten in der architektonischen Ausführung um das luxuriöseste und futuristischste Design. Nachdem 1957 der erste Sputnik um die Erde gekreist war und zur gleichen Zeit in Italien der erste Fiat Nuova 500 vom Band rollte, hatte man zunächst auf satellitenartige Rundgebäude gesetzt. 1961 wurden dann schließlich von Pavesi und Motta nahezu zeitgleich die ersten Brückenrestaurants eröffnet. Italiener und Touristen, die mit ihren glänzenden Autos über die Autostrada del Sole in den Urlaub fuhren, konnten bequem von beiden Fahrtrichtungen aus in die unübersehbaren Gebäude eintreten.

Nun, zwölf Jahre später, sah Gianni auf den fließenden Autoverkehr unter sich, während er seinen Espresso umrührte.

Damals hatte er seinen Entschluss gefasst. Nicht, dass er in einer Raststätte arbeiten oder gar eine eröffnen wollte. Aber mit diesem Artikel wurde ihm klar, dass die Welt um ihn herum im Begriff stand, sich zu verändern. Die Gastronomie wurde schneller und beweglicher. Die Menschen sehnten sich nach Exotischem und Ungewöhnlichem. Und er saß fest in diesem Gefängnis auf Rädern. Er kündigte seine Stelle am Tag darauf, verabschiedete sich von seinem Freund Sauro, der mit ihm zusammen in Köln angekommen war, und stieg in West-Berlin aus dem Zug, nur ein knappes Jahr nachdem die DDR-Regierung eine Mauer um die Stadt hatte errichten lassen.

Und letztlich war es gut so gewesen. Was wäre er schließlich ohne seine Familie …

Als Carla und die Kinder zurückkamen, war die Espressotasse leer. Sie bestellten ein paar Panini und machten sich wieder auf den Weg. Bis nach Villa San Giovanni waren es noch zehn Stunden. Sie wären demzufolge erst nach Mitternacht an der Fähre. Also würden sie auf dem Weg übernachten und am nächsten Morgen eine der ersten Fähren nach Sizilien nehmen. Und von dort waren es noch etwa vier Stunden bis nach Hause. »*A casa.*« Das Wort hinterließ einen warmen Klang.

Als am nächsten Morgen die Fähre nach Messina ablegte, legte Gianni seine Hand auf Titas Schulter und schaute sehnsuchtsvoll Richtung Insel, die unter dem strahlend blauen Himmel im Dunst des Horizonts lag. »*Guarda la bellezza.*«

Er versuchte immer wieder, sich die Liebe zu seiner Heimat zu erklären. War er nicht auf Sizilien, spürte er die Abwesenheit nahezu physisch. Es war eine Melancholie, die sich wie ein zu enger Gürtel um die Brust legte und das Atmen erschwerte. War er aber dort, auf der schönsten aller Inseln, packten ihn Unruhe und Schwermut, die ihn bis zu seiner Abreise begleiteten. Konnte man etwas so sehr lieben und gleichzeitig im Grunde seines Herzens fürchten? Während in Deutschland alles vollkommen klar schien, so einfach und vorhersehbar, war hier alles mit einer gewissen Schwermut behaftet. Mit dieser Gottergebenheit, mit der jeder Einzelne sein Schicksal ertragen musste. Als läge alles in eines anderen Hand.

Tita

Juli 1973, Sicilia

Tita hüpfte aufgeregt umher. Sie liebte die knappe Stunde, die die schwere, mit Autos, Lastwagen und Menschen beladene Fähre brauchte, um am anderen Ufer anzulegen. Mit einem wohligen Gruseln hatte sie vor dem Ablegen beobachtet, wie das eiserne Wasserungeheuer sein Maul aufsperrte und Fahrzeuge, Menschen und Tiere in seinem Bauch verschwanden. Es erinnerte sie an den großen Walfisch, der Meister Geppetto und Pinocchio verschluckt hatte, bevor er sie hustend wieder ausspuckte.

Papà hatte ihr zu ihrem letzten Geburtstag einen Plattenspieler geschenkt. Er war wunderschön – ein rundes weißes Gehäuse mit einem transparent-roten Plastikdeckel. Seit das Gerät in ihrem Kinderzimmer Einzug gehalten hatte, hörte sie jeden Morgen, an dem sie nicht zur Schule musste, die Europa-Hörspielplatten. *Pinocchio*, *Das Dschungelbuch*, *Aristocats*, *Susi und Strolch*, *Peter Pan*, *Schneewittchen* – sämtliche Disneyfilme hatte Papà ihr besorgt. Es gab bestimmte LPs, die sie schon so oft gehört hatte, dass sie die Texte mitsprechen konnte. Besonders schön war immer der Moment, wenn sie eine neue Platte von ihrer Cellophanhülle befreite. Sofort konnte sie den vielversprechenden Duft nach Plastik und Druckerfarbe riechen, und die transparente Folie klebte elektrisch knisternd an der Plattenhülle und musste in mühsamer Kleinarbeit entfernt werden. Zog sie schließlich die schwarz glänzende Langspielplatte aus der innen liegenden weißen Hülle, war dies ein besonders feierlicher Moment. Vorsichtig legte sie dann den Arm mit der feinen Nadel auf die äußerste Rille der Platte, und diese gab, noch frei von irgendwelchen Kratzern und Staubkörnern, ihre Geschichte preis. Später, wenn die Platten schon mehrere Dutzend Mal gelaufen waren, gesellten sich zur Geschichte Sprünge und knisternde Geräusche, manchmal sogar Wiederholungen, die bizarr verfremdet wirkten, bis man dem kleinen Arm mit dem sich immer wieder bildenden Staubpuschel einen Schubs versetzte und er mit einem vorwurfsvoll kratzenden Geräusch die nächsten Rillen übersprang.

Jetzt dachte sie an *Pinocchio* und sah Papà an. Der schaute aufs Wasser und auf die Konturen der Insel, die langsam aus dem Dunst auftauchten, und sein Blick hielt sich an den immer klarer werdenden Umrissen fest, als würde er daran die Fähre ans Ufer ziehen wollen.

Il Gattone, wie Papà das Auto nannte, rollte langsam aus dem aufgeklappten Maul des Walfischs auf sizilianischen Boden. In dem Moment, wo sie auf der Insel waren, entspannte sich Papàs Gesichtsausdruck. Er stellte das Radio an, pfiff einen Song von Lucio Battisti mit und zündete sich eine Zigarette an.

Tita konnte sich an die Strecke nach Magnì noch vom letzten Jahr erinnern. Es ging immer an der Küste entlang. Man konnte das türkis glitzernde Wasser sehen, manchmal auch große Tanker, die sich in Zeitlupe am Horizont vorwärtszubewegen schienen. Sie würden, an Taormina und Giarre vorbei, bis hinter Catania auf der Küstenstraße bleiben und dann hinter den Ausläufern des Etna ins bergige Hinterland einbiegen. Weiter über Palagonia, vorbei an Grammichele, Chiaramonte Gulfi bis nach Comiso, von wo sie schließlich die Straße nach Ragusa und von dort den unbefestigten Weg nach Magnì einschlagen würden.

Die Landschaft flog vorbei wie in einem Film. Dörfer

tauchten auf und verschwanden wieder. Menschen führten an der Straße Maultiere und Esel entlang und waren im gleichen Moment nicht mehr zu sehen. Manchmal sah sie einen Hund, der den Eingang eines *Terracielo* bewachte und kurz den Kopf hob, wenn sie vorbeifuhren.

Tita fragte sich, ob die Orte, wenn sie sie nicht mehr sähe, weiterhin existieren würden. Oder ob etwas nur dann existierte, wenn es auch wahrgenommen wurde. Genauso wie sie sich immer fragte, ob die Personen und die Tiere, die sie auf Fotos sah, wohl noch am Leben waren. Dann rechnete sie nach. Zum Beispiel das Foto, auf dem sie etwa vier Jahre alt war und mit Oma und Opa ein Wildschwein im Forstgehege am Grunewald fütterte. Gab es das Schwein noch? Das Foto war drei Jahre alt. Wie alt wurden Wildschweine? Wurden Wildschweine geschlachtet?

Tita wurde aus ihren Gedanken gerissen. Papà hielt an einem Straßenstand und kaufte eine Wassermelone – es war die größte, die sie je gesehen hatte. Er wuchtete sie auf den Rücksitz zwischen Tita und Daniele. Die Melone war selbst größer als Tita und klemmte nun zwischen Rückbank und Vordersitzen. Wenn sie hohl wäre, könnte Tita in ihr reisen wie Cinderella in ihrem ausgehöhlten Kürbis.

Papà drehte sich zu ihr um. »Ein kleines Erfrischung für unsere Ankunft in Magnì.«

Mamma runzelte die Stirn. »Du meine Güte, wer soll das alles essen?«

Das wiederum entfachte eine wetteifernde Diskussion, wessen Heißhunger auf die süße, saftige Melone wohl am größten war. Tita tippte auf Salvatore. Papà auf Tita. Und Mamma auf Papà. Der Wagen war mittlerweile auf eine Landstraße abgebogen und rumpelte über kaum befestigten Boden. Weit und breit waren nicht einmal gemauerte Einfassungen zu sehen. Es war eine ockerfarbene Einöde ohne Anfang und ohne Ende.

»Hoffentlich macht der Wagen nicht wieder schlapp.« Tita musste lachen. Letztes Jahr hatte Mamma ihre Strumpfhosen opfern müssen, als die Lichtmaschine den Geist aufgegeben hatte.

Und während sie alle noch kicherten, drehte sich Papà plötzlich um und sagte laut und ernst, wie sie ihn noch niemals hatten sprechen hören: »*Zitti!* Kein Wort jetzt! *Subito!*«, während er gleichzeitig mitten auf der Straße anhielt.

Tita sah erst jetzt, dass ein Mann auf der Straße stand. Er trug die Coppola auf dem Hinterkopf, hatte eine Zigarette im Mundwinkel und hielt eine Lupara im Anschlag. Damit ging er bedächtig um das Auto herum, während er aufmerksam ins Wageninnere schaute. Als er bei Tita angekommen war, grinste er, schnalzte und entblößte dabei eine Reihe ungepflegter Zähne. Er nickte in Richtung der großen Melone und küsste mit einem Schmatzer den zusammengelegten Daumen und Zeigefinger seiner linken Hand. *»Muluni! Diliziusi!«* Dann ließ er seine Mundwinkel wieder in den vorherigen grimmigen Ausdruck zurückfallen und wandte sich Papà zu.

Tita konnte nicht verstehen, was gesprochen wurde. Sie hörte nur, wie Papà leise und bestimmt auf den Mann einredete und mit einer Geste nach vorn zeigte.

Schließlich trat dieser zurück und machte eine ungeduldig kreisende Bewegung mit der Hand. *»Avanti, avanti!«*

Ungefähr fünf Minuten fuhren sie weiter, ohne dass jemand ein Wort sprach. Schließlich fragte Tita: »Wen hat der Mann gesucht?«

»Uns nicht«, antwortete Mamma mit noch leicht zitternder Stimme. Und danach etwas leiser: »Uns Gott sei Dank nicht.«

Papà sagte nichts, bis sie in Magnì ausstiegen.

Tita
Juli 1973, Magnì

Zio Peppino, Papàs jüngster Bruder, hatte sie schon immer gern auf seine morgendlichen Streifzüge durch die sizilianische Landschaft mitgenommen, um ihr die Schönheit des Südens zu erklären.

An diesem Tag trug er Tita auf seinen Schultern und machte dabei immer wieder die Geräusche eines Maulesels.

Sie hatte von hier oben einen fantastischen Blick. Zum einen auf die trockenen Hügel der Monti Iblei mit ihren Ocker-, Gelb- und Olivtönen unter dem lichtblauen Himmel. Gegen die Straßen Berlins mit ihren tausendfachen Abstufungen von Grau, aufgelockert durch gelbe Telefonzellen und leuchtende Modefarben der Automobilindustrie, wirkte Sizilien wie ein pastellfarbenes Märchenland. Zum anderen auf Zio Peppinos spiegelglatten haarlosen Kopf, der zu einem runden, faltenfreien und rotbackigem Gesicht gehörte und Tita an die wunderbaren, mit Salzwasser des Ionischen Meers gewässerten Ciliegine di Pachino erinnerte, die sie letzten Sommer bei ihrem Ausflug nach Portopalo di Capopassero gekostet hatte.

Papàs älterer Bruder Salvatore hingegen, dessen Haut vom Arbeiten auf dem Feld eine olivfarbene Grundtönung angenommen hatte, war wie die etwas eingetrockneten Dattelfrüchte, die man im Winter auf dem Markt kaufen konnte. Er hatte mit seiner Frau Lina eine Hühnerfarm und einige Gewächshäuser mit Rosen.

Zio Giorgio, der Älteste der vier Geschwister, arbeitete als Carabiniere in L'Aquila. Tita liebte seinen Humor und den kugelrunden Bauch, den er gerne extra herausstreckte, um lachend daraufzuklopfen wie auf eine gigantische Wassermelone, deren Reife er kontrollieren wollte.

Tita liebte ihre Onkel. Jeden für sich. Aber heiraten, dachte sie sich, würde sie nur Peppino, mit dem man immer Spaß haben konnte.

»*Guarda. Solo al sud c'è questa bellezza.* Diese unfassbare Schönheit gibt es nur bei uns im Süden!« Peppino machte eine umarmende Geste, als wollte er eine Handvoll Bellezza einfangen und einatmen.

Dann, bevor sie die Tragweite dieser Bewegung verstand, duckte er sich ruckartig, packte sie an den Armen und wirbelte sie lachend durch die Luft, um sie schließlich nach wenigen Runden wieder auf ihre eigenen Füße zu stellen.

»*Solo al sud c'è questa bellezza*«, murmelte er noch einmal.

Dann machte er einige Schritte auf einen beeindruckenden Baum zu, der sein schattenspendendes Blätterdach wie einen Schirm aufgespannt hatte. »Olivenbäume, Feigen, Zitronen und Orangen …« Er zuckte verächtlich mit den Schultern und formte mit seiner rechten Hand eine schnabelartige Geste, mit der er wie ein Vogel nach der Innenseite seines Handgelenks zu picken versuchte. »Das haben alle. Ganz Italien hat diese Bäume. Aber den Carrubo« – liebevoll strich er mit der schwieligen Hand über den in sich verdrehten jahrhundertealten Stamm – »den haben nur wir. Nicht einmal im Norden Siziliens wächst er. Und dieser hier«, – lachend gab er dem majestätischen Stamm einen Klaps –, »war schon zu Zeiten des Königreichs beider Sizilien ein stattlicher Baum. Man kann ihn nicht einfach woanders ansiedeln. Er braucht Sizilien, und wir brauchen ihn. Aber jetzt *vieni.*« Er schulterte Tita wieder lachend auf ihren Hochsitz. »Mittagszeit. *Tempo a fare un bel pranzo.*«

Peppinos *Baglio* sah aus wie all die anderen Bauernhäuser der Gegend. Gruppiert um die großen Herrenhäuser der Adligen, die meist auf Hügeln errichtet worden waren, erinnerten sie Tita an kleine weiße Hühner, die sich um ihren Hahn scharten.

Magnì war aus den gleichen zerklüfteten Findlingen gebaut, aus denen auch die endlosen Mauern errichtet worden waren, die die pastellfarbenen Äcker und Felder durchzogen, als wären es Kreidestriche auf einem Aquarellgrund.

Zio Peppino hatte das zwei Hektar große gepachtete Grundstück von Nonno Carmelo übernommen. Nonna Salvatrice war nach Nonnos Tod letztes Jahr in eine kleine Stadtwohnung nach Ragusa Superiore gezogen, wo sie ihre Besorgungen zu Fuß erledigen konnte. Mamma hatte Tita erzählt, dass Zio Peppino Barone Cartia erst vor Kurzem vom Verkauf der kleinen Parzelle um Magnì überzeugen konnte. In letzter Zeit zog es den Baron und seine Frau häufiger nach Palermo. Dort fanden Tanzveranstaltungen statt, es gab weniger Fliegen, und das Klima war deutlich kühler. Tita konnte das nicht verstehen. Für sie war das Herrenhaus der Cartias, das auf einer kleinen Anhöhe über die Umgebung zu wachen schien, ein echtes Schloss.

Peppinos kleines Haus dagegen war, wie alle ländlichen Bagli, an vier Seiten von halbhohen Mauern umgeben. An einer Seite war die Mauer von einem schmiedeeisernen Tor unterbrochen, das bereits etwas schief in den Angeln hing. Auf der anderen Seite führte ein kleines Gatter zu einer umzäunten Koppel, auf der sich zu Nonnos Zeiten die stets gelangweilt dreinschauenden Maulesel und einige Schweine aufgehalten hatten.

In dem kleinen geschützten Hof standen im Schatten eines alten Carrubo ein aus großen Findlingen errichteter Tisch mit einer langen steinernen Tischplatte, daneben eine steinerne

Sitzbank und zwei einfache Holzstühle. Dort machten zur Erntezeit die Erntehelfer ihre Vesper. Den Rest des Jahres diente der Tisch als zentraler Familientreffpunkt. Ein Ort für Hausaufgaben, Mußestunden, Familienessen und Feierabendgelage.

Daneben gab es einen kleinen Brunnen mit einem in die Jahre gekommenen Blecheimer. Seitlich am Haus befanden sich die Ställe und der Unterstand für die alte Egge, die Peppino noch nicht verkaufen wollte. Im Hof lag außerdem eine mit Stroh gefüllte Matratze aus grobem Leinenstoff. Darauf räkelte sich Pupo, Peppinos karamellfarbener Hund mit den riesigen Fledermausohren und wachsamen bernsteinfarbenen Augen, die ständig auf der Suche nach einem wilden Kaninchen zu sein schienen.

Tita lief durch die Tür mit dem bunten Fliegenschutz ins kühle Innere. Sie mochte das Gefühl, wenn sich die langen Plastikschnüre wie Tentakel um ihre Haare und ihren Körper legten, um dann irgendwann aufzugeben und bedauernd wieder an ihre ursprüngliche Position zurückzufallen.

Im Haus befand sich in einer Ecke eine große Feuerstelle, über der an einer langen Kette ein großer Kupfertopf hing. Das offene Feuer hatte die steinernen Wände, die nur stellenweise verputzt waren, im Laufe der Zeit schwarz gefärbt.

In der Mitte des Raums stand ein großer Holztisch, dessen Platte mit einem gelb geblümten Wachstuch geschützt war. Ein ältlicher Gasherd, dessen Ecken bereits leicht angerostet waren, wartete neben der offenen Feuerstelle geduldig auf seinen Einsatz. Von der Decke hing neben einem eingestaubten geblümten Lampenschirm ein klebriger Fliegenfänger, der offensichtlich seit einiger Zeit nicht ausgewechselt worden war.

Peppino stand am Topf und rührte mit einem langen Bambusrohr etwas gesäuerte Molke vom Vortag in die dampfende Milch, die kurz darauf anfing zu stocken. Tita wusste, es würde noch etwa zehn Minuten dauern, bis die tiefen Frühstücksteller aus Ton mit dem heißen Ricotta und einer Scheibe selbst gebackenem Brot auf dem Tisch stehen würden. Zeit genug für eine Inspektionsrunde durch das kleine Haus, das so anders war als die Wohnung zu Hause in Berlin.

Im angrenzenden Raum, der mit einem bunten Stoffvorhang vom Eingangs- und Küchenbereich abgetrennt war, stand ein altes schmiedeeisernes Doppelbett. Darüber war eine sorgfältig glatt gestrichene sandfarbene Tagesdecke mit Lochstickerei gebreitet, auf der eine kleine Puppe mit schwarzem, synthetisch glänzendem Haar, hellgrünem Kleid und aufgemalten saphirblauen Augen saß. Diese Dekoration hatte Nonna Salvatrice angeschafft, und Zio Peppino hatte es noch nicht übers Herz gebracht, sich von ihr zu trennen.

Im größtmöglichen Kontrast zum Rest der Einrichtung stand an einer Wand des Schlafzimmers eine gewaltige, barock anmutende Kommode, deren Spiegelhaupt sich ausladend über die ganze Breite des Möbels zog. Zum Schutz der Platte hatte Salvatrice mehrere gehäkelte Deckchen ausgebreitet, auf denen eine Vielzahl von Bilderrahmen standen, darunter auch einer mit einem Foto von Tita auf dem Arm von Salvatore. Außerdem eine rote Plastikrose, die sich in einer kleinen Vase mit dem Abbild des Brandenburger Tors wohlzufühlen schien, eine Maultrommel und mehrere Flakons unbestimmten Inhalts.

Zweifellos war das außergewöhnlichste Objekt eine etwa bananengroße venezianische Plastikgondel, auf der sich aus nicht nachvollziehbaren Gründen die Jungfrau Maria und das Jesuskind eingefunden hatten. Um ihren Kopf waren viele bunte Lämpchen angebracht, die anfingen zu blinken, sobald man den Schalter auf der Rückseite betätigte.

Im Raum stand außerdem eine Art Kanapee, das Tita als Schlafstätte diente. An der gegenüberliegenden Wand blickte eine vergilbte, hinter Glas gesperrte Madonna müde lächelnd in den Spiegel der Kommode. Um sie herum waren Postkarten aus Rom, Neapel und Berlin befestigt worden. An der dritten Wand des Raums schließlich stand ein Kleiderschrank von der gleichen wuchtigen Machart wie die Kommode. Ein dreitüriges, kompaktes Möbel, das beim offensichtlich hastigen Anziehen am Morgen offen stehen geblieben war. Mit nur zwei schief darin hängenden Jacken und den offenen Türen erinnerte es Tita an Nonno Carmelo, wenn er den zahnlosen Mund zum Gähnen aufsperrte.

An der Decke hing eine einzelne Glühbirne. Nonno Carmelo hatte, gleich als die ersten schief stehenden Masten das Ragusaner Hinterland mit dem öffentlichen Stromnetz verbanden, auf der Elektrifizierung des Hauses bestanden. Tita kannte aus vielen Erzählungen die tragische Geschichte von Nonno Carmelos erster Frau Giovanna, deren Kleid an einem unglücklichen Winterabend an einer Petroleumlampe Feuer gefangen hatte und die, zunächst unter furchtbaren Schreien, dann später in noch beunruhigenderer Stille, mit dem Eselskarren in das zwei Stunden entfernte Ospedale Benito Mussolini geschafft worden war, wo man nur noch ihren Tod feststellen konnte.

Die kleine Familie hatte es daraufhin nicht leicht. Die Kinder mussten bei der Feldarbeit helfen, und der Haushalt verlotterte, wie Carmelos Schwestern Agnesa und Rosalia besorgt feststellten. Nach zwei Jahren schließlich stellte das Schicksal Carmelo eine neue Frau an die Seite: Die unverheiratete Salvatrice war mit 31 Jahren in den Augen ihrer mittellosen Familie bereits ein hoffnungsloser Fall, und so schlug man erfreut ein, als das Angebot aus Magnì kam, wo ein Witwer sich für Haushalt und Erziehung eine tatkräftige und patente Frau an seine Seite wünschte. Von da an hatte Salvatrice resolut das Zepter übernommen, sorgte für Ordnung in Haushalt und Familienleben und schenkte Carmelo zwei weitere Söhne: Gianni und Peppino.

Tita hatte auf der Kommode etwas entdeckt, was sie magisch anzog. Dort lag eine kleine messingfarbene Kapsel. Innen hohl, matt und schwarz, außen goldglänzend und poliert.

Sie lief zu Peppino. »Zio, was ist das? Darf ich es haben? Ist das ein Schatz?«

Peppino lächelte. »Das gehört deinem Vater. Du darfst es haben, aber heb es gut auf! Es ist schon sehr alt.«

Tita lief nach draußen in den Hof und sah sich um. Wo könnte man einen solchen Schatz nur verstecken, damit er niemals gefunden würde, aber auch niemals versehentlich verloren gehen könnte? Sie durchstreifte das Grundstück. Am Eingangstor wurde sie fündig. Das untere Scharnier hatte sich leicht gelöst und wackelte im Mauerwerk. Wenn man mit spitzen Fingern darunterging, stieß man auf einen kleinen Hohlraum, der von oben nicht einsehbar war. Sie schob die kleine Hülse in den Spalt und nahm sich vor, ihren Schatz spätestens im nächsten Sommer wieder hervorzuholen.

»Vieni a mangiare!«, rief Peppino sie zu sich in den Schatten des Carrubo. Die dampfenden Teller standen schon auf der steinernen Tischplatte. Daneben ein paar Weintrauben, Fichi d'India, einige Scheiben Schinken, zwei dicke Scheiben Weißbrot und ein Tonkrug mit Wasser.

Tita kannte die Wirkung von den letzten Tagen. Nach einem bei Mittagshitze verzehrten heißen Ricotta würde sie erschöpft einschlafen und erst wieder aufwachen, wenn die Sonne ihre Schärfe verloren hatte.

Tita

Dienstag, 07. September 2004, Ragusa

Als der Wagen vor einem kleinen Steinhaus mit einem schiefen schmiedeeisernen Tor hielt, dachte sie erst, Signor Mancuso hätte sich in der Adresse geirrt. Erst nach nochmaligem Hinsehen fiel es ihr wie Schuppen von den Augen. Sie hatte Magnì viel größer in Erinnerung gehabt. Alles wirkte so klein. Als wäre es im Laufe der Jahre geschrumpft.

Sie stieg mit wackligen Knien aus.

»Möchten Sie, dass ich Sie begleite?«, fragte er behutsam.

Sie schüttelte den Kopf.

Da drüben war die Mauer, auf der sie oft mit Aurora gesessen und Olivenkernweitspucken gespielt hatte. In der Mittagshitze hatten sie dort Nonna Salvatrices selbst gemachte Granita mit trockenen Savoiardi aufgetunkt. Am Steintisch hatte sie unter dem großen alten Carrubo gesessen und Zio Peppinos warmen Ricotta gegessen. Im Hühnerstall, der scheinbar die letzten Jahre als Garage gedient hatte, hatte sie Eier gefunden und versucht, sie auf einem Kissen sitzend auszubrüten. Tita musste lachen bei dem Gedanken an Nonna Salvatrices entsetztes Gesicht, als sie die platt gesessene Roheimasse unter ihrem Paradekissen fand. Jetzt stand dort eine alte *Gardiniera* – ein Fiat 500 Kombi, dessen linkes Vorderrad platt war.

Sie sah sich weiter in dem kleinen Hof um. Ein Ort der Erinnerungen, der noch fast genauso aussah wie in ihren Träumen in den letzten 26 Jahren, nur dass er viel kleiner war und die Menschen darin fehlten. Das war vermutlich das Befremdlichste. Magnì war immer voller Menschen gewesen. Nonno und Nonna, Papà, Mamma und Daniele, Zio Giorgio, Zio Salvatore und Zio Peppino, Zia Lina, die Frau von Salvatore, und Zia Artua, die Frau von Giorgio. Und natürlich ihre Cousinen Anna und Aurora und Gabriella, mit denen sie jeden Sommer Spiele spielte, für die sie keine gemeinsame Sprache brauchten.

Die Eingangstür war abgeschlossen. Den Vorhang aus bunten Plastikschnüren, der früher bei offener Tür Hitze und Insekten ferngehalten hatte, gab es nicht mehr.

Tita stellte sich auf die Zehenspitzen und tastete den Sims oberhalb der Tür ab. Der Schlüssel lag tatsächlich noch dort. Zio Peppino hatte ihn immer dorthin gelegt, wenn sie zu ihren Spaziergängen aufbrachen. Als sie die Tür aufschloss und eintrat, empfing sie staubige Dunkelheit. Nachdem sich die Augen an das wenige Licht gewöhnt hatten, stellte sie mit Enttäuschung fest, dass bereits jemand vor ihr durch den Eingang bei den Ställen hereingekommen sein musste. Die Küchenregale waren leer geräumt. Hier und da lagen noch Scherben und Zeitungsreste von *La Repubblica*, die offenbar beim Einpacken übrig geblieben waren. Der rostige alte Gasherd stand noch an Ort und Stelle. Alle anderen Gerätschaften waren verschwunden. Selbst den kleinen Tritt, auf den Nonna Salvatrice immer gestiegen war, wenn sie das obere Regal erreichen wollte, hatten sie mitgenommen. Der alte Küchentisch, dessen eines Bein kürzer war als die anderen, und ein alter Holzstuhl mit aufgelöstem Korbgeflecht standen noch da. Auch die kleine Lampe mit dem orange geblümten Schirm hing noch an der Decke.

Tita stieß die Fensterläden auf, und staubiges Sonnenlicht fiel herein. Auf einmal fühlte sie sich klein und hilflos. In ihrer Erinnerung war Magnì groß, laut und lebendig, mindestens so groß und lebendig wie Zio Peppino. Jetzt, wo sie hier war und alles sah, wie es schon immer gewesen war, klein und unscheinbar, alt und staubig, schwand ihre Kraft, und sie wusste nicht mehr weiter. Was um alles in der Welt wollte sie mit dieser Bruchbude?

Sie ging ins Schlafzimmer. Auch hier war nichts mehr übrig vom einstigen Mobiliar. Selbst die großen sperrigen Möbel hatte wer auch immer mitgenommen. In der Mitte des Raums stand ein kleiner Melkschemel, den man vermutlich als Tritt zum Abschrauben der Deckenlampe benutzt hatte. An den Wänden waren dort, wo früher Bilder gehangen hatten, helle Stellen zu sehen. Das ganze Haus war besenrein leer geräumt worden.

Auf einmal wurde Tita klar, dass sie nicht nur ihren Vater, ihre zwei Onkel, ihre Großeltern und Magnì, wie es früher war, für immer verloren hatte, sondern auch ihre Erinnerung daran. Eine heile Welt, von der sie dachte, sie bliebe für immer genauso wie damals. Ein Paralleluniversum von der Beständigkeit des Weltalls. Zeitlos und immer da wie die Alten auf der Piazza.

Tita hockte sich auf den kleinen Schemel, legte ihren Kopf auf die Arme und weinte. Es gab hier nichts zu tun. Das Haus war nicht mehr das, was es mal war. Ihre Erinnerungen waren nicht mehr das, was sie mal waren. Sie selbst war nicht mehr das, was sie mal dachte zu sein.

Ein vorsichtiges Räuspern holte Tita zurück in die Gegenwart. Dottore Mancuso stand im Türrahmen und fuhr sich verlegen durchs Haar. »Wir sollten uns wieder auf den Weg machen, wenn Sie soweit sind. Es wird bald dunkel.«

»Natürlich!« Tita erhob sich, wischte sich verlegen die Wimperntusche aus dem Gesicht und trat neben Mancuso aus der Tür in den Hof. »Ach, bitte … einen kleinen Moment noch!«

Sie ging vor dem Tor in die Hocke und fasste vorsichtig in den Hohlraum unter dem unteren Scharnier. Ein paar Brocken Putz hatten sich vor der kleinen Öffnung verkeilt, doch dann fühlte sie es. Sie zog mit spitzen Fingern eine glatte, metallisch glänzende Kapsel hervor, die wie ein Samenkorn über dreißig Jahre in der Mauer geschlummert hatte.

Gianni

März 1949, Magnì

Die *Macchia mediterranea* duftete in Erwartung des Frühlings. Gianni ließ die Füße baumeln. Die Frühjahrssonne hatte die Mauer angewärmt, auf der er saß, und auch wenn es auf Sizilien im März in kurzen Wollhosen und Halbschuhen noch recht frisch war, saß es sich hier angenehm.

Im Moment hatte eine frühe Eidechse sein Interesse geweckt. In dieser Jahreszeit war es für Eidechsen eigentlich noch zu kühl. Doch diese steckte vorwitzig die Nasenspitze aus einem Spalt im Mauerwerk, um sich in den ersten etwas intensiveren Sonnenstrahlen des Jahres zu wärmen.

Gianni hielt den Atem an. Jetzt nicht bewegen. Wenn er Glück hatte, konnte er sie fangen und in der leeren Flasche in seiner Tasche nach Hause tragen. Hinter ihm hörte er ein Rascheln.

»Ho! Peppi! Leise. Nicht bewegen«, zischte er seinem zwei Jahre jüngeren Bruder zu.

Peppino begriff den Ernst der Lage, rückte aufgeregt seine schwarze Baskenmütze zurecht und pirschte sich leise neben Gianni, bemüht, keinen Schatten zwischen sich und das scheue Tier zu bringen. Die Echse schöpfte keinerlei Verdacht und kroch nach einer schier endlosen Weile ganz aus dem Versteck, um sich in voller Länge zu sonnen.

»*Guarda!*«, flüsterte Gianni. »Es ist ein Mann!« Der Rücken des fast 25 Zentimeter langen Tiers leuchtete in einem schillernden Grün. Seitlich waren dunkle Punkte wie an einer Perlenkette aufgereiht. Es konnte nur eine Mauereidechse sein. Ruineneidechsen waren dunkler. Smaragdeidechsen hatten keine Punkte und schillerten wie grüne und türkisfarbene Edelsteine.

Ehe Gianni Peppi erklären konnte, dass männliche Eidechsen leuchtendere Farben hatten als weibliche, hatte Peppino blitzschnell seine Hand ausgestreckt und die Eidechse am Schwanz gepackt.

»*Caspita! Idiota!*«, entfuhr es Gianni.

Der verdutzte Peppino stand mit dem abgetrennten Schwanz der Echse in der Hand neben der Mauer und wusste nicht, ob er empört oder erschrocken sein sollte.

»Ich wollte doch nur nachsehen, ob es wirklich ein Mann ist«, heulte Peppino und ließ das etwa 15 Zentimeter lange Schwanzstück fallen. Mit einem Seitenblick auf Gianni gab er Fersengeld.

Der hob fluchend das Schwanzende auf und inspizierte es von allen Seiten. Was für ein Wunder. Ein Tier, das seinen Schwanz bei der Flucht abwerfen kann wie ein lästiges Kleidungsstück, das bei dem verdatterten Jäger zurückbleibt, während sich der Gejagte den Schreckmoment zunutze macht und entkommt.

Er dachte an die stolze große Eidechse, die jetzt vermutlich nur noch halb so lang war und auch nur noch halb so stolz. Vielleicht könnte man ihr den Schwanz zurückgeben, und er würde wieder anwachsen? Er legte den abgetrennten Schwanz auf die Mauer und lief zurück nach Magnì. Es war bestimmt schon Essenszeit, und seine Mutter verstand keinen Spaß, wenn man zu spät kam.

Magnì leuchtete orangerot in der untergehenden Sonne. Gianni liebte die pastellfarbenen Rot-, Gelb- und Ockertöne der Abendsonne, die sich so schön mit dem Silbergrün der Olivenbäume und dem Blaugrau der länger werdenden Schatten vertrugen. Er öffnete das schmiedeeiserne Tor, machte einen eleganten Bogen um Agata, das zahme Schwein, verscheuchte die Hühner, die es sich im Hof unter dem Carrubo bequem gemacht hatten, und sprang zu seiner Mutter in die Küche.

Salvatrice knetete mit beiden Händen den Teig. Ihr gesamter kompakter Körper war dabei in Bewegung. »Gio', wo hast du den ganzen Nachmittag gesteckt?«

»Ich musste studieren.« Gianni setzte eine wichtige Miene auf. »Wissenschaftliche Untersuchungen.«

»Du weißt, heute ist San Giuseppe. Vatertag. Wir wollen eurem Vater einen ordentlichen Empfang bereiten, wenn er heimkehrt …«

Als Peppino die Küche betrat und angesichts seines älteren Bruders sofort wieder umkehren wollte, zeigte Gianni ihm einen Vogel.

Salvatrice warf ihm einen scharfen Blick zu. »Was ist das wieder mit euch beiden heute? Die Freizeit nach der Schule bekommt euch nicht. Deckt schon mal den Tisch. Und am Montagnachmittag«, – sie hob warnend den Zeigefinger –, »geht's mit Papà und Salvatore raus aufs Feld zum Brennholzsammeln. Da bleibt euch keine Zeit mehr für eure Flausen.«

Die beiden nickten und stellten Teller, Gläser und Besteck auf den blank gescheuerten Holztisch. Die Zeit bis zum Essen vertrieb sich Gianni mit Lesen. Barone Cartia hatte ihm erlaubt, jeden Samstag die Ausgaben des *Giornale di Sicilia* und der *Gazzetta Sportiva* der vergangenen Woche bei ihm abzuholen, und es gehörte zu Giannis liebsten Abendbeschäftigungen, die Leitartikel zu lesen.

Überhaupt liebte er es, zu lesen. Es war, als würde sich ein Tunnel auftun und ihn mit dem Rest der Welt verbinden. Wie ein Telefon oder ein Fernschreiber. Gianni mochte technischen Fortschritt. Er hatte sogar gehört, dass seit 1939 in Italien Experimente mit Fernsehübertragungen gemacht wurden. Zwar würde von den in Rom ausgestrahlten Sendungen nur wenig auf Sizilien ankommen, und überhaupt war es fraglich, ob es auf der Insel schon ein Empfangsgerät gab, aber ein erster Schritt war getan. Und würde es irgendwann ein regelmäßig ausgestrahltes Programm geben, würde er der Erste sein, der ein Gerät für den Empfang hätte.

Er lief nach draußen, machte es sich am großen Steintisch im Hof bequem und versicherte sich kurz, dass seine Mutter noch im Haus beschäftigt war. Erst danach legte er seine Füße in den halbhohen Lederschuhen auf den Tisch.

Die Zeitung vom vergangenen Mittwoch kannte kein anderes Thema als die am Sonntag bevorstehende Targa Florio. Gianni las den gesamten Artikel und beschloss aufgeregt, noch heute nach dem Essen mit dem Fahrrad zu Piero zu fahren. Eine solche Chance konnte man sich einfach nicht entgehen lassen. Die Targa Florio fand zum 33. Mal statt. Gleichzeitig war es diesmal der 9. Giro di Sicilia. Ferrari, Maserati, Fiat, Lancia, eine neue Automobilmarke namens Osca – kürzlich erst von den Maserati-Brüdern entwickelt – und selbst ein nicht-italienisches Fabrikat, alle würden teilnehmen.

Man hatte die Strecke bereits im letzten Jahr zu einer Inseltour ausgeweitet. Ausgehend von Palermo, über Trapani, Marsala, Castelvetrano, Sciacca, Agrigento, Caltanissetta, Enna, Gela, vorbei an seiner Heimatstadt Ragusa, weiter über Noto, Siracusa, Catania, Messina, Sant'Agata di Militello bis nach Cefalù und schließlich wieder nach Palermo. Es war nicht nur ein Rennen von tausend Kilometern, das Automobilen und Fahrern das Äußerste abverlangte, die Targa Florio wurde auch das Rennen der tausend Kurven genannt, ging es doch durch die engen serpentinenartigen Straßen der kleinen Dörfer und Barockstädte, mit teils atemberaubendem Gefälle.

Und das Beste: Sie fuhren in nur wenigen Kilometern Entfernung an Magnì vorbei.

In der Zwischenzeit waren Carmelo und Salvatore von der Arbeit nach Hause gekommen. Während Salvatore mit seinen 24 Jahren im Vollbesitz seiner Kräfte stand, sah man Carmelo sein fortgeschrittenes Alter nach einem Tag auf dem Feld an.

Salvatrice stellte Fenchelsalat mit Orangen auf den Tisch, dazu das noch warme Brot und in Öl gebackene Panelle aus Kichererbsenmehl.

»Wie war es in der Schule?«, fragte Carmelo Gianni und stippte mit seinem Brot etwas Olivenöl auf.

Gianni fühlte sich unwohl. Das Thema könnte sich in eine nicht ungefährliche Richtung entwickeln. »Gut«, antwortete er einsilbig. Und ergänzte, um abzulenken: »Könntest du mir das Öl reichen, bitte?«

»Gianni hat seine Hausaufgaben vergessen.« Peppino hatte scheinbar heute noch nicht genug angestellt. Gianni trat unter dem Tisch nach ihm, leider ohne zu treffen.

Drei Augenpaare waren jetzt fragend auf ihn gerichtet. Über Salvatrices Haarknoten, der bereits von ersten grauen Strähnen durchzogen war, begann sich ein Unwetter zusammenzubrauen.

»Was zum Teufel soll das heißen?« Carmelo setzte ein bedrohliches Gesicht auf.

Gianni wusste, dass das ein heikles Thema war. Sein ältester Bruder Giorgio sollte ursprünglich Priester werden, hatte sich dann aber nach der Scuola Media bei den Carabinieri beworben. Salvatore musste nach dem Tod seiner Mutter nach nur drei Schulklassen der Scuola Elementare seinem Vater auf den Feldern helfen, anstatt die Maturità zu erwerben, um es, wie Carmelo sagte, »später einmal besser zu haben«.

Auf Gianni ruhten nun, besonders seitens seiner sehr frommen Tanten, sämtliche Hoffnungen, was das Stellen eines Priesters aus Magnì betraf. Man wünschte sich zumindest *einen* Studierten in der Familie, der womöglich später gar eine eigene Gemeinde würde leiten können, und sah diesem Fernziel hoffnungsvoll entgegen.

Gianni rutschte auf seinem Stuhl hin und her. »*Non ti preoccupare, Papà!* Ich hab es wiedergutgemacht.« Ja, diese *maledetta* Hausaufgabe, eine schriftliche Abhandlung über die Beatrice in Dante Alighieris »Divina Commedia« …

> *Die größte Gabe, die Gott, der Schöpfer, in seiner Großmut gewährt hat, die seiner Güte am meisten entspricht und die er selbst am höchsten schätzt, war die Freiheit des Willens.*

Gianni fragte sich, wie man sich so einen Unsinn hatte ausdenken können. Der Dottoressa Mangiapane hatte er erklärt, dass er am vergangenen Nachmittag unmöglich die Zeit hatte finden können, sich Beatrice zu widmen, da er – mit der wohlwollenden Billigung des Schöpfers – der Freiheit seines Willens nachgegeben hatte. In diesem Sinne hätte er voll und ganz nach Dantes Rat gehandelt und könne dafür unmöglich bestraft werden.

Gut, letztlich war er ums Analysieren der Textstelle nicht herumgekommen. Er würde die Hausaufgabe am Montag vorlegen müssen. Aber zumindest konnte er sich vom Verdacht der Faulheit reinwaschen und darüber hinaus noch zeigen, dass er Dante Alighieri verstanden hatte und sogar nach ihm zu handeln wusste. So gesehen mussten ihm auch Carmelo, Salvatrice und Salvatore recht geben.

Vor allem Carmelo bemühte sich, sein Lachen zu verbergen. Er hielt die schwieligen Hände mit einem *stuzzicadente* vor seinen Mund und versuchte, möglichst ernst auszusehen.

Lediglich an seinem feuchten Auge und einem gelegentlichen Schütteln der Schultern konnte Gianni mit geübtem Blick seine Heiterkeit erkennen.

Er atmete auf. Der Kelch war noch einmal an ihm vorübergegangen.

Salvatore machte keinen Hehl aus seinen Gefühlen und gab ihm mit einem Grinsen einen Klaps auf den Hinterkopf. »*Furbone!*«

Nach dem Essen schwang sich Gianni aufs Fahrrad und radelte zu Piero. Pieros Familie wohnte etwa fünf Kilometer entfernt auf halbem Weg zur Küste. Sie besuchten gemeinsam die vierte Klasse der Scuola elementare und verbrachten so viel freie Zeit miteinander, wie ihnen zwischen Hausaufgaben, Hausarbeit, Feldarbeit und Kirche noch blieb.

Gianni wurde von seinen Mitschülern ehrfürchtig *il poeta* genannt, da er es liebte, Gedichte zu verfassen und den Tag lesend, träumend oder sinnierend zu verbringen. Piero hieß bei allen nur *il fannullone*, der Faulpelz.

Gianni blieb an den Mauern des Baglio von Pieros Familie stehen und pfiff. Kurze Zeit später war Piero bei ihm.

Atemlos erstattete Gianni Bericht. »Tazio Nuvolari wird auch dabei sein!«

Piero pfiff anerkennend durch seine Zahnlücke. Der zweifache Targa-Florio-Sieger würde zwar aufgrund seines schlechten Gesundheitszustands nicht das Rennen fahren, aber vielleicht würden sie einen Blick auf ihn werfen können. Und Pintacudia, der Mille-Miglia-Sieger, würde in einem Fiat Topolino teilnehmen. »Nur zum Spaß!«, wie er mehrfach betont hatte.

Sie verabredeten sich für den nächsten Morgen um fünf Uhr an der Abzweigung Richtung Santa Croce. Die ersten Tourenwagen würden um Mitternacht starten. Danach kamen die Sportwagen. Die letzten Startnummern würden Palermo erst gegen vier Uhr morgens verlassen. Man rechnete zum Sonnenaufgang gegen sechs Uhr mit den ersten Automobilisten auf der Straße nach Ragusa.

Auf der Rückfahrt hatte es angefangen zu nieseln. Gianni fluchte und trat in die Pedale. Als er endlich zu Hause auf seiner Strohmatte lag, zog sich die Nacht wie die Sonntagsmesse von Padre Vincenzo. Die Schwierigkeit würde sein, von Salvatrice unbemerkt zu entwischen und rechtzeitig zum Kirchgang um zehn Uhr gekämmt und im Sonntagsanzug zurück in Magnì zu sein.

Draußen war der Nieselregen mittlerweile in einen ungemütlichen Landregen übergegangen. Um 4.30 Uhr endlich erlaubte er sich aufzustehen. Leise, leise, damit bloß Salvatore oder Peppino neben ihm nicht wach wurden. Er steckte sich eine der kalten Panelle vom Vorabend in den Mund und schwang sich auf sein Fahrrad, dessen Sattel noch ganz nass war. Bereits nach wenigen Minuten waren die Hose und die Stiefel vom Regen durchweicht. Er würde sich eine gute Erklärung für Salvatrice ausdenken müssen, warum sein Schuhwerk nachher beim Kirchenbesuch quietschte.

Die Wassermassen hatten den Boden durchtränkt – reichlich ungünstige Bedingungen für eine kurvige Autorallye. Piero stand schon in der Kurve. Die Anzahl der Zuschauer hielt sich bei diesem Wetter und zu dieser Uhrzeit in Grenzen. Neben ihnen an der Straße stand noch der alte Nunzio, dessen Leidenschaft schon immer schnelle Automobile gewesen waren. Er hatte trotz der frühen Stunde eine selbst gedrehte Zigarette im Mundwinkel, die jedoch vom Regen gelöscht worden war. Gegenüber standen die Fratelli Gambino, die auf der Zufahrtsstraße nach Ragusa eine kleine Autowerkstatt betrieben und folglich berufliches Interesse an dem Rennen hatten.

Um 6.30 Uhr ließ der Regen nach und wurde von einem dichten Nebel abgelöst, der wie die Vorhut der nahenden Automobile durch die Straßen strömte. Und endlich, kurz vor sieben, hörte man ein entferntes Dröhnen. Zuerst kaum wahrnehmbar, wie das Vibrieren einer elektrischen Leitung vielleicht, dann immer deutlicher. Als die ersten Fahrer schließlich an Gianni und Piero vorbeibrausten, stob das Wasser von der Straße auf die Gehwege. In der nächsten Kurve verschwanden die Fahrer schleudernd und driftend aus dem Sichtfeld der Freunde und hinterließen Schwaden von Abgasen und Feuchtigkeit.

»*Caspita!*«, rief Piero. »Das war Biondetti im Ferrari!« Es folgten Franco Rol im Alfa Romeo und schließlich – unter dem begeisterten Jubel der Fratelli Gambino gegenüber – Giovanni Rocco in einem Alfa-Maserati-Umbau von Placido Prete.

Gianni schlug Piero auf die Schulter. »Das hat sich gelohnt, mein Freund!«

Kälte und durchweichte Kleidung waren vergessen. Das Rennfieber hatte sie gepackt. Zwar konnten sie bei Weitem nicht alle der neunzig Teilnehmer anfeuern, aber doch zumindest das Führungsfeld.

Um acht wurde Gianni unruhig. Es würde jetzt schon schwierig werden, unbemerkt ins Haus zu gelangen, sich umzuziehen und mit einigermaßen trockenen Haaren zum Kirchgang zu erscheinen. Zu spät kommen war keine Option. Padre Vincenzo hatte ihn vor Kurzem zum Ministranten abkommandiert. Dabei hatten sicherlich wieder die Tanten ihre Hände im Spiel gehabt. Seit dem misslungenen Missionierungsversuch von Giorgio hatten sie in ihm ein neues Opfer für ihr kirchliches Seelenheil gefunden.

»*Porcamadonna!*«, fluchte er auf dem Weg nach Hause. Und

bekreuzigte sich zur Sicherheit gleich danach. Man konnte nie wissen. Gott sieht und hört alles, hatten ihm die Tanten beigebracht.

Als Gianni in den Weg nach Magnì einbog, hatte der Regen aufgehört. Man hatte bereits den Maulesel vor den Karren gespannt. Carmelo und Salvatore standen daneben und unterhielten sich. Salvatrice war gerade mit dem Füttern der Hühner beschäftigt. Offensichtlich hatte ihn noch niemand vermisst.

Er schob sein Fahrrad leise zur Rückseite des Hauses und kletterte über die Mauer. Über den Schweinestall und durch den Stall für die Esel erreichte er auf leisen Sohlen den Eingang.

Als er es gerade in die Stube und zum Schrank mit seinem Sonntagsanzug geschafft hatte, kam Peppino um die Ecke. Diesmal war Gianni schneller. Er schnappte sich den überraschten Peppi und hielt ihm die Hand vor den Mund.

»Wenn du auch nur einen Mucks machst«, – er durchbohrte seinen Bruder mit Blicken –, »erzähle ich Mamma, dass du die Biscotti geklaut hast!«

Das saß. Peppino erstarrte, schloss den bereits zum Schreien geöffneten Mund und setzte sich lautlos auf seine Matte.

Die Biscotti hatten in einem Glas in der Küche gestanden. Salvatrice hatte sie im November zu Ehren San Martinos gebacken. Gianni hasste die trockenen und harten Gebäckkringel mit Anis, die für ihn wie versteinerte Hundehaufen aussahen und, ehrlich gesagt, auch so schmeckten. Aber Peppino liebte sie, und Gianni hatte ihn erwischt, wie er in einem unbeobachteten Moment mehrere davon in seine Tasche wandern ließ. Der Diebstahl blieb nicht unbemerkt. Salvatrice tobte, aber keiner der Jungs verriet etwas. In Notfällen und gegenüber stärkeren Dritten konnten sie zusammenhalten wie Pech und Schwefel.

Der Kirchgang zog sich erwartungsgemäß in die Länge wie einer der Kaugummis, die die Amerikaner bei ihrem Einmarsch in Sizilien vor sechs Jahren verteilt hatten. Salvatore hatte einen ergattern können und ihm seinem kleinen Bruder geschenkt. Damals war Gianni vier Jahre alt. Er hatte die exotische Süßigkeit ehrfürchtig aus dem Stanniolpapier gewickelt und gut durchgekaut, um sie schließlich mit einiger Mühe herunterzuschlucken. Kurz darauf erfuhr Salvatore, dass man Kaugummi nach dem Kauen wieder ausspucken musste, und war ernsthaft besorgt, dass der Verdauungstrakt seines kleinen Bruders nun für immer verschlossen sein könnte.

Padre Vincenzo widmete sich diesmal in seiner Predigt den Vorzügen des Fastens. Gianni stand mit Seitenscheitel und im Ministrantengewand neben dem Altar, dachte an die Panelle vom Vorabend und fragte sich, ob Gott ihn für den Rest aller Tage in der Hölle würde schmoren lassen.

Andererseits, wie ungerecht konnte Gott sein, dass er ausgerechnet das Fest des heiligen Josef, den Vatertag, mitten in die Fastenzeit gelegt hatte?

Er betrachtete Agnesa und Rosalia, die, die knochigen Hände gefaltet, in der ersten Reihe saßen, mit geschlossenen Augen dem Padre lauschten und ab und zu zustimmend nickten oder unvermittelt laut »Amen!« sagten und sich bekreuzigten. Beide zusammen schienen mehrere hundert Jahre alt zu sein, dabei waren sie angeblich nur unwesentlich älter als Carmelo. Anscheinend hatte die Tatsache, dass sie unverheiratet waren und ihr Leben der Kirche gewidmet hatten, sie vorzeitig altern lassen.

Seit Gianni denken konnte, bewohnten die beiden eine kleine Stadtwohnung in Ragusa, in Laufnähe zur Chiesa del Santissimo Salvatore, und standen den Armen und Bedürftigen zur Seite.

Vor einigen Jahren hatte er einen hässlichen Streit mit Salvatore gehabt. Der hatte versucht, ihm zu erklären, dass auch die Tanten Frauen seien. Gianni war wütend geworden und hatte protestiert. Niemals seien die Tanten Frauen. Seine Mutter Salvatrice, ja, das war eine Frau. Die Panettiera, bei der er immer ein Panino zugesteckt bekam, ja, das war auch eine Frau. Bei ihm in der Schule gab es Mädchen. Das waren eben Mädchen, und die würden irgendwann auch einmal Frauen werden. Aber die Tanten – er schüttelte den Kopf –, im Leben nicht. Die Tanten waren eben … Tanten. Dass sie jemals Frauen gewesen sein könnten, blieb für ihn bis heute eine absurde Vorstellung.

Nach der Messe streifte Gianni sein Ministrantengewand ab wie eine Schlange eine alte Haut und rannte im Galopp zu Alfredos Bar, wo Piero ihn schon ungeduldig erwartete.

»Wo bleibst du denn? Die Ersten sind gleich im Ziel.«

Die Bar war ein schmuckloser Laden mit Tresen und Kaffeemaschine, Alfredo gleichzeitig Tabaccaio und Schreibwarenhändler. Aber vor allem besaß er einen der wenigen Radioempfänger in Magnì und Umgebung.

Es hatten sich etwa zwanzig Personen in dem kleinen Laden eingefunden und drängten sich um das zierliche Gerät. Die Übertragung erfolgte live aus Palermo, wo soeben die ersten Automobilisten das Ziel erreichten. Der Zieleinlauf brachte für Gianni und Piero letztlich keine großen Überraschungen. Sie waren dabei gewesen! Sie hatten den Entscheidungskampf von Biondetti und Rol mit eigenen Augen verfolgt und den Abgasdunst eingesogen wie den Duft einer seltenen Köstlichkeit.

Nach dem großen Finale und der Siegerehrung zerstreute sich die Menge, und der Tag lag vor Gianni und Piero wie eine ausgebreitete Picknickdecke.

»Pie', was hältst du davon …? Wir fahren ans Meer und sammeln *ricci*?«

Pieros Begeisterung hielt sich in Grenzen. Anders als Gianni war er kein Freund von Seeigeln. Besonders in den Wintermonaten konnte man sie am Strand von Marina di Ragusa einfach vor dem Riff aus dem Wasser sammeln. Die meisten waren melanzanefarben, es gab aber auch sandfarbene oder rötliche. Wer es schaffte, das obere Drittel des harten und stacheligen Kalkskeletts der Tiere mit einem scharfen Messer aufzubrechen, die Innereien zu entfernen und die verbliebenen korallenfarbenen Gonaden mit klarem Wasser auszuspülen, den erwartete ein unvergleichlicher Geschmack nach Meer und Fischrogen.

Piero fand, die Dinger schmeckten einfach nur widerlich nach brackigem Wasser. Gianni und Salvatrice hingegen liebten das konzentrierte Aroma und die cremige Konsistenz. Salvatrice bereitete aus den Tomaten, die gleich hinter dem Haus wuchsen, zusammen mit Olivenöl, Knoblauch und Chili eine pikante Soße zu, die am Ende mit den Spaghetti und den Gonaden vermischt und mit Petersilie oder etwas Fenchelkraut dekoriert wurde. Es war Giannis Lieblingsgericht in den kalten Wintermonaten. Und heute war Frühlingsbeginn. Er würde eine Weile darauf verzichten müssen, wenn das Wetter wärmer würde.

Doch Piero war diesmal nicht umzustimmen. »Mir ist noch kalt von heute Nacht«, beschwerte er sich und schloss die Arme um seine Schultern. »Wir holen uns noch den Tod. Die blöden Dinger sind es nicht wert.« Zwar hatte der Regen aufgehört, aber auch Gianni war nicht allzu erpicht darauf, bis zur Hüfte in das eiskalte Wasser zu waten, um dann mit Armen und Oberkörper einzutauchen, die Seeigel nach und nach herauszuholen und sie anschließend in einem Eimer mit Meerwasser nach Hause zu schleppen.

»Du hast recht« lachte Gianni. »Nur die *Crucchi* gehen bei dieser Kälte ins Wasser!« Sie hatten letztes Jahr im Mai bei Wassertemperaturen von nur 18 Grad ein Touristenpaar aus Deutschland beobachtet, wie es scheinbar zum Spaß im eisigen Meer badete.

»Bei den Temperaturen trägt Baronessa Cartia noch ihren Pelzmantel!«, hatte Salvatrice geschimpft, und Salvatore und Gianni hatten aus vollem Hals gelacht. Selbst Peppino hatte mit eingestimmt, wobei sich Gianni sicher war, dass er nicht verstanden hatte, worum es eigentlich ging.

Seitdem hatten sie sich immer wieder über die deutschen *Crucchi* lustig gemacht, die freiwillig im tiefsten Winter ein Bad im Meer nahmen und die, wenn man den Gerüchten glaubte, aus einem Land kamen, in dem Permafrost herrschte.

Gianni verbrachte den Rest des Tages unwillig mit Dante Alighieri. Dottoressa Mangiapane würde ihm am nächsten Tag auf den Zahn fühlen und ihn – sollte er den Text bis dahin nicht fertig haben – nötigenfalls ausweiden und filetieren wie einen Seeigel. Er mochte sich Papàs Reaktion gar nicht erst vorstellen, wenn die Dottoressa ihn persönlich über die zweimalige Verweigerung aufklären würde.

Danach zog er sich zur Belohnung mit der letzten Zeitung der vergangenen Woche an den steinernen Tisch zurück und vertiefte sich in die Lektüre über die miserable Blutorangenernte der aktuellen Saison.

Als Salvatrice zum Essen rief, war Gianni über der Zeitung eingeschlafen. Die vergangene Nacht ohne Schlaf hatte ihren Tribut gefordert. Salvatore trug ihn ins Bett, ohne dass er noch einmal wach wurde.

Der nächste Morgen ließ sich gut an. Die Sonne schien so klar von einem schwindelerregend blauen Himmel, wie es nur im Frühling möglich ist. Und auch dann nur, wenn der Regen die Luft von allem Staub sauber gewaschen hat. Es war, als ob der kalendarische Frühlingsbeginn die Natur an etwas erinnert hätte. Die Vögel sangen lauter, die Blätter hatten sich über Nacht etwas weiter entfaltet, und es roch nach Frühling.

Als Gianni gerade den Weg zur Schule einschlagen wollte, kam ihm der alte Enzo mit seiner Ziegenherde entgegen. Er mochte Enzo, der mit seinen Girgentana-Ziegen von Hof zu Hof zog und den Bewohnern je nach Bedarf frische Ziegenmilch direkt vor der Haustür molk. Und er mochte auch die Ziegen, die ihn mit ihren korkenzieherähnlichen Hörnern und den großen, wachen Augen an Fabelwesen erinnerten.

»*Buongiorno, Enzo!* Lasst mir etwas Milch übrig!«, rief er fröhlich.

Enzo hob die Hand und nickte ihm zu. Salvatrice würde am Abend Ziegenkäse machen, das war so sicher wie das Amen nach Padre Vincenzos Sonntagsandacht.

Auch in der Schule fing der Tag bestens an. Wie erwartet, nahm Dottoressa Mangiapane Gianni in die Mangel, und diesmal lieferte er fehlerfrei ab.

»Wie machst du das nur?«, stöhnte Piero, der am Samstag ebenfalls seine Hausaufgabe nicht gemacht hatte, dem aber keine so glorreiche Ausrede eingefallen war und dem somit ein Ungenügend in das kleine rote Notenbüchlein der Dottoressa eingetragen worden war. »Mir fällt dazu einfach nichts ein!«

Gianni zuckte mit den Schultern. »Würde es sicher, wenn es dir wichtig wäre.« Er boxte Piero freundschaftlich gegen den Oberarm. »Ich kann heute Nachmittag nicht. Ich muss mit Peppino Brennholz sammeln. Befehl von ganz oben.« Er zeigte Richtung Magnì.

Zu Hause rührte Salvatrice gerade den *Primosale*.

»Da bist du ja!«, rief sie. Sie reichte ihm ein Stück Brot und eine Schale noch warmen Käse mit ein paar Tropfen Olivenöl. »Iss schnell. Salvatore und Papà sind schon auf dem Feld. Du sollst dir Peppino schnappen und auf den Ebenen Richtung Cimillà Brennholz sammeln.«

Während Gianni aß, füllte sie die restliche nasse Käsemasse in die *fuscelle* und ließ sie im Spülstein abtropfen.

Das Essen schien sich in seinem Magen noch zu verdoppeln und hinterließ eine satte Geborgenheit.

»Peppi, vieni!«, rief Gianni mit vollem Mund, während er schon vom Tisch aufgestanden war.

Peppino schaute um die Ecke und schnitt eine Grimasse, als er den Tragegurt fürs Brennholz sah.

Als die beiden loszogen, schaute Salvatrice ihnen lächelnd hinterher. Wann immer einer ihrer Jungs Gefahr lief, ungerecht behandelt zu werden, würde sie sich wie ein drohendes Unwetter vor dem Widersacher aufbauen.

Selbst Carmelo sah sich vor ihr vor, etwa wenn er ausnahmsweise den Bambusstock aus der Ecke hinter dem Herd hervorholte, um einem seiner Söhne – verdient oder unverdient – das ein oder andere Gebot haptisch ins Gedächtnis zurückzurufen.

Giovanni mit seiner zarten und verträumten Art war Salvatrice ganz besonders ans Herz gewachsen. Ihr Erstgeborener. Sie liebte die stille Gründlichkeit, mit der er Sachen untersuchte. Sein fast unstillbares Verlangen nach Wissen. Und sie bewunderte seine Gabe, sich Dinge merken zu können, um sie bei Gelegenheit wieder hervorzuholen und mit weiteren Informationen zu verknüpfen. Es war, als strickte er ein immer dichteres Netz aus Wissen, das sich nach und nach über alles und jeden in seiner Bekanntschaft legte.

Wenn es nach ihr ginge, würde der Junge einen anderen Beruf erlernen als ausgerechnet Priester. Der Gedanke, dieses neugierige junge Leben hinter den Klostermauern des Seminars wegzusperren, machte sie traurig. Ausgerechnet Gianni, der die Welt erkunden wollte und stets Entdeckungen machte. Und sie würde niemals Nonna von Giannis Kindern sein. Sie wischte sich die Gedanken mit einer Haarsträhne aus der Stirn.

»Gott ist mein Hirte. Es wird kommen, wie es kommen soll.«

Auf den Feldern stemmten sich die knorrigen Carrubi gegen das klare Sonnenlicht. Hier und da hingen noch vergessene Johannisbrotfrüchte vom letzten Jahr in den Kronen. Zwischen den Bäumen waren am ersten warmen Tag des Frühlings die haarigen Kapseln des Klatschmohns aufgebrochen. Der Regen und der Wind der letzten Tage hatten für reichlich Brennholz gesorgt. Die Carrubi hatten alles, was dem Wetter nicht standhalten konnte, zu Boden fallen lassen. Die Kiepe auf Giannis Rücken war bereits dreiviertelvoll.

»Lass uns Schluss machen«, maulte Peppino.

»Ein bisschen noch.« Gianni hob ein weiteres Stück Holz auf. »So schnell, wie wir waren, können wir noch bis zur alten Plantage laufen und uns ein paar Granatäpfel organisieren. Mamma erwartet uns nicht vorm Abendessen.«

Die alte Plantage war ein heruntergewirtschaftetes Stück Land mit ein paar Granatapfel-, Orangen- und Zitronenbäumen, einer Menge Kakteen und viel unfreundlichem Dornengestrüpp. Keiner konnte sagen, wem die Plantage gehört hatte. Klar war nur, dass sie bereits seit Jahren nicht mehr bewirtschaftet wurde. Natürlich war der Zutritt verboten. Warum, wusste Gianni nicht. Man nahm ja schließlich niemandem etwas weg. Ob die Früchte nun überreif vom Baum fielen oder in seinem

Magen landeten, sollte dem ehemaligen Besitzer letztlich egal sein.

Sie stiegen über die halb hohe Mauer, deren Steine an einigen Stellen bereits abgetragen und für andere Bauwerke in der Umgebung verwendet worden waren.

»Da war wohl jemand schneller«, stellte Peppino fest.

Die Bäume ragten kahl und trocken aus der Erde. Früchte hingen nirgendwo, und neue Blüten waren, vermutlich aufgrund des zu trockenen Sommers im letzten Jahr, auch nicht in Sicht. Gianni kämpfte sich durch das Gestrüpp, zog sein Taschenmesser aus der Hose, sicherte seine Hand mit einem Taschentuch und schnitt ein paar *fichi d'India* von den Büschen. »Besser als gar nichts.«

Er liebte Kaktusfeigen. Das saftige, zuckersüße Fruchtfleisch mit den harten Kernen war neben Salvatrices Granita und *muluni* seine Lieblingserfrischung an heißen Tagen. Die Früchte, die sich normalerweise in Gelb, Orange und Rot von den grünen Kakteen abhoben, standen jetzt allerdings in einem mürrischen Graugrün von den fleischigen Blattansätzen ab. Gianni schnitt die Schale mit den feinen Stacheln großzügig weg und biss in das verbliebene kleine grüne Stück Frucht.

»*Ba! Fa schifo!* Widerlich!« Er spuckte das Stück in hohem Bogen zwischen die Büsche. Der Bissen hinterließ einen bitteren Nachgeschmack und ein seltsam pelziges Gefühl auf der Zunge. »Lass uns nach Hause gehen.«

Als Gianni sich gerade die Kiepe über die Schulter werfen wollte und sein Blick über die niedergetretenen Halme, die Erdbrocken und die kleinen Äste am Boden glitt, wusste er, dass er etwas wahrgenommen hatte, was dort nicht hingehörte. Er setzte die Kiepe wieder ab, um die Stelle näher zu betrachten. Und dann sah er sie auf einmal – eine kleine schwärzliche Kapsel aus Metall, deren spitz zulaufendes Ende zwischen vertrockneten Gräsern und Steinen aus dem Boden ragte. Gianni nahm sein Messer und schabte den Gegenstand behutsam frei, bis er sich ganz aus dem Boden ziehen ließ.

»Peppi!«, rief er. »Ich habe einen Schatz gefunden!«

Peppino sprang aufgeregt zu ihm und ritzte sich dabei die Beine an den Dornen. *»Porcamiseria!«* – in drei Schritten stand er neben Gianni.

Die beiden bestaunten das Ding, das Gianni vorsichtig auf seiner offenen Handfläche balancierte. »Ich glaube, es ist eine Patrone.« Gianni inspizierte das Objekt von allen Seiten und rieb mit dem Zipfel seines Hemdes vorsichtig die Erde vom Metall. Nach einer Weile begann die Hülse in einem Messington zu schimmern, sobald Gianni sie in die Sonne hielt.

»Sie ist wunderschön!« Peppino sah die Patrone ehrfürchtig an wie ein kostbares Artefakt aus der Bronzezeit. »Komm. Wir schauen, ob da noch mehr ist!«

Die beiden fingen an, die harte Erde rings um den Fundort mit dem Messer zu bearbeiten. Nach einer Stunde hatten sie zwar keinen Schatz, aber doch immerhin eine zweite Patrone gefunden. Weitere Fundstücke waren nicht in Sicht.

»Wir müssen los!«, konstatierte Gianni. »Sonst gibt es Ärger mit Mamma.«

Er wickelte die beiden Kostbarkeiten in sein Taschentuch und steckte sie in die Hosentasche. Dann schulterte er die Kiepe und sprang, beflügelt von seinem Fund, leichtfüßig über die Mauer.

»Wie kommen die dahin?«, fragte Peppino.

Gianni erklärte es ihm. »Es war im Sommer vor sechs Jahren. Da sind die Engländer und die Amerikaner nachts bei Scicli an Land gegangen und haben den Deutschen den Garaus gemacht. Und den Italienern.«

Peppino war fassungslos. »Was? Die Amerikaner? Und die

Crucchi? Hier bei uns? In Magnì?« Er versuchte offensichtlich, sich eine Invasion vorzustellen, die mitten durch Mammas Küche ging. Womöglich war ein Panzer direkt durch ihren Hof gefahren. Das war einfach unglaublich.

»Ja. Auf dem Weg nach Messina haben sie alles niedergemetzelt, was ihnen vor die Flinte kam. Die Briten gingen hier bei uns an Land und die Amis bei Siracusa. Dann haben sie uns in die Zange genommen.«

Peppino schluckte. »Uns? Dich auch?«

»Die feigen Deutschen und uns Italiener. Ich habe mit Papà zusammen Magnì verteidigt.« Gianni schmückte Geschichten gern aus. Dass er während der Operation Husky gerade einmal vier Jahre alt gewesen war, ließ er aus.

Peppino war sichtlich beeindruckt. »Können wir morgen weitersuchen?«, fragte er aufgeregt.

»*Come no?* Wir gehen morgen zurück und suchen weiter. Vielleicht finden wir sogar noch ein Gewehr.«

»Oder einen Panzer«, ergänzte Peppino hoffnungsfroh.

»Kein Wort zu Mamma oder Salvatore!«, drohte Gianni seinem kleinen Bruder. Dass man das erst recht nicht Papà erzählen durfte, musste er nicht einmal dem begriffsstutzigen Peppino erklären.

Zu Hause in Magnì zog sich Peppi mit seiner »Armee« zurück, einem Haufen kleiner und großer Tierfiguren, die ursprünglich das Jesuskind in der Krippe bewacht hatten und die von ihm mittlerweile zu einem kampftauglichen Berufsheer umfunktioniert worden waren. Nun war die Fantasie zu neuen Heldentaten beflügelt worden, und die Kampfhandlungen spielten sich nicht mehr in fernen Ländern ab, sondern direkt hier vor der Haustür: Die Schlacht um Magnì.

Gianni stapelte das Brennholz hinter dem Maultierstall und

stellte die Kiepe an Ort und Stelle. Dann setzte er sich an den Steintisch und holte die beiden Patronen aus der Tasche. Peppino hatte recht. Sie waren wunderschön.

Er hörte Salvatrice in der Küche klappern. Bis zum Abendessen war noch Zeit. Eine Zeitung gab es heute nicht. Er würde erst morgen die Ausgaben der letzten Woche von Barone Cartia abholen können. Gedankenverloren drehte er eine der Patronen zwischen Daumen und Zeigefinger. Wie funktioniert eigentlich eine Patrone? Ist da Schwarzpulver drin? Wie entzündet sich das Pulver? Wenn er eine Patrone öffnen würde, bliebe ihm immer noch eine unversehrte. Und er könnte das Schwarzpulver isolieren und daraus beispielsweise eine Rakete bauen.

Giannis Neugier war geweckt. Er legte die Patrone bedächtig auf den Tisch und holte sich den faustgroßen Stein, der normalerweise dafür sorgte, dass der Wind die Tür nicht zuschlug. Vorsichtig, ganz vorsichtig legte er die Messerspitze in die schmale Rille am hinteren Ende der Patrone und setzte mit dem Stein an, um das Messer in die Kerbe zu treiben. Das blöde Ding rollte weg.

»Ma vaffanculo!«, schimpfte er. Wie fixierte man nur das dumme widerspenstige Ding? Er sprang auf, rupfte ein Blatt vom Feigenbaum, rannte zu den Mauleseln, die bereits träge dösten, griff mit dem Blatt etwas Dung und transportierte das leicht angetrocknete Material auf den Tisch. Wenn Salvatrice ihn dabei erwischen würde, wäre sein letztes Stündchen gekommen. Er formte eine Art Rampe aus dem klebrigen Zeug, steckte die Hülse horizontal hinein und setzte erneut sein Werkzeug an. Der perfekte Winkel.

Er zielte mit dem Stein auf das Messer und schlug zu.

Für einen Moment stand die Zeit still.

Der Knall erschütterte den Hof. Er fraß sich in Schallgeschwindigkeit von Magnì über die Felder und verhallte irgendwo auf dem Weg zum Meer. Die Explosion wirkte so laut in der ansonsten seichten Abendstimmung, dass jeder, der sie hörte, sofort wusste, dass das nichts Gutes bedeuten konnte.

Salvatrice ließ das Besteck, das sie eben aus der Schublade genommen hatte, fallen und stürzte hinaus in den Hof.

Carmelo und Salvatore, die nur noch wenige Meter von Magnì entfernt waren, ordneten das Geräusch sofort einer Waffe zu, sahen sich an und rannten los in die Richtung des Schusses.

Peppino, der gerade seiner Flak die Abwehr feindlicher Fliegerstaffeln befohlen hatte, ließ erschrocken den kleinen hölzernen Esel fallen und versuchte, den ohrenbetäubenden Knall zu verstehen.

All das passierte im Bruchteil einer Sekunde. Nur Gianni stand, war hellwach und lauschte dem Schall nach.

Als alle fast gleichzeitig im Hof eintrafen, bot sich ihnen ein schreckliches Bild.

Gianni stand wie der Messias mit halb erhobenen Händen vorm Tisch. Das Blut war überall. Auf dem Tisch. Auf Giannis Hemd. Es tropfte von seinen Händen, und es hatte Giannis Gesicht mit blutigen Sommersprossen gesprenkelt. An Giannis rechter Hand baumelte das obere Glied des Daumens an einem letzten tapferen Hautfaden. Gianni selbst war erstarrt.

Von den Übrigen hatte jeder seine eigene Art, mit der Situation umzugehen.

Salvatrice warf die Hände hoch, rief: »*O dio mio!*«, und fiel anschließend auf die Knie, um zu beten.

Carmelo machte auf dem Absatz kehrt, um das Maultier vor den Karren zu spannen.

Salvatore rannte zu Gianni, stützte ihn und wickelte vorsichtig seine Jacke um die Hand, deren Daumenglied sich weiterhin zwischen Leben und Tod bewegte.

Peppino stand und betrachtete die Situation fasziniert und entsetzt zugleich. Aber vor allem fragte er sich: »Wo zum Teufel kommt nur all die Eselsscheiße her?«

Salvatrice blieb bei Peppino in Magnì, während sich Salvatore und Carmelo mit Gianni auf den Weg zum Krankenhaus nach Ragusa machten.

Mittlerweile war es dunkel geworden, und Giannis Finger begann zu brennen. Zeitweise war der Schmerz so stark, dass sich die Bewusstlosigkeit wie ein Tuch über ihn legte und ihn schlafen ließ. Dann wurde er wieder wach vom Holpern der ungefederten Holzräder auf der schlaglochübersäten Straße.

Carmelo und Salvatore saßen schweigend vorne auf dem Bock und versuchten, nicht an jene Nacht zu denken, in der sie Giovanna, Salvatores Mutter, auf demselben Weg ins Ospedale gebracht hatten. An das betroffene Gesicht des Arztes, der bei ihrer Ankunft nur noch traurig den Kopf schüttelte. Nun, vierzehn Jahre später, fuhren sie die Strecke wieder. Und wieder waren die gleichen Ängste mit an Bord.

Als sie im Ospedale ankamen, konnte der junge Arzt vor Ort nur noch eine Amputation anordnen. Das obere rechte Daumenglied war durch die Explosion nicht nur abgetrennt, sondern auch so weit zerschmettert worden, dass sich der Finger nicht mehr rekonstruieren ließ.

Kurz nach Mitternacht waren die drei zurück in Magnì.

Gianni versuchte, nur wenig zu weinen, und hatte ständig das Gefühl, das obere Glied seines rechten Daumens noch zu fühlen.

Salvatrice konnte Carmelo nur mit Mühe davon abhalten, dem Patronenforscher noch in derselben Nacht eine ausführliche Strafpredigt zu halten.

Salvatore ging zu Bett und weinte etwa drei Stunden lang, bis er einschlief.

Gianni war kleinlaut, hatte Schmerzen und ging ebenfalls zu Bett. Allerdings nicht, ohne sich zu schwören, dass er das Geheimnis der Patronen irgendwann doch noch lüften würde.

Als die Tanten von dem Unglück erfuhren, waren sie sich einig. »Nur Gott allein hat dieses Wunder bewirkt und Gianni den Unfall überleben lassen. Er hat uns ein Zeichen gesendet. *Gloria al Padre e al Figlio e allo Spirito Santo. Come era nel principio, ora, e sempre, nei secoli dei secoli.* Amen.«

Salvatrice dachte: Aus dem Jungen wird nie ein Priester werden.

Und Gianni fragte sich, ob sein Daumen irgendwann nachwachsen würde wie der Schwanz der Mauereidechse.

Tita

Dienstag, 07. September 2004, Ragusa

Sie saßen schweigend im Auto. Tita drehte gedankenverloren die glatte Messinghülse in ihren Händen und versuchte, unbeschadet in die Gegenwart zurückzufinden.

Gianluca Mancuso steuerte den Fiat über den schmalen Feldweg zurück auf die Hauptstraße nach Marina di Ragusa, während rechts und links wieder dornige Zweige am matten roten Lack kratzten. »Signora, darf ich fragen, ob Sie heute Abend schon etwas vorhaben? Ich treffe mich mit Freunden in einer Pizzeria *vicino a casa mia*. Vielleicht schöner nach so einem Tag, als ganz allein essen zu gehen.« Er blickte prüfend zu ihr hinüber.

Verdammt, dachte Tita, er hatte recht. Sie hatte sich schon gefragt, wie sie den Abend in einem Restaurant ohne Begleitung überstehen sollte. In Berlin war das etwas anderes. Sie war eine emanzipierte Frau und hatte keinerlei Probleme, sich selbstbewusst in der Großstadt zu bewegen. Zwar bekam man als einzelne Frau auch in Berlins Restaurants oft nur den Katzentisch, aber saß man erst, war alles gut.

Hier auf Sizilien gingen die Frauen auch im 21. Jahrhundert noch nicht ohne Begleitung in ein Restaurant oder eine Bar. Es schickte sich einfach nicht. Ihre Cousinen wären entsetzt, wenn sie wüssten, dass sie allein hier war. Ohne männlichen Schutz.

»Es wäre mir eine Freude«, antwortete sie und sah bei einem kurzen Seitenblick, wie ein zufriedenes Lächeln über Gianluca Mancusos Gesicht huschte.

Er setzte sie am Lungomare ab, nur wenige Meter vor ihrem Hotel. »*Mi raccomando, ci vediamo alle 9 al Miramare*, gegenüber *Serafino*. Um neun in der Pizzeria!«, rief er ihr beim Aussteigen zu. »Und bitte … ich bin Gianluca!« Er lehnte sich quer durchs Auto und reichte ihr die Hand durch die offene Beifahrertür, als würde damit das förmliche Sie auf dem Fahrersitz zurückbleiben.

»*Piacere*, Tita.«

Als sie ihre Zimmertür aufschloss, sah sie auf die Uhr. Halb sieben. Die Sonne begann langsam im Meer zu versinken. Das türkisfarbene Meer, das sie am Mittag so beeindruckt hatte, wurde immer grauer, und der Himmel schmolz in einem kurzen Verlauf ins Wasser. In Gedanken war Tita noch in Magnì. Sie versuchte sich zu erinnern – an das Haus, wie es einmal gewesen war, und an Papà.

Kurz vor neun machte sich Tita auf den Weg zur Pizzeria. Die Piazza war voller Menschen. Während man sich in Berlin oft schon gegen 19 Uhr traf, war es hier selbst um 22 Uhr noch recht früh zum Essengehen. Oft wurden Restauranttische im Hochsommer sogar bis 23.30 Uhr vergeben.

Sie wusste, dass man sich in ganz Italien den Hunger und die Zeit bis zum Abendessen mit Stuzzichini vertrieb, die ab 18 Uhr auf üppig belegten Platten zum Aperitivo gereicht wurden. Während des Studiums in Mailand hatte sie gelernt, ihren Appetit auf die Stückchen von Pizza und Omelett, auf Patatine, sauer eingelegtes Gemüse, Fenchelsalami und Schinken zu zügeln. Nur Touristen stürzten sich gierig auf die kostenlosen Kleinigkeiten.

Tita ging die Promenade entlang, bis das Don Serafino am Strand auftauchte. Die Pizzeria war mit großen hölzernen Tanzböden direkt auf den Sandstrand gebaut. Die weiß getünchten

Wände hatten blau umrandete runde Fenster, die wie Bullaugen wirken sollten. Der Bereich mit den weiß eingedeckten Restauranttischen wurde von Messingständern mit roten Kordeln vom Strandbereich abgetrennt. Von hier aus konnte man beim Essen den Mond auf dem Wasser glitzern sehen und das Rauschen der Wellen hören. Rechts und links neben dem Eingang hatte man große Schwarz-Weiß-Fotos vom Strandleben in Marina di Ragusa in den fünfziger Jahren angebracht. Darüber stand in geschwungenen Lettern: »Lido Azzurro 1953 da Serafino«. Hier würden sie also bedauerlicherweise nicht essen.

Sie drehte sich um 180 Grad zum *Miramare*. Eine mit bläulichem Neonlicht illuminierte Terrasse mit Plastikstühlen und Papiertischdecken. Auf den Tischen lagen statt Stoffservietten kleine bedruckte Umschläge mit Papierservietten und Besteck. Daneben in Plastik verpackte Grissini und ein Körbchen mit kleinen Tütchen mit Essig, Öl, Salz und Pfeffer. Hinter der Terrasse konnte man durch eine Reihe beschlagener bodentiefer Fenster den Innenraum erahnen. Neben einem großen Steinofen, der ordentlich befeuert war und um dessen Öffnung sich mehrere schwitzende Pizzaioli mit ihren langstieligen hölzernen Ofenschiebern drängten wie Bienen in der Einflugschneise zu ihrem Stock, sah man weitere lange Tische und Holzstühle mit Korbgeflecht. Die Wände waren ebenso wie der gekachelte Fußboden in Cremetönen und in Dunkelbraun gehalten, und ein schmieriger Film schien über allem zu liegen. Dennoch, drinnen wie draußen war nahezu jeder Platz besetzt.

Ein großer, rundlicher Kellner eilte stark schwitzend herbei.

»Il tavolo di Dottore Mancuso?« Ihr Italienisch klang schrecklich. Ein dreimonatiger Intensivkurs in Perugia und neun Monate Kunststudium in Mailand hatten nicht ausgereicht, um den deutschen Akzent und die fehlerhafte Grammatik auszumerzen.

Es war, als würde ihr ein Zettel auf der Stirn kleben, auf dem »deutsch« stand.

Erwartungsgemäß antwortete der Kellner auf Englisch. Sie ärgerte sich zum wiederholten Mal, seit sie angekommen war, dass sie bislang nicht mehr Wert auf das Erlernen der italienischen Sprache gelegt hatte. Und noch einmal mehr, dass ihre Versuche, diese klangvolle Sprache zu sprechen, in diesem Land nicht honoriert wurden. Das Englisch des Kellners war deutlich schlechter als ihr Italienisch und außerdem kaum zu verstehen.

Gianluca war schon da. Und ein Großteil seiner Freunde ebenfalls. Es war ein Tisch für vierzehn Personen. *Lassari in trìrici!* Wie konnte es auch anders sein. Tita musste lächeln.

Er stellte sie der Runde mit einem gewissen Stolz vor – *»Vi presento Tita, mia amica di Berlino«* – und platzierte sie fürsorglich sich gegenüber in der Mitte der langen Tafel. Neben ihm saßen eine hübsche Sizilianerin mit dunklen Augen und glatten schwarzen Haaren auf der einen und eine blauäugige Frau mit kurz geschnittenem rötlichem Haar auf der anderen Seite.

Die Dunkelhaarige streckte die Hand aus und schenkte Tita ein warmes gewinnendes Lächeln. »*Piacere!* Antonia. Willkommen im Süden Siziliens, dem schönsten Ort der Welt.«

Dem konnte Tita nichts entgegensetzen. Was, fragte sie sich, konnte dieser Moloch Berlin schon bieten, verglichen mit dem Zauber dieser besonderen Insel?

Natürlich war auch Berlin etwas Besonderes. Die Italiener waren alle ganz verrückt nach Berlin. Diese wilde Großstadt mit der zwiespältigen Geschichte, die noch an jeder Straßenecke zu erkennen war. Faschistische Architektur, Häuser, über deren Eingängen die verbliebenen Reichsadler nunmehr Hausnummern statt Hakenkreuze trugen. Die alternative Kultur, die zwischen dem Asphalt hervorwucherte wie die aromatischen Kräuter in den Fugen von Siziliens Trockenmauern. Das alles, gewürzt mit einem Hauch bayrischer Folklore – das nahm man bei den italienischen Touristen nicht so genau. Deutschland war Deutschland.

Rechts und links neben Tita hatten sich zwei Freunde von Gianluca eingefunden. »Fabrizio. Freut mich sehr. Ich war erst kürzlich in Berlin. Eine fantastische Stadt!« Und auf der anderen Seite »Walter. *Piacere!* Ich bin auch nicht von hier. Ich komme aus dem Norden.« Die Gesellschaft lachte.

»Deutschland?«, fragte Tita.

»Milano«, antwortete Walter.

Die Stimmung war ausgelassen. Titas anfängliche Sorge, sie würde der Unterhaltung nicht folgen können oder keinen Anschluss finden, war unbegründet. Fabrizio stellte sich als ideenreicher Architekt heraus, und während ihres Gesprächs entstand vor Titas innerem Auge bereits eine moderne Reinkarnation von Magnì.

»Das ist das Schöne, wenn man alte Strukturen hat.« Er sah Tita direkt an. »Man kann sie mit Modernem kombinieren. Wenn wir uns die ganze Zeit auf unseren alten Meisterwerken ausruhen würden, könnten wir uns niemals weiterentwickeln. Das Besondere ist die Kombination aus Vergangenheit, Gegenwart und Zukunft. Das einfachste und nachhaltigste Architekturkonzept der Welt.« Er lachte.

Tita fasste sich ein Herz. »Würdest du dich meines kleinen Erbstücks annehmen? Ich brauche dringend Unterstützung beim Umbau.«

»*Come no. Pensieri non pagano gabelle.* – Die Gedanken sind frei. Schauen wir uns dein Baglio morgen mal an, und dann beschließen wir, was wir damit anfangen. Ohne Verpflichtung selbstverständlich. *L'amica di Gianluca e amica mia.*«

Nach zwei Gläsern Wein war Tita so weit aufgetaut, dass sie von den Deutschen und ihren Pizzagewohnheiten erzählte.

»Stellt euch vor, bei uns in Deutschland isst man mit Vorliebe Pizza Hawaii, mit Ananas darauf. Und Pizza Gyros. Und es gibt sogar türkische Pizza. Mit dünnem Boden und Hackfleisch.«

Als die Gesellschaft fassungslos johlte und Walter neben ihr *»Ma che schifo!«* ächzte, betonte sie noch einmal, dass sie als Tochter ihres Vaters selbstverständlich immer nur die Klassiker bestellte.

Man war sich einig, dass Obst nichts auf einer Pizza zu suchen hätte und dass bestimmte Klassiker der italienischen Küche als Nationalheiligtum behandelt werden müssten und am besten in Italien selbst bleiben sollten.

Gianluca erklärte, bei Pizza höre der Spaß bei den Italienern auf. Viele Touristen würden selbst in den Mittagsstunden Pizza bestellen wollen. Er schüttelte den Kopf. »Keine Pizzeria, die auf sich hält, feuert den Pizzaofen jemals vor 20 Uhr an.« Zustimmendes Gemurmel am Tisch. »Das Restaurant hier«, – er holte weit mit seinen Armen aus und verfehlte dabei nur knapp die Gesichter von Antonia und der kurzhaarigen Enrica –, »ist eine Institution. Es ist eine echte Pizzeria mit echten Pizzaioli. Nicht so wie da drüben …« Er nickte seitlich zu *Don Serafino*. »Ja, vielleicht ist das Ambiente dort netter, aber das Essen taugt nur für Touristen …« Dabei nickte seine gespitzte Hand ein paarmal Richtung Handgelenk, und er zog die Mundwinkel verächtlich nach unten. »Hier isst man Pizza *originale*! Von Hand gemacht. Mit Teig, der mindestens 24 Stunden ruht, bevor er verarbeitet wird. Erst dann bildet sich dieser Geschmack, dieses unvergleichliche Aroma, das nur die Zeit schafft. Und die Zutaten: beste Tomatensoße, von unseren heimischen Tomaten, ohne Knoblauch und Gewürze. Der pure Geschmack der

Tomate mit etwas Salz. Dazu Mozzarella di Bufala, bestes sizilianisches Olivenöl *e basta*. Die Ruhe und die Einfachheit und die Güte der Zutaten, das macht eine gute Pizza aus.« Er küsste Daumen und Zeigefinger. Die Runde johlte. »Walter ist unser Foodjournalist aus dem feinen Norden.« Er nickte seinem Gegenüber zu. »Walter, was sagst du dazu?«

»Nun …« Walter lehnte sich zurück, presste die gespreizten Finger vor seinem Oberkörper gegeneinander und blickte dabei gen Himmel, als erhoffte er sich Beistand von Lucullus persönlich. »Für mich gibt es neben der neapolitanischen Pizza, die ja definitiv eine Sonderstellung in der Kulinarik hat, nur zwei weitere, die überhaupt Bestand haben.« Er sah sich um und war sich der Spannung bewusst, die er aufgebaut hatte. »Die römische«, – er schaute triumphierend in die Runde –, »und selbstverständlich die sizilianische.«

Für den nächsten Tag um die Mittagszeit verabredete sich Tita mit Fabrizio zur Besichtigung mit anschließendem Brainstorming in Magnì. Am späten Nachmittag wollte sie mit Gianluca in der Kanzlei die Formalitäten für den Kauf klären. Antonia bot ihr überraschend an, sie vom Hotel abzuholen und sie – mit einem kleinen Schlenker über Donnafugata – nach Magnì und anschließend nach Ragusa in die Kanzlei zu fahren.

Als Tita schließlich im Bett lag, fielen ihr die Augen zu, und in ihren Träumen saß sie auf der Mauer in Magnì und aß eine Pizza mit Ananas.

Gianni

September 1953, Magnì

Gianni hatte sich auf die Mauer hinter dem Schweinestall gelegt – in den spärlichen Schatten eines Orangenbaums, der sich zwischen den stattlichen Carrubi und den Olivenbäumen der Umgebung wie ein armer Verwandter ausnahm. Eine Tageszeitung von vorletzter Woche lag auf seinem Gesicht – gegen die Fliegen und gegen Peppinos neugierige Blicke. Mit nackten Füßen genoss er einen der letzten freien Vormittage, bevor Ende September die Schule begann, für Gianni die letzte Klasse in der Scuola Media, für Peppino die Scuola Elementare.

Die Hitze war hier im Schatten hinter dem Haus aufgrund des gewässerten Auslaufgeländes der Schweine halbwegs erträglich. Nur der Gestank war kaum auszuhalten. Gianni hatte eine neue Technik dagegen entwickelt. Wenn man sich stark konzentrierte, konnte man sich einreden, der Gestank wäre der Duft von *Gelsomino*. Es bedurfte ein wenig Fantasie und Übung, aber mit der Zeit klappte es immer besser. Mit jedem Atemzug sog er die Zeitung ein wenig an, mit jedem Ausatmen hob sie sich wieder etwas. Beim Einatmen verband sich der Duft nach Jasmin mit dem Geruch von Druckerschwärze.

Seine Gedanken hatten sich auf den Weg gemacht und schwebten zwischen Traum und Wirklichkeit, zwischen Fantasie und Realität, irgendwo in einem Land, in dem Schweine nach Jasmin rochen und das laute Krähen des Hahns nebenan zum Klang einer Fanfare wurde. Sie hoben ab wie die Zeitung auf seiner Nase und senkten sich anschließend wieder wie Daunen, die auf den Boden schwebten.

In dieser Welt aus Duft und Pastellfarbe sah er sie. Sie stand nicht weit von ihm in einem weißen Kleid und hatte ihm den Rücken zugedreht. Das Stück weiße Haut zwischen Kragen und Haaransatz, die dunklen Haare mit einem hellblauen Band zusammengebunden, das Gesangbuch in der Hand. Er streckte einen Finger aus, um eine Locke zu berühren, die sich aus ihrem Zopf gelöst hatte. Sie drehte sich um, öffnete ihren lieblichen Mund und rief seltsamerweise mit Peppinos scheppernder Stimme: »*Scemu nnamuratu!* Gianni ist ein verliebter Narr!«

Gianni fuhr hoch – fast wäre er von der Mauer gefallen – und bekam Peppino gerade noch am Arm zu fassen.

Der hatte sich einen Kapernstrauch aufgesetzt, schüttelte die grünen Locken und rief in höchsten Tönen, während er mit spitzen Lippen Küsse in die Luft warf: »*Baciami, Giovannino mio.* Küss mich, ich bin deine Marietta.«

»*Ma vai a cacare!* Scher dich zum Teufel!«, schimpfte Gianni und nahm seine zweite Hand dazu, um seinem kleinen Bruder eine ordentliche Abreibung zu verpassen.

Peppino wand sich aus dem Griff wie eine Aspisviper und verschwand kichernd hinterm Haus.

Gianni setzte sich auf. Das Ganze wurde allmählich unangenehm. Wenn jetzt schon Peppino von Marietta wusste, stand es demnächst in der Zeitung. Er nahm sich vor, noch einmal mit ihm zu reden. Vielleicht konnte er das Schlimmste verhindern, wenn er sich von seiner freundlichsten Seite zeigte.

Seine Liebe zu Marietta dauerte nun schon beinahe vier Monate. Er hatte sie das erste Mal während der Messe gesehen und dabei fast seinen Einsatz beim Läuten der Altarglocken verpasst. Padre Vincenzo hatte ihm sogar einen ermahnenden Blick zugeworfen, war Giovanni doch normalerweise immer sein zuverlässigster Ministrant. Aber diesmal schien es Gianni, als wäre ihm ein Engel erschienen. Noch nie hatte er ein so schönes Mädchen gesehen.

Seitdem wurde der Platz in seinen Träumen von Marietta besetzt. Sie verbrachten die Tage zusammen und die Nächte. Sie saß in der Schule neben ihm, und sie beobachtete ihn, wenn er mit seiner Familie zu Abend aß. Nur wusste sie davon nichts. Und das sollte – wenn es nach Gianni ging – auch unbedingt so bleiben. Auf keinen Fall durften seine Klassenkameraden von seiner Schwärmerei erfahren. Man stelle sich vor, Piero und – noch schlimmer – Vito bekämen etwas mit. Oder Padre Vincenzo. Ihm lief der kalte Schweiß den Nacken herunter. Er wäre geliefert.

Das Problem war, dass er natürlich dennoch nur im allerbesten Licht vor ihr dastehen wollte. Das war für einen beinahe 14-Jährigen reichlich schwierig, wenn er jedes Mal, wenn sie ihn sah, ein langes Spitzengewand mit rotem Unterrock und brav zur Seite gescheiteltes Haar trug. So waren die Monate ins Land gegangen, und ein Kennenlernen wurde von Mal zu Mal unmöglicher. Seine Liebe musste geheim bleiben.

Nach dem Mittagessen schnappte sich Gianni den ahnungslosen Peppino, der meinte, zur Strafe eine weitere Tortur ertragen zu müssen. »Wir könnten mal wieder etwas zusammen unternehmen«, ließ Gianni beiläufig fallen. »Wir könnten etwas spielen. Oder auf Kaninchenjagd gehen.«

Peppino sah ihn misstrauisch an. Zu plötzlich kam dieser Sinneswandel. Zu oft hatte ihm Gianni klargemacht, dass er kein Interesse mehr an seinen Spielen hatte. Er war ein Großer und Peppino in seinen Augen … ein Wurm. Auf der anderen Seite – er war hin und her gerissen –, was würde er dafür geben, mal wieder etwas mit seinem großen Bruder zu unternehmen. Wie früher. Sie würden Entdeckungstouren durch das Umland machen. Vielleicht sogar einen Ausflug mit dem Rad bis ans Meer.

Und wenn Gianni Hintergedanken hatte? Wenn er ihn auflaufen lassen und in eine Falle locken würde zur Strafe für seine kleine Scharade heute Vormittag?

Er dachte nach. Was sollte schon passieren? Er hatte Gianni schließlich in der Hand. Wenn er ihm zu Leibe rückte, würde er die Sache mit Marietta in ganz Ragusa erzählen.

Gianni hielt ihm die Hand hin. Und Peppino schlug ein.

Was dann geschah, war nicht etwa von langer Hand geplant, sondern eine Verkettung wirklich unglücklicher Zufälle. In Giannis Augen war der einzig Schuldige an der Misere Peppino selbst.

»Lass uns *Nobile e Contadino* spielen!«, schlug Peppino vor. »Ich bin Barone Cartia! Und du bist der Bauer, der die Felder bestellt und mir Geld bringt.«

Gianni verdrehte die Augen. Ausgerechnet. Er mochte den schweißtreibenden und undankbaren Beruf seines Vaters schon im echten Leben nicht. Jetzt sollte er auch noch zum Spaß den Bauern geben. Seit Mussolini 1940 damit begonnen hatte, den sogenannten Sturm auf die Großgrundbesitzer auszurufen, hatte sein Vater Carmelo gehofft, irgendwann einmal das lächerlich kleine Stück unfruchtbares Land auf eigene Rechnung bewirtschaften zu dürfen. Nachdem Sizilien den Faschismus hinter sich gelassen hatte, versuchten die Demokraten schließlich mit dem *Legge Milazzo* erneut eine Agrarreform. Aber – Gianni seufzte: *»Unn'è santu chi sura.«* Eher würde die Hölle zufrieren. Wie wollte man von den Adligen erwarten, dass sie sich von all den Bequemlichkeiten und Reichtümern trennten, nur weil es irgendwo ein Gesetz so vorsah? Zumindest hatte sich trotz des *Legge Milazzo* in den letzten Jahren nichts geändert für die Bauern der Umgebung.

»*Uffa.* Muss das sein?«, seufzte er.

Peppino verfügte, dass er selbst im Spielablauf als Adliger auf einem Reittier daherkommen müsse, um nach erfolgter Ermahnung des zahlungsunwilligen Bauern, also Giannis, mit seinem Adjutanten, ebenfalls Gianni, auf die Jagd nach einem Wildschwein, dargestellt von Gianni, zu gehen.

Gianni wünschte, er hätte es schon hinter sich.

»Die Maultiere sind nicht da!«, stellte Peppino mit einem Blick in den Hof entrüstet fest. Salvatore hatte sie morgens mit aufs Feld genommen, um den abgeernteten steinigen Boden mit der Egge durchzupflügen.

»Worauf soll ich denn jetzt reiten?« Er warf Gianni einen prüfenden Blick zu, beschloss dann aber, dass in diesem Fall die Rolle des Bauern von größerer Bedeutung war. »Wir nehmen die Schweine.«

Gianni dachte, er hätte sich verhört. »Peppi, du willst auf einem Schwein reiten?«

Sein kleiner Bruder reckte das Kinn hoch und zog verächtlich die Mundwinkel nach unten. »Na, und was soll schon sein? Hat ein Schwein nicht auch vier Beine und einen Rücken?« Er machte zwei Schritte auf einen imposant dreinschauenden Eber zu. Der Eber bewegte sich zwei Schritte zur Seite und sah Peppino alarmiert an. Peppino versuchte es erneut, mit dem gleichen Ergebnis. »Das faule Schwein will nicht!«, rief er.

»Ich an deiner Stelle würde es mal mit Anlauf versuchen.« Gianni lehnte lässig an der Mauer, auf der er vorhin gelegen hatte.

Er hatte eigentlich nicht damit gerechnet, dass Peppino so dumm wäre, seinen absurden Rat zu befolgen. Aber wohl zum einen, um den Spielablauf nicht zu gefährden, und zum anderen, um recht zu behalten, nahm dieser schreiend Anlauf und schwang sich auf den Rücken des Tieres.

Im Bruchteil einer Sekunde geschah Folgendes:

Peppino landete auf dem Rücken des Ebers.

Der Eber nahm zur Kenntnis, dass soeben ein unbekanntes Objekt auf ihm gelandet war.

Der Eber setzte sich in Bewegung und entlud sich in zwei Bocksprüngen der ungewohnten Last.

Peppinos Schrei veränderte sich mit seiner Flugbahn und mündete in ein *»Ma vaffanculo!«*, als er unsanft in der einzigen Matschpfütze im Umkreis von etwa fünf Kilometern landete.

»Sto stronzo!«, schrie Peppino. *»Sta testa di cavolo!«* Er saß kerzengerade im Matsch und fluchte. Sein Gesicht, seine Hände, aber auch seine Hose, die Schuhe, das Hemd, alles war voller übel riechendem Dreck. *»Merda!«*, brüllte er noch einmal und schlug mit der flachen Hand auf die schlammige Fläche.

Mamma wird ihn umbringen, dachte Gianni zufrieden und stellte sich Salvatrices Gesichtsausdruck beim Anblick der ruinierten Kleidung vor. »Hast du genug, Barone Peppino della Merda?«, fragte er seinen Bruder.

Doch Peppino dachte gar nicht daran. »Wir machen im Stall weiter.« So schnell wollte er nicht aufgeben.

Der Schweinestall war ein nach oben offenes, gemauertes Viereck. Ein etwa vier Meter langer schmaler Gang führte vom matschigen Auslaufgelände in den bauchigen Zwinger. Direkt am Eingang befand sich eine blickdichte verrostete Tür, die mit einem Riegel von beiden Seiten geöffnet und verschlossen werden konnte.

Peppino lief in den Stall, klapperte lautstark mit dem Futtereimer, sodass die Schweine vom gesamten Gelände angelaufen kamen, und stellte sich in Position. »Gianni«, schrie er seinem Bruder zu. »Wenn ich rufe, musst du schnell das Tor schließen, während ich mir hier eins der Schweine schnappe und aufsitze. Hier drin kann es nicht weglaufen.«

Bei aller Schadenfreude, Gianni hatte wirklich kein gutes Gefühl bei der Sache. Er hätte auch einfach sagen können: »Peppi, ich habe wirklich kein gutes Gefühl bei der Sache.« Stattdessen sagte er: *»Sei proprio un furbone!«*

Als Peppino sich schließlich ein Schwein ausgesucht hatte und Gianni »Jetzt!« zurief, geschah Folgendes:

Gianni schloss das Tor.

Das Scheppern des Tors, die ungewohnte Situation und die Enge im Stall ließen die Schweine das Futter vergessen und in Panik verfallen.

Die Schweine drängten mit dem schreienden Peppino in den engen Tunnel, wo sie sich selbst den Weg versperrten. Das Ganze war wie ein dicker Korken aus Schweineleibern in einer bauchigen Weinflasche aus Beton. Gianni hatte vor einigen Jahren einmal einen Rattenkönig beobachtet – ein Knäuel aus an den Schwänzen verknoteten Ratten, die nicht mehr voneinander loskommen. Es war ein faszinierendes und grausames Schauspiel. Und genauso wirkte nun das Schweineknäuel mit dem schreienden Peppino dazwischen.

Wenn Gianni nicht zufällig genau in dem Moment, als sein Bruder verzweifelt nach ihm rief, den dringenden Wunsch verspürt hätte, seine Notdurft zu verrichten, dann hätte er Peppino sicherlich zu Hilfe eilen und ihn aus der misslichen Lage befreien können. Hingegen wollte es scheinbar das Schicksal, dass er nach Verlassen der Latrine einen schnellen Abstecher zu seinem Freund Piero machen musste, um die letzten Einzelheiten für das kommende Schuljahr zu besprechen.

Als Salvatrice anderthalb Stunden später von ihren Besorgungen aus Ragusa zurückkam, fand sie einen verschlossenen Schweinestall, darin zehn erschöpfte, festgekeilte Schweine und einen komplett heiseren Peppino vor. Nach erfolgreicher Befreiung musste der gedemütigte Reiter seine Sachen selbst im Waschzuber reinigen und wurde anschließend von Salvatrice im Beisein von Salvatore und Carmelo wie eine nasse Katze eingeseift, abgeschrubbt und ohne Essen ins Bett geschickt.

Als Gianni abends nach Hause kam, hörte er sich erstaunt die Geschichte des Schweinebezwingers an und versicherte leutselig sein Mitgefühl. Natürlich flog die Geschichte dennoch auf, und am Ende lagen beide Delinquenten ohne Abendessen im Bett.

Gianni

September 1955, Siracusa

Die Zeit bis zum Umzug nach Siracusa flog dahin. Salvatrice hatte Giannis Sachen schon vor ein paar Tagen gepackt. Ein kleiner Pappkoffer mit frischer Wäsche und dem Sonntagsanzug – niemand wusste so genau, was man in einem *Seminario* trug. Bekam Gianni im Priesterseminar eine Soutane gestellt? Was für Schuhe trug man als *seminarista*? Außerdem packte Salvatrice eine Papiertüte ein mit einer Ration Biscotti, einer kleinen Orange vom windschiefen Baum beim Schweinestall, einem Stück Caciocavallo sowie einem Ende der Eselsalami, die Gianni so liebte.

Agnesa und Rosalia waren am Vorabend extra aus Ragusa angereist – Gianni unterstellte ihnen, sie wollten sichergehen, dass er auch wirklich fuhr – und hatten ihm einen von Padre Vincenzo eigens geweihten Rosenkranz vorbeigebracht.

Salvatore hatte ihm einen Spazierstock aus Olivenholz geschnitzt – wofür auch immer er ihn in seinem neuen Zuhause würde nutzen können.

Und Carmelo schließlich … Carmelo zog ein kleines Taschentuch aus seiner Hosentasche, tupfte sich verstohlen eine Träne aus dem Augenwinkel, drückte Gianni und küsste ihn auf beide Wangen, hielt ihn kurz mit ausgestreckten Armen vor sich, als müsste er ihn noch einmal begutachten, bevor die Priester ihn unter ihre Fittiche nahmen, und steckte ihm schließlich das Taschentuch mit seiner Träne in die Brusttasche.

Gianni hatte sich bis zum Schluss heldenhaft geweigert. Dass er nach der Scuola Media in Ragusa mit Beginn der

Oberstufe nun doch ins Priesterseminar nach Siracusa musste, war wohl vor allem dem hartnäckigen Zureden der Tanten und Padre Vincenzos zuzuschreiben.

Salvatrice betrachtete das Ganze bemüht pragmatisch. Der Junge würde eine hervorragende Ausbildung bekommen und hätte später als Priester ein vernünftiges Einkommen. Er könnte seinen Träumereien nachgehen und so viel lesen und schreiben, wie es ihm gefiel. Aus ihm wäre niemals ein guter Landarbeiter geworden, so viel stand fest. Zu schmal die Finger und zu hoch hinaus der Geist. Und schließlich würde er ja einmal im Monat zu Besuch kommen.

Für Gianni selbst war das Schlimmste an der ganzen *maledetta storia*, dass er seine Freunde bestenfalls einmal im Monat würde sehen können. Vito und Piero hatten sich bereits vor ein paar Tagen von ihm verabschiedet. Sie hatten sich Sonntagnachmittag bei Alfredo verabredet und eine Limonata zusammen getrunken. Vito hatte etwas Tabak aus der Tasche seines Vaters »organisiert«, und Piero hatte eine leicht windschiefe Zigarette gedreht, die sie anschließend schweigend kreisen ließen. Die richtige Stimmung hatte nicht aufkommen wollen. Während es sonst immer etwas zu unternehmen oder zu bereden gab, schien ihnen an diesem Sonntag alles fad.

»Wirst du als feiner Pinkel zurückkommen?«, hatte Vito geätzt.

»Oder nur noch *tischi-toschi* sprechen?«, hatte Piero eingeworfen.

»Was wollt ihr? Ich bin und bleibe Ragusano. Und ob ich überhaupt Priester werde … das weiß der Himmel!« Gianni hatte einen kräftigen Zug genommen, hatte ein paar Heiligenscheine aus Rauch in die Luft gepustet, und ein Husten unterdrückt. »Außerdem bin ich ja einmal im Monat hier. Und ihr wisst doch … *Uno per tutti, tutti per uno!* Wir werden uns niemals aus den Augen verlieren. Unsere Freundschaft dauert ewig!«

Und die Ewigkeit begann am heutigen Samstag. Carmelo hatte gleich morgens zusammen mit Salvatore die Maultiere angespannt, und Salvatrice lief aufgeregt hin und her, wischte hier und da über den Koffer, strich Gianni die Haare aus der Stirn und zog sich ihren Rock mehrmals glatt, als würde sie damit gleichzeitig ihre Gedanken zur Ordnung rufen. Es musste nun einmal sein.

Gianni selbst bewegte sich wie in Trance. Es schien ihm alles so unwirklich. Außer bei den Tanten in Ragusa hatte er bisher nicht eine einzige Nacht außerhalb von Magnì verbracht. Um genau zu sein, war er auch noch nie außerhalb der Provinz Ragusa unterwegs gewesen. Nun setzten ihn Salvatore und Papà an der Piazza S. Giovanni in Ragusa Superiore ab. Von dort fuhr er mit dem Pullman dreißig Kilometer bis nach Giarratana, wo er schließlich die Schmalspurbahn nach Siracusa nahm.

Etwa auf der Hälfte der Strecke durchquerte der Zug die Felsnekropolis von Pantalica. Gianni fand den Gedanken unheimlich, mitten durch die Grabfelder zu fahren. Vorsorglich murmelte er: *»Sciò, sciò, sciò!«*, und spreizte dabei den Zeige- und den kleinen Finger von seiner nach unten gerichteten Hand ab wie gesenkte Stierhörner. Auch wenn er nicht abergläubisch war – man wusste nie, wer von den Toten ihm noch übel mitspielen wollte.

Wirklich abergläubisch war hingegen Salvatrice. Sie hatte kurzerhand Peppinos Geburtsdatum vom 17. auf den 18. Mai geändert. Weil der 17. ja bekanntermaßen Unglück bringen würde. Denn wenn man die römische Zahl für 17, also die Buchstaben XVII, anders anordnete, wurde daraus VIXI. Also das lateinische Wort für »Ich habe gelebt«, was sinngemäß so viel bedeutete wie: »Jetzt lebe ich nicht mehr.« Dieses Risiko wollte sie keinesfalls eingehen. »Ich bin nicht abergläubisch«, sagte sie einmal achselzuckend zu Gianni, »abergläubisch zu sein ist etwas für Dummköpfe, es aber nicht zu sein, bringt definitiv Unglück.«

Als die kleine Bahn schließlich in Siracusa kurz vorm Hafen anhielt, war Gianni geblendet von der Schönheit. Barocke Gebäude säumten die Straßen. An den Plätzen boten *Contadini* Berge von flaschengrünen Muluni an, den zuckersüßen ovalen Wassermelonen mit den hellgrünen Streifen. Manche Bauern hatten die auf kleinen Wagen gelagerten Melonen zum Teil bereits aufgeschnitten und mit gehacktem Eis bedeckt, damit Spaziergänger sich daran erfrischen konnten. An der Piazza standen bunt bemalte *Carretti* mit Maultieren, die imposante Federbüschel auf dem Kopf trugen, wetteifernd um die wenigen Touristen, die jetzt im September noch anreisten.

Gianni wollte nicht direkt ins Kloster gehen. Er schlenderte zunächst durch Ortigia, die verwinkelte Altstadt, die sich an drei Seiten dem Meer entgegenreckte wie ein Seemann, der seine Brust gegen den Sturm stemmt. Wie anders war diese Stadt verglichen mit Ragusa. Ragusa mit seinen zwei Hügeln erinnerte Gianni an die Brüste einer Frau. Wollte man von Ragusa Superiore nach Ragusa Ibla, durchquerte man mit einiger Mühe den Busen zwischen den beiden Stadtteilen. Wie zwei *maritozzi* – die weichen, mit Creme gefüllten Milchbrötchen, die Gianni so liebte – standen die beiden Hügel nebeneinander. Und in Ibla prangte der Duomo di San Giorgio auf dem höchsten Punkt wie eine Amarenakirsche auf einem Stück Marzipan. Siracusa dagegen schien Gianni männlicher. Die Alleen waren breiter, die Häuser höher als in Ragusa. Alles war darauf angelegt, den Besucher zu beeindrucken.

Padre Vincenzo hatte ihm vor seiner Abreise die Adresse und den Weg zum Kloster auf einem Zettel notiert, den Gianni vor Nervosität bereits Dutzende Male zerknüllt und wieder glatt gestrichen hatte. Je näher er seinem Ziel kam, desto langsamer wurden seine Schritte. Als er schließlich vor der barocken Fassade stand, klopfte und sich das gut zweimannshohe flaschengrüne Holztor öffnete und den Blick in einen begrünten Innenhof mit Arkaden freigab, war er sich auf einmal ganz sicher: Das war nicht sein Weg.

Tita

Mittwoch, 08. September 2004, Ragusa

Am nächsten Morgen um neun hupte es vor dem Hotel. Als Tita aus dem Fenster sah, stand Antonia neben einer tannengrünen Ape, eine Hand auf dem Lenkrad.

»*Vieni, Tita!* Wir nehmen noch schnell einen Caffè an der Piazza.« Als Tita unten ankam, hatte Antonia das kleine Gefährt am Lungomare geparkt und winkte ungeduldig. »Hier im Süden muss man früh anfangen, sonst erwischt einen die Mittagshitze!«

Sie gingen zur Piazza, wo zu dieser frühen Stunde die Alten noch nicht auf ihren Bänken saßen. Das ist ein komplett anderes Bild, dachte Tita.

Antonia zog sie in die Gelateria. Als Franca sie beide erblickte, breitete sie die Arme aus. »Was für eine Freude, euch zu sehen! Ihr habt euch also schon kennengelernt? *Vi preparo un caffè?*«

Antonia nickte ungeduldig. »*Si, Mamma. Dai!* Natürlich haben wir uns kennengelernt. *Tita è una cliente di Gianluca!*«

Tita blickte ungläubig zu Antonia. »Franca ist deine Mutter?«

»Aber ja! Und Gianluca ist mein Bruder.« Sie strahlte Tita an. »Daran musst du dich gewöhnen. Hier in Südsizilien ist jeder mit jedem verwandt. Es gibt überhaupt nur drei Nachnamen in Ragusa: Di Stefano, Occhipinti und Mancuso. Und in allen Familien gibt es mindestens einen Giovanni, Giuseppe, Salvatore, Giorgio und einen Luigi. Sowie eine Maria, eine Francesca, eine Rosalia, eine Concetta und natürlich«, – sie hob das Kinn und zog die Mundwinkel nach unten, während sie wild mit beiden Händen gestikulierte –, »mindestens eine Antonia, Antonella, Antonietta, Antonina und so weiter. Du hast Glück. Eine Tita findet man hier eher selten.«

Während Tita noch in ihrem Espresso rührte, hatte Antonia ihren bereits hinuntergekippt, ihrer Mutter einen Kuss auf die Wange gegeben, ein Päckchen Gebäck für Gianluca und Grüße an Enrica entgegengenommen und ungeduldig die Tür geöffnet. »Tita, wirklich. Ihr *Crucchi* seid so was von langsam.«

Während Tita eilig ihren Caffè trank, rief Franca ihr zu: »*Vienimi a trovare, stasera alle sette.* Heute Abend in der Gelateria. Mir sind noch ein paar Sachen eingefallen, die ich dir erzählen möchte.«

Tita nickte und rief über die Schulter, fast schon auf der Piazza: »Gerne! Um sieben bin ich hier.«

Die Fahrt in der Ape war ein Abenteuer für sich. Antonia erzählte ihr, dass sie das Gefährt für ihre Lieferfahrten nutzte. Sie unterhielt mit Enrica einen kleinen Bio-Orangenhain zwischen Caltagirone und Grammichele, dessen Ernte sie im Winter fast im Alleingang mit einigen Erntehelfern stemmten.

»Südlich von Catania gedeihen die Blutorangen am besten. Sie brauchen beides, die Wärme der Sonne tagsüber und die kalten Nächte unter zehn Grad, um sich rot zu färben. Das klappt eigentlich nur am Fuße des Etna«, erklärte sie Tita. »Es gibt die schwarze Moro und die gesunde Sanguinelle. Und es gibt die Tarocco.« Sie legte die Spitzen von Daumen und Zeigefinger aufeinander und tat so, als werfe sie einen Kuss darauf. »Doc! Die Tarocco ist die beste unter den Orangen. Meine Meinung. Süß und gleichzeitig sauer wie …«

»… wie Sizilien«, ergänzte Tita.

Antonia lachte und nickte. »… und die Sizilianerinnen. Dafür, dass du so lange nicht hier warst und dies dein zweiter Tag nach 26 Jahren ist, kennst du dich gut aus.«

Die dreirädrige Ape bahnte sich ihren Weg auf der von Trockenmauern gesäumten schmalen Straße nach Donnafugata, immer aufwärts und vorbei an Carrubi, Mispelbäumen und wuchernden Bougainvilleen. Nach einem Kreisverkehr holperte sie schließlich über einen kaum befestigten Weg in den Schatten eines Olivenbaums.

»Eccoci!«

Tita meinte, Antonia müsse sich geirrt haben. Ein Castello war hier erst mal nicht zu erkennen. Alles, was Tita sah, war ein stinkender Kuhstall mit Freilauf, von dem drei Wiederkäuer sie mit mäßigem Interesse anblickten.

»Komm schon, du träumst ja schon wieder!« Antonia schob sie eilig an der *Masseria* vorbei.

Und dann sah Tita das Castello di Donnafugata. Es war atemberaubend. Eine Art venezianischer Palazzo mit Zinnen und Türmen an den Ecken. Warum war sie hier noch nie gewesen?

»Warum bist du hier noch nie gewesen?«, fragte Antonia interessiert. »Es ist ein wundervoller Ort! Im Sommer ist auf der Plantage nicht viel zu tun für uns. Dann mache ich hier die *Guida Turistica.*« Sie drehte sich einmal um sich selbst. »Du bekommst eine Gratisführung durch den Park! Aber verrate es nicht Enrica. Sie ist furchtbar eifersüchtig.« Antonia wedelte mit der rechten Hand und blies die Backen auf. *»Uffa. Una vera fidanzata siciliana.«*

Tita verstand endlich. Die rothaarige Enrica und Antonia waren ein Paar.

»Entschuldige meine Direktheit … aber wie geht das hier im erzkatholischen Sizilien? Hier werden doch selbst schon heterosexuelle Paare schief angesehen, wenn sie sich in der Öffentlichkeit küssen!« Das war jetzt vielleicht etwas übertrieben, aber Tita wusste aus Mammas Erzählungen, dass sie und Gianni damals als Verlobte nicht im selben Hotel, geschweige denn im selben Zimmer hatten schlafen dürfen.

»Diese Politiker! Allen voran Berlusconi, *'sto stronzo …*« Antonia blickte genervt gen Himmel. »Sie reden, reden, reden. Seit Kurzem haben sie überhaupt erst angefangen, über die gesetzliche Anerkennung von homosexuellen Paaren zu diskutieren. Aber bis sich da etwas rührt«, – wieder der verzweifelte Blick nach oben –, »sind Enrica und ich *una coppia di anziane.*« Sie grinste. »Egal. Lass uns beginnen. Den Palazzo zeige ich dir heute nicht. Das dauert zu lange mit all seinen 120 Zimmern. Außerdem ist der Park die eigentliche Sensation.«

Wie eine stolze Hausherrin führte sie Tita zunächst auf die erhöhte weitläufige Terrasse mit ihren bepflanzten Amphoren. Von hier aus sah man über die gesamte Ebene. Die vielen ockerfarbenen und pistaziengrünen Felder mit ihren Carrubi und Olivenbäumen, in deren Schatten sich jetzt Ziegen und Schafe vor der aufsteigenden Mittagshitze schützten. Die Trockenmauern, die sich bis zum glitzernden Horizont zogen, von dem Tita nicht genau sagen konnte, ob es sich um das Meer handelte oder um die reflektierenden Planen der Gewächshäuser.

Antonia stellte sich in einem der Ecktürme unter die gigantische Glocke, in der ihr Kopf ganz verschwand, und klopfte von außen gegen das Metall. »Klong!« machte es. »Meine Damen und Herren. Bitte hören Sie hier die Geschichte eines einzigartigen Bauwerks und eines noch einzigartigeren Gartens.« Sie trat unter der Glocke hervor. »Der ursprüngliche Bau geht auf die Familie Chiaramonte im 14. Jahrhundert zurück. Man ist sich heute nicht sicher, woher der Name stammt. Donnafugata – Frau auf der Flucht – würde zwar weitgefasst Sinn ergeben, da von hier eine Enkelin des Schlossherrn Ende des

19. Jahrhunderts auf spektakuläre Weise mit ihrem Liebhaber durchbrannte. Andererseits existierte der Name bereits davor, und so geht man von einem charmanten Zufall aus. Aus ›Fonte della salute‹, Brunnen der Gesundheit, im sizilianischen ›Ronnafuata‹, wurde im Laufe der Jahrhunderte ›Donnafugata‹.«

Sie wandte sich dem Gebäude zu. Tita bemühte sich, Antonias Ausführungen zu folgen.

»Zu dem Palast, wie wir ihn heute sehen, ist das Gebäude allerdings erst in der zweiten Hälfte des 19. Jahrhunderts geworden. Und zwar durch niemand Geringeren als Corrado Arezzo Barone di Donnafugata, einen echten *Burlone*, der sich einiges zur Bespaßung seiner adligen Gäste hat einfallen lassen.«

Sie ging voran und eine breite Treppe hinab, die, von einem Paar unverkennbar weiblicher Sphinxe bewacht, in den märchenhaften Park des Castello mündete. Die schattenspendenden uralten Bäume waren voller Vögel. Die Luft duftete nach Pinien, Eukalyptus, Zypressen und ein wenig nach Lavendel.

Auf dem Boden, unter ihren Schritten, knisterten die Blätter und Schoten der Carrubi.

»In diesem Garten verlustierten sich die Adligen des 19. Jahrhunderts, unter ihnen der junge Giuseppe Tomasi di Lampedusa, von dem man sagt, er habe sich hier zu seinem Roman *Il Gattopardo* inspirieren lassen.«

Antonia drehte sich nach links, weg von dem breiten Weg, an dessen Ende sich ein kleines Teehaus befand.

»Der ganze Garten ist in drei Segmente unterteilt.« Sie stellte sich aufrecht hin und zeigte mit den Armen in drei Himmelsrichtungen wie eine Flugbegleiterin, die auf die Notausgänge weist. »Der französische Teil ist dem Gebäude am nächsten. Je näher am Haus, desto geometrischer. Der englische Garten auf der rechten Seite zeichnet sich eher durch einen parkähnlichen Charakter aus. Der sizilianische Teil …«, – sie zeigte über das Gebäude nach links –, »… *insomma* … der sizilianische Teil ist eben, wie wir Sizilianer sind: Der Versuch einer Ordnung ist eher missglückt, er definiert sich vielmehr durch seine praktische Anlage zur Kultivierung der Pflanzen fürs leibliche Wohl.«

Antonia wechselte von ihrem Touristenführerton in einen liebenswerten Plauderton.

»Bist du jetzt bereit für eine Scherztour alla Corrado Arezzo?«

Tita war etwas erschöpft. Der Garten war märchenhaft, aber die Hitze wurde mit jeder Minute anstrengender.

Ehe sie antworten konnte, hatte Antonia ihren Blick aufgefangen und den Plan geändert. »*Va bene, cara.* Du brauchst eine Pause.«

Sie liefen zu einem kleinen Halbrund aus steinernen Sitzbänken, über die sich eine rosenbewachsene Pergola spannte.

»Setz dich!«

Antonia holte zwei Flaschen Wasser, zwei in Papier gewickelte Panini und ein paar kleine gelbe Birnen aus der Tasche. Tita dachte an die steinerne Bank im Hof von Magnì.

Während sie aßen, erklärte Antonia ihr den restlichen Garten. »Das Labyrinth, das du weiter hinten siehst, führt den ungeübten Besucher mehrfach in die Irre. Nicht wenige, die es betreten haben, sind in Verzweiflung geraten und wurden dann am Abend vom Parkwächter gefunden …«

Tita sah sie skeptisch an.

»Okay, das Letzte war erfunden, aber man braucht bis zu dreißig Minuten, um wieder herauszufinden.«

Dann berichtete sie von der Chiesetta Monaco. »Corrado Arezzo hatte die zweite Stufe der kleinen Kapelle manipuliert. Wenn man sich darauf kniete, öffnete sich durch ein Hydrauliksystem urplötzlich eine Tür, und ein unheimlicher Mönch mit Kapuze fiel dem Betenden entgegen.«

Tita musste lachen. »Ich bitte dich, ich glaube dir kein Wort.«

Antonia schaute ausnahmsweise ernst. »Ich schwöre es dir! Corrado Arezzo war wirklich ein Spaßvogel. Zu guter Letzt, schau unter dich.«

Tita sah, dass rund um die steinerne Sitzfläche, auf der sie Platz genommen hatten, kleine metallene Röhren eingearbeitet waren, und schaute Antonia fragend an.

»Er hat gewartet, bis sich ein ahnungsloses Liebespaar zum Schäferstündchen hier niederließ«, – Antonia klopfte auf die Sitze – »und dann hat er das Wasser angestellt.«

Sie lachten noch, als sie bereits alles zusammengepackt hatten und in Richtung Ausgang liefen.

»Warum ich dir das alles erzähle? Wenn du hier wohnen möchtest, musst du Sizilien kennenlernen, wie wir Sizilianer es sehen.« Tita wollte protestieren. »Ich weiß, du glaubst, du kennst alles, aber du musst die sizilianische Seele verstehen. Hier in diesem Garten spürst du Sizilien. Die Diversität der Pflanzen und der Gefühle, die exotischen Einflüsse verschiedenster Herkunft, Humor und Sentimentalität, Leben und Tod, das Süße und das Bittere … Alles findest du hier.« Sie zeigte noch einmal ringsum, bückte sich dann und reichte Tita ein Feigenblatt, das auf der Erde gelegen hatte. »Tieni. Du kannst es als Postkarte verschicken. Unser Schlossherr hat seinerzeit bei der italienischen Post durchgesetzt, dass die Feigenblätter aus seinem Garten als Ansichtskarte versendet werden dürfen. Ich weiß allerdings nicht, ob die moderne Post sich noch an diese Vereinbarung erinnert.«

Magnì war nur wenige Minuten entfernt. Fabrizio war schon da. Antonia und Tita stiegen aus, und zu dritt standen sie einen

Moment schweigend in der flirrenden Hitze und sahen auf das unscheinbare kleine Haus mit dem schiefen Tor und dem alten Carrubo im Hof.

»Also erzähl schon, raus mit der Sprache.« Fabrizio sah sie forschend an. »Was treibt dich wirklich her? Was bewegt eine Stadtpflanze aus Berlin, sich Eigentum im unfruchtbarsten Areal der Insel anzuschaffen? Im Sommer zu heiß, im Winter kalt. Vom Meer zu weit, von der Stadt auch. Was ist dein Motor?«

Tita wandte den Blick nicht einen Moment vom Haus ab. »Es sind die Farben. Diese verblassten pastellenen Farben, die aussehen, als wären sie von einem alten Polaroid. Und dieser Geruch. Der Geruch, wenn es Monate nicht geregnet hat und dann die ersten Tropfen knisternd auf die trockene Erde fallen. Und der Wind, der manchmal unerwartet über die Felder zieht auf dem Weg zur Küste. Und der Gesang der Zikaden, der so leise und gleichzeitig doch so laut ist, dass einem schwindelig wird beim Zuhören.« Sie dachte nach. »Und ich habe das Gefühl, genau hier an diesem Ort sind alle noch zusammen. Als wäre die Zeit einfach stehen geblieben. Aber ohne dass es wehtun würde. Ich dachte anfangs, ich ertrüge den Anblick von Magnì in diesem Zustand nicht. Aber genau das Gegenteil ist der Fall. Wenn ich hier bin, verbindet sich das Alte mit dem Neuen, und nichts ist verloren.« Sie schaute Fabrizio nun entschlossen an. »Ich möchte, dass du mein Haus gestaltest. Das Alte mit dem Neuen. Ich möchte die ursprünglichen Materialien und die Strukturen behalten – den Hof mit dem Brunnen und dem Carrubo, unter dem man in der Mittagshitze sitzen kann. Die Küche mit einer großen Feuerstelle und das kühle Schlafzimmer mit den dicken Wänden. Aber es braucht eine moderne Komponente, verstehst du? Etwas, das mir vor Augen führt, dass ich in der Gegenwart lebe und nicht in der Vergangenheit.«

Der leicht zynische Ausdruck war aus Fabrizios Gesicht verschwunden, und er lehnte sich gegen eine der Trockenmauern. »*Accidenti!* Du willst das tatsächlich, was?« Er strahlte Tita an. »Und ich sehe es schon vor mir.«

Sie verabredeten sich für Freitagabend, und Fabrizio versprach, bis dahin Skizzen von seinen Ideen anzufertigen.

Gianni

August 1960, Magnì

»Patri nostru, chi siti 'n celu, sia santificatu lu vostru nomu, vinissi prestu lu vostru regnu, sempri sia fatta la vostra divina vuluntati Comu 'n celu accussì 'n terra. Dàtinillu sta jurnata lu panuzzu cutiddianu e pirdunàtini li nostri piccati accussì comu nui li rimittemu ê nostri nimici e nun ni lassati cascari ntâ tintazzioni, ma scanzàtini dû mali. Amen.« Gianni bekreuzigte sich, erhob sich und trat aus der kleinen Kapelle des *Seminario* in den Hof des Klosters. Während die Luft in der Kapelle kühl war und nach altem Putz und Weihrauch roch, umfing Gianni draußen im arkadengesäumten Hof mit dem Brunnen, den hohen Dattelpalmen und den Orangenbäumen eine feuchte Wärme. Wenn man durch den Mund einatmete, meinte man das süße Aroma von Orangenblüten und Jasmin auf der Zunge zu schmecken.

Gianni sog den Duft ein, schloss die Augen und hörte den Gesang einer Kalanderlerche hoch über seinem Kopf. Er wusste, dass diese begabten Sänger andere Vogel- und Tierstimmen und manchmal selbst das Brummen einer Maschine imitieren konnten, während sie wie winzige Geier hoch in der Luft kreisten. Als er mit einer Hand über den Augen versuchte, den Vogel gegen die Helligkeit des viereckigen Himmelsausschnitts der Klostermauern auszumachen, verstummte das Tier. In den vergangenen fünf Jahren hatte sich Gianni oft wie eine Kalanderlerche gefühlt. Er sang in einer Sprache, die nicht die seine war. Und manchmal hatte er das Gefühl, er selbst wäre dort oben und würde sich unten im Priesterseminar beobachten, wie er einen Weg ging, der nicht sein eigener war. Und je weiter die Zeit voranschritt, desto sicherer war er sich dessen.

Vor fünf Jahren war er mit seinem kleinen Koffer in Siracusa angekommen. Die Routine im *Seminario* hatte ihn geschluckt wie eine Hofkatze eine Feldmaus, und die Zeit im *Liceo classico* war schneller vergangen als befürchtet. Er durfte lesen, soviel er wollte, und schreiben und Latein lernen – ohne dass er dazwischen raus aufs Feld musste oder von Peppino gestört wurde wie zu Hause.

Dann aber kam die Maturità und mit ihr die Notwendigkeit, sich endgültig für den Priesterberuf zu entscheiden.

»Die gute Ausbildung ist nicht umsonst«, hatten seine Tanten ihm eingeschärft, als er dem *Seminario* in Siracusa widerwillig zugestimmt hatte. »Erst lassen sie dich die Maturità machen, du bist behütet und bekommst Verpflegung und Unterkunft. Dafür widmest du dein Leben nach deiner Ausbildung Gott. Du wirst ein Leben im Dienste der Kirche führen. Mit allen Vorzügen, die ein Geistlicher genießen darf.«

Gianni vermutete, wenn er nicht einmal im Monat übers Wochenende, zu Weihnachten und vier Wochen im Sommer in Magnì gewesen wäre, hätte er die Erinnerung daran vielleicht amputieren können wie seinen Daumen, und nur ab und zu wäre sein Heimweh als eine Art Phantomschmerz zurückgekehrt.

So aber zählte er die Tage bis zu den Ferien rund um Ferragosto und bis zu der unbeschwerten Zeit am Strand mit seinen Freunden. Solange er sein Gelübde noch nicht abgelegt hatte, blieb ihm die Freiheit, seine Soutane in dieser Zeit abzustreifen und sich wieder als einer von ihnen zu fühlen. Am Ende der Ferien allerdings, wenn er sie wieder überzog, mit gebräunter Haut und dem Kopf voller Marina, Musik und Mädchen, fühlte er sich wie ein *Bugiardo*, ein Lügner. Wie eine Kalanderlerche, die andere Tiere nur imitiert. In diesem Moment setzte der Gesang hoch oben wieder ein – diesmal im quietschenden Zirpen eines Girlitzes.

Heute war einer dieser besonderen Tage. Giannis Koffer war gepackt. Er würde mit seinen Mitbrüdern und Kommilitonen noch das Mittagessen im Refektorium einnehmen und sich dann auf den Weg nach Hause machen. Die Strecke der Schmalspurbahn zwischen Giarratana und Siracusa war vor vier Jahren stillgelegt worden, dafür fuhr nun ein Bus direkt von Siracusa nach Ragusa. Das war Gianni sehr recht, denn nach wie vor war ihm die Fahrt durch die Gräber von Pantalica unheimlich. Und als *Seminarista*, der in einem Jahr sein Gelübde ablegen würde, verbot sich ein *»Sciò, sciò, sciò!«* sowieso von selbst.

Der Bus schaukelte über die schlaglochübersäte Straße in Richtung Ragusa. Bei jedem Schlenker sprang der Fahrgast hinter Gianni von seinem Sitzplatz auf, um die Melonen, die er im Gepäcknetz deponiert hatte, festzuhalten, und kam dabei mit seinem umfangreichen Bauch Gianni gefährlich nahe. Neben ihm saß am Fenster eine schwarz gekleidete ältliche Signora, die einen Käfig mit zwei Hühnern auf dem Schoß transportierte und damit einen Großteil der Sitzreihe einnahm.

Am Fenster gegenüber saß ein junges Mädchen in einem schlichten dunklen Sommerkleid, das ununterbrochen zu Gianni herübersah, sich aber, sobald er sich ihr zuwandte, schnell zum Fenster drehte und so tat, als hätte sie ihn nicht bemerkt. Der Platz neben ihr war frei. Gianni hatte eine Idee.

Als der Bus das nächste Mal eine Unebenheit durchfuhr, sprang er im Bruchteil einer Sekunde vor dem Melonenbesitzer auf, versperrte ihm damit den Zugriff und fing eine fallende Melone auf.

»Dio mio!«, rief er erstaunt und sah gespielt überrascht zum Gepäcknetz auf. »Beinahe hätte mich diese gewaltige Melone erschlagen.«

Er hob sie mit beiden Händen über seinen Kopf und präsentierte sie den staunenden Fahrgästen, die der Geschichte folgten, erfreut über eine Abwechslung während der ansonsten ereignislosen Fahrt.

»Ich mag mir gar nicht vorstellen, was passiert wäre, wenn sie mir auf den Kopf gefallen wäre!« Er sah in das erschrockene Gesicht des Mädchens. »Oder Ihnen, Signorina.« Er rieb sich nachdenklich den Kopf. »Würde es Ihnen etwas ausmachen, wenn ich neben Ihnen Platz nähme? Man lebt gefährlich auf dieser Seite, und sollte es noch einmal Fallobst regnen, könnte ich Sie außerdem davor schützen.«

Er drehte sich zu dem sprachlosen Bauern um, der immer noch wie vom Blitz gerührt hinter ihm stand, und klopfte ihm auf die Schulter.

»*Non si preoccupi!* Machen Sie sich bitte keine Sorgen. Es ist ja nichts passiert.« Damit rollte er die Melone wieder ins Netz und nahm neben dem Mädchen Platz. »Giovanni«, stellte er sich vor und reichte ihr die Hand.

»Alma«, sagte sie leise und blickte dabei auf die Hände in ihrem Schoß. Es dauerte ein wenig, bis Alma den Mut fand, etwas mehr von sich preiszugeben als ihren Vornamen. Aber die Tatsache, dass der nette junge Mann mit den blauen Augen eine Priestersoutane trug und diese Fahrt ansonsten alles andere als unterhaltsam war, ließ sie gesprächig werden.

Alma war als drittes von vier Kindern in einer Fischerfamilie aufgewachsen. Statt die *Scuola elementare* bis zur fünften Klasse zu besuchen, wie es seit einigen Jahren staatlich vorgeschrieben war – aber nach wie vor kaum umgesetzt wurde –, hatte sie die Schule früh abgebrochen und war bereits im Alter von acht Jahren zur Mithilfe auf dem Markt und im Sommer auf den Feldern verpflichtet worden.

»Die Schule ist ein Privileg für Reiche. Die einfachen Familien«, – sie hatte bewusst das Wort »arm« vermieden – »müssen vor allem ans Überleben denken. Brot ist wichtiger als Verse.« Sie sah ihn an und lächelte wehmütig. »Das Ausnehmen der Fische im Winter ist am schlimmsten.« Sie zeigte ihm ihre Hände. »Das kalte Wasser, der Gestank und das viele Blut. Ich wünschte, ich hätte das Wissen und die Möglichkeit, etwas anderes zu machen. Man ist gefangen in seinem Leben, und keiner zeigt einem den Weg nach draußen.«

Gianni sah auf ihre geröteten rauen Hände und wusste, was sie meinte. Ihm ging es genauso. Er hatte allerdings eine gute Ausbildung und musste keine Fische auf dem Markt ausnehmen. Er wusste auch, dass nur wenig Gleichaltrige das Privileg einer so guten Schulbildung genießen durften – und erst recht keine Kinder von einfachen *Contadini* oder *Pescatori*. Er hatte dieses unfassbare Glück. Und dennoch fühlte es sich für ihn nicht richtig an. Er würde diese verantwortungsvolle Aufgabe, die Padre Vincenzo, die Tanten und auch seine Eltern für ihn vorgesehen hatten, nicht ausfüllen können.

»Alles, was du tust, tue mit dem Herzen«, hatte ihm Salvatrice immer eingeschärft. Er fühlte sich schuldig.

Als der Bus an der Kathedrale in Ragusa hielt, reichte Gianni Alma die Hand zum Abschied. »Sehe ich Sie zu Ferragosto am Strand?«

Sie schüttelte traurig den Kopf. »*Magari!* Das wäre schön. Ich besuche heute nur meine Tante hier. Morgen muss ich wieder zurück. Die Arbeit erledigt sich nicht von allein.«

Die Fahrt hatte Gianni nachdenklich gestimmt. Auch wenn die Grundvoraussetzungen in ihrem Leben verschieden waren – das Gefühl, dem eigenen Schicksal hilflos ausgeliefert zu sein, war das gleiche.

Er würde mit Salvatore sprechen. Irgendwen musste er um Rat fragen, und seinem älteren Bruder konnte er immer vertrauen. Salvatore besaß nicht die Bildung, die er selbst genossen hatte. Aber er verfügte über eine andere Art Wissen. Es war eine von Liebe geprägte Sicht auf die Dinge. Und er hatte Gianni schon so manches Mal mit seinen brüderlichen Ratschlägen geholfen.

Immer, wenn Gianni nach Magnì zurückkehrte, sah er alles wie zum ersten Mal.

Er ging durch das kleine eiserne Eingangstor, das etwas schief in den Angeln hing. Er strich mit den Händen im Vorübergehen über die steinerne Tischplatte im Hof und kraulte den beiden Mauleseln das weiche Fell zwischen den Ohren. Dann steckte er, wie immer, wenn er nach Hause kam, den Kopf tief in den Brunnen mit dem alten Eimer und rief das Wortspiel seiner Kindheit: *»Al pozzo dei pazzi una pazza lavava le pezze. Andò un pazzo e buttò la pazza con tutte le pezze nel pozzo dei pazzi.«*

Schließlich scheuchte er den Hahn von der Treppe und ging von hinten am Schweinestall vorbei durch die mit einem Laken verhängte Tür ins Haus.

»Cucciolotto!« Salvatrice kam aus dem hinteren Zimmer angerannt, warf bereits im Laufen die Arme nach oben, umarmte Gianni und bedeckte ihn mit Küssen. *»Finalmente!«* Sie schob ihn einen Moment von sich weg und betrachtete ihn kritisch. »Gut, wenigstens zu essen geben sie dir reichlich. Wenn sie dich schon kaum zu uns lassen. Diese Priester!«

Gianni drückte seine Mutter, die mittlerweile gut anderthalb Kopf kleiner war als er selbst, und gab ihr einen Kuss auf die Wange. »Was habt ihr mit dem Orangenbaum angestellt?« Gianni wies nach draußen, wo vorwurfsvoll nur noch der Stumpf des kleinen, immer zerzaust wirkenden Bäumchens stand, das Gianni so viele Jahre durch die Kindheit begleitet hatte. Stamm, Äste und Laub waren nie üppig gewesen, hatten aber doch ein wenig Sonnenschutz geboten, wenn man auf der Mauer am Schweinestall saß. Die Orangen waren immer nur klein gewesen, aber dafür süß und saftig. Der Baum hatte zu Magnì gehört wie der alte Carrubo im Hof.

Salvatrice zuckte mit den Achseln. »Was soll ich sagen? Seit du weg bist, wurde er jedes Jahr mickriger. Ich vermute, du hast ihm gefehlt. Papà muss den Rest des Stamms noch abholzen und die Wurzeln ausgraben. Orangenbäume gedeihen hier ganz im Süden der Insel einfach nicht gut. Pass nur auf, auch Papà und mir fehlst du. Nicht dass uns am Ende das gleiche Schicksal ereilt wie deinem kleinen Baum.« Sie zwickte ihn kräftig in die Wange.

Gianni mochte keine Veränderungen, wenn er nach Hause kam. Hier sollte alles für immer so bleiben, wie es war. Magnì war eine Konstante im Leben und würde es immer sein.

»Oh!« Er zeigte an die Küchendecke. »Und wir haben eine neue Lampe!« Tatsächlich hing in der Mitte der altmodischen Wohnküche eine kleine moderne Hängelampe mit geblümtem Schirm wie ein Fremdkörper von der Decke.

Salvatrice strich sich verlegen die Schürze glatt. »Ein wenig Eleganz auch hier in Magnì! Orange und braun. Benita hat mir neulich beim *Macellaio* erzählt, dass sie etwas Ähnliches bei ihrem Besuch in Rom gesehen hat. Ich musste euren Vater erst überzeugen!«

Gianni blickte sich um. Sonst hatte sich anscheinend nichts verändert. »Wo sind die anderen?«

»Giorgio und Artua kommen nächstes Wochenende aus

L'Aquila und bleiben bis nach Ferragosto, ist das nicht schön? Peppino ist mit Papà auf dem Feld, und Salvatore und Lina …« Sie murmelte und schien den Rest des Satzes zwischen den Carruboschoten zu suchen, die vor ihr auf dem Tisch ausgebreitet lagen.

»Ich hab nichts verstanden. Mamma …?«, sagte Gianni.

Salvatrice drückte ihm eine Mühle in die Hand und sagte resolut: »Befestige das an der Tischplatte und dann mahlen.« Sie wies auf die Berge von trockenen Schoten. »Ich mache *Pane di Carrubo* für morgen. Das liebst du doch so.«

Spätestens jetzt wusste Gianni: Es gab noch eine weitere, viel folgenschwerere Änderung in Magnì als der geblümte Lampenschirm.

Salvatore und Lina hatten nach ihrer Hochzeit zunächst in Magnì gewohnt. Nun war es also passiert. Salvatore hatte unweit von zu Hause einen kleinen Hof gefunden, den er mit wenig Mitteln hatte anzahlen können. Gianni tauschte, kaum dass ihm Salvatrice die Neuigkeit erzählt hatte, die Soutane gegen eine Hose und ein kurzes Hemd, schwang sich aufs Rad und fuhr los.

Santa Croce Camerina war nur ein paar Minuten entfernt. Als er atemlos den mit halb hohen Trockenmauern umgrenzten Hof erreichte, sprang er noch in voller Fahrt ab und rannte in Richtung der geschäftigen Hammerschläge, die hinter dem Haus zu hören waren.

»Ouh Picciottu!« Salvatore ließ den Vorschlaghammer, mit dem er gerade Pfähle ins Erdreich schlug, fallen und breitete die Arme aus. »Was sagst du, Brüderchen? Ich habe es geschafft.« Er nahm Gianni kurz in den Arm, drückte ihn, klopfte ihm auf die Schulter und wies dann auf die umliegenden Felder. »Was du hier siehst, ist mein Land.«

Er hakte Gianni unter und zog ihn in Richtung Haus, aus dem gerade Lina trat und sich in einer verlegenen Geste das hochgesteckte schwarze Haar ordnete. »Gianni! Was für eine Freude! Nehmt Platz, ich bringe euch eine kalte Limonata.«

Erst jetzt nahm Gianni die Umgebung war. Der Hof war deutlich moderner als Magnì. Das Haus hatte glatt verputzte, gelb getünchte Wände – die Fenster waren weiß umrandet –, und im Vorhof standen zwei Carrubi dicht beieinander, in deren Schatten Lina gerade drei Stühle zog. Weiter hinten sah Gianni ein großes Wirtschaftsgebäude mit mehreren Eingängen. Hinter dem Haus, wo Salvatore eben noch gearbeitet hatte, schien ein Schweinestall zu sein und eine große Fläche brachliegender Felder.

»Salvatore! Bist du unter die Großgrundbesitzer gegangen?«, frotzelte Gianni, während er an der selbst gemachten eiskalten Limonade nippte.

»Es ist, wie es ist. Manchmal muss man das Schicksal am Genick packen wie eine junge Katze.« Salvatore lächelte ihn an. Gianni hatte seinen Bruder noch nie so stolz gesehen. Da saß er in seinem verschwitzten Unterhemd, Arme und Gesicht verbrannt und zerknittert von der Arbeit im Freien, die Hose mit einem Gürtel fixiert – und doch wirkte er so stolz und vornehm wie Barone Cartia auf seinem Landsitz.

»Was ist mit Papà und Magnì?« Die Frage brannte Gianni auf der Seele. Die Feldarbeit war zu dritt schon kaum zu schaffen gewesen.

»Peppino hilft, wo er kann«, sagte Salvatore. »Papà wird sich etwas verkleinern müssen, und für den Rest werden wir gemeinsam Saisonarbeiter anheuern. Wenn du erst deine Priesterstelle hast, ist das alles kein Problem mehr.«

Gianni fixierte einen nicht vorhandenen Punkt am Horizont und suchte bemüht nach einem anderen Gesprächsthema.

Sie würden noch über alles reden, aber nicht jetzt. Nicht, wo Salvatore ihm gerade das größte und wichtigste Projekt seines Lebens erklärte.

»Ouh Gianni, Träumer, hörst du überhaupt zu?«

Gianni fuhr aus seinen Gedanken hoch.

»Ich sagte: Wir werden Gewächshäuser bauen. Drei Stück! Und wir werden darin Rosen anbauen. Wir sind weit und breit die Einzigen, die Blumen liefern könnten. Rosen für unsere schönen Ragusanerinnen. Außerdem werden wir ein paar Schweine halten«, – er wies hinter das Haus –, »und eine Hühnerzucht betreiben. Professionell, meine ich.« Er lehnte sich zurück und zeigte auf den großen, flachen Bau hinter dem Hof. »Dann haben wir noch einige *agrumi* und Olivenbäume. Ich werde Tag und Nacht arbeiten, bis alles auf Vordermann ist.«

Gianni fingerte eine zerdrückte Zigarette aus der weichen Packung in seiner Hemdtasche und entzündete ein Streichholz an seiner Sohle.

»Porcamiseria!«, donnerte Salvatore. »Hast du dir das Laster immer noch nicht abgewöhnt? Das Zeug bringt dich noch um!«

Gianni zuckte die Schultern. Die Patres hatten ihm vieles verbieten können, aber das abendliche heimliche Rauchen einer Zigarette im kleinen Bauerngarten hinter der Kapelle hatte er mit Wonne beibehalten.

Gegen Abend traf man sich in Magnì. Peppino hatte den gemauerten Holzkohlegrill im Hof befeuert und ein paar Fische und Zucchinistreifen daraufgelegt.

Salvatrice hatte nachmittags *sfincione* gebacken, die, in große Stücke geschnitten, auf einem Teller in der Mitte des Steintischs stand.

Lina, deren Küche im neuen Haus noch nicht ganz einsatzbereit war, hatte vor ein paar Tagen die kleinen schwarzen Oliven der Bäume hinter ihrem Haus zunächst mit einer Steinplatte gequetscht, sodass die Haut aufbrach und das Fruchtfleisch bis zum Kern sichtbar wurde, dann hatte sie sie mehrfach gesalzen und immer wieder gewässert, um die Bitterstoffe herauszuspülen, und sie schließlich in Öl und Oregano eingelegt. Das Aroma war wunderbar, und Gianni liebte es, die dicken Brotscheiben in das aromatische Olivenöl zu tauchen.

Artua hatte *annoia* aus den Abruzzen mitgebracht – eine Art Salsiccia aus Schweinefleisch und Innereien, Paprika, Fenchelsaat und Knoblauch, die gebraten oder auch kalt gegessen wurde. Giorgio rieb sich in Vorfreude den Bauch, der sich seit ihrem letzten Zusammentreffen deutlich nach vorn gewölbt hatte.

Peppino konnte nicht umhin, seinen ältesten Bruder ein wenig aufzuziehen. »Schau an, Signor Carabiniere. Das beschauliche Leben im Dienste des Staates scheint dir gutzutun!« Er streckte seinen eigenen nicht vorhandenen Bauch vor und rieb ihn ebenfalls.

Alle lachten, nur Giorgio hob die Hand und tat so, als würde er eine Gabel nach Peppino werfen.

Gianni liebte es, wenn die ganze Familie beisammen war. Er betrachtete einen nach dem anderen an der langen Tafel: Carmelo, Salvatrice, Peppino, Giorgio, Artua, Salvatore und Lina. So unterschiedlich sie alle waren, sie waren eine Familie und würden immer füreinander da sein. Natürlich würden sie das. Er horchte in sich hinein, und der leise Zweifel, der sich tief in seinem Innern regte – dort, wo nicht einmal er selbst Zugriff auf seine Gefühle hatte –, machte ihn traurig.

Gianni

August 1960, Marina di Ragusa

Am nächsten Morgen stand die Sonne klar am Himmel, und leicht milchige Dunststreifen am Horizont kündigten, wie immer um Ferragosto, einen sehr heißen Tag an. Gianni und Peppino packten ihre Badesachen ein und schwangen sich auf die Fahrräder, während die restlichen Familienmitglieder ihren Tagesbeschäftigungen nachgingen.

An der Piazza Duca degli Abruzzi hatte sich schon eine beträchtliche Schar von *Ragazzi* versammelt und machte sich gerade auf, zum Strand zu schlendern. Unter lautem Hallo gesellten sich Gianni und Peppino dazu. Piero war von einer Traube von Mädchen umringt und erzählte gestenreich von seiner Arbeit als *Autista*. Vito hatte ein Transistorradio dabei, das bereits die Piazza beschallte und dessen Klänge die kopfschüttelnden Alten auf ihren Bänken in einer Mischung aus Neid und Empörung zurückließen. Und – Gianni staunte nicht schlecht – sein ehemaliger Klassenkamerad Marcello hatte seine kleine Schwester Francesca mitgebracht. Aus dem Kaktus von früher war inzwischen eine hübsche junge Dame geworden.

»*Ehi Signorina Cactus*, was machen die Stacheln?«

»*Ouh il Monsignore Poeta.* Heute ganz ohne Soutane unterwegs?« Francesca bemühte sich, einen souveränen Eindruck zu vermitteln, verlor aber im heißen Sand eine Sandale und damit ein wenig an Contenance und zeigte Gianni eine lange Nase. Der vergaß für einen Moment jegliche friedfertige Erhabenheit eines Seminarista, griff sich die zappelnde Francesca, rannte mit ihr einige Meter ins Meer und warf sie in hohem

Bogen ins Wasser. Als sie endlich prustend wieder auf ihren Füßen stand, reichte er ihr galant den Arm, um sie an Land zu führen.

»Entschuldige, kleiner Kaktus. Mir war so, als brauchtest du dringend etwas Wasser.«

Der Tag war wundervoll. Das Meer glitzerte türkisfarben. Der Schatten einer einzelnen Palme am Strand wanderte wie ein gigantischer Uhrzeiger mit der Sonne mit. Die Gruppe saß dicht gedrängt auf Handtüchern, und Vitos Transistorradio kämpfte tapfer gegen die Jukebox von *Don Serafinos* Strandbar an. Hier wie dort hörte man Rocco Granata, Adriano Celentano und Domenico Modugno. Die Mädchen trugen Sonnenhüte und sahen damit aus wie eine bunte Kolonie von *Piopparelli*. Die jungen Männer tauchten stattdessen zur Abkühlung kopfüber ins Wasser und ließen sich dann an der Luft trocknen. Die meisten von ihnen hatten bereits eine Hautfarbe, die so dunkel und glänzend war wie die von frisch geernteten Datteln.

Vito setzte sich auf einen freien Streifen Handtuch neben Gianni. »Was macht Ihre Heiligkeit?«

»*Va eccati!* Lass mich.« Gianni hatte keine Lust, über das *Seminario* zu reden. Und auch nicht, darüber Scherze zu machen. Das Gespräch, das er mit Salvatore führen wollte, lag ihm auf der Seele. »Erzähl mir lieber von dir. Was macht das Studium?«

Vito hatte nach seiner *Maturità* begonnen, in Catania Pharmazie zu studieren. Seine Eltern waren finanziell bessergestellt und konnten ihrem Sohn ein Studium finanzieren, ohne ihn dafür an die Kirche verhökern zu müssen. Gianni spürte einen Hauch von Neid in sich aufsteigen.

»Es ist spannend und läuft großartig. Ich habe bereits das dritte Semester hinter mir. Und, unter uns«, – er zwinkerte Gianni zu und dämpfte die Stimme – »die Mädchen in Catania sind die schönsten der ganzen Insel.« Er hielt kurz inne, breitete seine Arme aus und fuhr laut fort: »Bis auf die Ragusanerinnen natürlich!«

Francesca hatte zugehört und warf ihm ein nasses Handtuch an den Kopf.

Gianni lächelte sein Giannilächeln und ließ eine Handvoll weißen Sand durch seine Finger rinnen. »Die Schönste ist immer die, die wir lieben.«

Für den Nachmittag hatte Marcello zwei Ruderboote organisiert, und so fuhren sie zu zwölft unter Johlen und Schaukeln ein paar Meter aufs offene Meer hinaus. Das Wasser war so klar hier draußen, dass man die Rippen des Sandbodens auch in einer Tiefe von etwa drei Metern noch sehen konnte. Ab und zu schwammen Schwärme von kleinen Fischen unter ihnen hindurch. Auf dem Boden war hier und da eine Muschel zu erahnen, und einmal erkannte Gianni sogar einen roten Seestern. Die Geräusche vom Strand kamen nur noch gedämpft an, und wenn die Gespräche und das Lachen für einen Moment verstummten, legte sich eine Ehrfurcht über Gianni, die ihn immer dann überkam, wenn ihm klar wurde, dass die Natur ohne jegliches menschliches Zutun solche Wunder hervorbrachte.

»Porcamadonna!«

Während er in Gedanken versunken war, hatte ihm Vito von hinten einen Stoß versetzt, und so waren beide im Wasser gelandet. Die Mädchen im Boot quietschten ob der Fontäne, die ins Boot spritzte, und im schaukelnden Nachbarboot hatte man Mühe, das Gleichgewicht zu halten.

»*Sì proprio na camurrìa!* Du Nervensäge!« Gianni prustete, schlug mit der Hand aufs Wasser und versuchte, Vito unterzutauchen.

Vito war zwar etwas größer als er – und das wollte etwas

heißen, denn auch Gianni war mit 1,85 Meter für sizilianische Verhältnisse *»un vero normanno«* –, aber Vito war auch deutlich hagerer. Mit seiner langen, schnabelartigen Nase, dem schmalen Gesicht und den schlanken Gliedmaßen wirkte er fast venezianisch. Wie ein Raubvogel, dachte Gianni. Am Ende trieben sie friedlich nebeneinander im Wasser, die Füße weiter unten im kühleren Bereich, die Oberkörper an der von der Sonne gewärmten Oberfläche.

»Morgen Abend möchte ich dir jemanden vorstellen.« Vito sah Gianni an, und ausnahmsweise fehlte jede Spur von Spott oder Ironie in seinen Augen. »*Domani sera alle dieci* auf der Piazza.«

Gianni nickte. So war Vito. Er fragte niemals, ob man Zeit habe. Er verfügte einfach.

Später holte Piero seine Gitarre heraus. Peppino und Filippo hatten ein paar eisgekühlte Flaschen Coca Cola und eine wagenradgroße Pizza bei *Don Serafino* besorgt. Sie saßen, aßen und tranken, und die leisen Gitarrenklänge von Piero gaben dem Abend etwas Feierliches.

»Das klingt schön.« Die weibliche Stimme, die Pieros Gitarrenspiel lobte, klang hart und schnarrend.

Gianni drehte sich um. Da stand ein junges Paar, sie blond, er dunkelhaarig, beide waren zu lange in der Sonne gewesen. Vermutlich Deutsche.

Er lächelte. »*Piacere*, Gianni. Setzt euch zu uns.«

»Piacere.« Sie setzten sich, und der junge Mann nickte in die Runde. Sein Italienisch war offensichtlich noch schlechter als das seiner Frau. *»Io sono Michael«*, er deutete mit dem Finger auf sich selbst. *»E lui e Renate.«* Er zeigte auf seine Frau.

»Lei!« Gianni lächelte. *»Lei si chiama Renate. E femmina.«* Er sah Renate freundlich an, als hätte er ihr soeben ein neues Le-

ben als Frau geschenkt. Michael lachte verlegen, Renate stieß ihn in die Seite und kicherte.

Es wurde ein feuchtfröhlicher Abend. Renate zog aus ihrer überdimensionalen Basttasche eine bauchige Weinflasche, die Michael mittels eines Schweizer Taschenmessers entkorkte und anschließend die Runde machte.

Das war wirklich eigenartig bei den *Crucchi*. Sie tranken Alkohol nicht nur zum Aperitif oder zum Essen, nein, sie tranken ihn zu jeder Uhrzeit. Und zwar in rauen Mengen.

Es stellte sich heraus, dass die beiden aus Köln kamen und zum ersten Mal auf Sizilien waren.

Als die Flasche leer war und sich ein Großteil der Freunde bereits auf der Piazza versammelt hatte, saß Gianni immer noch bei Renate und Michael und lauschte ihren Erzählungen vom Wirtschaftswunder-Deutschland.

»Bei uns in Köln gibt es an jeder Ecke Arbeit.« Renate lehnte sich an Michael und erzählte von den vielen unbesetzten Stellen, aber auch von der Wohnungsknappheit und den vielen italienischen Gastarbeitern, die seit Neuestem immer öfter nach Deutschland kamen.

»Wir haben einige Viertel in der Altstadt, wo es vermutlich mehr Italiener gibt als in Rom«, witzelte Michael.

Als Gianni später nach Hause fuhr, hatte sich das Bild von Deutschland vor seinem inneren Auge festgekrallt wie ein störrisches Kind an der Hand seiner Mutter.

Am nächsten Morgen wachte Gianni früh auf. In der Küche hörte er bereits die kleine Espressokanne auf dem Herd zischen, und leicht verbrannter Kaffeegeruch zog bis zu ihm ins Schlafzimmer. Carmelo saß an dem kleinen Esstisch mit dem wackligen Bein und stippte trockenes Gebäck in den Caffè, den Salvatrice ihm hingestellt hatte.

»Buongiorno!« Gianni gab Salvatrice einen Kuss auf die Wange, klopfte seinem Vater auf die Schulter, goss sich ebenfalls eine Tasse Caffè ein und leerte sie in einem Zug.

»Sediti! Mangia qualcosa!« Salvatrice war bereits im Begriff, ein paar Kekse aus der Deckelvase zu nehmen, aber Gianni winkte ab.

»Non ti preoccupare, Mamma. Ich habe zu tun. *Sono in fretta.«* Er warf beiden einen Kuss zu und verschwand eiligst nach draußen zu seinem Fahrrad. Er wollte das Gespräch mit Salvatore schnellstmöglich hinter sich bringen.

Als er in Santa Croce Camerina auf den Hof rollte, sprang Zingaro fröhlich bellend auf ihn zu. Salvatore hatte ihn vor einigen Jahren als Welpe in einem jämmerlichen Zustand auf der Straße gefunden. Seitdem wich ihm der Hund nicht mehr von der Seite. Zingaro begleitete Salvatore jeden Morgen auf die Felder und wurde nicht müde, an gut riechenden Stellen Löcher zu graben.

»Er ist ein Lagotto Romagnolo.« Salvatore erzählte gern, wie Zingaro bereits mehrere schwarze und einmal sogar einen weißen Trüffel gefunden hatte. »Tartufi sind hier bei uns auf Sizilien recht selten und etwas zäher als im Norden, aber dafür haben sie ein herrliches Aroma und halten sich länger. Zingaro ist ein talentierter Trüffelfinder.«

Nun sprang Zingaro also an Gianni hoch, leckte ihm über die Hand und rannte dann bellend ins Haus, um den Besuch anzukündigen.

»Gianni! Was für eine schöne Überraschung so früh am Morgen!« Lina war aus dem Haus getreten und breitete zur Begrüßung die Arme aus. »Komm doch herein. Salvatore trinkt noch seinen Caffè. Möchtest du auch einen?«

Gianni schüttelte den Kopf, und Lina nickte, als hätte sie diese Antwort schon vermutet. »Ich lass euch mal …«

Salvatore saß am Küchentisch und sah Gianni erwartungsvoll an. »*Cucciolo!* Was für eine Freude, dich zu sehen.«

Gianni trat unsicher von einem Fuß auf den anderen. »Salvatore, wir müssen reden.«

Salvatores Gesicht wurde ernst. *»Il seminario?«*

Seit Gianni klein war, las sein großer Bruder seine Gedanken, als wären sie ein aufgeschlagenes Buch. Er nickte und fühlte sich auf einmal wieder wie mit acht, als Salvatore ihn beim Rauchen erwischt hatte.

»Salvatore, *non ce la faccio più*. Du weißt, das Ding mit dem Priesterseminar war nie meins.« Er seufzte unglücklich. »Ich fühle mich, als wäre ich zur falschen Zeit am falschen Ort. Ich würde mich am liebsten in Luft auflösen.«

Salvatore nickte. »Ich weiß, *Cucciolo*.«

»Ich bin lieber ein guter Christ als ein schlechter Priester. Ich glaube an Gott, aber als Priester werde ich unglücklich. Ich fühle mich wie ein Lügner, wenn ich zwischen all den Geistlichen meine Gebete aufsage. Außerdem möchte ich die Welt kennenlernen. Ich will einen Beruf ausüben, der Geld einbringt. Und … ich möchte eine Familie gründen.«

Er dachte einen Moment an Marietta, wischte den Gedanken aber sofort wieder beiseite aus Angst, Salvatore könnte auch in diesen geheimen Winkel seiner Seele schauen.

»Und hier« – er machte eine ausladende Bewegung und meinte damit ganz Sizilien – »was kann ich hier schon werden? Es gibt keine Arbeit für mich. Keine, bei der ich glücklich werde.«

Er betrachtete einen Moment seinen Bruder, wie er da am Küchentisch saß. Das Unterhemd in die viel zu weite Arbeitshose gesteckt, der gebräunte Oberkörper, der trotz der schweren Arbeit eher sehnig als muskulös war, das runde Gesicht und die Coppola, die er trug, solange Gianni denken konnte.

»Wann erntest du jemals die Früchte deiner Arbeit? Papà und du … Ihr schuftet und schuftet. Doch was bringt das alles? Ihr könnt davon kaum eure Familien ernähren. Jeden Tag sehe ich euch nach Hause kommen, verschwitzt, erschöpft, müde. Wofür?«

Salvatore blickte Gianni einen Moment schweigend an und antwortete dann. »Weil wir hierhergehören. Ich gehöre aufs Feld. Ich liebe unser Land. Ich möchte es bearbeiten und freue mich über jeden Halm, der wächst.« Er schob seine leere Tasse energisch in die Mitte des Tisches, was seinem Satz etwas Entschlossenes und Endgültiges verlieh.

»Meinst du, ich sollte auch Landarbeiter werden?« Gianni sah Salvatore fast ängstlich an. »Jeden Tag frühmorgens aufs Feld und abends zu müde, um ein Buch zu lesen?«

Salvatore musste lachen und betrachtete Gianni. Das blasse Gesicht mit den blauen Augen, die langen, schmalen Finger, die gerade einmal einen Stift zu halten gewohnt waren, die schlanke Figur, die ihm, wenn er die Soutane trug, etwas Erhabenes gab. Nein. Er konnte sich wirklich nicht vorstellen, dass dieser Junge sein Leben unter der heißen Sonne auf den staubigen Feldern verbrachte.

»Cucciolo.« Er sah Gianni fest ins Gesicht und suchte nach den richtigen Worten. »Ich habe nur die dritte Klasse der *Scuola Elementare* abgeschlossen. Ich bin weder gebildet noch besonders geistreich. Sieh mich an, ich bin ein einfacher Mann. Was sollte ich in meinem Leben tun, wenn nicht auf dem Feld arbeiten? Papà und ich, wir sind hier angebunden. Wir können nicht weg. Auch wenn ein Großteil unserer Ernte an Barone Cartia geht, es gibt keinen Ausweg für uns. Wir brauchen das bisschen Geld, um zu überleben. Aber du«, – er legte seine braune und schwielige Hand auf Giannis weißen Unterarm – »du kannst aus diesem Leben ausbrechen. Du bist intelligent und hast eine

fantastische Ausbildung genossen. *Puoi scappare di questa vita di lacrime e sudo.*« Er sah ihm erneut forschend ins Gesicht und fügte hinzu: »Aber nicht, indem du dein Land verlässt. Wir Sizilianer können anderswo nicht glücklich werden. Wir brauchen unsere Wurzeln.«

Gianni dachte ein wenig schuldbewusst an den vergangenen Abend und an die Erzählungen von Renate, die ihm nicht mehr aus dem Kopf gingen.

»*Cucciolo*, mach deine Ausbildung fertig. Nirgendwo wirst du so viel lernen und studieren können wie hier als Priester. Du wirst ein angesehener Mann der Gesellschaft sein. Niemals Hunger leiden müssen. Nicht an Morgen denken müssen. Alles, was du machen musst, ist, Gott zu lieben und dich um deine Gemeinde zu kümmern. Und denk nur an Mamma und Papà.«

Gianni sah Salvatore an, dass er gerne sein Leben mit ihm getauscht hätte, und fühlte sich schuldig. Schuldig und undankbar.

»Und denk an die Tanten!«, fügte Salvatore noch hinzu, wohl wissend, dass er soeben Giannis Achillesferse getroffen hatte.

Noch während Gianni nach Hause radelte, war seine Entscheidung gefallen. Er musste die Zähne zusammenbeißen. Salvatore hatte recht. Gut, dass er mit ihm gesprochen hatte. Er war gesegnet, dass man ihm diese Ausbildung hatte zukommen lassen. Er liebte seine Familie. Und er liebte Sizilien. Wie hatte er auch nur einen Moment daran denken können, von hier wegzugehen?

Als er abends über die Piazza schlenderte, umgeben von all seinen Freunden von Kindheit an, war er sich sicher. Was war schon Freiheit, verglichen mit der Liebe zu diesem Fleckchen

Erde, das ihm so vertraut war? Niemals würde er woanders glücklich werden.

Er gesellte sich zu Piero und Marcello, die gerade mit anderen *Ragazzi* die bevorstehende Fußballsaison diskutierten. Daneben stand Francesca, Marcellos kleine Schwester, die neuerdings Franca genannt werden wollte, und sah ihn mit großen Augen an. *»Ciao, Cactus, come stai?«* Gianni buffte sie liebevoll in die Seite. »Du siehst aus, als würdest du auf die Erscheinung des Propheten warten.«

Er wusste gar nicht, wie recht er damit hatte. Francesca machte ein Gesicht, als hätte sie auf eine Zitrone gebissen, drehte sich um und verschwand in der Menge.

Gianni wandte sich seinen Freunden zu: »Das erste Spiel von Catania am 25. September und dann ausgerechnet gegen Milan.« Die Aufregung war groß, und die Aufstellung der sizilianischen Fußballspieler wurde mit Leidenschaft diskutiert. Piero spuckte neben sich auf die Erde zum Zeichen seiner tiefen Verachtung für die Mannschaft der norditalienischen Polentafresser.

»Tra il dire e il fare c'è di mezzo il mare.«, lachte Marcello und schlug Piero auf die Schulter. »Wir werden es erleben.«

»Hat jemand Vito gesehen?« Gianni konnte seinen Freund im Gewimmel nicht entdecken.

Piero wies mit dem Kopf in Richtung Gelateria. »Da drüben. Er hat wieder mal eine neue Flamme.«

Gianni schaute in die angedeutete Richtung und bemerkte ihn sofort. Sein Kopf mit der streng nach hinten gegelten Frisur ragte deutlich aus der Menge heraus. Seinen Arm hatte er um ein Mädchen mit langen dunklen Locken gelegt.

Als er sich zu den beiden durchgekämpft hatte und Vito von hinten seine Hand auf die Schulter legte, wandte der sich um und grinste.

»*Ehi, sacerdote.* Da bist du ja endlich.« Er drehte das Mädchen, das sich gerade unterhielt, an beiden Schultern in Giannis Richtung. »Ihre Heiligkeit, *vi presento la mia fidanzata.* Meine Verlobte.«

Das Mädchen traf Gianni mit einem langen, melancholischen Blick mitten ins Herz.

Es war Marietta.

Gianni

Januar 1961, Marina di Ragusa

Die Rückkehr ins Kloster nach Ferragosto war Gianni schwergefallen. Er verbrachte seine Tage, eingepfercht zwischen den hohen Mauern in Siracusa, mit nichts als Gebeten und seinem Studium. Wenn er direkt nach dem Gespräch mit Salvatore noch gedacht hatte, alles würde sich zum Guten wenden und sein Bleiben wäre die richtige Entscheidung, war sein Fernweh ins Unermessliche gestiegen, seit er Vito mit Marietta auf der Piazza gesehen hatte.

Ausgerechnet Marietta. Sie war über Jahre der Dreh- und Angelpunkt seiner Sehnsüchte gewesen, ohne dass sie es je geahnt hätte. Irgendwann, das hatte er sich all die Zeit fest vorgenommen, irgendwann hatte er vor ihr stehen und sich ihr erklären wollen. Und jetzt … ausgerechnet Vito. Er konnte es nicht begreifen. Vito war sein Freund, aber in seinen Augen war er für eine Beziehung mit Marietta, die ihm wie eine Heilige schien, zu leichtfüßig, zu sarkastisch, zu wenig ernsthaft. Über Wochen hatte er versucht, sich die beiden als Paar vorzustellen. Er rief sich das Bild vor Augen wie ein Fakir, der täglich über glühende Kohlen läuft und versucht, den Schmerz mit der Zeit zu beherrschen. Stattdessen wuchs in ihm das Fernweh, von dem er dachte, Salvatore hätte es ausgelöscht. Es war wie eine Krankheit, die über Jahrzehnte im Körper schlummert und die eine kurzzeitige Schwäche des Immunsystems nutzt, um die Oberhand zu gewinnen.

Als Gianni schließlich zu Weihnachten nach Magnì kam, gelang es ihm kaum, seinen Zustand zu verbergen. Salvatrice beobachtete ihn argwöhnisch wie eine Krankenschwester, die einen labilen Patienten nicht aus den Augen lässt. Sie häufte bei jeder Mahlzeit die doppelte Menge Essen auf Giannis Teller – gutes Essen war schon immer die beste Medizin gegen alles. Carmelo vermutete einen ungesunden Mangel an Luft und Licht durch unermüdliches Studieren und riet zu ausgiebigen Spaziergängen unter der klaren Wintersonne. Nur Salvatore ahnte Schlimmeres, behielt es aber für sich.

Dieses Weihnachten fiel zusammen mit Giannis 21. Geburtstag. Salvatore hatte ihm eine Pfeife geschnitzt, und Salvatrice hatte aus den Resten eines fadenscheinigen Lakens ein Leinenhemd genäht. Sie hatte außerdem mit einiger Mühe ein paar Seeigel auftreiben können und Gianni seine Lieblingspasta gekocht. Aber auch das hatte ihn nicht aufheitern können. Er hatte sein Giannilächeln aufgesetzt und allen gedankt, aber es war nicht herzerwärmend wie sonst, sondern wirkte müde und gequält.

Nun war also schon der letzte Tag des Jahres. Das Haus duftete nach *pasta al forno* und *zampone con lenticchie*. Eigentlich liebte Gianni den Jahreswechsel. Hätte der heilige Silvester I. geahnt, welch blasphemischen Aberglauben seine Landsleute zu seinem Namenstag zelebrierten, vermutlich hätte er seinen Namen für diese Feierlichkeit nicht zur Verfügung gestellt. Bereits Tage zuvor wurde keine Wäsche mehr gewaschen, denn – darin waren sich ausnahmsweise alle einig – über den Jahreswechsel durfte keine Wäsche auf der Leine hängen, sonst würde es in der Familie bald einen Todesfall zu beklagen geben. Salvatrice mied den Waschzuber zur Sicherheit sogar ganze drei Tage vor und nach Silvester.

Um Mitternacht gab es traditionell Schweinefuß mit Linsen. Die Linsen standen symbolisch für Münzen und sollten Geld ins Haus bringen. Zwar fragte sich Gianni bereits seit Jahren, ob dieser Brauch tatsächlich etwas brachte, denn Geld war trotz fleißig verzehrter Linsen stets Mangelware in Magnì. Man wusste allerdings nicht, ob es ohne die Linsen noch weniger gewesen wäre.

Peppino hatte vor einigen Jahren Salvatrice gefragt, ob sie denn auch rote Unterwäsche zu *Capodanno* trage – damit es in der Liebe gut laufe im nächsten Jahr –, und hatte sich dafür eine Schelle von Carmelo eingefangen, deren Abdruck auf seiner Wange mindestens so rot war wie die vermeintliche Wäsche Salvatrices.

Nun saßen sie gemeinsam in der Küche und warteten auf die Pasta. Draußen war es eisig kalt. Der Winter war dieses Jahr besonders erbarmungslos, und außer dem Ofen in der Küche gab es keine Wärmequelle im Haus. Salvatrice legte oft abends ein paar Backsteine in die Glut, die sie dann zwischen Matratze und Decke schob. Aber kalt blieb es dennoch. Hier in der Küche verbreitete der Ofen eine wohlige Wärme. Gianni saß auf einem Stuhl, streckte die Beine aus und zündete sich eine Zigarette an.

Salvatrice warf ihm einen tadelnden Blick zu. »Diese Unsitte!«, schimpfte sie leise, konnte aber weiter nichts sagen, da auch Carmelo an seiner Pfeife zog.

»Ich war gestern auf dem Amt und habe Giorgio angerufen.« Salvatore lenkte das Gespräch auf erfreulichere Dinge.

Salvatrice ließ den Löffel in den Topf fallen und drehte sich um. »Giorgio! Wie geht es ihm? Wie geht es Artua? Was macht Gabriella?« Seit Giorgio sich als Carabiniere in L'Aquila beworben hatte, hörte sie kaum noch etwas von ihrem Ältesten. Es war eine Schande. Sie mochte es nicht, wenn die Familie derart auseinandergerissen war.

»Die Kleine flitzt wie ein Wirbelwind durch die Zimmer und hat neulich das erste Mal so etwas wie Papà gesagt.«

Gianni freute sich für seinen Bruder. Er hatte sein Leben hier gegen ein besseres getauscht.

»Auch Artua ist guter Dinge. Sie hat die gesundheitlichen Probleme der letzten Jahre weggesteckt.«

»*Meno male*. Gott sei Dank!« Salvatrice bekreuzigte sich.

»Apropos …« Salvatore stand auf und legte liebevoll seinen Arm um Lina, die neben Salvatrice am Herd stand. »Auch wir sind im kommenden Jahr zu dritt.«

Einen Moment hörte man nur das Blubbern der Linsen auf dem Herd. Salvatrice war in ihrer Bewegung erstarrt, bis die Bedeutung der Worte sie erreichte. Schließlich war Carmelo der Erste, der Worte fand für die frohe Nachricht.

»*Auguri, figlio mio!* Lina, lass dich umarmen!« Er schloss die werdenden Eltern in die Arme, drückte sie und wandte sich schnell ab. Gianni hatte trotzdem die Tränen in seinen Augen gesehen.

»*Fratellone*, meinen Glückwunsch. Ich hoffe, es wird ein Junge, damit du bald Hilfe bei der Arbeit hast. *Auguri*, Lina.« Er ging zu Salvatore und klopfte ihm auf die Schulter, während er Lina liebevoll umarmte.

Lina lachte. »Ich bin mir sicher, es wird *un bel maschiotto*!«

Gianni stieß Peppino in die Seite. »Wann wirst du dein Junggesellendasein endlich beenden?«

Salvatrice schnaubte. »Lass mir den Jungen, er ist doch noch viel zu jung für eine Familie!«

Peppino lachte schelmisch, zog seinen Schuh aus und warf ihn sich in Richtung Tür über die Schulter. Dann drehte er sich um, sah, dass der Schuh quer zum Eingang lag, zuckte mit den Achseln und sagte gelassen: »Keine Gefahr! Ich bleibe euch noch erhalten.«

Das Schuhwerfen war eigentlich eine Silvestertradition der jungen Frauen im heiratsfähigen Alter. Zeigte der Schuh mit der Spitze zur Tür, würde die Glückliche noch im kommenden Jahr zum Traualtar geführt werden. Alle anderen Positionen des Schuhs bedeuteten das Gegenteil. Nicht wenige Mädchen übten sich das ganze Jahr über in Wurftechniken, um eventuell doch Einfluss auf das Schicksal nehmen zu können.

Gianni zog seinen Schuh aus und warf ihn sich ebenfalls über die Schulter. Die Spitze zeigte zur Tür.

»Das zählt nicht!«, unkte Peppino. »Du bist bereits mit Gott vermählt.« Gianni allein wusste, dass der Schuh aus einem ganz anderen Grund zur Tür zeigte.

Um Mitternacht wünschte man sich ein *»Buon anno!«*, und Salvatrice stellte das Linsengericht auf den Tisch. Gianni hatte keinen Hunger. Bei aller Liebe zu seiner Familie – er fühlte sich eingesperrt. Im Kloster von den Patres, zu Hause von den Erwartungen seiner Verwandten. Es war, als würde sein Leben nicht ihm gehören. Andererseits wusste er aber auch keinen Ausweg. Wie konnte er diesem Teufelskreis entkommen? Ohne Geld? Ohne Unterstützung? Und – wenn man es genau nahm – auch ohne Plan?

Salvatore hatte seine Linsen bereits ausgelöffelt und wischte mit einem Stückchen Brot den Teller blank. *»Visto? Faccio pure la scarpetta.* Mamma, du kannst ihn ins Regal zurückstellen, ohne ihn abzuwaschen. Wenn das keinen Geldsegen bringt in diesem Jahr.« Er sah vorwurfsvoll auf Giannis Teller. *»Mangia!* Sonst wird das nie etwas mit dem Wohlstand in dieser Familie.«

Gianni lächelte gequält und schob sich lustlos einen Löffel in den Mund. Wenn das alles so einfach wäre und man mit einem Teller Linsen sein Leben regeln könnte!

Nach dem Essen verabschiedeten sich Salvatore und Lina, und Salvatrice kümmerte sich um den Abwasch.

Carmelo setzte sich neben Gianni und legte ihm die Hand auf den Arm. »*Senti*, ich weiß, es ist nicht leicht für dich. Es gibt immer Zeiten im Leben, in denen man zweifelt. So ist es bei uns allen.«

Gianni lächelte müde und war sich sicher, dass Carmelo, Salvatore oder Peppino niemals an sich zweifelten.

»Deine Bestimmung ist es, Gott zu dienen. Jetzt bist du jung, und es fällt dir noch schwer, dich anzupassen und auf bestimmte Dinge zu verzichten.« Er räusperte sich verlegen. »Aber du wirst sehen, in einigen Jahren hast du dich arrangiert und wirst dein Leben als Mann der Kirche zu schätzen wissen.«

Gianni wollte sich nicht »arrangieren«. Allein das Wort löste Unbehagen in ihm aus. Genauso wie »anpassen«. Er wollte weg. Er wollte studieren, am liebsten Medizin. Er wollte auf eigenen Beinen stehen und Geld verdienen. Er wollte etwas bewirken in seinem Leben. Und – verdammt noch mal – er wollte eine Familie gründen und nicht im Kloster vertrocknen.

Im Stillen dachte er: Ich muss weg. Aber er antwortete: »Du hast recht.«

Carmelo nickte zufrieden, klopfte ihm auf die Schulter und ging zur Schublade, in der die kleine Stahlkassette mit dem Haushaltsgeld lag. »Du könntest mir einen Gefallen tun …« Er zog ein Bündel Lire aus der Schatulle. »Ich muss Barone Cartia morgen die Pacht vorbeibringen. Er sollte sie eigentlich schon gestern bekommen. Könntest du bei ihm vorbeischauen und ihm die Monatsrate übergeben? Gleich morgen früh bitte.« Er legte das Geld vor Gianni auf den Tisch und wartete die Antwort nicht ab.

Gianni nickte, rollte die Scheine zusammen und steckte sie

in die Innentasche seiner Jacke, nahm dann die *Spiccioli* vom Tisch und beförderte sie klingelnd in seine Hosentasche.

Ab diesem Moment fühlte sich Gianni ferngesteuert. Er küsste Salvatrice und Carmelo, zwickte Peppino in die Wange, verabschiedete sich entschuldigend mit den Worten *»Scusate, sono stanco«* und ging zu Bett. Am nächsten Morgen stand er vor allen anderen auf, nahm seinen kleinen Pappkoffer, warf das neue weiße Leinenhemd und die anderen wenigen Sachen, die er neben seiner Soutane besaß, hinein und trat hinaus auf den Hof. Er sah zu den Maultieren hinüber, die so früh noch träge vor sich hin dösten. Er strich im Vorbeigehen über den Steintisch und blinzelte in die Krone des Carrubo. Im Hinausgehen hob er das kleine schräge Eisentor etwas an, damit es nicht so quietschte. Draußen blickte er noch einmal kurz zurück. Magnì leuchtete in den ersten Strahlen der kalten Wintersonne in einem warmen pastellfarbenen Orange. Es sah aus, als hätte sich das kleine Haus auf der Suche nach Wärme in die Senke geschmiegt, in der es stand. Gianni spürte auf einmal den Griff des Koffers in seiner Hand. Er packte etwas fester zu, drehte sich um und ging los.

Als er auf dem Landsitz von Barone Cartia eintraf, stand die Sonne bereits etwas höher, und das rötliche Licht war einem kalten Gelb gewichen. Es war noch früh für die hohen Herrschaften, aber in der Küche hörte er die Köchin schon mit den Schüsseln hantieren. Er nahm nicht den Haupteingang, der von mannshohen Töpfen mit Oleanderbüschen gesäumt war und auf dessen Balustrade weiter oben große tönerne Pinienzapfen standen, sondern ging leise zum Seiteneingang für das Personal, wo er sonst immer seine Zeitungen abgeholt hatte.

»Gianni!« Odette, die Gianni schon von klein auf kannte,

freute sich über den unerwarteten Besuch und blickte sich suchend nach den zurückgelegten Zeitungen um.

Gianni lächelte und schüttelte den Kopf. »Heute nicht, Odette. Ich bin geschäftlich hier … Die Pacht.«

Odette nickte. »Il Signor Barone ist gerade beim Morgencaffè. Ich lasse dich nach oben bringen.«

Ein Bediensteter führte Gianni die Treppen hoch ins sogenannte Morgenzimmer, einen Raum, dessen Fußboden mit Petroleum behandelt worden war und der dadurch in einem satten Schwarz glänzte, während die Wände mit Wappen bemalt und die Fenster mit dicken Brokatvorhängen abgedunkelt waren. Barone Cartia saß im Morgenmantel an einem Schreibtisch vor der Terrassentür und erledigte offenbar bereits zu dieser frühen Stunde seine Korrespondenz.

»Gianni. Wie schön, dich zu sehen. Womit kann ich dir behilflich sein? Hätte ich gewusst, dass du kommst, hätte ich dir Zeitungen zurückgelegt.« Er hob bedauernd die Arme.

»Nein, Signor Barone. Sehr freundlich, aber heute bin ich nicht wegen der Zeitungen hier.« Er reichte Barone Cartia die Rolle mit den Geldscheinen und trat verlegen von einem Fuß auf den anderen. »Mit den besten Grüßen von meinem Vater. Die Geschäfte laufen schlecht zurzeit. Die restlichen 20 500 Lire wird er in den nächsten Wochen nachreichen.«

Barone Cartia nickte, nahm das Geld entgegen und zählte nach. »*Va bene.* Bitte grüß deinen Vater von mir und richte ihm aus, dass das kein Problem ist.«

Als Gianni wieder draußen war, fasste er in seine Jacke. Die zwei Zehntausend-Lire-Scheine knisterten beruhigend in der Tasche. Fünfhundert Lire klimperten leise in seiner Hose.

In Italien glaubte man, man müsse am 1. Januar das Haus mit Kleingeld in der Hosentasche verlassen. Das brächte Glück und Reichtum fürs kommende Jahr. Er hoffte inständig, dass an dieser Sache mehr dran war als an den Mitternachtslinsen.

Als er schließlich in Ragusa in den Zug gestiegen war und die Felder, Strommasten, Häuser und Carrubi wie in einem Taschenkino am Fenster vorbeiflogen, wanderten seine Gedanken noch einmal kurz nach Magnì zurück.

Entschuldige, Papà, entschuldige, Mamma. Ich mach es wieder gut. Irgendwann mach ich es wieder gut, versprochen.

Tita

Mittwoch, 08. September 2004, Ragusa

Das Treffen mit Gianluca verlief unproblematisch. Die Formalitäten waren geklärt und die Schriftstücke bereits aufgesetzt.

»Du brauchst einen *codice fiscale* für den Erwerb von Grund und Boden hier in Italien. Hast du einen?«

Tita sah ihn überrascht an. »Eine Steuernummer?«

»Ja, hier in Italien ist eine Steuernummer fast wichtiger als die *carta d'identità*.« Er machte ein ernstes Gesicht. »Es wurde neulich ein Gesetzesentwurf vorgelegt, der vorsieht, dass allen Neugeborenen in Italien die Nummer gleich eintätowiert wird, dann geht sie nicht verloren, und man kann nicht mehr mogeln.« Tita schaute ihn entsetzt an. »*Scherzo! Mamma mia.* Ihr Deutschen seid so trocken! Ohne jeden Sinn für Humor!« Er schob den Stapel unterschriebener Papiere vor sich auf dem Tisch zusammen. »Aber im Ernst: Die Steuernummer brauchst du. Ohne Steuernummer kein italienisches Konto, ohne italienisches Konto kein Kauf. Wir können das zusammen machen.« Er sah auf die Uhr. »Aber nicht mehr heute. Es ist schon gleich vier, da hat nichts mehr offen! Wir gehen morgen Vormittag zur *Agenzia delle Entrate*. Und dann sehen wir weiter. Macht es dir etwas aus, ein paar Schritte zu Fuß zu gehen? Mein Auto steht etwas entfernt. *Ti do un passaggio a Marina di Ragusa*. Ich nehme dich mit, und wir trinken etwas an der Piazza, bevor du Mamma triffst.«

Tita sah auf die Uhr. Es war genau 15:58.

Als sie zusammen aus dem Gebäude traten, wurden bei der Drogerie nebenan gerade die Rollläden hochgezogen. »*Ou*

Dottore! Sabbinirica!« Der Inhaber lüpfte kurz seine Coppola und deutete eine Verbeugung an.

»Salve, Don Filomeno!«

»Ein Freund?«, fragte Tita, als sie außer Hörweite waren.

»Sagen wir, ein Bekannter, dem ich mal aus der Klemme geholfen habe.«

Tita verstand nicht. »Aus der Klemme …?«

»Hier im Süden wäscht eine Hand die andere. Damit überlisten wir seit Jahrhunderten das System. Und es ist unser Rezept, um die Bürokratie zu überwinden.«

»Bürokratie? Hier? In Italien?« Tita wollte sich ausschütten vor Lachen. »Da sind ja wohl wir Deutschen führend!«

Gianluca lächelte. »Nun ja, sagen wir so: Es gibt viel Bürokratie hier wie dort. Aber in Deutschland funktioniert sie wenigstens – im Gegensatz zu Italien, von Sizilien ganz zu schweigen. Deswegen haben wir hier … andere Methoden.« Er grinste sie an. »Du wirst schon noch sehen, was ich meine!«

Tita sah ihn kurz unsicher von der Seite an: »Meinst du die Cosa Nostra?«

»*Ma dai, la mafia qui al sud non esiste.* Es gibt keine Mafia hier im Süden Siziliens.« Gianluca schien sich über sie zu amüsieren.

Sie waren mittlerweile an einer der vielen Brücken angekommen, die auf ihren Betonpfeilern Ragusa Superiore durchzogen wie Stützfäden ein Spinnennetz. Von hier aus konnte man bis nach Ragusa Ibla sehen. An anderen Stellen schlängelten sich die Straßen in Serpentinen erst herunter und dann wieder hinauf. Die verschachtelten Häuser an den Hügeln wirkten in ihren Orange-, Ocker- und Rosatönen wie angeklebt.

»Ich hole schnell das Auto. *Cinque minuti!*«

Tita nahm dankend an und lehnte sich an das Brückengeländer mit der spektakulären Aussicht. Hinter sich hörte sie die Geräusche der Stadt. Das Hupen der Autos, das Rattern der Motorini und das Schimpfen der Fußgänger, die vor rücksichtslosen Autofahrern zur Seite springen mussten.

Und dann war da ein Geräusch, das sie zunächst nicht zuordnen konnte. Ein leises Rascheln und ein hoher flirrender Ton. Sie sah in den Rinnstein. Da flatterte etwas und versuchte verzweifelt, die Stufe von der Straße zum Bürgersteig zu erklimmen. Ein kleiner Vogel. Tita beugte sich vor und nahm das panisch mit den Flügeln schlagende Tier in die Hand. Warum konnte er nicht mehr fliegen? Vielleicht war ein Flügel verletzt? Oder er war aus dem Nest gefallen? Tita sah sich um. Sie würde ihn zu einem Tierarzt bringen müssen. Unmöglich konnte sie ihn hier seinem Schicksal überlassen.

»*Buttala!* Weg damit!« Die komplett in Schwarz gekleidete Alte neben ihr trug einen Korb mit Einkäufen und nickte in Richtung des Abgrunds jenseits des Geländers. »*Buttala!*«, blaffte sie von Neuem und hob ihren linken Arm, als würde sie eine lästige Fliege fortscheuchen wollen.

Tita war entsetzt. »Nein!« Sie schüttelte energisch den Kopf. »Er kann nicht fliegen! *Non può volare!*«

Die Alte sah Tita an, als hätte sie den Verstand verloren. *»Buttala!«*, wiederholte sie ein weiteres Mal. Schließlich schüttelte sie den Kopf und ging weiter.

Wenige Minuten später hupte Gianluca am Straßenrand. Der kleine Vogel in Titas Hand hatte sich zusammengekauert und atmete schnell mit geöffnetem Schnabel.

»Ma che fai?«, rief Gianluca.

Tita zeigte ihm wortlos ihren Schützling.

»Buttala!«, entgegnete Gianluca trocken.

»Was ist das nur für ein Land, in dem Tieren in Not nicht geholfen wird!«, schimpfte Tita. »Weißt du, was mit so einem kleinen Körper passiert, wenn man ihn einen Abgrund hinunterwirft?« Sie konnte es nicht fassen.

Gianluca schlug sich mit der flachen Hand an die Stirn und bedachte sie mit einem nachsichtigen Lächeln. »*Ma sei scema! Una rondine!* Das ist eine Schwalbe!« Tita verstand nicht. »Wenn sie fliegen soll, musst du sie hochwerfen. Sie kann nicht vom Boden aus starten. Unmöglich! Sie zu werfen ist ihre einzige Chance!«

Jetzt begann sie zu verstehen. »Aber was, wenn ich sie werfe, und sie ist wirklich verletzt?«

Gianluca zuckte die Schultern. »Dann stirbt sie. Genauso wie sie stirbt, wenn du sie nicht wirfst. Aber so hat sie zumindest noch einmal das Gefühl zu fliegen.«

Tita fluchte insgeheim. Sie war verantwortlich. Von dem Moment an, in dem sie sich gebückt hatte, war sie verantwortlich für das Leben des Vogels. Oder für dessen Tod.

Sie trat an das Geländer, schloss die Augen und warf die die Schwalbe in einer Vorwärtsbewegung nach oben. Als sie die Augen öffnete, war keine Schwalbe mehr zu sehen.

Auf dem Weg nach Marina di Ragusa war Tita schweigsam. Sie hatten das Gewirr der auf- und absteigenden Straßen hinter sich gelassen und fuhren nun durch die Zona industriale, die die Stadt über eine Schnellstraße mit dem Badeort an der Küste verband. Große Einkaufszentren, eine Zementfabrik, jede Menge Autohäuser und Werkstätten. Und unendlich viel Müll an den Straßenrändern. Dazwischen palmengesäumte Alleen, die zu jahrhundertealten Herrenhäusern führten – als hätte man versehentlich ein Puzzleteil an eine Stelle gedrückt, wo es eigentlich nicht hingehörte. Tita versuchte einmal mehr, diese Insel der Gegensätze zu begreifen.

Gianluca bemühte sich, sie auf andere Gedanken zu bringen. »Erzähl mir von deinem Vater«, bat er. »Ich kenne nur die Geschichten meiner Mutter, und sie ist … wie soll ich sagen … befangen. Was hat er in Berlin gemacht, außer eine Familie zu gründen? Wie war er so?«

Tita schwieg einen Moment. Sie wusste nicht, wo sie anfangen sollte. »Tja.« Sie sah aus dem Fenster und versuchte die richtigen Worte zu finden. »Seine Lebensgeschichte hier auf Sizilien kennt deine Mutter besser als ich. Ich kann dir nur erzählen, wie ich als Kind ihn wahrgenommen habe.«

Tita merkte, dass sie sich tiefen emotionalen Gewässern näherte und holte Luft.

»Ich versuche, ihn dir zu beschreiben. Papà war sehr interessiert an allem. Seine Freunde nannten ihn *il poeta*, weil er es liebte, zu schreiben und nachzudenken. Er war groß und hatte leuchtend blaue Augen.«

Sie lachte den Kloß im Hals weg.

»Er hat viel gearbeitet, aber wenn er zu Hause war, war er für uns da. Ich kann mich erinnern, dass seine Taschen immer voller Kleingeld waren. Falls wir an einem Kaugummiautomaten oder an einem dieser elektrischen Fahrgeschäfte vorbeikämen. Für mich das Schaukelpferd, für Daniele den Rennwagen.« Sie lächelte wieder in Erinnerung daran. »Überhaupt Geld. Als wir einmal auf der Trabrennbahn waren – Papa liebte Pferderennen –, erzählte er mir, dass er dort das Geld für sein erstes Restaurant gewonnen habe. Großer Einlauf.« Sie schaute zu Gianluca hinüber, der aufmerksam zuhörte. »Dabei hat er sich jeden Pfennig mühsam erarbeitet. Was zur Eröffnung fehlte, hatten meine Großeltern vorgestreckt. Er war sehr fleißig und auch ehrgeizig.«

Sie wartete ab, was ihr noch in den Sinn kommen würde. Es war wie eine spontane Collage. Wie ein Scribble. Sie dachte an ihre Coverbriefings und setzte ein Kreuz ganz rechts bei »warm«.

»Er hat uns Kinder immer in eine Art Märchenwelt mitgenommen. Für alles im Leben gab es eine fantastische Erklärung. Alles war geheimnisvoll und spannend. Und wenn er geschäftlich unterwegs war, bekamen wir immer etwas mitgebracht.« Auf einmal war Tita in ihren Gedanken wieder zehn und Daniele fünf. »Einmal bekam ich einen Zauberkasten geschenkt und Daniele zu Mammas großem Entsetzen die Ausstattung eines Nordstaaten-Kavalleristen des Amerikanischen Bürgerkriegs. Mit Hut, Säbel und Revolver. Der Revolver war aus Metall und sah täuschend echt aus. Papa hatte Daniele erklärt, dass er sehr vorsichtig damit umgehen müsse, da er mit einer Waffe großen Schaden anrichten könne. Daniele schwor bei Leib und Leben, suchte sich ein unverfängliches Ziel im Garten und war unendlich enttäuscht, als er, nachdem er sein gesamtes Magazin verfeuert hatte, im Apfelbaum keine Einschusslöcher fand.« Tita kicherte. »Er hat oft Späße mit uns gemacht, aber er nahm uns auch sehr ernst. Man hatte immer das Gefühl, sich auf ihn verlassen zu können. Und so sahen das auch seine Freunde. Bis heute – 26 Jahre nach seinem Tod – ist er bei allen unvergessen, besonders natürlich bei den Italienern in Berlin.«

Gianluca horchte auf. »Wie viele Italiener gab es denn damals in Berlin?«

»Mitte der Fünfziger- bis Anfang der siebziger Jahre kamen etwa zwei Millionen italienische Gastarbeiter nach Deutschland, meist in die Bundesländer mit metallverarbeitender Industrie, nach Baden-Württemberg, Nordrhein-Westfalen, Bayern und Hessen. Berlin spielte damals keine große Rolle. Da war die Anzahl der Italiener noch relativ überschaubar.« Sie lachte. »Und fast alle waren in der Gastronomie. Ende der Siebziger war die italienische Gemeinde in Berlin zwar schon gewachsen, aber noch längst nicht so groß wie heute. Alle kannten sich untereinander, und man verbrachte viel Zeit zusammen.«

»Little Italy *a Berlino.*« Gianluca nickte und schien beeindruckt. Vorn am Horizont sah Tita das Meer glitzern. Sie waren jetzt auf der Zufahrtstraße nach Marina di Ragusa.

Wie konnte man ihren Vater noch in wenigen Sätzen beschreiben? Sie dachte nach.

»Papà liebte Technik und hatte, wenn er es sich gerade leisten konnte, immer das Neueste im Haus. Zum Beispiel Revox-Tonbandgeräte oder Super-Acht-Kameras. Außerdem hat er verschiedene Erfindungen gemacht: eine Hydraulikpumpe für Getränke in der Gastronomie, eine besondere Art von Rasensprenger, und er hat mit einem großen Kühlgerätehersteller eine spezielle Anlage zum Schockgefrieren von Pizzen entwickelt.«

Gianluca sah sie entgeistert an. »Du bist reich!«, rief er.

Tita winkte ab. »Er war genial und sehr erfindungsreich. Großzügig und gebildet. Poetisch und interessiert. Aber er war eines ganz bestimmt nicht.« Sie hob bedauernd die Schultern. »Geschäftstüchtig.«

Gianluca schien enttäuscht.

»Papà hat in den 17 Jahren, die er in Berlin lebte, eine Familie gegründet, eine Eigentumswohnung im besten Viertel der Stadt gekauft, fünf Restaurants eröffnet, diverse Erfindungen gemacht, ohne sie patentieren zu lassen, und die erste Tiefkühlpizzafabrik in Deutschland eröffnet. Er hat seine gefrorenen Pizzen sogar nach Italien verkauft, und die Supermärkte in Deutschland waren voll von seinen Produkten. Seine Pizza wurde von Dr. Oetker vertrieben. 150 000 Stück im Monat.« Tita sah nicht ohne Stolz zu Gianluca hinüber.

»Accidenti!« Gianluca wirkte jetzt wirklich erschüttert.

»Am Ende war es wahrscheinlich das, was ihn das Leben gekostet hat. Er hat einfach zu schnell gelebt.«

Mittlerweile waren sie am Ortseingang von Marina di Ragusa angekommen. In letzter Zeit war hier offensichtlich viel gebaut worden. Die ehemals kahlen Hänge waren übersät von Neubauten mit Ferienwohnungen, deren Fronten wie Kolonien aufmerksamer Erdmännchen auf das Meer sahen.

»Wusstest du, dass Hummeln unter Linden sterben?«, fragte Tita auf einmal unvermittelt.

Gianluca sah sie irritiert an.

»Mamma sagte einmal, sie hätte das Gefühl, Menschen, die früh sterben, wüssten das vorher und wären in ihrem kurzen Leben umso aktiver. Ich frage mich dagegen, ob Menschen so früh sterben müssen, weil sie ihr Leben in doppelter Geschwindigkeit gelebt haben. Seit Jahrhunderten wundert man sich, warum im Hochsommer Tausende von toten Hummeln unter Linden liegen.« Gianluca setzte jetzt den Blinker und hielt nach einem Parkplatz Ausschau. Weiter vorn hatte eine Familie damit begonnen, ihr kleines Auto mit Klappstühlen, Schwimmreifen und einem Sonnenschirm zu beladen.

Tita fuhr fort. »Die Silberlinde ist eine späte Lindenart, die den Insekten mit ihrer Tracht als eine der letzten blühenden Pflanzen der Saison Nahrung bietet. Mit Millionen von Blüten und süßem Duft. Und dennoch findet man genau unter diesem Baum jedes Jahr auffallend viele tote Hummeln. Erst dachte man, die Blütezeit der Silberlinde würde mit der natürlichen Sterbezeit eines Hummelvolks zusammenfallen.«

Gianluca nickte. »Das wäre auch mein Gedanke gewesen.«

»Aber nachdem man Hunderte von Hummeln untersucht hatte, stellte man fest, dass ein Großteil von ihnen im besten Hummelalter war. Dann vermutete man, dass der Nektar einiger Lindensorten – unter ihnen auch die Silberlinde – womöglich Mannose oder andere giftige Zuckerarten enthalten könnte. Einige Gemeinden begannen sogar schon, ihre Linden zu fällen, um die Insekten zu schützen. Auch hier war man auf dem Holzweg. Viele glaubten, es könnte sich bei der Silberlinde um eine Art Elefantenfriedhof handeln. Also, dass sich Hummeln, die ihr Ende nahen fühlten, mit anderen Todeskandidaten unter diesen Linden zusammenfänden.«

Gianluca schaute sie gespannt an. »Und?«

»Nichts davon. Vor einigen Jahren hat man die Lösung gefunden – sie verhungern.«

»Wie meinst du, verhungern? Ich dachte, die Linde hat Nektar für alle?«

Tita nickte. »Ja. Aber Hummeln sammeln – im Gegensatz zu Bienen – kaum Vorräte für ihr Nest. Wenn sich die Trachtenzeit dem Ende zuneigt, gibt es nur noch wenige Nahrungsquellen für die nektarsuchenden Insekten. Die Hummeln aus allen Himmelsrichtungen werden – mittlerweile von der Nahrungssuche schon sehr entkräftet – vom Lindenduft angelockt. Der Konkurrenzkampf und der Transport verbrauchen mehr Energie, als der gefundene Nektar liefert. Und so verhungern sie mit dem Ziel vor Augen.«

Gianluca war beeindruckt. »*Caspita!* Das wusste ich nicht.«

»Hier auf Sizilien trifft euch das nicht so. Ihr habt viele andere spät blühende Pflanzen: Artischocken, Disteln, Lavendel. Und viele brachliegende Flächen. Für Hummeln gut.«

»Für die Bauern hier nicht so …«, gab Gianluca zurück. »Was ist aus der Fabrik geworden?«

Tita seufzte. »Mitte der siebziger Jahre wurde Papà krank. Er hatte nicht mehr die Kraft, um all die Projekte, die er ins Leben gerufen hatte, vorwärtszutreiben. Und es fehlte an Geld. Mamma weiß bis heute nicht, was damals vor sich ging. Die Restaurants liefen gut, die Fabrik lief gut, und doch fehlte viel Geld in der Kasse.« Sie sah Gianluca traurig an. »Vielleicht Schutzgeld. Vielleicht die falschen Freunde und Geschäftspartner.«

Gianluca sah kurz zu ihr hinüber, ohne den Verkehr aus den Augen zu lassen. »Mafia?«

Tita zuckte mit den Achseln. »Vielleicht hat er aufgrund seiner Krankheit auch einfach den Überblick verloren. Fakt ist, Ende 1976 wurde die Pizzafabrik für einen viel zu niedrigen Preis verkauft und vom neuen Inhaber, einem gewitzten bayrischen Geschäftsmann, zu einem Imperium ausgebaut.«

»Che storia!«, stöhnte Gianluca. »Er hätte hier auf Sizilien bleiben sollen. *Qui al sud della Sicilia la mafia non esiste.* Alles nur ehrliche Bauern und Handwerker.« Er hupte, als eine voll beladene Ape nicht zur Seite fahren wollte. »Bitte, erzähl weiter!«

»Von Papàs Beitrag zur Verbreitung der Tiefkühlpizza redet heute kein Mensch mehr. Als er starb, schrieb die Boulevardpresse: ›Berlins Pizzakönig ist tot‹. Als Mamma viele Jahre später zum Firmenjubiläum des neuen Inhabers eingeladen war und der auf der Bühne selbstgefällig erzählte, wie er ein angeblich ›marodes Unternehmen‹ aufgekauft und zum Erfolg geführt habe – ohne Papà auch nur mit einem Wort zu erwähnen –, stand sie auf, spuckte auf den Boden und verließ türenknallend den Raum.«

Gianluca lächelte. »*Brava!* Deine Mamma hätte eine gute Sizilianerin abgegeben.«

Gianni

Januar 1961, Köln

Als Gianni in Köln aus dem Zug stieg, war die Luft kälter als alles, was er jemals zuvor empfunden hatte. Beim Ausatmen bildeten sich kleine Wölkchen vor seinem Gesicht. Selbst hier, in der Bahnhofshalle. Er hatte bereits auf halber Strecke den einzigen Wollpullover, den er besaß, aus dem Koffer geholt und übergezogen. Darüber seine Winterjacke und um den Hals ein Tuch, in das er normalerweise sein Mittagessen einwickelte, wenn er unterwegs war. Und er trug Socken. Das gab es zu Hause nur in Ausnahmefällen.

Er sah sich um. »4711« stand in riesengroßen Lettern an der offenen Seite der Halle. Scheinbar hatten die Stationen in Deutschland Nummern. Er beschloss, sich die Nummer für Köln gut einzuprägen.

Der Bahnhof war trotz der frühen Stunde überfüllt mit Menschen. Abreisenden und Ankommenden. Vor allem Ankommenden. Er hörte überall Fetzen italienischer Sprache. Die meisten in neapolitanischem oder sizilianischem Dialekt. An den Enden der Bahnsteige standen förmlich wirkende Männer in dicken Wintermänteln, die Schilder hochhielten, auf denen fremd klingende Namen standen. »Ford«, »Klöckner-Humboldt-Deutz«, »Gebrüder Stollwerck AG«, »Vereinigte Deutsche Metallwerke AG«. Gianni wusste von den meisten nicht, wie man sie aussprach. Die Männer riefen auf Deutsch schnarrend klingende Anweisungen, während sie die Ströme anreisender Menschen in verschiedene Richtungen lenkten. Assistiert wurden sie von italienisch sprechenden Zuarbeitern, die den Ankommenden, die meistens kein Wort Deutsch sprachen, den Weg zu den Sammeltransporten der Firmen wiesen, von denen sie bereits in Italien angeheuert worden waren. Gianni musste an den Viehmarkt denken, auf den er Carmelo einige Male begleitet hatte, um Ferkel zu verkaufen.

Er setzte sich kraftlos auf eine Bank und versuchte inmitten des Trubels nachzudenken. Er wusste selbst nicht mehr, was er sich vorgestellt hatte. Er hatte sich eigentlich gar nichts vorgestellt. Er hatte gedacht, er würde hier, im gelobten Land von Renate und Michael, aus dem Zug steigen, und der Rest würde sich finden. Er wollte studieren und nebenbei etwas arbeiten. Hier suchte man doch an jeder Ecke Arbeitskräfte, hatte Michael gesagt. Jetzt, wo er hier war, schien ihm der Gedanke auf einmal absurd. Was sollte er hier schon arbeiten? Was sollte er überhaupt arbeiten? Latein, Algebra und Religionswissenschaften würden ihn nicht weiterbringen. Zwar hatte er umsichtig sein Abiturzeugnis eingepackt, aber all die Berufe, die hier gefragt waren, schienen nicht wirklich auf einen Arbeiter mit Maturità zu warten. Dazu kam, dass Gianni nicht ein Wort Deutsch sprach. Englisch nur bruchstückhaft. Er überlegte kurz, in den Zug zu steigen und einfach wieder zurückzufahren. Nach Hause, wo die Sonne auch im Winter schien und wo ein Essen und ein Bett auf ihn warteten. Allerdings warteten dort auch eine fuchsteufelswilde Salvatrice und ein Carmelo, der ihm nach dem Diebstahl die Ohren langziehen würde.

Überhaupt. Was sie dort wohl gerade machten? Er war jetzt beinahe 48 Stunden unterwegs. Gleich nachdem er losgefahren war, hatte er sich vorgestellt, wie Salvatrice, Carmelo und Peppino zunächst noch gar nicht registrierten, dass er weg war. Sie würden denken, er wäre schon früh zu Barone Cartia aufgebrochen und würde sich anschließend den Tag vertreiben.

Während Gianni bereits die Fähre zum Festland hinter sich

gelassen hatte, würden sie sich fragen, warum er nicht zum Mittagessen käme. Salvatrice würde schimpfen, dass er ihr nicht Bescheid gesagt hätte, und Peppino würde schadenfroh das Gewitter erwarten, dass sich über Gianni entladen würde, sobald er nach Hause käme.

Spätabends dann, als Gianni bereits staunend im klassizistisch monumentalen Kopfbahnhof von Milano Centrale stand, um auf den Frühzug nach München zu warten, würden sie beginnen, sich Sorgen zu machen. Sie würden sich fragen, ob ihm etwas zugestoßen sei. Wahrscheinlich würde Carmelo nach Ragusa fahren, um nach ihm zu suchen, während Peppino zu Barone Cartia geschickt würde, um zu hören, ob Gianni bei ihm gewesen sei.

Dann würde der ganze Schwindel auffliegen. Sein Betrug. Die unterschlagenen 20 500 Lire. Er würde sie zurückzahlen. Er würde Arbeit finden, sich eine Wohnung nehmen und dann, nach ein, zwei Monaten, das Geld zurückschicken. Gianni wurde ganz übel bei dem Gedanken. Es konnte allerdings auch am Hunger liegen. Er hatte seit seiner Abfahrt vor fast zwei Tagen nur ein Stück Brot mit Salami gegessen, das er von einem Mitreisenden aus Bari geschenkt bekommen hatte.

»*Piacere. Sauro.*« Ein etwa gleichaltriger Italiener mit neapolitanischem Akzent hielt ihm die Hand hin und setzte sich, nachdem Gianni eingeschlagen hatte, unaufgefordert neben ihn.

»Gianni.« Sie saßen einen Moment schweigend nebeneinander.

»Welche Firma?«, fragte Sauro.

»Keine.« Gianni hob die Achseln und zog bedauernd die Mundwinkel nach unten.

Sauro sah ihn überrascht an. »Du bist hergekommen, ohne zu wissen, wo du arbeitest?« Er schien beeindruckt.

»Ich dachte, es wird sich schon etwas finden.«

Sauro lachte schallend und schlug Gianni mit der flachen Hand auf die Schulter. »Du gefällst mir! Aus Sizilien?«

Gianni nickte. Dann fiel ihm ein, dass es vielleicht höflich wäre, sich ebenfalls nach seinem Gegenüber zu erkundigen. »Und du?«

»Aus Neapel. Ford.« Sie saßen einen Moment schweigend und beobachteten die Menschenmengen, die sich auf die verschiedenen Schildergruppen verteilten.

Nach einer Weile fragte Gianni: »Musst du gar nicht zu deiner Gruppe?«

Sauro machte ein abfälliges Gesicht, legte die Finger seiner linken Hand unters Kinn und ließ sie aus dem Handgelenk nach vorn schnellen. »*Ma va* … Arbeiten werde ich schon noch früh genug.«

Sie lachten. Hier in der Fremde tat es gut, italienisch zu sprechen. Ein Italiener, hier an diesem kalten und unpersönlichen Ort, schien automatisch wie ein Verbündeter. Egal, aus welchem Teil Italiens er kam.

»Ma sul serio …« Sauro sah ihn kurz ernst an. »Arbeit zu finden wird irgendwie möglich sein. Es gibt nicht nur Industrie. Du siehst mir, ehrlich gesagt, nicht aus wie jemand, der Arbeit am Fließband gewohnt ist.« Er warf einen bezeichnenden Blick auf Giannis schmale, helle Hände. »Oder überhaupt irgendeine Arbeit.«

Bevor Gianni protestieren konnte, fuhr er fort: »Du könntest zum Beispiel kellnern. Oder kochen.« Gianni schüttelte energisch den Kopf. »Ich kann nicht kochen!«

Sauro schnalzte verächtlich mit der Zunge. »Du bist in Deutschland. Jeder Italiener kann hier singen und kochen. So sind wir in deren Augen. Lustige singende Gesellen, die Spaghetti und Pizza zubereiten und die deutschen Frauen verführen.« Gianni sah ihn mit großen Augen an. Das hatten Renate und Michael nicht erzählt.

»Das ist auch der Grund, warum man es gerne sieht, wenn wir unter uns bleiben. Wir sind *Gast*arbeiter. *Capisci?* Die Betonung liegt auf Gast. Es gibt ein paar Freizeitheime für Italiener, eigene Läden, und wenn du Glück hast, findest du irgendwo echte Pasta, schlimmstenfalls musst du die schwer verdaulichen Eiernudeln der *Crucchi* essen.« Er grinste. »Mein Schwager macht in Import/Export. Am besten gehen Spaghetti, Käse, Caffè und Wein bei unseren Leuten. Du wirst wissen, was ich meine, wenn du die ersten Wochen deutsches Essen hinter dir hast.« Er zwinkerte ihm zu. »Sag mir Bescheid, wenn du etwas brauchst. Wie gesagt – ich sitze an der Quelle. Aber das Allerschwierigste hier ist, eine Bleibe zu finden. Es gibt zu wenig Wohnungen für alle. Die Werke stellen nur für einen Teil von uns Arbeiterunterkünfte zur Verfügung. Wenn du Glück hast, Neubauten, wenn du Pech hast, Baracken. Es gibt Gemeinschaftsbäder und Gemeinschaftsküchen. Ich habe es von meinem Schwager gehört, der schon eine Weile hier ist.«

Für einen kurzen Moment war da wieder dieser Stich, als Gianni an Marietta dachte.

»Sauro Picariello?« Eine Menschenmenge weiter wurde wie wild das Schild der Ford-Werke geschwenkt.

»Ich muss los, mein Freund. Wir treffen uns bestimmt wieder. Die Welt hier ist für uns Italiener ein Dorf.« Er zwinkerte Gianni zu, stand auf und lief, *»Eccomi!«* rufend und winkend, zu der Menge koffertragender frierender Menschen.

Gianni saß da und war wie gelähmt. Wo anfangen? Wie sich verständigen?

Er beschloss, zunächst etwas zu essen und einen Caffè zu trinken. Dann würde sich die Situation bestimmt von selbst klären. Der kleine Kiosk mit Backwaren und Kaffeeausschank war schon geöffnet.

»Un caffè latte e un panino, per favore.«

Die Dame hinter dem Tresen zuckte mit den Achseln. »Was willst du?«

»Un caffè! Latte!« Gianni hoffte, wenn er lauter spräche, würde ihn die Dame vielleicht verstehen. Er tat, als hätte er eine kleine Tasse in der Hand und führte sie zum Mund, um sie in einer ruckartigen Bewegung zu leeren.

Die Verkäuferin sah ihn fragend an.

»C-A-F-F-È!«, Gianni versuchte es mit Buchstabieren.

Die Verkäuferin sah ihn nach wie vor interessiert, nun aber auch leicht zweifelnd an. »Ach, KAFFEE!« Sie goss eine schwarze wässrige Flüssigkeit in eine Tasse. »Das macht fünfzig Pfennig.«

Gianni beschloss, das Panino auf später zu verschieben, und reichte der Verkäuferin etwas von seinem italienischen Kleingeld. Die warf einen Blick darauf und begann laut zu schimpfen.

Gianni ließ seinen Kaffee stehen, drehte sich um und wollte weglaufen, besann sich aber und nahm der immer noch schimpfenden Frau das Geld wieder ab.

Jetzt erst fiel es ihm ein. Er hatte vergessen zu wechseln! Nachdem er ein *Ufficio di Cambio* gefunden hatte – *grazie a dio* stand das auch in Italienisch an der Tür –, wechselte er seine 20 000 Lire in ganze 100 Deutsche Mark. Auf dem Weg stoppte er in der Bahnhofsbuchhandlung und fand nach einigem Suchen ein kleines italienisch-deutsches Wörterbuch. An dieser Anschaffung führte vermutlich kein Weg vorbei.

Er kehrte zu dem Kiosk zurück und legte eine D-Mark auf den Tresen.

»Per favore. Un caffè – ein Kaffee …« Er machte wieder die Geste mit der Tasse. »… *e un pa-ni-no!«* Er zeigte auf ein Bröt-

chen mit Käse. »De halve Hahn?« Die Verkäuferin war offensichtlich auf der richtigen Fährte, denn auch sie zeigte auf das Käsebrötchen. Gianni schlug »Hahn« in seinem Wörterbuch nach und schüttelte entsetzt den Kopf. Nein. Er wollte keinen halben Hahn. Doch noch bevor er protestieren konnte, reichte sie ihm das Brötchen bereits auf einem Pappteller und hatte die Tasse Kaffee dazugestellt. Gianni atmete auf. Die deutsche Sprache schien doch komplizierter, als man eh schon behauptete.

Er zog sich mit seiner Beute auf eine Bank zurück und beschnupperte misstrauisch das, was sich hier Kaffee nannte. Als er einen Schluck der schwarzen wässrigen Flüssigkeit nahm, fuhr er entsetzt zusammen. *»Mannaggia!«* Er spuckte das Getränk vor sich auf den Fußboden und betrachtete ratlos die Tasse. Was war das? Das war doch kein Caffè? *»Che cavolo …?«*

Bezahlt war bezahlt. Gianni aß sein Brötchen und spülte die einzelnen Bissen mit der Brühe hinunter, die sie einem hier als Caffè verkauften. Künftig würde er lieber Wasser trinken. Er dachte an Sauros Rat: »Du wirst wissen, was ich meine, wenn du die ersten Wochen deutsches Essen hinter dir hast.« Und während er noch an heißen, cremigen Espresso mit einem Klacks Milchschaum dachte, schlief er ein und holte den Schlaf nach, den er auf der langen Reise versäumt hatte.

»Hallo, der Herr. Aufwachen!« Gianni wusste einen Moment nicht, wo er war. Er musste über Stunden geschlafen haben. In seiner Hand hielt er immer noch die Pappunterlage des Käsebrötchens, und ein Passant hatte ihm, wohl in der Annahme, er wäre bedürftig, zehn Pfennig daraufgelegt. Vor ihm stand ein Uniformierter, wippte auf den Zehenspitzen und inspizierte ihn mit strengem Blick. »Was Sie da machen, frage ich. Haben Sie keine Bleibe? Rumlungern ist hier nicht.« Gianni zuckte mit den Schultern. »Zeigen Sie mal Ihren Ausweis.« Und dann mit einem Blick auf Giannis ratloses Gesicht. »Passaporto, aber presto!«

Noch nicht einmal fünf Stunden in dem Land, in dem angeblich Milch und Honig flossen, und schon hatte Gianni Ärger mit der Polizei. Das fing ja gut an. Er begleitete den Ordnungshüter zerknirscht auf die Wache, wo man ihm mithilfe seines Wörterbuches verständlich machte, dass das Herumlungern am Bahnhof eine Ordnungswidrigkeit sei.

»Sie haben eine Woche Zeit, sich eine Arbeit und eine Bleibe zu suchen. Damit werden Sie hier wieder vorstellig. Ansonsten …« Der Polizist machte eine winkende Handbewegung. »… *Arrivederci*, Roma! Zurück marsch, marsch nach Bella Italia.«

Gianni nickte und verließ mit gesenktem Kopf die Amtsstube.

Als er die Bahnhofshalle durchquerte, herrschte dort nach wie vor Betrieb. Wie wohl Köln war? Er hatte noch keinen Blick auf das Deutschland da draußen geworfen. Der Bahnhof schien ihm noch italienischer Boden zu sein. Wie eine kleine italienische Enklave, ein italienischer Trabant sozusagen. Er trat durch die Eingangshalle auf den Bahnhofsvorplatz und prallte zurück. Der riesige Dom, von dem Michael erzählt hatte, stand imposant inmitten einer betonierten Fläche. Er stand einen Moment unschlüssig herum und ließ die Ströme von geschäftigen Menschen an sich vorbeiziehen. Das war also seine neue Heimat. Einen Moment dachte er an Ortigia zurück. An die Klostermauern. An die Kalanderlerche und die blühenden Oleanderbäume. Was hatte er getan? Wollte er wirklich Sonne und Meer gegen diese eisige und graue Betonwüste eintauschen?

Am nächsten Morgen wachte Gianni mit steifen Gelenken auf seiner Bank auf. Eine weitere Nacht würde er so nicht verbringen können, auch des Uniformierten wegen. Er sah sich um. Auf den Bahnsteigen spielten sich die gleichen Szenen ab wie am vorherigen Tag. Dutzende von italienisch sprechenden Arbeitern wurden ihren künftigen Arbeitgebern zugeführt. Einer der italienischen Vorsteher hatte schließlich Mitleid.

»Versuch dein Glück in dem Büro da ganz hinten. Die Deutsche Schlafwagen- und Speisewagen-Gesellschaft sucht noch Kellner. Nicht besonders gut bezahlt, aber sie stellen dir eine Wohnung.«

Das Bewerbungsgespräch verlief recht glimpflich. Gianni hatte sich im Wörterbuch die deutschen Vokabeln herausgesucht, die ihm für diese Tätigkeit unerlässlich schienen – Danke sehr! Bitte schön! Tisch. Tasse. Teller. Geld. Auf Wiedersehen! –, und ansonsten ein passables Englisch an den Tag gelegt. Auf Nachfrage konnte er sehr gute Kellner-Referenzen vorweisen, die ihm ein zweifellos renommiertes Restaurant namens *Liceo Classico* in Ragusa zertifiziert hatte.

Als Gianni wieder draußen war, hatte sich ein entspanntes Lächeln über sein Gesicht gelegt. Wer hätte gedacht, dass ihm sein Abiturzeugnis einmal so nützlich sein würde. Und auf einmal hatte er dreierlei: eine vom italienischen Schulwesen zertifizierte Kellnererfahrung, einen Job und eine Bleibe.

Gianni

Dezember 1962, Berlin

Die weißen Federn drängten immer wieder an die Oberfläche. Als ob sie sich weigerten, von dem großen Tier Abschied zu nehmen, das vorwurfsvoll nackt und mit seltsam hängendem Kopf in dem kleinen Waschbecken neben der Toilette lag. Gianni fluchte und zog ein weiteres Mal an der Kette des Spülkastens. *Porca madonna*, so war das nicht geplant.

Es war der 24. Dezember 1962. Über Berlin lag bereits die Stille des Heiligabends. Er würde sich nie daran gewöhnen, dass die Deutschen mit der Feierei zu Natale schon am Vorabend begannen. Draußen hatte nach wochenlangem Schmuddelwetter um den Gefrierpunkt die Kälte angezogen, und am Nachmittag fielen flirrend die ersten Schneeflocken. Morgen war Weihnachten und darüber hinaus Giannis Geburtstag. Er war nun schon beinahe zwei Jahre unterwegs. Vor einem halben Jahr hatte ihn eine Laune nach West-Berlin gespült. Eigentlich war er nur auf der Durchreise gewesen.

Etwas wehmütig dachte Gianni an zu Hause. Am Vorabend von Weihnachten herrschte in der kleinen Küche in Magnì immer geschäftiges Treiben. Er sah Salvatrice vor sich, wie sie ihre Schürze umgebunden hatte und sich die Haarsträhnen aus dem Gesicht wischte. Er sehnte sich nach Giorgio, der zu Weihnachten aus den Abruzzen angereist kam, und nach Salvatore und Peppino, die jetzt händereibend am Ofen in der Küche sitzen würden, diskutierend, rauchend und in Vorfreude auf das Essen.

Am Abend des 24. würden sie traditionell Scaccia Ragusana essen, gefüllt mit Käse und Tomaten, und danach Sarde a Beccafico. Die leicht säuerlichen Sardinen waren die Antwort der armen Leute Siziliens auf die einstige Lieblingsspeise der Adligen. Im Laufe der Zeit hatten sich die sizilianischen Aristokraten und die reichen Großgrundbesitzer französische Spitzenköche ins Haus geholt, die das Fangen und Zubereiten von Singvögeln aus ihrer Heimat mitbrachten.

Gianni erinnerte sich gut an die kleinen quirligen Beccafichi, Grasmücken, die sich von den überall wachsenden wilden Feigen auf der Insel ernährten und die im Sommer mit Hingabe von den adligen Gesellschaften gejagt wurden. Die kleinen Vögel, die gerade einmal zwanzig Gramm auf die Waage brachten, wurden mit einer Pastete aus den eigenen Innereien gefüllt und samt Federn mit den Füßen nach oben gegrillt. So ließen sie sich bequem als *stuzzichino* verzehren.

Gianni durfte einmal einen Beccafico kosten. Barone Cartia hatte ihm ein kleines Päckchen mit den Resten eines Festes vom Vorabend mitgegeben, als er die alten Zeitungen bei ihm abholte. Er erinnerte sich noch heute an das weiße, saftige Fleisch und die herzhafte Füllung. Seine Familie und er konnten sich die Vögel nicht leisten, und Salvatrice bereitete das Gericht mit der Zutat zu, die es auf Sizilien immer im Überfluss gab: Sardinen.

Sie kümmerte sich stets bereits am Vortag um die *muddica cunzata*, eine Farce aus gerösteten Semmelbröseln, Knoblauch, Pecorino, Pinienkernen, Korinthen, frischer Petersilie, Salz, Pfeffer und Olivenöl. Die ausgenommenen und aufgeschnittenen Sardinen wurden auseinandergeklappt wie ein Buch, mit der Bröselmasse bestrichen und nach dem Einrollen mit einem kleinen Holzstab fixiert. Dann kamen sie, nebeneinandergeschichtet und mit Zitronensaft und Öl beträufelt, in den Ofen. Im Prinzip sah die Sardine am Ende aus wie ein deutscher Rollmops. Aber als Gianni den vermeintlichen Beccafico das erste Mal in Deutschland probierte, musste er sich Mühe geben, nicht alles sofort wieder auszuspucken. Was hatten die Deutschen doch für einen sonderbaren Geschmack. Er würde sich niemals an dieses Essen gewöhnen.

Am ersten Feiertag würden sie zu Hause Pasta con le sarde essen – Bucatini mit Sardinen, Rosinen, Pinienkernen und viel wildem Fenchel. Falls Carmelo es vor Weihnachten geschafft hatte, ein Huhn oder eine Pute zu organisieren, würde ein herrlicher Duft nach gebratenem Geflügel die kleine Küche erfüllen. Dazu gab es den Mangold, der hinter dem Haus wuchs. Zum Abschluss würden sie eine Flasche von Carmelos selbst gebranntem Schnaps kreisen lassen, *agli agrumi*, aus einer Mischung verschiedener Zitrusfrüchte der Umgebung.

Gianni merkte, wie sich sein Magen vor Hunger und Heimweh zusammenzog. Es war das zweite Weihnachtsfest in der Fremde, ohne dass er nach seiner Flucht letztes Jahr im Januar auch nur ein einziges Lebenszeichen nach Hause gesendet hatte. Salvatrice und Carmelo würden krank sein vor Sorge. Bisher hatte er selten darüber nachgedacht, aber heute, am Vorabend von Weihnachten und seinem dreiundzwanzigsten Geburtstag, legten sich Schwermut und Heimweh leise über ihn wie die dünne Schneeschicht draußen vor seinem Fenster.

Letztes Jahr waren Weihnachten und Geburtstag für ihn ausgefallen. Er hatte nach seiner Ankunft in Köln bei der Bahn gekellnert, dann als Saisonarbeiter den Sommer auf Sylt verbracht und war schließlich in Berlin am Ku'damm gelandet, wo er im *Berliner Kindl* Nuccio und Franco kennengelernt hatte. Es war ein rastloses Jahr gewesen, in Gemeinschaftsunterkünften und das Gepäck immer bei sich. Ein Leben aus dem Koffer. Im Oktober schließlich hatte er über einen glücklichen Umstand von einer freien Stelle im *Hilton* erfahren und arbeitete seitdem als Commis de Rang auf dem Dachgarten des Hotels in der Budapester Straße.

Sauro schaute um die Ecke und hob die Hände bei angezogenen Schultern: »*Ehi! Ma che fai?* Willst du Wurzeln schlagen?«

Sauro war nur wenige Wochen nach Gianni von Köln nach Berlin gezogen. Die Arbeit in den Fordwerken war ermüdend, und von Gianni hatte er gehört, dass die Berliner den Italienern gegenüber deutlich aufgeschlossener waren als die Kölner. Er arbeitete als Nachtwächter im *Hilton*. Wenn Gianni Feierabend hatte, tauchte Sauro ausgeschlafen hinter der Rezeption auf. Wenn Sauro morgens müde die Übergabe an das Tagesteam machte, kam Gianni pfeifend zur Frühschicht. Sie gaben sich im wahrsten Sinne des Wortes die Klinke in die Hand. Es war nur eine Frage der Zeit, bis die beiden Italiener sich anfreundeten und eine gemeinsame Wohnung nähmen.

Die Unterkunft lag in der Uhlandstraße, in Laufnähe zum *Hilton*, und hatte anderthalb Zimmer zum Hinterhof, das größere mit einer Kochnische, sowie ein kleines Badezimmer mit WC und einer Sitzwanne unter einem gasbetriebenen Boiler, der vor dem Aufheizen mit Münzen gefüttert werden musste. Bei den versetzten Arbeitszeiten hätte man sich vermutlich sogar das Bett teilen können.

»Du nimmst ihn aus, ich koche.« Gianni wies mit dem Kopf in Richtung des nackten Schwans.

Sauro seufzte und machte sich an die Arbeit. Das Messer war stumpf und der Anblick des massakrierten Tiers wenig appetitanregend.

Gianni fischte die restlichen widerspenstigen Federn aus der Toilette, wickelte sie in Papier und warf sie in den Mülleimer.

Mittlerweile zweifelte er an seiner Idee, trotz leeren Portemonnaies das vorweihnachtliche Essen mit Geflügel zu bereichern. Sie hatten sich am späten Nachmittag im verwaisten Tiergarten unweit des Hotels auf die Jagd gemacht und mangels Gans oder Ente einen betagten Schwan erlegt. Gianni hatte das große, mit den Flügeln schlagende Tier festgehalten, während Sauro ihm beherzt den Hals umdrehte, nicht ohne vorher Bekanntschaft mit dem harten Schnabel gemacht zu haben.

Bereits beim Rupfen der Federn hatte Gianni sich gewünscht, er wäre nie auf diese Idee gekommen. Im Bad sah es aus, als wäre ein Plumeau explodiert. Nun kam das ganze Blut dazu, begleitet von einem unangenehm süßlichen Geruch.

Sauro fluchte, und Gianni setzte den Kochtopf auf. Die Kochnische verfügte über keinen Backofen, so musste der Schwan wohl oder übel gekocht werden. Das Tier landete schließlich im Topf auf dem Herd, in Stücke zerlegt, mit Zwiebeln und einer Karotte, die ihre beste Zeit bereits hinter sich hatte.

Gianni und Sauro setzten sich aufs Bett, das tagsüber als Sofa diente, und betrachteten ihr Werk. Ganze vier Stunden Kochzeit später machte das Geflügel noch immer keine Anstalten, sich in etwas Essbares zu verwandeln. Die Fleischstücke waren zäher als Schuhsohlen, und die vermeintliche Brühe war immer noch Wasser, vermischt mit den zerkochten Zwiebeln und der matschigen Karotte. Ein Schwan war eben kein Beccafico.

Er wurde am frühen Morgen des 25. Dezembers feierlich, zusammen mit den Resten seines Gefieders, in der Mülltonne im Hof beerdigt.

Die Tage zwischen den Jahren zogen sich. Im Radio spielten sie tagein, tagaus Conny Froboess' »Zwei kleine Italiener«. Auch wenn das Lied die deutschen Hitparaden eroberte, wurde die

Stimmung zwischen Gastarbeitern und Deutschen nicht besser. Und obwohl Gianni täglich gewissenhaft deutsche Tageszeitungen las und, wo immer es möglich war, Deutsch sprach, blieb die Sprache eine Barriere.

Ab und zu leistete er sich einen Kinobesuch im Zoopalast an der Gedächtniskirche. *Der Leopard* mit Burt Lancaster und Claudia Cardinale versetzte ihn mit den Landschaftsaufnahmen Siziliens in eine solche Melancholie, dass er sich, nachdem er den Film zweimal nacheinander gesehen hatte, auf den Weg zum Flughafen Tempelhof machte, um sich wehmütig nach Flügen Richtung Catania zu erkundigen. Jeden Donnerstag um 6.30 Uhr startete eine Douglas DC-6 von Berlin-Tempelhof und landete vier Stunden und 45 Minuten später auf dem Flughafen von Catania.

Gianni versuchte sich vorzustellen, dass dort alles noch so wäre, wie er es verlassen hatte. Unglaublich, dass diese Welt dort parallel zu seiner weiterexistierte. Hätte sein Geld für einen Flug gereicht, er wäre geflogen und vermutlich nicht zurückgekommen. Er verdiente momentan 480 DM, Überstunden und Wochenenddienst eingerechnet, und der einfache Hinflug in der Touristenklasse kostete schon 389 DM.

Nach beinahe zwei Jahren in Deutschland waren die anfängliche Euphorie, seine Lust auf Abenteuer und der Vorsatz, das große Geld zu verdienen und als gemachter Mann in die Heimat zurückzukehren, geschmolzen wie der matschige graue Schnee auf den Straßen Berlins. Sauro und Franco, die ebenfalls in Berlin gestrandet waren, hatten eigentlich vor, nach England weiterzureisen. Auch Gianni hatte sich vorgenommen, spätestens im Frühjahr die Zelte abzubrechen. Es wirkte alles so hoffnungslos, und in dieser ganzen sonnenlosen, bitterkalten Zeit hatte er das Gefühl zu verkümmern wie eine Topfpflanze, die zu wenig Licht bekommt. Er hatte sich immer öfter zurückgezogen und war in seine Fantasiewelt abgetaucht. Wenn man schöne Dinge beschrieb, konnte einem das Graue der Welt nichts anhaben.

An einem Samstag – zwei Tage vor Jahresende – beschloss Sauro, sich das Elend nicht weiter anzuschauen.

»Gianni, zieh dich an, wir gehen tanzen. Ich kann dein langes Gesicht nicht mehr sehen.«

Gianni blickte ihn verständnislos an. *»Ma che me ne fotte a me?«*, erwiderte er lustlos, kam der Aufforderung dann aber doch nach.

Das *Big Apple* in der Bundesallee Ecke Hohenzollerndamm platzte an diesem Wochenende nach den Feiertagen aus allen Nähten. Vor der Tür hatte sich eine Traube von Wartenden gebildet. Aus dem Innern drangen die Bässe der Soulrhythmen nach draußen, und ab und zu waberte ein Hauch von Marihuana durch die Luft. Tanzwütige aus der ganzen Stadt huldigten hier Aretha Franklin, James Brown oder Arthur Conley.

Gianni sah kurz prüfend zu seinem Freund hinüber. Wenn man von seinem eigenen schlecht gelaunten Gesichtsausdruck absah, machten sie beide *bella figura*. Dunkle Rollkragenpullover mit Sakko, gerade geschnittene, bei Gianni minimal zu kurze Hosen, Sonntagsschuhe und eine Frisur, die aussah, als wäre gerade ein Windstoß durchgefahren. Sie könnten als Deutsche durchgehen und vermieden bewusst vor dem Eingang jede italienische Unterhaltung. Selbst hier in der liberalen Clubszene der vorgeblich tolerantesten Stadt Deutschlands waren italienische Gastarbeiter nicht gern gesehen. Man wollte unter sich bleiben und erwartete das Gleiche auch von den fremdländischen Gästen.

Er hatte von Egidio und Sauro erfahren, dass in Städten wie Köln oder Mannheim, die deutlich höhere italienische Einwandererquoten hatten als Berlin, neben Arbeitsbaracken auch eilig Wohnheime mit winzigen Ein- bis Zweizimmerapartments mit eigenem Bad und kleiner Küche hochgezogen worden waren. So wollte man seinen Landsleuten ermöglichen, sich während ihrer Zeit in Deutschland zu Hause zu fühlen und vielleicht sogar die Familie nachzuholen. Inmitten dieser italienischen Enklaven wurden dann eigene Freizeitheime für die Gastarbeiter gebaut. Ein italienischer Mikrokosmos in der Fremde, in dem man italienisch reden, italienisch einkaufen, sogar in einem italienischen Fußballverein spielen konnte. Alles, um Konfrontationen zwischen den *Crucchi* und den Spaghettifressern zu vermeiden. Ganz so schlimm war es hier in Berlin nicht.

Aber gern gesehen waren sie eben auch nicht.

Gianni und Sauro schoben sich mit gesenkten Blicken am Einlass vorbei ins Innere der Diskothek. Gerade wurde wie bestellt »Let me in« von den Sensations gespielt.

Sauro stieß Gianni glücklich in die Seite, steckte sich und ihm eine Muratti in den Mund und ließ sein Feuerzeug aufschnappen. Während Gianni den ersten Zug nahm, sah er sich um.

Der Eingang des *Big Apple* ging in eine Bar über, die nahtlos in eine Art umlaufende Galerie mündete. Von dort aus konnte man auf die darunterliegende Tanzfläche hinabsehen wie in einen Suppentopf, in dem es brodelt.

Gianni schob schnell das Bild des missglückten Weihnachtsessens beiseite und stützte sich rauchend auf das Galeriegeländer. Sauro war bereits in der Masse untergetaucht. Er hatte schon bei ihrem Aufbruch zu Hause keinen Zweifel daran gelassen, dass er an diesem Abend Großes vorhatte. Momentan flirrte er um eine hochgewachsene Brünette mit Silberblick wie ein Kolibri um eine Hibiskusblüte.

Gianni langweilte sich. Und genau in dem Moment, als er sich vornahm, ohne Sauro nach Hause zu gehen und sich mit einer Zigarette, einem Glas Wein und bei einer schönen Radiosendung auf dem Sofa auszustrecken, sah er sie. Sie stand mit ihrer Freundin ihm gegenüber auf der anderen Seite der Galerie. Das kastanienrote Haar war hochgesteckt, und die schmale Nase reckte sich erst im allerletzten Moment kühn ein wenig nach oben. Sie war bestimmt über 1,70 Meter groß, wirkte aber mit der schmal geschnittenen Zigarettenhose und dem quer gestreiften Oberteil wie eine zierliche Französin.

Während um ihn herum Hunderte von Menschen tanzten, redeten, lachten, tranken, stritten, sich verabredeten, rauchten und umherliefen, fing er in diesem einen Moment ihren Blick quer durch den Raum ein wie einen Beccafico. Und ließ ihn nicht mehr los.

Als Sauro zu ihm zurückkehrte, dachte dieser, seinem Freund wäre ein Geist erschienen.

Gianni zeigte mit einem Nicken auf die gegenüberliegende Seite.

»Ich werde sie heiraten, Sauro. *Amunínni.*«

Tita

Mittwoch, 08. September 2004, Ragusa

Als Tita und Gianluca in Marina di Ragusa aus dem Auto stiegen, war es noch zu früh für einen Aperitivo. Sie schlenderten die befestigte Straße am Meer entlang, und Tita bewunderte die Häuser, die den Lungomare säumten. Klassizistische Wohnhäuser und Jugendstilvillen, dazwischen imposante moderne Bungalows, alle nur durch einen kleinen Fußweg vom Sandstrand getrennt.

»Es muss wunderbar sein, hier zu wohnen!«, staunte Tita.

»Manche sagen so, andere so.« Gianluca wies aufs Meer. »Die Temperaturen sind im Sommer sehr hoch. Höher als im Inselinneren. Und die Elemente nagen an den Fassaden. Wer hier wohnt, muss es sich leisten können, jedes Jahr zu renovieren.« Er grinste. »*O non gli interessa.*« Er zeigte weiter in Richtung Nordwesten. »Wenn man hier immer geradeaus läuft, kommt man irgendwann an einen Punkt, der bei uns *a sicca*, die Sandbank, heißt. Du kennst bestimmt Andrea Camilleris Commissario Montalbano? Der kleine Ort Punta Secca mit seinem charakteristischen Leuchtturm ist seit einigen Jahren zu Ruhm gelangt, da die Krimireihe dort verfilmt wurde.« Er schaute sie an und zog etwas spöttisch die Mundwinkel nach unten. »Als ob sich ein Commissario ein Haus mit Terrasse direkt am Meer leisten könnte. Liebenswerte *fantasia dell'autore*.«

Sie kamen jetzt zu einem charmanten, weiß getünchten Clubhaus, das direkt am Strand lag und dessen Veranda mit weiß eingedeckten Tischen und azurblauen Stühlen zum offenen Meer zeigte. Der dazugehörige Strandabschnitt war durch dicke Kordeln vom allgemeinen Strand abgegrenzt. Wie ein weißer Teppich führte dieser gepflegte Abschnitt mit feinem Sand direkt bis ins Meer, während sich rechts und links davon die Massen drängten. Niemand dort schien sich daran zu stören. Im Gegenteil, obwohl die Absperrung nur bis zum Meer reichte, wurde die abgegrenzte Zone bis ins tiefe Wasser respektiert.

»Und hier siehst du ›unseren‹ Yachtclub. Dort triffst du nur die Schönen und Reichen. Wer nicht Mitglied ist, darf nicht hinein.«

Auf dem geharkten weißen Sandstrand standen einige hochwertige Sonnenliegen. Ein Kellner mit weißer Schürze eilte beflissen mit Drinks zwischen den Stühlen hin und her.

»Weiter hinten soll in Kürze der Yachthafen von Marina di Ragusa entstehen. Dann ist's hier vorbei mit der Beschaulichkeit.«

Tita wunderte sich, wie so oft schon, über die seltsame Diversität dieser Insel. Da lag das Luxusetablissement direkt neben einem Imbiss, der Panini mit Pferdefleisch, Arancini und Pizza al trancio anbot. Zwei überquellende Mülltonnen, einige wacklige Eisentische mit vollen Aschenbechern und Plastikstühle mit Werbeaufdruck säumten die Seite des vornehmen Clubhauses. Und wer auf der Terrasse des weißen Etablissements saß, musste – zumindest tagsüber – die herüberziehenden Dünste einer Fritteuse in Kauf nehmen.

»Als Papà noch lebte, sind wir einmal mit einem alten Schulfreund von ihm aufs Meer herausgefahren.« Tita suchte nach dem Namen. »Vito! Sein Freund hieß Vito. Sie kannten sich aus der *Scuola Elementare*. An den Nachnamen kann ich mich nicht mehr erinnern. Er war unglaublich reich. Das Motorboot sah aus wie eine lange Zigarre, und wenn er Gas gab, hielt Mamma Daniele und mich fest, weil sie Angst hatte, wir würden über Bord gehen bei der Beschleunigung.« Sie suchte in ihrem Gedächtnis noch einmal nach dem Nachnamen. Vergeblich. »Seine Frau hieß Emanuela, glaube ich.«

Gianluca sah sie kurz von der Seite an. »Leonardi. Vito und Emanuela Leonardi. Er besitzt ein international erfolgreiches Pharmaunternehmen und ist sehr … einflussreich.«

Tita blickte ihn überrascht an. Daran konnte sie sich nicht erinnern.

»Ich kenne seinen Sohn. Nachher rufe ich ihn an und sag Bescheid, dass du da bist.« Gianlucas Worte klangen ungewöhnlich harsch. »Ich bin mir sicher, sie wollen dich unbedingt sehen.«

»Was für ein Zufall!«, sagte Tita.

»Nicht wirklich«, gab Gianluca nachdenklich zurück.

Die Sonne wurde langsam rötlich und die Schatten länger. Sie kehrten zur Piazza zurück und nahmen vor der kleinen Bar Platz, während sich ein DJ auf die musikalische Begleitung der blauen Stunde vorbereitete. Tita bestellte einen Aperol Spritz, während Gianluca einen Negroni Sbagliato orderte.

»*Sbagliato?* Ein verkehrter Negroni?«

Gianluca lachte. »Eine herrliche Geschichte. In der berühmten Bar Basso in Milano ist angeblich Anfang der siebziger Jahre dem damaligen Star-Barista Stocchetto beim Mixen eines Negroni ein folgenschwerer Irrtum unterlaufen, und er nahm Prosecco anstelle von Gin.« Gianluca zwinkerte Tita zu, zog dann mit seinem Finger das untere Augenlid herunter und starrte sie dabei an, als wollte er sagen: »*Occhio!* Wem willst du das erzählen? Gin und Prosecco verwechseln … Das ist, als würdest du Tomaten und Artischocken durcheinanderbringen.« Er prostete ihr zu.

Tita fühlte sich angenehm beschwingt. Der milde Spätnachmittag, das süße Getränk mit den köstlichen Kleinigkeiten dazu und die angeregte Unterhaltung mit Gianluca wuschen jede Nachdenklichkeit von ihr ab wie ein Bad im Meer den Staub des Scirocco. Es gab nur eine Sache, die ihr seit ihrer Ankunft auf der Seele lag.

»Ich habe Angst, Salvatore zu treffen.«

Gianluca hob überrascht die Augenbrauen und sah sie irritiert an. »*Ma come,* du hast dich noch nicht bei ihm gemeldet?«

Tita schüttelte den Kopf und fixierte die Orangenscheibe, die sich ängstlich an den Glasrand klammerte, um nicht in die grell orangefarbene Flüssigkeit zu stürzen. »Ich habe Zio Salvatore und Zia Lina seit Papàs Beerdigung nicht mehr gesehen. Ich habe Angst, dass es mich aus der Bahn wirft. Und ich wüsste auch gar nicht, was ich ihm erzählen sollte. Ich kenne ihn doch gar nicht. Ich war zwölf damals.« Sie blickte Gianluca traurig an. »Es ist gerade alles so schön hier. Und so leicht. Ich möchte nicht in diese Melancholie fallen, die uns noch Jahre nach Papàs Tod begleitet hat.«

»Die Melancholie gehört zum Leben dazu wie die Fröhlichkeit. Ohne Licht kein Schatten.« Er reichte ihr die Schale mit den Oliven. »Ohne Kern keine Olive. *Assaggia!*«

Tita hätte sich am liebsten die Ohren zugehalten. Sie wusste das alles.

»Du wirst sehen. Wenn du ihn erst getroffen hast, wirst du dich fragen, warum du anfangs so gezögert hast. Triff dich mit ihm. Es wird dir guttun. Versprochen?«

»Versprochen«, sagte Tita leise und spuckte den Olivenkern aus.

Gianni

Februar 1963, Berlin

Das Jahr begann bitterkalt – »der kälteste Winter des Jahrhunderts«, schrieben die Zeitungen.

Giannis Garderobe war nicht wirklich auf derartige Temperaturen ausgerichtet.

»*Caspita!*«, stöhnte er, als er mit einem Sack Kohlen zurück in die nur mäßig warme Wohnung kam. »*Fa un freddo della madonna!*«

Sauro hob nur kurz den Blick. Er war erst vor Kurzem von seiner Nachtschicht zurückgekehrt und entsprechend ungesprächig. »*Ma come …?* Heute ist Sonntag. Woher hast du die Kohlen?«

Gianni lächelte sein geheimnisvolles Giannilächeln. »Woher schon? Ich bin in einer Kohlenhandlung eingebrochen.«

In Wirklichkeit waren seit Anfang Januar die Ladenöffnungszeiten für Kohlenhandlungen aufgehoben worden, um bei der andauernden Kälte die Versorgung der Bevölkerung zu gewährleisten. Teilweise wurden die Kohlen sogar direkt auf der Straße von den Lastkraftwagen verkauft, und Gianni hatte sich mit etwas Glück eine große Tragetasche voll sichern können.

Sauro grunzte gleichgültig und drehte sich mit dem Gesicht zur Wand, um einzuschlafen. Sein Mitbewohner würde eh gleich wieder verschwunden sein. Seit er diese *Crucca* kennengelernt hatte, war er kaum noch zu Hause.

Gianni legte ein Stück Kohle nach, wusch sich gründlich die Hände und kämmte sein etwas lichter gewordenes Haar. Mit aufmerksamer Ungläubigkeit hatte er in den letzten Monaten verfolgt, wie sein Haaransatz um einiges nach hinten gewandert war. Dabei hatte er immer das dichteste Haar der Familie gehabt. Salvatrice nannte ihn liebevoll *il mio piccolo cinghiale,* mein kleines Wildschwein, wenn sie ihm über den Kopf strich. Die sizilianischen Suini Neri, kleine schwarze Schweine mit dichtem Fell und auffälligen Fettpolstern rechts und links, wurden wegen ihres hervorragenden Fleisches in den Wäldern der Nebrodi im Norden Siziliens gezüchtet. Manchmal, mit viel Glück, hatte Salvatrice ein kleines Stück Capocollo oder Buccularu für die Familie ergattern können.

Beim Gedanken an zu Hause seufzte er. Irgendwann würde er sich melden müssen – *farsi vivo*. Sein Vorhaben, als gemachter Mann heimzukehren, mit den Taschen voller Geld, einer respektablen Wohnung und einem großen Auto, war nicht wirklich in greifbare Nähe gerückt. Im Gegenteil, er war jetzt ganze zwei Jahre von zu Hause weg, und es war kein beruflicher Aufstieg in Sicht. Allerdings war etwas anderes, viel Wichtigeres passiert, was ein Treffen mit seinen Eltern und den Brüdern unvermeidbar machte: Er hatte Carla kennengelernt.

Nach seiner Ankündigung an jenem Abend im *Big Apple* hatte er den verblüfften Sauro stehen lassen und sich wie an einem unsichtbaren Seil am Blick der unbekannten Schönen die Balustrade entlanggezogen, bis er vor ihr stand. Was genau seine ersten Worte waren, hatte er vergessen. Es war auch nicht wichtig. Es war genauso unwichtig, wie es der Topf war, in dem ein Spezzatino garte. Es kam auf das Ergebnis an. Auf die Zutaten und den Duft, der sich ausbreitete. Auf den Anblick des Essens, das einem das Wasser im Mund zusammenlaufen ließ. Was zählte da der Topf? Carla hatte ihm ihre Telefonnummer gegeben. Das war das Einzige, was zählte.

»Willst du sie dir nicht aufschreiben?«, hatte sie ihn gefragt, demonstrativ lässig ans Geländer gelehnt, während Gianni das leichte Zittern ihrer Hand bemerkte. Von Nahem war sie noch schöner.

»Muss i nickt«, hatte er ihr in seinem besten Deutsch geantwortet und sich dabei gefragt, ob sie ihm wohl vertraute. Italiener waren alle gleich, so hieß es in Deutschland. Casanovas, die es auf die deutschen Frauen abgesehen hatten. Ohne ernste Absichten und mit dem Ziel, den deutschen Männern Hörner aufzusetzen. Italiener traten immer in Gruppen auf, sie waren unzuverlässig, eitel, albern, ernährten sich von Teigwaren und Knoblauch und würden sowieso in Kürze wieder verschwunden sein, sobald sich die Nachfrage auf dem Arbeitsmarkt eingependelt hatte.

Aber Carla war anders. Gianni vermutete, dass das Vertrauen, das sie von Anfang an zu ihm hatte, vor allem auf sein nordisches Aussehen zurückzuführen war. Mit seiner Größe, den dunkelblonden Haaren und den blauen Augen wirkte er eher wie ein Engländer oder ein Deutscher. Die wenigsten hier in Deutschland wussten, dass die Bevölkerung Siziliens zu einem nicht unerheblichen Teil von den großen, blonden und blauäugigen Normannen abstammte, die die Insel Ende des 11. Jahrhunderts erobert und unterworfen, aber auch zu kultureller Blüte und zu Reichtum geführt hatten. Neben den griechischen, byzantinischen und arabischen Einflüssen hatten auch sie einen wesentlichen Beitrag zum kulturellen Erbe Siziliens beigetragen. Es wurde sogar gemunkelt, dass man auf Sizilien mehr blonde Einheimische fände als beispielsweise in der Lombardei.

Gianni hatte erneut sein charmantestes Lächeln aufgesetzt, ihr einen warmen Blick zugeworfen und geantwortet: »Ist es nicht notig.«

Er hatte sich ihre Nummer eingeprägt, als hinge sein Leben davon ab. Den ganzen Weg zurück, über den Hohenzollerndamm, die Fasanen- und die Pariser Straße hinunter bis zur Wohnung in der Uhlandstraße, zu Fuß durch den Schnee und die schneidend kalte Luft. Zu Hause hatte er nicht ein Wort gesprochen, bevor er nicht einen Stift gefunden und die Nummer notiert hatte, vorsichtshalber auf drei verschiedenen Zetteln.

Gianni

März 1963, Berlin

Mittlerweile, sechs Wochen später, trafen sie sich regelmäßig. Gianni konnte sich nicht erinnern, jemals so verliebt gewesen zu sein.

Sie liefen Hand in Hand durch den vom Frost erstarrten Tiergarten, ohne zu merken, dass ihre Nasen schon rot vor Kälte waren. Einmal hatte Gianni Carla ins Kino ausgeführt und ihr den *Leopard* gezeigt. Nicht ohne den Hintergedanken, bei ihr eine gewisse Begeisterung für seine Heimat zu wecken, um sie irgendwann in naher Zukunft zu Hause vorzustellen.

Heute würden sie einen Bummel durch den Zoologischen Garten machen, und Gianni nahm sich vor, Carla auf eine Berliner Weiße in die Restauration einzuladen. Es wurde Zeit, in die Zukunft zu schauen. Wenn man ehrlich war, sah es alles andere als rosig für Gianni aus. Ein italienischer Gastarbeiter mit einem mäßig bezahlten Job. Ohne eigene Wohnung. Ohne Auto. Und ohne Familie, setzte er schwermütig hinzu.

Ihre Treffen waren auf Spaziergänge und kurze Kaffee- oder Restaurantaufenthalte beschränkt. Es gab einfach keine Privatsphäre. In die kleine Junggesellenwohnung, die er sich mit Sauro teilte, konnte er sie nicht mitnehmen. Zum Ersten schämte er sich für die schäbige Bleibe, zum Zweiten konnte Sauro jederzeit unerwartet auftauchen, und zum Dritten hatte ihre Vermieterin beim Unterschreiben des Mietvertrags mit scharfem Blick auf die zwei italienischen Männer »Damenbesuch unerwünscht« konstatiert.

Carla wohnte noch bei ihren Eltern in einer Villa in Berlin-

Nikolassee. Ein deutsches Mädchen aus gutem Hause. Das machte die Sache nicht einfacher. Abends nach ihren Treffen brachte Gianni sie mit der S-Bahn und anschließend zu Fuß bis vor die Tür ihres Elternhauses – »das ge-ort sick so« – und schlief auf dem Rückweg in schöner Regelmäßigkeit in der S-Bahn ein. Auf Dauer ging das so nicht weiter, dachte er. Die Beziehung verlor an Fahrt.

Auch Carla schien sich Gedanken gemacht zu haben. »Auf Dauer geht das so nicht weiter«, sagte sie, sah ihn offen an und nahm einen Schluck rote Weiße. »Das mit uns ist etwas Besonderes, ohne Frage, aber es müssen Tatsachen geschaffen werden.«

Er sah sie an und versuchte insgeheim das Wort »Tatsachen« zu entschlüsseln. Auch nach zwei Jahren in Deutschland fehlten ihm noch so viele Vokabeln.

»Ja«, sagte er resigniert, »Tatsacken«, und rührte unentschlossen in seiner Tasse das um, was die Deutschen als Kaffee bezeichneten.

Der März war da, und die Temperaturen wurden etwas milder. Längst nicht so wie auf Sizilien zu dieser Zeit, aber Gianni konnte aufhören, mehrere Pullover übereinanderzutragen, und ab und zu verirrte sich sogar der ein oder andere Sonnenstrahl in die kleine Wohnung im Hinterhof.

Er hatte Carlas Nummer in Dutzende kleine Schnipsel zerpflückt, sie wie Blütenblätter aus dem Fenster in den Hof rieseln lassen und sich seit nunmehr zwei Wochen nicht bei ihr gemeldet. Er konnte es nicht und war gleichzeitig so unglücklich darüber, dass er sich wie ein Eremit in seine vier Wände zurückzog. Jeder einzelne Tag kam ihm vor wie eine Ewigkeit, aber die Lage war aussichtslos. Seine Situation erschien ihm wie ein großer, nicht zu entwirrender Knoten. Kein Geld, kein Auto, keine Wohnung, keine Familie. Und nun auch keine Freundin.

Seine freie Zeit verbrachte er mit Grübeln, Schreiben und Lesen. Dieses Land sog ihm die Kraft aus den Adern: keine Sonne, eisige Temperaturen, schlecht gelaunte Menschen, furchtbares Essen und nicht einmal die Möglichkeit, eine vernünftige Pasta zu kaufen. Vom Kaffee ganz abgesehen. Die Fröhlichkeit, die auf Sizilien fester Bestandteil seines Charakters gewesen war, hatte sich hier in Luft aufgelöst. Wenn er in Magnì geschrieben hatte, waren es kurze Texte und Gedichte über die Landschaft, die Liebe, über Sizilien als Heimat und über Freundschaft gewesen. In Berlin hatte er eine Art Tagebuch angefangen, das er aber nach einigen Wochen beiseitelegte, da selbst ihm die Texte zu düster waren, um sie noch einmal zu lesen.

Sauro, froh, seinen Freund wieder an seiner Seite zu haben, versuchte ihn aufzumuntern, so gut es ging. Wenn Sauro abends frei hatte, zog er Gianni mit durch die Tanzschuppen. In die *Eierschale*, die *Badewanne*, ins *Riverboat* und selbst in die *Hajo Bar* am Nollendorfplatz. Nur das Big Apple ließ Sauro wohlweislich aus.

Ende März wurde endlich die Sonne stärker, und mit ihr kam die Hoffnung zurück. Es war, als wäre ein Schalter umgelegt worden. Auf einmal wusste Gianni, was zu tun war.

Bei einem seiner pilgerartigen Ausflüge zum Flughafen Tempelhof hatte er zuletzt einen Zettel bemerkt, auf dem Kellner für das Flughafenrestaurant gesucht wurden. Italienische Kellner waren überall gern gesehen. Er stellte sich vor und bekam den Job – mit einem deutlich höheren Gehalt als im *Hilton*.

Als Nächstes leistete er sich von dem wenigen, was er gespart hatte, einen fünf Jahre alten hellblauen Käfer Cabrio, mit dem er es bis nach Magnì schaffen würde. Und so Gott wollte, auch zurück.

Und schließlich umarmte er seinen treuen Freund Sauro und teilte ihm mit, dass die Zeit gekommen sei, getrennte Wege zu gehen. Zumindest was die Wohnung betraf. Er hatte eine möblierte Unterkunft in der Lietzenburger Straße gefunden. Sie war auch nicht gerade luxuriös, aber zumindest hätte er ein Zimmer für sich allein, und es gab keine Besucherbeschränkungen.

Dann erst suchte er den dritten und letzten Zettel mit Carlas Telefonnummer – den einzigen, den er sicherheitshalber nicht zerpflückt hatte – und rief an.

Gianni

Mai 1963, Berlin

Es war ein Frühling, wie er im Bilderbuch stand. Gianni musste zugeben, dass zu dieser Jahreszeit selbst eine so graue Stadt wie Berlin ihre schönen Seiten hatte. Im Tiergarten hatten bereits Anfang April die Krokusse die Rasenfläche vor der Kongresshalle in ein Meer aus violetten, gelben und weißen Blüten verwandelt. Am Kurfürstendamm hatten das Café Möhring und das Café Kranzler bereits ihre Stühle nach draußen gestellt, und erste kälteunempfindliche Berliner hielten die Nasenspitzen in die Frühlingssonne, während sich die Platanen auf ihre Blüte im Mai vorbereiteten. Überall in der Stadt war Aufbruchsstimmung zu spüren.

Gianni und Carla hatten sich gefunden. Es hatte ein wenig gedauert, aber schließlich waren sie ineinandergeschnappt wie ein Vorhängeschloss, dessen Schlüssel anschließend weggeworfen wurde. Gianni nutzte jede freie Minute, um sie mit Carla zu verbringen. Gemeinsam hatten sie eine Dampferfahrt gemacht und die Gärten der majestätischen Villen des großen Wannsees von der Wasserseite aus betrachtet. Sie waren an einem klaren Tag mit dem Aufzug auf die Aussichtsplattform des Funkturms gefahren und hatten von dort den freien Blick bis nach Ostberlin genossen. Und als es einmal regnete, stellten sie sich Hand in Hand bei *Krasselt's* am Steglitzer Damm unter das Vordach des Imbisswagens, dicht zusammengerückt, um nicht nass zu werden, und Gianni aß die erste Currywurst seines Lebens.

Es war, als lebten Gianni und Carla in einer schwebenden Seifenblase. Es war eine solch intime Gemeinsamkeit, dass sie alles außerhalb ihrer Beziehung nur verschwommen wahrnahmen.

»Es ist soweit«, sagte Carla lachend an einem weiteren sonnigen Tag, während sie über den Kurfürstendamm bummelten. »Meine Eltern möchten dich kennenlernen. Sie fragen sich, warum sie ihre Tochter kaum mehr zu Gesicht bekommen.« Sie trug ein geblümtes Kleid und eine knappe Strickjacke und warf ihm einen kurzen Blick zu, der fest sein sollte, aber unsicher wirkte.

Gianni lächelte. Er hatte sich die letzten Wochen gründlich auf diese Situation vorbereitet. Seine Anstellung brachte leidlich Einkünfte, seine Wohnsituation hatte sich gebessert, und wenn alles nach Plan liefe, würde er Carla in den Sommerferien seiner Familie vorstellen.

Mit dem Käfer würden sie zunächst nach Garmisch-Partenkirchen fahren, wo Carla einen Onkel hatte, von dort über die Alpen, vorbei an Bozen, Trient und Verona. Sie würden haltmachen in Bologna, *la Grassa*, Stadt der Kolonnaden, wo er ihr italienisches Straßenessen zeigen würde: Focaccia, großzügig mit frisch geschnittenem Parmaschinken oder Porchetta belegt. Piadina Romagnola, garniert mit reichlich Squacquerone di Romagna, Schinken, Tomaten und was die Fantasie sonst noch zuließ. Weiter würden sie über Florenz und Arezzo nach Rom fahren – auf den Spuren von Audrey Hepburn und Gregory Peck in »Vacanze Romane«, ein kurzer Abstecher nur, durch den Trubel und den Verkehr, vorbei am Kolosseum, eine schnelle Erfrischung im Caffè Greco an der Spanischen Treppe, am Palatino vorbei zur Bocca della Verità am Tiber, wo sie ihn nur ruhig auf die Probe stellen sollte. Sie würden nach Neapel fahren und aus dem Cabrio nach Capri hinüberwinken und zum immer wachen Vesuv. Er würde Carla die atemberaubende Amalfiküste zeigen. Die malerischen bunten Häuser, die steil abfallende Küste und das azurblaue Meer. Von dort war es nur noch ein Katzensprung bis nach Villa San Giovanni, wo schließlich die Fähre nach Messina übersetzte.

Und alles, was danach kam, konnte sich Gianni, dessen Fantasie normalerweise keine Grenzen kannte, beim besten Willen nicht ausmalen.

Ostern war vorüber, und das Wetter war in einen regenreichen Mai übergegangen. Kommenden Sonntag sollte Gianni Carlas Eltern kennenlernen. Und er war gewappnet.

Am Sonnabend hatte er einen Herrenfriseur am Mehringdamm aufgesucht, der ihm das etwas dünner gewordene Haar vorteilhaft stutzte.

Am darauffolgenden Tag zog er morgens seinen Sonntagsanzug an, legte eine Krawatte um und putzte seine Schuhe noch einmal sorgfältig. Dann lief er zum Bahnhof Zoo. Während in der oberen Etage des Bahnhofsgebäudes Reisende und Berliner zum Mittagstisch in den *Zooterrassen* eingekehrt waren, lief Gianni unten zu dem auch sonntags geöffneten Blumenstand und erstand einen Strauß rosafarbener Nelken mit Schleierkraut, den er sorgfältig in Seidenpapier einwickeln ließ.

Er hatte beschlossen, den *Maggiolino* stehen zu lassen und mit der S-Bahn zu fahren. Der Stadtteil Nikolassee war zwar über die Avus bequem an die Berliner City angebunden, da aber an diesem Wochenende das erste internationale ADAC-Avus-Rennen stattfand, würde die gesamte Autobahn gesperrt und umliegende Straßen überfüllt sein.

Im Abteil roch es nach einer eigenartigen Mischung aus Kohlenheizung, Desinfektionsmittel und altem Fett. An manchen Stellen konnte man im Vorüberfahren bis in die Küchen oder Wohnzimmer der angrenzenden Wohnungen sehen.

Gianni liebte diesen besonderen Voyeurismus. Es war ein sekundenschnelles Eintauchen in das Leben fremder Leute.

Eine mit Stoff bespannte Küchenlampe erinnerte ihn an Magnì. Vermutlich wohnte hier ein Ehepaar, das Wert auf Gemütlichkeit legte. »Gemutlichkeit.« Carla hatte versucht, ihm die Bedeutung zu erklären, aber keiner der italienischen Begriffe schien zu hundert Prozent zu passen.

Runde Neonlampen ließen auf eher pragmatische Bewohner schließen, schmucklose Glühbirnen auf Studenten oder frisch Zugezogene. Bei den opulenten Messinglüstern mit den kleinen Samtschirmen dachte Gianni unweigerlich an alleinstehende Damen.

Nach den Stationen Savignyplatz, Charlottenburg und Westkreuz wurde die Bebauung rechts und links immer spärlicher. Zwischen den S-Bahnhöfen Grunewald und Nikolassee schließlich verlief die Avus parallel zu den Gleisen. Gianni kannte die Strecke aus der *Gazzetta Sportiva*. Die Avus war 1921 als neunzehn Kilometer lange Übungsstrecke eröffnet worden und heute mit einer halsbrecherischen Steilkurve von 43,6 Grad an der Nordseite nur noch 8,3 Kilometer lang. 1959 hatte hier Toni Brooks den großen Preis von Deutschland in einem Ferrari gewonnen. Diese Nachricht war bis nach Siracusa ins Kloster geschwappt, und Gianni hatte das Ohr an das kleine Kofferradio in seinem Zimmer gepresst, um der Berichterstattung zu folgen.

Er sah nach draußen in den ungemütlichen Dauerregen. Die Motorräder, die sich trotz der nassen Straße in waghalsigem Tempo zu überholen versuchten, hatten die Lichter angeschaltet. Gianni musste unweigerlich an Piero denken. Vierzehn Jahre war es jetzt her, dass sie, dem Regen trotzend, in der Dämmerung an der Straße gewartet hatten, bis die ersten *Automobilisti* der Targa Florio an ihnen vorbei durch die Pfützen preschten. Unglaubliche vierzehn Jahre. Was wohl aus Piero geworden war?

Auf einmal überkam Gianni ein so heftiges Heimweh, dass es wehtat. Nach Piero, nach Vito, nach Giorgio, Peppino und Salvatore, nach Salvatrice und Carmelo.

Und nach Magnì.

Als Gianni in Nikolassee ausstieg, meinte er in einer anderen Stadt zu sein. Alles hier wirkte so ländlich. Er hatte Carla zwar abends öfter bis nach Hause begleitet, aber bei Tageslicht wirkte die Umgebung noch viel beeindruckender.

Nach einem kurzen Fußweg erreichte er die große, lang gestreckte Wiese mit Birken und Holundersträuchern, die spätabends immer nur eine schwarze Ebene zu sein schien. Der Regen hatte aufgehört, und über den Gräsern lag feuchter Nebel. Das Landhaus mit dem dunkelgrauen Schieferdach befand sich auf einer Anhöhe und sah herrschaftlich auf die Ebene hinab. Gianni hatte die Größe bei seinen bisherigen Besuchen im Dunkeln nicht wahrgenommen. Wie er hier unten an der Straße stand und hochsah, fühlte er sich unweigerlich an das Herrenhaus der Familie Cartia erinnert. Er kam sich unscheinbar und unpassend gekleidet vor, als er die Stufen hochstieg.

»Kommen Sie doch bitte herein, Giovanni.« Carlas Mutter Hilde wirkte klein in der schweren hölzernen Eingangstür. Sie trug eine Schürze, an der sie sich gerade verlegen die Hände abwischte, und eine katzenaugenförmige Brille. Die weiß durchzogenen Haare waren in Wellen gelegt, wie es in den zwanziger Jahren üblich gewesen war. Hinter ihr sah er Carla um die Ecke schauen und ihm einen lautlosen Kussmund zuwerfen.

»Bitte hier entlang!« Hilde führte Gianni eine Treppe hinauf in den ersten Stock. Carla hatte ihm erzählt, dass ihre Eltern das weitläufige Haus kurz vor Mauerbau zu einem guten Preis erstanden hatten, da niemand wusste, wie sich die Lage in Westberlin so dicht an der Stadtgrenze entwickeln würde. Dennoch war der Preis für Vater Martin, der in Kreuzberg eine Eckkneipe gepachtet hatte, und Mutter Hilde, gelernte Schneiderin, ein »ordentlicher Happen!«, wie sie ihm lachend versichert hatte. Demzufolge hatte man die Beletage der Villa an eine wohlhabende alleinstehende Dame und ihren Cockerspaniel vermietet.

Die Etage darüber bestand aus einer kleinen Küche, die zum Garten hin lag und in der Hilde sogleich geschäftig verschwand. Außerdem gab es ein Wohnzimmer, dessen Fenster den Blick auf das Fließ, die Baumreihe auf der anderen Seite der Wiese und den dahinterliegenden Kirchturm frei gaben. Darüber hinaus ein Schlafzimmer, ein Bad, eine Stiege zu dem kleinen Dachzimmer, in dem Carla wohnte, und ein Herrenzimmer, aus dem jetzt Vater Martin trat.

Gianni hatte ein fröhliches *»Piacere!«* auf den Lippen. Wie viel einfacher wäre eine Begrüßung in seiner Muttersprache gewesen. Er hätte seine Worte so elegant fließen lassen können wie die Ragusaner Marktverkäufer ihre Seidenstoffe auf dem Wochenmarkt. Stattdessen kam nur ein hölzernes »Guten Tag!« und hinterher ein »Ich bin sehr gefreut«. Er wusste, wie viel vom heutigen Tag abhing. Ein Gastarbeiter mit wenig eigenen Mitteln, schlechten Sprachkenntnissen, einem bescheidenen Job und einer Familie, die er seit zweieinhalb Jahren nicht gesehen hatte – es gab bessere Schwiegersöhne.

»Das ist Gianni, Papa«, erklärte Carla und umarmte Gianni kurz von hinten.

»Stegmann.« Martin schüttelte Gianni kräftig die Hand und wies sogleich in Richtung des Herrenzimmers. »Na, dann kommen Sie mal rein.«

Gianni trat in das Zimmer und sah sich um. Das Erste, was ihm auffiel, war eine zierliche Schrankwand aus Kirschholz und eine ebenfalls zierliche samtbezogene Sitzgruppe. Daneben befand sich eine Stehlampe, deren pergamentener Schirm mit einer Brokatborte abschloss. Vor den Fenstern hingen zwei Lagen Gardinen, in denen sich der Zigarrenrauch diverser Herrenrunden gesammelt zu haben schien.

»Nehmen Sie Platz!« Martin deutete auf die Sitzgruppe, ging zur Vitrine und entnahm ihr eine Flasche, zwei Gläser, einen schweren Aschenbecher und eine Kiste Zigarren.

Gianni fühlte sich unbehaglich. Beim Hinsetzen stellte er fest, dass die Sessel so niedrig waren, dass sich die eh schon kurzen Hosenbeine bis weit über seine Socken hochschoben und ein Stück behaartes Bein frei gaben. Er versuchte, die Hose nach unten zu ziehen und es sich gleichzeitig irgendwie bequem zu machen. Zunächst indem er ein Bein über das andere schlug, dann indem er sie nebeneinanderstellte und sich zurücklehnte, um sich im gleichen Moment wieder nach vorn zu lehnen, um nicht unhöflich zu erscheinen.

Martin schenkte ein, und sie stießen an. Gianni bemerkte einen kleinen weißen Anhänger in Form eines Elefanten um den Flaschenhals. Der bittersüße Alkohol breitete sich brennend im Magen aus. »Mampe halb und halb«, Martin war seinem Blick gefolgt, »1831 gegen Cholera entwickelt. Aus Elefantenhoden.«

Gianni verschluckte sich und hustete. Das erste Mal, seit er hier war, lächelte Martin, stand auf und klopfte ihm auf den Rücken. »Aber seit Deutsch-Ostafrika nicht mehr unter deutscher Kontrolle ist, gibt es Elefanten-Lieferengpässe.« Er goss nach, und ein kaum wahrnehmbares Lächeln spielte um seine Lippen. »Keine Angst, das Zeug ist aus Kräutern und Orangen. Wie euer Averna.«

Das Eis war gebrochen.

Martin erzählte von seiner Gastwirtschaft, von den verschiedenen Schnäpsen und Bränden, die er ausschenkte, kam so auf Italien zu sprechen, und Gianni konnte, sichtlich erleichtert, von seiner Heimat erzählen.

»Sizilien ist wie Averna – ist es suß und bitter zugleich. Und Sizilien ist wie unser Meer, kann es aufgewuhlt und sturmisch sein, aber auch schön und ruhig.«

Er erzählte von den Carrubi und den Kaktusfeigen, von Magnì und dem Sandstrand, von der Schönheit der barocken Städte Noto, Modica und Ragusa Ibla, aber auch von der Armut in den ländlichen Regionen. Er erzählte Martin sogar von Carmelo und Salvatrice, von Giorgio, Salvatore und Peppino und vergaß darüber vollkommen, in welcher Sprache er redete. Sein Deutsch war mäßig, aber Martin hatte ihm ernst zugehört und ihn verstanden. Es war das erste Mal, dass Gianni jemandem hier in Deutschland so intensiv von seiner Heimat erzählte. Nicht einmal Carla hatte er Sizilien so ausführlich geschildert.

Martin nickte und sah ihn an. »Ich verstehe, warum du hier bist. Aber wo wird die Reise hingehen?«

Gianni war verwirrt. Welche Reise?

»Wie wird dein Leben aussehen hier in Deutschland?« Er reichte Gianni die aufgeklappte Zigarrenbox mit einem aufmunternden Nicken und wartete, bis sich dieser eine Zigarre herausgenommen hatte, bevor er sich selbst bediente und sein Feuerzeug aufschnappen ließ.

»Momentan arbeite ich als Kellner. Im Aeroporto Tempelhof. Ich verdiene gut. Und ich werde noch mehr besser machen.«

Martin erzählte Gianni von seiner eigenen Gaststätte in Danzig, die er betrieben hatte, bis er eingezogen wurde. Er erzählte von den Jahren als Soldat und seiner anschließenden

Kriegsgefangenschaft. »Hilde musste mit den Kindern im Flüchtlingstreck fort. Wir waren froh, als wir uns zwei Jahre nach Kriegsende in Berlin wiederfanden.«

Es herrschte ein Moment des Schweigens. Aber es war kein unangenehmes Schweigen, während dessen man fieberhaft nach einem Gesprächsthema sucht, sondern ein vertrautes.

Martin dachte an den Krieg.

Und Gianni dachte an Magnì.

»Und da sind wir nun in Berlin, und wieder arbeiten wir in der Gastronomie«, schloss Martin und löschte seine Zigarre. »Also tu mir einen Gefallen, Junge … Alles mach du mal, aber werd mir nicht Gastronom!«

In dem Moment klopfte es an der Tür, Carla steckte den Kopf herein, rief leise: »Essen kommen!« und verschwand wieder. Aus dem Flur und der Küche war verheißungsvolles Klappern zu hören.

»Na, dann wollen wir mal.« Martin erhob sich, stützte sich kurz an Giannis Sessellehne ab und wartete dann an der Tür. Das Wohnzimmer wurde von einem wuchtigen Esstisch aus dunkler Eiche beherrscht. Am Fenster standen zwei Polstersessel vor einem Röhrenfernseher und ein Blumentisch in Pastellfarben, auf dem zwei leicht angestaubte Pfennigbäume, ein Bogenhanf und eine Strelitzie ihr Dasein fristeten.

Gianni nahm auf Martins Geheiß am Kopf des Tisches Platz. Er fühlte sich unsicher. Der schwere Stuhl mit der hohen geraden Lehne machte es nahezu unmöglich, eine komfortable Haltung einzunehmen.

Hilde und Carla liefen indessen geschäftig hin und her, um einige dampfende Schüsseln auf den Tisch zu stellen: eine Schüssel mit Erbsen, klein geschnittenen Möhrchen und Spargel – »Leipziger Allerlei«, erklärte Carla Gianni. Dann eine

Schüssel mit dampfenden Petersilienkartoffeln, eine Sauciere mit einer dunkelbraunen Soße und schließlich eine Platte mit einem bereits aufgeschnittenen Braten.

Gianni hatte seine Ansprüche in den letzten zwei Jahren deutlich heruntergeschraubt. Das Essen in Deutschland war … einfach anders als in Italien. In Italien kochte man viel mit Olivenöl, und es gab oft Gemüse. Das Essen war leichter. Zwar aß man auch Pasta und hier und da etwas Brot zum Secondo, aber diese Riesenteller in Deutschland, auf denen sich Fleisch, Soße, Gemüse und Kartoffeln türmten, überforderten seinen Magen. Viele seiner Landsleute bekamen Magenschmerzen oder Stoffwechselprobleme. Dazu kam, dass die Deutschen Unmengen von Alkohol zum Essen tranken. Meist schon vor dem Essen. Dann dazu. Und hinterher auch noch.

Gianni lächelte höflich und begann zaghaft, die große Fleischscheibe zu zerteilen. Es roch eigentlich ganz gut. Als er den ersten Bissen im Mund hatte, fiel es ihm schwer, sein Entsetzen zu überspielen. Er würde das nur unter größter Konzentration herunterwürgen können. An Tischgespräche war nicht zu denken. Jeden Bissen spülte er mit einem Schluck süßlichem Weißwein hinunter.

Als sein Teller fast leer war, schickte sich Hilde an, ihm einen Nachschlag aufzutun.

»Oh nein! Bitte! Ich bin nicht mehr appetitlick!«, schüttelte er bedauernd, aber energisch den Kopf.

Als Carla ihn später am Abend zur Tür brachte, war ihm blümerant. Der Elefantenschnaps, dann die Zigarre auf nüchternen Magen, dieser Riesenteller vergammeltes Essen, dazu der Wein und zu guter Letzt noch ein Brand zur Verdauung – sein Magen rebellierte.

»Wie fandest du meine Eltern?«

»*Sono così* liebenwert! *Gentilissimi!*«, betonte Gianni aus tiefster Seele. Und dann etwas leiser: »Aber die Fleisch von dein Mamma war nicht mehr gut. Hast du gemerkt? War schon ganz sauerlich. Aber trotzdem …« Er nickte heftig, zog die Mundwinkel anerkennend nach unten und die Augenbrauen hoch: »Alles gut. Alles lecker.«

Carla schaute ihn einen Moment irritiert an und lachte dann aus vollem Herzen, sodass Gianni mitlachen musste, obwohl er beim besten Willen nicht wusste, warum.

»Du Dussel!«, feixte sie. »Das war ein *Sauerbraten*, der *muss* so schmecken.«

Die ganze Rückfahrt in der S-Bahn musste Gianni darüber nachdenken. Was für eine nette Familie. Und wie relativ unvoreingenommen sie ihn aufgenommen hatten. Aber wie sonderbar, dass diese Deutschen Fleisch erst aßen, wenn es schon hinüber war.

Auf den Mai folgte ein windiger Frühsommer. Und Berlin rüstete sich für seinen großen Besuch – John F. Kennedy hatte sich für den 26. Juni angekündigt. Je eine halbe Stadt hüben wie drüben war in Aufregung. Drüben im Ostteil empfand man den Besuch als plumpe Provokation. Im Westteil hingegen wollte Bürgermeister Willi Brandt gemeinsam mit den Alliierten eine auf Hochglanz polierte Stadt präsentieren.

Die vielen Lücken, die die Bomben in Berlins Straßenzüge gerissen hatten und die noch immer wie fehlende Zähne im Gebiss einer alten Dame klafften, wurden bereits seit Jahresbeginn eilig in repräsentative Baustellen verwandelt. Auf dem Brachland direkt an der Kaiser-Wilhelm-Gedächtniskirche hatte man nun mit dem Bau des Europa-Centers begonnen – eines Vorzeigeprojekts und des ersten modernen Einkaufscenters der Stadt.

Ganz West-Berlin befand sich im Ausnahmezustand. Schulkinder hatten frei, und die halbe Stadt war gesperrt, um dem Autokorso mit Kennedy, Brandt und Adenauer freie Fahrt zu gewähren. An den Straßen hatten sich Tausende Menschen eingefunden, die zum Teil schon seit den frühen Morgenstunden auf die Ankunft des amerikanischen Präsidenten warteten.

Gianni und Carla sahen sich den großen Besuch in einer Live-Übertragung vor dem Schaufenster eines Rundfunkgeschäfts in der Steglitzer Schlossstraße an.

»Ich verstehe nicht«, wunderte sich Gianni. »Warum zeigen sie Kennedy vor der DDR-Fahne?«

Carla schob sich näher an die Scheibe und versuchte die schwarz-weißen Bilder zu interpretieren. Es stimmte. Man sah John F. Kennedy, wie er mit dem Rücken zum Brandenburger Tor stand, das rückseitig komplett mit Stoffbahnen und der Flagge der Deutschen Demokratischen Republik verhängt war.

»Ich weiß nicht.« Sie zuckte die Achseln. »Vielleicht wollen sie nicht, dass man in ihr Land hineinsehen kann …?«

»Oder hinaus«, konstatierte Gianni.

Um 12.50 Uhr war eine Rede Kennedys vor dem Schöneberger Rathaus geplant. Eigentlich hatten sie dorthin gehen wollen, aber im Radio und durch Lautsprecher wurde die Bevölkerung gebeten, den Bereich weiträumig zu meiden. Bereits 450 000 Menschen hatten sich dort eingefunden. Und so kam es, dass sie letztendlich die Rede, von der anschließend die gesamte westliche Welt schwärmen würde, bei Gianni zu Hause am Radio verfolgten. Und als der amerikanische Präsident sagte: »Ich bin ein Berliner«, nahm Gianni Carla in den Arm, sah ihr tief in die Augen und sagte: »Ich auck.«

Tita

Mittwoch, 08. September 2004, Ragusa

Um 19 Uhr stand Tita vor der Gelateria. Als Franca sie sah, griff sie nach einem gold-weißen Päckchen und trat nach draußen.

»*Cara!* Was für eine Freude, dass du dir die Zeit genommen hast. Du musst fürchterlich viel zu tun haben in den paar Tagen hier …« Sie hielt das Päckchen hoch. »Unser Dessert! Die kleinen Waffelhörnchen. Mit Fastuca.« Sie zwinkerte Tita zu. »Und Stracciatella und Cioccolato.«

Sie traten links neben das Haus. Tita besah sich das Gebäude genauer. Unten – der Piazza zugewandt – befand sich die Gelateria. Die Rückseite des Hauses lag dagegen direkt am Meer. Getrennt nur durch einen kleinen gepflasterten Platz, auf dem eine Kanone und ein mannshoher Anker die Flanierenden an die Toten des Ersten und Zweiten Weltkriegs erinnerten. Der untere rückwärtige Teil des Gebäudes war als Wall errichtet worden, der vermutlich sowohl Angreifer als auch stürmischen Seegang abhalten sollte. Darüber befand sich eine weitläufige Terrasse, von der bodentiefe Türen mit grünen Läden in die Wohnräume führten.

Franca zog einen antik aussehenden Bartschlüssel aus ihrer Tasche und schloss eine schmale, hohe Tür an der Flanke des Hauses auf.

Tita war beeindruckt. »Das ist ja unglaublich! Ich hätte nicht gedacht, dass man hier wohnen kann! Ich dachte, das wäre ein Museum. Oder das Rathaus.«

»Bis 1928 hieß das kleine Fischerdorf Mazzarelli.« Franca

nickte Tita zu. »Das kommt auch aus dem Arabischen – ›Marsa A'Rillah‹ – und heißt übersetzt so viel wie ›Kleiner Vorort‹. Mitte des 19. Jahrhunderts wurden hier Asphaltvorkommen entdeckt, und das kleine Fischerdorf wuchs. 1928 haben sie Mazzarelli eingemeindet und in Marina di Ragusa umbenannt. Francos Eltern haben das Haus in den fünfziger Jahren gekauft. Damals war hier alles noch nichts wert. Die Häuser bekam man für eine Handvoll *spiccioli* hinterhergeworfen. Alles war furchtbar verfallen. Und dann auf einmal – in den Sechzigern – begann sich die Welt für Sizilien als Urlaubsland zu interessieren. Ein Segen für die Wirtschaft.« Sie seufzte. »Aber eine Tragödie für die einheimische Kultur und die Traditionalisten.« Sie drehte sich noch einmal zur Piazza und zeigte auf die Läden. »Sizilianische Volkskunst, made in Taiwan, Tunesien und Marokko. Die Marionetten unseres folkloristischen *Teatro dei pupi*, als Souvenirs von afrikanischen Kinderhänden gefertigt. Die *Trinacria* als Kühlschrankmagnet. Was kommt noch?« Sie sah Tita direkt an. »Versteh mich bitte nicht falsch. Wir sind ein weltoffenes Land, und Sizilien kennt sich seit Jahrtausenden mit Belagerungen aller Art aus, aber manchmal haben wir hier das Gefühl, einfach ausverkauft zu werden.«

Tita dachte an ihr Kaufvorhaben und fühlte sich ertappt.

»Andererseits«, fuhr Franca fort, »ist der Tourismus die einzige Chance, die vielen Kulturgüter hier auf Sizilien zu retten. Du warst doch mit Antonia in Donnafugata?«

Tita schüttelte bedauernd den Kopf. »Nur im Garten.«

»Aaah, das sieht Antonia ähnlich. *E così pazza con questo giardino.* Die Räume im Schloss sind einfach unglaublich, aber auch bereits so verfallen, dass der *Sindaco* bezweifelt, dass sich all das retten lässt, wenn man nicht unverzüglich mit erhaltenden Maßnahmen beginnt. Und Donnafugata ist beileibe nicht das einzige Kulturgut auf Sizilien, das gerettet werden müsste. Es gibt eine solche Fülle von atemberaubender Kunst und einzigartigen Bauwerken, die unserer Hilfe bedürfen, dass die überforderten Zuständigen die Hände in den Schoß gelegt haben und dem Verfall entgegensehen wie ein *coniglio* einer Würgeschlange.« Sie dämpfte die Stimme. »Und hinzu kommt, dass diese vermaledeite Cosa Nostra überall die Hand aufhält.«

In der Zwischenzeit waren sie über ein dunkles, nach feuchtem Putz riechendes Treppenhaus in den ersten Stock gelangt. Franca schloss die Tür auf und gab den Blick auf einen Flur frei, der in ein gewaltiges Wohnzimmer mit bodentiefen Fenstern führte. Der große Raum setzte sich über die gesamte Breite auf genau der Terrasse fort, die sie bereits von unten gesehen hatte. Dieses und die angrenzenden Zimmer wirkten – trotz des abgebröckelten Putzes und einer offensichtlich bereits antiquarischen Farbschicht an den Wänden – hochherrschaftlich, da sie über eine enorme Deckenhöhe verfügten. Tita schätzte sie auf etwa vier Meter, ganz anders als die rustikalen Bagli, die vielleicht zwei bis höchstens zweieinhalb Meter hoch waren.

Während die Architektur aristokratischen Glanz ausstrahlte, wirkten die offensichtlich über Jahrzehnte zusammengewürfelten Einrichtungsgegenstände schlicht. Ein Sofa, das noch aus den siebziger Jahren stammen musste, darauf zahlreiche Gobelinkissen mit Tierporträts. Ein Küchentisch mit Resopalplatte, zweifelsfrei aus den Fünfzigern, neben einer Kommode, ähnlich der, die Tita aus ihrer Kindheit in Magnì kannte.

Franca öffnete die Terrassentüren, und sofort wehte eine Brise warmer Abendluft in die Zimmer. »Bitte, setz dich doch.« Sie führte sie nach draußen, wo ein kleiner runder Tisch, ein Olivenbäumchen und zwei weiße schmiedeeiserne Stühle die Terrasse noch größer erscheinen ließen. »Ich würde sagen, wir essen draußen, der Wind scheint mir heute nicht allzu stark.«

Sie verschwand in der Küche, um wenig später mit einem Tablett mit Gläsern, Flaschen, Besteck, Servietten und einem Tellerchen mit sauer eingelegtem Gemüse zurückzukommen.

»Ich mache uns schnell eine Spaghettata alla Colatura, wenn es dir recht ist.«

Tita gab nur ungern zu, dass sie nicht den Hauch einer Ahnung hatte, was das war. Man musste ihr die Ahnungslosigkeit angesehen haben, denn Franca lachte, hob an, Tita in die Wange zu zwicken, besann sich dann aber noch in der Bewegung und fuhr erklärend fort.

»Die Colatura ist eine besondere und kostbare Zutat, die man nur hier bei uns im Süden findet. Warte kurz …« Sie eilte wieder in die Küche, um einen winzigen Flakon mit einer bräunlichen Flüssigkeit zu holen.

»Senti il profumo?« Sie hielt Tita das Fläschchen unter die Nase, und diese wandte sich entsetzt ab.

»Das riecht … streng«, presste Tita hervor.

Franca lachte. »Das muss es auch!« Sie drückte den Korken zurück in die Flasche und stellte sie auf eine kleine Anrichte im Wohnzimmer. »Wenn man es genau nimmt, ist es Leichenwasser von Fischen.«

Tita spürte Übelkeit in sich aufsteigen.

»Non ti preoccupare. Scherzo!«, rief Franca fröhlich. »Dein Vater liebte das Zeug. Das und die Seeigel!« Sie küsste ihren zusammengelegten Daumen und Zeigefinger und rief: *»Buono!«*

Tita war immer noch nicht überzeugt und überlegte, eine Magenverstimmung vorzutäuschen.

»Begleite mich in die Küche. Ich erzähle dir, was es damit auf sich hat.«

Tita folgte Franca in die große blitzblanke Küche. Auf dem Gasherd stand bereits ein großer Aluminiumtopf mit Wasser. Daneben lagen griffbereit auf einer mit einem Wachstuch geschützten Arbeitsfläche eine Packung Linguine, frischer Knoblauch, Chili und ein Bund Petersilie.

»Also fangen wir ganz von vorn an …« Franca seufzte. »Sizilien und Siziliens Küche sind im Laufe der Geschichte von vielen ethnischen Gruppen beeinflusst worden. Die Griechen haben Ricotta, Oliven, Honig und Wein eingeführt. Den Sarazenen haben wir Reis, Zitrusfrüchte, besondere Gewürze, Mandeln, Marzipan und Zucker zu verdanken. Die Normannen haben Baccalà, den Stockfisch, auf die Insel gebracht. Von den Spaniern haben wir die Herstellung von Schokolade übernommen. Von Afrika ist das Couscous zu uns herübergewandert. Und die Römer …« Sie lachte. »Die Römer waren für den Rest zuständig. Sie haben angefangen, im Inselinneren Hartweizen anzubauen, und legten damit den Grundstein für unsere Pasta. Und sie waren die Ersten, die Speiseeis produzierten, wusstest du das? Mit dem Eis vom Etna, das mit Honig und Fruchtsaft gesüßt wurde. Eine Art Ur-Granita.«

Tita konnte kaum folgen, doch Franca fuhr unbeirrt fort.

»Im Vergleich zur italienischen ist die französische Küche wie ein Zauberkasten – Aromen und Aggregatzustände werden wild gemischt und ergeben etwas komplett Neues. Nicht selten findest du Gerichte mit Dutzenden Zutaten, und am Ende sind die einzelnen Ingredienzen kaum noch auszumachen. Bei uns dagegen liegt das Geheimnis in der Einfachheit und in der Güte der Zutaten.«

Sie klatschte in die Hände und spreizte sie anschließend vom Körper ab, als würde es jeden Moment frische Lebensmittel vom Himmel regnen.

»Gehst du hier auf den Markt oder zu einem Gemüsehändler, wirst du sehen, wie Melanzane, Zucchini oder Zitronen so kunstvoll aufgeschichtet sind, als wäre es Konfekt.«

Sie warf Tita eine Zitrone zu. »Was siehst du?«

»Eine Zitrone?«, antwortete Tita leicht irritiert.

Franca schlug die Hände über dem Kopf zusammen und blickte gen Himmel. »*Dio mio.* Es gibt nicht *eine Zitrone*!«, schalt sie Tita. »Hier auf Sizilien gibt es Dutzende Sorten von Zitronen, und jede einzelne hat ihren besonderen Charakter! Nimm zum Beispiel diese hier …« Sie wies auf die Zitrone in Titas Hand. »Das ist eine Feminello. Sie ist besonders saftig, und ihre Schale enthält viele ätherische Öle. Dann gibt es noch die Monachello. Den kleinen Mönch. Sie verträgt die Trockenheit besser als andere Sorten. Und es gibt die Verdello. Sie wächst im Sommer und ist eine kleine grüne Diva. Und wir haben die Cedro. Ihre Früchte können bis zu 25 Zentimeter lang und vier Kilo schwer werden. Sie werden vor allem zu Zitronat verarbeitet. Man nennt sie auch die Hand Buddhas, da Buddha sie der Überlieferung nach bevorzugt hat. Vielleicht aber auch, weil sie wie eine göttliche goldene Hand aussieht, die ihre Fingerspitzen zusammenlegt. So …« Sie legte die Fingerspitzen ihrer rechten Hand zusammen und gab einen Kuss darauf.

Anschließend schüttete sie etwas Salz ins kochende Wasser und warf die Linguine hinterher. Sie gab jetzt einen Schuss Olivenöl in die Pfanne und erhitzte darin den Knoblauch und die Chilischote.

»Wo war ich stehen geblieben? Ach ja, das Leichenwasser!« Tita hatte gehofft, sie käme nicht mehr darauf zu sprechen.

»Die Colatura di Alici wurde im Mittelalter von Zisterziensermönchen entwickelt, die nach einer Möglichkeit zur Konservierung der im Sommer gefangenen Sardinen gesucht hatten. Die Technik hat sich bis heute nicht geändert. Zunächst werden den frisch gefangenen Fischen die Köpfe abgetrennt und die Innereien entnommen.«

Tita fragte sich, ob sie die italienische Küche bisher vollkommen falsch eingeschätzt hatte.

»Danach werden sie zunächst in einem Behälter mit viel Salz entwässert, anschließend kreisförmig in kleinen Eichenholzfässern geschichtet und mit reichlich Meersalz bedeckt. Darauf kommt ein Deckel und ein Gewicht. Die Flüssigkeit, die nach einem knappen halben Jahr austritt, wird aufgefangen und zum Verdunsten in die Sonne gestellt. Dadurch wird sie noch konzentrierter.«

Sie rüttelte an der Pfanne und reichte Tita eine Gabel. »Würdest du so nett sein und schauen, ob die Linguine soweit sind?«

Tita angelte eine steife Nudel aus dem Wasser und schüttelte den Kopf.

Franca schaute sie ungläubig an, nahm ihr die Gabel aus der Hand, fischte ebenfalls eine Nudel aus dem Wasser und befand: *»Perfetto!«* Sie goss eine Kelle Nudelwasser zum öligen Knoblauch-Chili-Gemisch, wartete, bis es anfing zu köcheln, gab zwei Esslöffel der klaren bernsteinfarbenen Colatura dazu und hob die Nudeln in die Pfanne, wo sie unter Rühren ein wenig weiterzogen.

»Ende des Jahres gibt man die aufgefangene und eingedampfte Flüssigkeit wieder in die Fässer und lässt sie erneut langsam durchlaufen. Nach einer weiteren Woche bohrt man schließlich ein kleines Loch in das Fass, aus dem, Tropfen für Tropfen, die kostbare Colatura sickert. Du kannst es dir so vorstellen: So wie Grappa aus dem Trester der Trauben gemacht wird, so wird die Colatura aus den Sardinen gewonnen. Es ist die Essenz des Geschmacks der Sardine.«

Tita war übel.

Mittlerweile hatten die Linguine in der Pfanne eine sämige Konsistenz angenommen. Franca richtete die Pasta gekonnt auf zwei Tellern an und streute die gehackte Petersilie darüber. Zum Schluss setzte sie jeweils eine halb getrocknete Tomate auf die kleinen Hügel.

Der Duft war so köstlich, dass Tita ihren anfänglichen Widerwillen vergaß.

Sie gingen wieder auf die Terrasse hinaus. Mittlerweile war die Sonne im Meer versunken, und nur ein paar helle Streifen am Horizont ließen erahnen, wo sie untergegangen war. Franca goss etwas Rotwein ein und stellte Kerzen auf den Tisch.

Als Tita die erste Gabel zum Mund geführt hatte, konnte sie sich nicht erinnern, jemals eine so köstliche Pasta gegessen zu haben. »Das Geheimnis liegt in der Einfachheit«, stellte sie staunend fest. Und Franca nickte zufrieden.

Franca hatte ihnen nach dem Essen einen kleinen starken Caffè gemacht, und während unten auf der Promenade das abendliche Leben begann, lehnte sich Tita zurück, schloss die Augen und fragte sich, wie sie so lange ohne den Zauber dieser Insel hatte auskommen können.

Sie schwiegen eine Weile, dann sagte Franca: »Dein Vater war ein ganz besonderer Mann, Tita. Er hatte einen Charme, der Frauen wie Männer dazu brachte, ihn zum Freund haben zu wollen.«

Sie zündete sich eine Zigarette an und warf einen Blick in den Sternenhimmel, der sich gerade über ihnen aufspannte. Sie blies den Rauch in die Luft und schien Anlauf zu nehmen, um von den lange vergangenen Zeiten zu erzählen.

»Das erste Mal bin ich ihm im Frühling 1954 begegnet. Mein Bruder Marcello hatte ihn zu uns nach Hause eingeladen. Sie gingen in eine Klasse. Gianni war knapp fünfzehn und ich zwölf. Ein schmaler, großer Kerl mit heller Haut und blonden Haaren, fast mädchenhaft. Wenn er Menschen oder Dinge mit diesen strahlend blauen Augen ansah, hatte man den Eindruck, er wollte in sie eintauchen, um sie von innen betrachten zu können. Wenn er jemanden anlächelte, lächelte nicht nur sein

Mund, sondern es lächelten auch seine Augen. Es war ein Phänomen.«

Sie setzte sich auf und sah Tita an.

»Ich hoffe, du nimmst es mir nicht übel. Er war dein Vater, und ich schwärme hier von ihm *come una pazza*.«

Tita schüttelte den Kopf. »Ich möchte bitte alles hören.« Die Geschichten aus Papàs Jugend kamen ihr vor wie ein zufällig gehobener, sehr wertvoller Schatz.

»Also gut. Ich hatte damals noch nie einen Jungen kennengelernt, der mich auf solche Art und Weise verzauberte. Mir war, als wäre ich bislang unter Wasser geschwommen und würde auf einmal an der hellen, glitzernden Oberfläche auftauchen und das erste Mal atmen, riechen und schmecken.«

Sie hing kurz ihren Erinnerungen nach.

»An diesem Nachmittag bei uns zu Hause faltete mir Gianni einen kleinen Vogel aus einem Blatt Papier, den ich neun Jahre lang, bis zu meiner Hochzeit mit Franco, bei mir getragen habe.« Sie sah Tita entschuldigend an. »Wie man eben so ist in diesem Alter.«

Tita fragte sich, welches Alter sie meinte, zwölf oder einundzwanzig?

»Ich traf Gianni in dem Sommer, bevor er verschwand, nur zweimal. Einmal am Strand und den Abend darauf hier auf der Piazza, als Marcello mich mitgenommen hatte. Gianni war immer höflich und herzlich zu mir.« Sie seufzte. »Aber mehr leider auch nicht. Er nannte mich immer ›Mein kleiner Kaktus‹, weil ich ihn so gern gepiesackt habe. Ich blieb aber dennoch immer nur Marcellos kleine Schwester.« Tita hing an Francas Lippen und fühlte sich auf wundersame Weise in die Zeit vor 45 Jahren zurückversetzt.

»Irgendwann erzählte mir mein Bruder dann, dass Gianni sein Herz an diese Marietta verloren habe. Ich habe zwei Wochen keinen Bissen mehr herunterbekommen und hätte ihr am liebsten die Augen ausgekratzt.« Sie lächelte verlegen. »1955 ging er fort ins Seminario nach Siracusa. Es brach mir das Herz. Danach sahen wir uns nur noch im Sommer und ab und zu beim Kirchgang.« Sie machte eine rollende Geste mit dem Arm, als wollte sie vorspulen. »Und dann kam 1960. Da war ich achtzehn.« Franca lehnte sich zurück und schloss die Augen. »Die Welt um uns herum begann sich zu verändern. Gut, hier auf Sizilien herrschten immer noch die alten Strukturen … Mädchen gingen nicht allein aus und waren am besten vor dem 21. Geburtstag verheiratet.« Sie zwinkerte Tita zu. »Hosen für Frauen waren noch immer verpönt. Und nur die wirklich Frechen von uns trugen am Strand Bikini und nicht die altmodischen Einteiler.«

Sie räumte die Kaffeetassen zusammen und schickte sich an, alles in die Küche zu bringen. Tita nahm das Tablett und folgte ihr. Als sie zurück auf der Terrasse waren, fuhr Franca fort.

»Aber im restlichen Italien wehte in dieser Zeit ein frischer Wind, und ab und zu erwischte eine kleine Brise davon auch unser konservatives Sizilien.« Sie erhob sich. *»Scusa mi un attimo.«*

Als sie aus der Küche zurückkam, hatte sie eine kleine, mit Majolikafliesen besetzte Servierplatte in der Hand, auf der sich die kleinen Eishörnchen türmten, die sie aus der Gelateria mitgebracht hatte.

»1960 war auch das Jahr der großen Kinofilme. Beim Filmfestival in Cannes hatten es im Mai gleich zwei italienische Filme in die Siegerehrung geschafft. Zum einen *La dolce vita* vom unvergleichlichen Federico Fellini – alle Männer wollten leichtfüßig und charmant sein wie Marcello Mastroianni, die Frauen verführerisch und lasziv wie Anita Ekberg – und *L'avventura* vom großartigen Michelangelo Antonioni. Es war, als hätte der neue Zeitgeist in Italien zuerst die Kinos geflutet.« Sie seufzte und biss resolut die Kuppel eines Eishörnchens ab.

»Wir Ragazzi trafen uns damals rund um Ferragosto jeden Tag und jeden Abend am Strand. Eine ausgelassene junge Bande, die gierig nach Leben und nach Moderne war. In den Strandbars liefen die Jukeboxen und spielten *Scandalo al sole* von Percy Faith, *Impazzivo per te* von Adriano Celentano oder *Serenata a Margellina* von Sergio Bruni.«

Tita nickte. »Ich kenne all die Lieder aus unserem Restaurant. Papà hatte viele Tonbänder mit den alten italienischen Schlagern. Gino Paoli, Rocco Granata, Toto Cutugno!«

Franca nickte lachend. »Richtig! Die ganzen alten Gassenhauer.« Sie stimmte den Refrain von Rocco Granatas *Marina* an:

»Marina, Marina, Marina
Ti voglio al piu' presto sposar …«

Tita konnte nur mitsummen. Sie kannte das Lied in der deutschen Version.

»Tagsüber ruderten wir hinaus und badeten im Meer, oder wir sonnten uns am Strand. Wir warfen uns gegenseitig ins Wasser und sprangen hinterher, die Jungs setzten sich die Sonnenhüte der Mädchen auf, die Mädchen tuschelten über ihre Verehrer. Es war ein wirklich wilder Sommer.« Sie lächelte in Gedanken an diese Zeit. »Auch abends trafen wir uns am Strand. Irgendjemand hatte immer eine Gitarre dabei. Und einmal kam dann auch ein deutsches Paar dazu. *Non mi riccordo bene dei nomi* … Sie waren aus … Ko-eln? Aus irgendeiner deutschen Stadt zumindest.«

Tita war in Gedanken in jenem Sommer und ließ gleichzeitig das Schokoladeneis in ihrem Mund langsam schmelzen.

»*Bo. Niente.* Sie erzählten in höchsten Tönen von Deutschland, vom Wirtschaftswunder und dass jeder, der wolle, Karriere machen könne, dass die Wohnungen hell und die Frauen schön seien … *Tatata.* Und so weiter und so fort.«

Man merkte Franca ihre Verärgerung an. Noch immer, nach all den Jahren, hatte sie es den *Crucchi* nicht verziehen, dass sie ihr Gianni genommen hatten.

»Sie haben ihn einfach weggeschnappt. Sie haben ihm das Blaue vom Himmel erzählt und ihn weggelockt. Weg von seiner Familie, seinen Freunden, seiner Heimat.«

Tita lauschte Francas Erzählung und dem Gemisch aus Stimmen, Wellen und Musik, das von der Promenade zu ihnen hochdrang, und sie versuchte sich vorzustellen, wie das gewesen war, vor 44 Jahren, als das Leben ihres Vaters genau hier aus den Schienen gesprungen war und eine neue Richtung genommen hatte.

»Das waren die Geister von Ferragosto.«

Tita setzte zu einem Lachen an, bemerkte dann aber Francas ernste Miene. Sie wusste, dass Nonna Salvatrice abergläubisch gewesen war. Aber von Franca hätte sie das nicht gedacht.

»Wie meinst du das?«

»Nun, laut einem alten Aberglauben steigen zu Ferragosto die Geister aus dem Meer und ziehen nichts ahnende Schwimmer mit sich in die Tiefe. Man erzählt sich, dass vor vielen Jahren am 15. August ein junges verliebtes Paar im Canale d'Otranto an der Küste Apuliens schwimmen war – dort, wo das Adriatische auf das Ionische Meer trifft. Das Mädchen wurde von einer großen Welle mitgerissen und ertrank.« Sie machte eine bedeutungsvolle Pause, und Tita lief ein Schauer über den Rücken. »Ihr Freund hingegen schaffte es, sich ans Ufer zu retten, näherte sich aber in seiner Trauer um die Geliebte über Monate nicht mehr der Küste.«

Tita dachte einen Moment an Mamma, Daniele und sich selbst und an den Bogen, den sie die letzten 26 Jahre um Sizilien gemacht hatten.

»An Mariä Himmelfahrt schließlich – genau ein Jahr später – suchte er die Stelle des Unglücks auf und setzte sich auf eine Klippe, um seiner Angebeteten zu gedenken. Und die Geister von Ferragosto kehrten in Form einer großen Welle zurück und rissen ihn ebenfalls in die Tiefe. So wie deinen Papà. Auf einmal war er verschwunden. Ohne jede Spur.«

Sie schwiegen eine Weile. Tita wurde schwindelig bei dem Versuch, Francas Gleichnis auf Papàs Verschwinden anzuwenden. Vielleicht war ihr aber auch einfach vom Wein schwindelig.

»Dio mio. Ihr Deutschen trinkt wirklich viel.« Franca hielt erstaunt lachend die leere Flasche hoch.

Tita wurde sich beschämt bewusst, dass Franca scheinbar den ganzen Abend an nur einem einzigen Glas Rotwein genippt hatte. Sie selbst hingegen schien dem Wein des Öfteren zugesprochen zu haben. Vielleicht waren es aber auch die Geister von Ferragosto gewesen.

Als sie sich verabschiedeten, umarmte Franca sie wie eine Freundin. »Danke für deine Zeit. Es war eine solche Freude.« Sie fuhr sich verlegen durch die Haare. »Und es schien mir, als hätte Gianni mit uns am Tisch gesessen.«

Gianni

Juni 1964, Berlin

Der Garten war gesprenkelt von den Sonnentupfen, die durch die großen Tannen am Ende des Grundstücks fielen. Gianni blinzelte in die Sonne, streckte die Füße aus und lehnte sich nach hinten. Die Sitzfläche der Hollywoodschaukel schwang quietschend nach vorn und gab unter dem orangefarbenen Stoffdach ein Stück blauen Himmel frei, um gleich wieder zurückzuschwingen. Carla sah zu ihm hinüber und warf ihm eine Kusshand zu. Sie trug das hellblaue Sommerkleid, das ihr Hilde zur Verlobung im Mai genäht hatte, und er fand, sie sah mit ihrer hellen Haut und den rötlichen Haaren einfach bezaubernd darin aus.

Sie half Hilde gerade, die Kaffeetafel mit dem Porzellan mit den Streublümchen zu decken, während Martin Tante Lisbeth durch den Garten führte.

»Martin, nein! Wie ist es nur schön! Diese Kirschen sehen ja fantastisch aus! Dass die schon reif sind.« Die alte Dame streckte begehrlich eine Hand nach den dunkelroten Knuppern aus, reichte aber mangels Körpergröße nicht heran.

Martin legte ihr behutsam seine Hand auf den Arm. »Lass mal, Lieschen. Ich pflück dir eine.«

Gianni musste grinsen. Er war auch darauf hereingefallen. Letzten Sommer schon. Martin hatte seit Jahren die Plastikkirschen gesammelt, die an den Flaschen von Eckes Edelkirsch befestigt waren. Erst im *Cuvry-Eck* in Kreuzberg, dann in der *Bären-Klause*, seiner Gastwirtschaft in Zehlendorf. Dort waren jedes Jahr etliche Flaschen des Likörs angefallen, an denen jeweils zwei Kirschen hingen. So hatte er im Laufe der Zeit etwa 120 Kirschpaare zusammenbekommen. Und sie sahen wirklich täuschend echt aus. Im Frühsommer befestigte er das pralle Plastikobst in mühsamer Kleinarbeit an den unteren Ästen des großen Kirschbaums im Garten und freute sich jedes Mal diebisch, wenn ein ahnungsloser Besucher auf die vermeintlich reifen Früchte hereinfiel.

Hilde und Carla hatten das Tischdecken kurz unterbrochen und sahen gespannt zu Martin und Lisbeth hinüber. Und auch Gianni wartete in Vorfreude auf den Moment, wenn die alte Dame in Erwartung der süßen, saftigen Frucht auf das harte Plastik beißen würde. Und tatsächlich ließ die Wirkung der Eckes-Edelkirschen auch diesmal nicht lange auf sich warten.

»Oh, Martin, du Scheusal!« Tante Lisbeth hob ihre Handtasche und versuchte sie in Richtung des in Deckung gehenden Martins zu schwenken, während die Schleife an ihrem Sommerhut empört auf und ab wippte. »Wie kannst du einer alten Frau so etwas antun …«

Hilde und Carla kicherten, und auch Gianni konnte sich sein Lachen nicht verkneifen. Er genoss die Sonntage in Nikolassee. Er war auf seltsame Art und Weise in diese Familie hineingerutscht wie in einen bequemen Hausschuh. Mit Martin verbanden ihn die gleiche Art von Humor, die Freude am Geschichtenerzählen und die stille Zufriedenheit, wenn die Familie zusammensaß und jeder seinen eigenen Gedanken nachhing. Hilde hatte ihn aufgenommen wie einen Sohn und war stets bemüht, ihn das auch spüren zu lassen. Und Carla … Ach, Carla. Was hatte er für ein Glück, diese wundervolle patente Frau getroffen zu haben. Es schien Gianni nicht mehr vorstellbar, sein Leben ohne sie zu verbringen. Wenn er an die Zeit vor anderthalb Jahren zurückdachte, fröstelte es ihn jedes Mal, so dunkel und kühl erschienen ihm jene Tage. Jetzt, wo sie verlobt waren, gab es nur noch ein großes Problem in seinem Leben. Er musste zu Carmelo und Salvatrice. Er musste seiner Familie seine Braut vorstellen. Eigentlich hätte er das schon lange vor der Verlobung tun müssen. Je länger er wartete, desto schwieriger schien ihm die Aufgabe.

»Gianni. Nimm doch bitte noch etwas Apfelkuchen.« Hilde tat ihm ein zweites Stück des gedeckten Obstkuchens auf und häufte einen großen Löffel Sahne darauf. »Noch etwas Kaffee?« Gianni lehnte dankend ab. Dieser Kaffee war, neben dem Essen, der einzige Wermutstropfen in Deutschland. In Italien konnte der Caffè nicht intensiv genug sein. Eine winzige Menge sämig schwarzer Flüssigkeit, auf der sich dampfend eine dickflüssige Schicht Crema befand. Wenn man den Zucker daraufstreute, sammelte er sich zunächst auf einer weichen Matratze dichten braunen Schaums, bevor er, erst langsam, dann in einem Rutsch, in den darunterliegenden Fingerhut voll Flüssigkeit sank. Was würde er darum geben, mal wieder einen ordentlichen Caffè zu kosten. In Deutschland tranken sie Kaffee in einer bis zur Unkenntlichkeit verdünnten Variante. »Blümchenkaffee« hieße das, hatte Carla ihm erklärt. Weil man durch den Kaffee das kleine gemalte Blümchen auf dem Tassenboden sehen konnte, so dünn war er. »No grazie, ’ilde. Ich ’abe satt.«

Hilde sah ihn aufmunternd an. »Dein Deutsch wird wirklich immer besser, Gianni.«

Gianni lächelte dankbar. In der Tat sprach er – bis auf die wenigen Treffen mit seinen italienischen Landsleuten – in letzter Zeit ausschließlich Deutsch. Dennoch fehlte ihm seine Muttersprache. Manchmal, wenn er etwas Zeit für sich hatte, schrieb er ein paar italienische Zeilen in sein Tagebuch. Oder er kritzelte, was ihm gerade in den Sinn kam, auf irgendein beliebiges Stück Papier. Ohne die eigene Sprache – das war offensichtlich – war man unvollständig. Ein halber Mensch. Und Gianni war so bemüht, in der fremden Sprache zu reden, dass er begann, auch seine Gedanken möglichst einfach zu halten, um beim Übersetzen gar nicht erst in die Bredouille zu kommen. Doch wer war man ohne die Fähigkeit, sich richtig zu artikulieren? Er fühlte sich amputiert. Als hätte er mit seiner Sprache einen wesentlichen Körperteil verloren. Das war beinahe noch schlimmer als der Verlust seines Daumens. Dazu kam, dass man ihn in Deutschland häufig für einfältig hielt, nur weil er kein fehlerfreies Deutsch sprach. Oft kam es vor, dass man besonders laut mit ihm redete. Oder wie mit einem Kind. Für jemanden, der sich der Literatur verbunden fühlte und in seinem Heimatland Poet genannt wurde, kein einfaches Schicksal. Umso dankbarer war er, dass er hier, in der Familie, trotz seiner dürftigen Deutschkenntnisse geliebt und respektiert wurde.

»Näckste Mal machen wir Kirschekuchen«, sagte er und freute sich mit den anderen über Tante Lisbeths gespielt empörten Gesichtsausdruck.

Nach dem Kaffee gingen sie eine Runde spazieren. Die Rehwiese mit ihren Birkengruppen lag friedlich im Nachmittagslicht. Ein paar Spaziergänger ließen ihre Hunde frei laufen. Auf dem schmalen Weg in der Mitte der Wiese schob eine junge Frau einen Kinderwagen. Irgendwann würden auch Carla und er einen Kinderwagen schieben, so viel stand fest. An den Rändern des Areals wuchsen Büschel von rotem Springkraut, das seine Samen bei der leisesten Berührung mehrere Meter weit schleudern konnte. *Impatiens glandulifera* – ungeduldige Drüsen – hießen sie in der Botanik. Gianni mochte die einfachen, rosa blühenden Pflanzen, die ihren Weg aus dem Himalaja über England bis nach Deutschland gefunden hatten und deren Überlebenswille und Fortpflanzungstrieb so groß waren, dass sie sich in rasender Geschwindigkeit verbreitet hatten. Nachdem man sie zunächst zu Dekorationszwecken nach England geschafft hatte, hatten sie zunehmend die Landstriche erobert und waren verwildert, sodass man mittlerweile froh wäre, sie wieder los zu sein. Wahrscheinlich fühlte er sich den einfachen und hartnäckigen Pflanzen deswegen so verbunden. Sie waren beide Gäste. Erst hatte man sie ins Land geholt, und dann, wenn man gerade dabei war, sich heimisch zu fühlen, sollte man dahin zurückkehren, wo man hergekommen war.

Nach wie vor galten italienische Gastarbeiter in Deutschland vielerorts als unerwünscht. Auch wenn die italienische Comunità zusehends wuchs, stand ein Großteil der Deutschen ihm und seinen Landsleuten immer noch misstrauisch, wenn nicht gar feindselig gegenüber. Gianni wollte sich nicht beklagen. Er hatte großes Glück gehabt. Carla gab ihm Halt und führte ihn in die deutsche Gesellschaft ein. Aber viele seiner italienischen Freunde konnten in diesem Land, das zwar Arbeiter, aber keine fremdländischen Einwohner wollte, nicht Fuß fassen. Die Betonung bei »Gastarbeiter« lag auf »Gast«, hatte Sauro ihm bei seiner Ankunft erklärt. Da war viel Wahres dran. Das hieß, man war zu Besuch und kehrte irgendwann wieder nach Hause zurück. Viele der italienischen Arbeiter holten aber stattdessen ihre Familien nach oder gründeten neue Familien in Deutschland. »Es ist, als wollte man einen lehmigen Berg hochlaufen«, hatte Pasquale, ein Freund Sauros, neulich gesagt. Immer wenn man meinte, zwei, drei Schritte vorwärtsgekommen zu sein, rutschte man den glatten Hang wieder hinunter, und mit jedem Anlauf, den man nahm, schien ein Vorwärtskommen unmöglicher. Alle wollten sie zurück. Keiner konnte sich vorstellen, tatsächlich ein Leben lang in Deutschland zu bleiben. Aber am Ende zählte das Durchbringen der Familie, und trotz großer Versprechungen waren die Arbeitsplätze zu Hause nicht mehr geworden.

Als er sich umdrehte, waren Carla, Hilde und Lisbeth weit hinter ihm zurückgeblieben. Er musste in Gedanken so große Schritte gemacht haben, dass er den Frauen quasi davongelaufen war. Martin hatte ihn unter Mühen eingeholt. »Bist du denn mit deinen Überlegungen weitergekommen, Gianni?«, fragte er etwas außer Atem.

Letzten Sonntag hatte Gianni ihm anvertraut, dass er mit dem Gedanken spiele, ein eigenes Restaurant zu eröffnen. Vielleicht nicht gleich, aber nach der Hochzeit im nächsten Jahr.

»Ich möchte auf eigene Beine stehen. Und Italien hat es so viel mehr zu bieten als Pizza. Ich könnte den Berlinern eine ganze neue Art von Küche zeigen! Echte italienische Küche. Mit frischen Kräutern, Salat, gutem nativem Olivenöl. Wir würden Scaloppina anbieten, Bistecca Fiorentina und Saltimbocca. Und raffinierte Pasta. Nicht immer nur Spaghetti mit Tomatensoße.«

»Was der Bauer nicht kennt, das frisst er nicht, mein Junge.« Martin legte ihm im Gehen den Arm um die Schulter. »Wir Deutschen haben unsere Küche, und ihr Italiener habt eure. Nicht, dass ich etwas gegen Pizza hätte. Und in Italien schmeckt natürlich alles noch mal ganz anders. Allein wegen des Klimas.« Er sah Gianni von der Seite an. »Aber wenn du ein erfolgreiches Restaurant führen möchtest, musst du dich den Gepflogenheiten hier anpassen.«

»Was sind ›Gepflogenheiten‹?«

»Die Essgewohnheiten. Bei mir in der Kneipe laufen zum Beispiel einfache Tellergerichte gut. Bouletten mit Bratkartoffeln. Soleier mit Senf. Bockwurst mit Kartoffelsalat. So etwas in der Art. Aber ich habe natürlich auch kein Spezialitätenrestaurant, sondern eine Kneipe. Du weißt schon, da gibt es bestenfalls Elefantenhoden.« Er lachte und stieß Gianni freundschaftlich in die Seite, während der etwas angestrengt lächelte.

»Wenn du ein besseres Restaurant aufmachen willst, musst du dich schon an den Wünschen der Menschen hier orientieren und etwas Besonderes anbieten. Französisch zum Beispiel. Die feine Gesellschafft isst gern französisch. Schnecken, Krabben, Froschschenkel und natürlich Bœuf Stroganoff. Alles, was teuer ist.«

Gianni sah ihn ungläubig an und versuchte, sich seinen Unmut nicht anmerken zu lassen.

»Als Vorspeise ist auch Toast Hawaii zurzeit sehr beliebt. Toast mit Schinken, Ananas und Käse überbacken.«

Gianni schüttelte es. Teig mit Obst darauf. Entsetzlich! Die italienische Küche war so anders als die deutsche und auch als die französische.

Die deutsche Küche – das hatte er jetzt lange genug am eigenen Leib erfahren – war für Südländer einfach schwer verdaulich. Außerdem sahen die voll geladenen Teller so furchtbar brachial aus. Als würde man für Fernfahrer und Landarbeiter kochen. Er wollte den Deutschen die feine italienische Küche nahebringen. Ein Fisch, der als Fisch, oder ein Stück Fleisch, das als Stück Fleisch zu erkennen war. Auf den Punkt gegrillt und in erhabener Alleinstellung auf dem Teller. Das Gemüse oder der Salat würden wie in Italien separat gereicht werden. Sie waren die Komparsen an der Seite des Hauptdarstellers.

Martin sah seine Zweifel. »Mach dir nichts draus, Junge. Irgendwann lernen wir euer Essen schon noch zu schätzen. Im Moment ist nur der Zeitpunkt dafür noch nicht gekommen. Wenn du wirklich entschlossen bist, ein italienisches Restaurant aufzumachen, musst du auf deiner Speisekarte Bauernopfer bringen.«

Gianni nickte. Wahrscheinlich hatte Martin recht. Er kam aus der Gastronomie und kannte die Situation besser. Einige wenige italienische Restaurants gab es in Berlin schon. Eigentlich mehr Trattorien und Pizzerien als Restaurants. Einfache Gerichte, große Portionen, schlichtes Ambiente. Hier trafen sich vor allem Italiener, aber auch deutsche Studenten und Arbeiter, die für wenig Geld satt werden wollten. Aber so stellte er sich sein Restaurant nicht vor. Er wollte die italienische Kultur nach Deutschland holen. Einen Ort schaffen, an dem man sich traf und bei italienischer Musik, italienischem Wein und italienischem Essen ein paar nette Stunden verlebte. Als verbrächte man seinen Urlaub in einem kleinen Stück Italien außerhalb des Stiefels.

Martin hatte ihm letztes Mal zweifellos den Zahn gezogen, dass Berlin für ein solches Restaurant schon bereit wäre. Auf der anderen Seite hatte er ihm aber auch seine Unterstützung angeboten. »Wenn du die Pille schluckst und auch ein paar Klassiker anbietest, könnte dein Restaurant zu einer Art trojanischem Pferd für die italienische Küche werden. Wie auch immer du dich entscheidest, wir stehen dir mit Rat und Tat zur Seite.«

Anschließend hatten sie über die Finanzierung gesprochen. Auch das war ein schwieriges Thema. Gianni hatte so gut wie kein Eigenkapital. Er würde bei seinem Einkommen keinen großen Kredit bekommen. Dabei würde er einige Monatsmieten vorschießen müssen, außerdem die gesamte Einrichtung, die Küche mit Inventar, eine vernünftige italienische Kaffeemaschine, ein Tonbandgerät für die Musik, Tischwäsche und Geschirr, Gläser und Besteck, eine Zapfanlage und eine erste große Lieferung Getränke und Lebensmittel aus Italien.

»Das mit den Getränkelieferanten lass mal meine Sorge sein. Da kenn ich mich aus.«

Gianni wusste von Martin, dass sich die Brauereien zu einem großen Teil an Beschilderung, Einrichtung und Gläsern beteiligten, wenn man geschickte Verträge aushandelte.

»Und Hilde und ich haben ein paar Mark fürs Altenteil zurückgelegt.« Er sah Gianni offen an. »Das kannst du uns zurückzahlen, wenn es läuft, ja?«

Das war also der Stand von letzter Woche. In der Zwischenzeit hatte Gianni viel nachgedacht. Seinen Traum vom Studium hatte er begraben. Ohne ausreichende Deutschkenntnisse und ohne die notwendige finanzielle Sicherheit würde das nichts werden. Er wollte auf jeden Fall mit Carla eine Familie gründen, so viel war klar. Als Kellner würde er auf keinen grünen Zweig kommen. Sein Gehalt reichte gerade so für die Untermiete in der Lietzenburger Straße. Carla war gelernte Fremdsprachensekretärin und könnte natürlich mitverdienen – in Deutschland war es ja keine Seltenheit, dass Frauen am Familieneinkommen beteiligt waren –, aber eigentlich wollte er das allein schaffen. Er wollte allerdings mit Carla zusammen ein modernes Restaurantkonzept erarbeiten, das sowohl die Deutschen als auch die Italiener ansprach. Er musste an den Artikel im *Corriere della Sera* denken, der ihn an eine neue internationale und mobile Art von Gastronomie hatte glauben lassen. Die Restauranteröffnung schien ihm der einzig richtige Weg zu sein. Trotz vieler Zweifel – er wollte es versuchen.

Und auf einmal, ohne Vorwarnung, überkam ihn eine Sehnsucht nach Magnì, die so stark war, dass sie sich wellenartig wie Hunger oder Zahnschmerzen über alle anderen Empfindungen legte. Er roch plötzlich die staubige Luft der Felder, sah die Sonne auf den Blättern der Carrubi und fühlte das Fell der Maulesel im Hof. Auf der Haut spürte er den Wind, der vom Meer kam. Er sah die kleine Küche mit der Feuerstelle vor sich, über der an einer Kette der große Kupferkessel für den Ricotta hing.

Er meinte zu spüren, wie Salvatrice ihm ihre Hand auf die Stirn legte, so wie sie es immer tat, wenn sie befürchtete, er könnte Fieber haben. Er sah Carmelo, wie er nach Hause kam und seine Coppola mit Schwung auf die Kommode warf. Und er hörte Salvatores tiefe Stimme: »*Ouh Picciottu, Giovannino. Che fai?*«

Auf einmal fürchtete er sich davor, dass er etwas verpasst haben könnte, was nicht mehr gutzumachen war. Er war nun mehr als drei Jahre von zu Hause fort. Was, wenn Salvatore sich auf die Suche nach ihm gemacht hätte und in der Welt herumreiste ohne einen Anhaltspunkt? Oder, bei dem Gedanken lief es ihm kalt den Rücken herunter, wenn Salvatrice oder Carmelo etwas zugestoßen wäre? Das Kind von Salvatore und Lina müsste nun auch schon knapp drei Jahre alt sein. War es ein Junge oder ein Mädchen? Und vielleicht war auch der kleine freche Peppino schon verheiratet, und Gianni hätte keine Ahnung, dass er bereits einen weiteren Neffen hätte. Oder – und das trieb ihm die Schamesröte ins Gesicht – was, wenn Barone Cartia das fehlende Geld zum Anlass genommen hätte, der Familie zu kündigen, um Magnì anderweitig zu verpachten?

All das spielte sich im Bruchteil einer Sekunde in seinem Kopf ab.

»Gianni? Alles in Ordnung? Du siehst aus wie ein Gespenst.«

Mittlerweile waren sie wieder vor dem Haus angekommen, und Hilde schloss das Tor auf, ohne ihr Gespräch mit Lisbeth zu unterbrechen.

»Und du bist dir immer noch sicher, was die Restauranteröffnung angeht?« Das Gespräch von letzter Woche hatte auch Martin sehr beschäftigt.

»Nein«, lächelte Gianni und nickte entschlossen.

Gianni

August 1964, Garmisch-Partenkirchen

Die letzten zwei Monate hatten sich hingezogen. Da der Hochzeitstermin im kommenden Mai immer näher rückte, hatte Gianni beschlossen, sich der Herausforderung zu stellen und noch in diesem Sommer zu Ferragosto mit Carla nach Magnì zu reisen. Seit er sich dazu durchgerungen hatte, war seine Ungeduld mit jedem Tag größer geworden. Die ganzen drei Jahre davor waren ihm nicht so lang vorgekommen wie diese zwei Monate kurz vor ihrer Abreise. Der *Maggiolino* war auf Hochglanz poliert und vollgetankt, sein kleiner Pappkoffer und Carlas Reisetasche waren vorn im Kofferraum verstaut, die Vermieterin seines Zimmers in der Lietzenburger war informiert, und sein Haar, das augenscheinlich immer weniger wurde, war ein letztes Mal vor der Abreise von einem Friseur in Form gebracht worden.

Als sie schließlich an einem sonnigen Samstagmorgen reisefertig im Käfer saßen und der Boxermotor mit einem satten Rattern startete, sah Gianni Carla liebevoll an. *»Sei pronta?«*

»Si. Andiamo!« Sie hatte in den vergangenen Monaten schon mehr Italienisch gelernt als er in den letzten drei Jahren Deutsch.

Carla hatte sich ein geblümtes Kopftuch umgebunden, damit der Fahrtwind die Haare nicht allzu sehr zerzauste. Während sie auf der Avus in Richtung Süden rollten, sangen sie gemeinsam gegen den Fahrtwind an. Als sie nach zwei Stunden Wartezeit vor der Brücke über den Teltowkanal schließlich zum Checkpoint Bravo/Grenzübergangsstelle Dreilinden-Drewitz rollten, fühlten sie sich ein bisschen wie wagemutige Forscher, die sich aufmachten, einen neuen gefährlichen Kontinent zu entdecken.

Carla reichte dem Grenzbeamten mit fahrigen Fingern ihren grünen behelfsmäßigen Personalausweis, Gianni seinen dunkelroten italienischen Reisepass.

Der Grenzkontrollbeamte glich gründlich die Fotos der Ausweise mit den Fahrzeuginsassen ab.

»Sie sind Italiener?« Er sah Gianni prüfend an.

Gianni fand die Frage überflüssig, hielt der Beamte doch seinen Ausweis in den Händen. Er nickte nur.

»Grund der Reise?«

»Weiterreise nach Bayern.« Carlas Stimme klang bestimmt, hatte aber einen belegten Unterton.

Der Beamte sah Gianni streng über seine Brille an.

»Führen Sie Waffen, Funkgeräte, Munition oder sonstige genehmigungspflichtige Gegenstände mit sich?«

Carla antwortete: »Nein.« Und zur Bestätigung schüttelte auch Gianni vehement den Kopf.

»Das macht dann fünfzehn D-Mark Straßenbenutzungsgebühr.«

Gianni zahlte und nahm den blassgelben Passierschein an sich.

Nachdem der Grenzkontrollbeamte sie ein weiteres Mal mit strengem Blick taxiert und den italienischen Reisepass erneut mit einem Kollegen zusammen begutachtet hatte, durften sie passieren. »Angenehme Weiterreise.«

Nach Überqueren der Grenze auf DDR-Gebiet schien es Gianni, als würde das Blau des Himmels nicht mehr ganz so leuchten, als würde die Luft nicht mehr nach Blüten riechen und als würden die Vögel etwas leiser singen. Die Straßenplatten der Transitstrecke warfen ein monotones Stakkato auf die Reifen, und die Welt jenseits der Autobahn schien ihnen wie ein leicht angegilbtes Gemälde.

Als sie nach fast vier Stunden hinter Töpen-Juchhöh auf einen westdeutschen Rastplatz rollten, waren sie beide erleichtert. Der anstrengendste Teil der Strecke lag nun hinter ihnen. Von hier bis zu ihrem ersten Zwischenstopp in Garmisch-Partenkirchen waren es noch etwa fünf Stunden. Wenn alles glattliefe, würden sie gegen 20 Uhr bei Carlas Onkel Erich eintreffen, Martins älterem Bruder.

Erich und seine Frau Hertha erwarteten sie bereits. Sie wohnten in einem Randgebiet von Garmisch-Partenkirchen in einer umgebauten Kaserne. Wo früher Soldaten untergebracht waren, hatte man nun neuen Wohnraum geschaffen. Viele kleine Ein- und Zweizimmerwohnungen, die von langen, mit Linoleum ausgelegten Fluren abgingen.

»Endlich!« Hertha nahm Carla in die Arme und reichte Gianni die Hand. »Will-kom-men!«, sagte sie langsam und Silbe für Silbe, damit der Ausländer sie verstand.

Erich stand ruhig da, die Hände in den Hosentaschen, und freute sich still. Er war etwas größer als Gianni und für sein Alter noch immer von recht kräftiger Statur. Er nahm Carla kurz in den Arm, klopfte Gianni auf die Schulter und sagte: »Na, dann wollen wir mal.«

Hertha hatte ein Tablett mit »Schnittchen« zurechtgemacht. Dazu öffnete Erich drei Flaschen Bier. Hertha trank lieber Hagebuttentee.

Man konnte nicht sagen, dass Gianni Bier generell nicht mochte. Zu Hause trank er gerne mal ein kaltes Peroni, ein Nastro Azzurro oder ein Moretti. Er hatte allerdings im Laufe der Zeit festgestellt, dass die Biere in Deutschland nicht nur deutlich bitterer, sondern auch deutlich stärker waren als in Italien. Daher hatte er sich beim Trinken immer sehr zurückgehalten. Auf der anderen Seite wollte er aber auch nicht unhöflich wirken. Ein oder zwei Flaschen würden ihn schon nicht umbringen.

Als sie gegessen und ausführlich berichtet hatten, stand Erich auf, sagte: »So!«, als wäre damit alles geklärt, und ging mit schweren Schritten zur Garderobe. Hertha begann den Tisch abzuräumen. Carla wollte helfen, aber Erich schüttelte den Kopf. »Ihr kommt mal mit jetzt. Wir nehmen noch einen Absacker im Lamm.«

Der *Gasthof zum Lamm* war nicht weit entfernt. Die gemütliche Stube war rustikal eingerichtet mit blanken Holztischen und einem breiten Tresen. Oben gab es ein paar einfache Gästezimmer. Erich hatte dem Paar ein Doppelzimmer gebucht. »Weiß ja keiner«, hatte er zwinkernd gesagt, als sie zum Dorfplatz liefen. Als sie den Gastraum betraten, hob ein halbes Dutzend der Anwesenden das Glas. »Grüß Gott, Erich!«

Offensichtlich war Erich hier Stammgast.

»Drei Helle, drei Korn!« Er hob drei Finger und nickte der Kellnerin im Dirndl zu.

Der Abend wurde gemütlich. Erich und Gianni verstanden sich zwar gegenseitig nicht, und Carlas Italienischkenntnisse reichten kaum aus, um Erichs Geschichten zu übersetzen. Gianni lauschte dennoch den polternd vorgetragenen Erzählungen, er erfreute sich an Erichs warmem Dialekt, der dem Italienischen etwas ähnlicher zu sein schien als das schnarrende Deutsch in Berlin, und versuchte, Carlas holprigen Übersetzungen zu folgen. Erich erzählte von früher. Von seinem Vater, der in der »Deutschen Kolonie« in Kamerun zu einem kleinen Vermögen gekommen war, wie, wusste niemand so genau. Von dem Geld hatte er sich, zurück in der Heimat in Westpreußen, eine Mühle, eine Pension und einen Gasthof gekauft.

Auch hatte er aus Afrika einen Ring mitgebracht, der jeweils an den ältesten Sohn der Familie weitervererbt werden sollte. Auf einmal still, zeigte er ihnen den Ring an seinem Finger. »Den hätte eigentlich Karl-Heinz erben sollen.« Sein Sohn Karl-Heinz war auf der Flucht verschollen. Carla fehlte das Wort für verschollen. *»È sparito il figlio.«* Gianni nickte.

Erich hob erneut drei Finger. »Drei Helle, drei Korn!«

Gianni verstand die Geste und sah auf sein Glas, das noch halb voll war.

»Herbert ging nach Bremen und machte ein Restaurant auf. Was Gutes!« Er zog anerkennend die Mundwinkel nach unten und leerte im Anschluss sein Glas in einem Zug. Den Korn hielt er bereits in der anderen Hand. Gianni beobachtete das Ganze mit Staunen und zog nach.

»Außerdem hatte er eine Kaffeerösterei.« Der Schnaps war weg. »Ich hatte einen Getränkehandel. Bier, Wein, Spirituosen. Mit eigenem Fuhrpark. Bis der vermaledeite Krieg kam. Dann folgten die Zeiten, in denen wir uns nur noch von Bier ernährt haben. War ja alles knapp.«

Carla versuchte sich an der Übersetzung. Gianni blickte Erich respektvoll an.

Dieser hob wieder die Hand. Das Bestellen funktionierte scheinbar auch ohne Sprache. Gianni hatte gerade sein zweites Glas angefangen und nippte sich mit Mühe zur ersten Hälfte durch, als die nächste Runde bereits auf dem Tisch stand.

Erich sah Gianni an. »Du trinkst ja gar nicht, Junge. Was bringen sie euch denn in Italien bei?« Er lachte schallend und fuhr mit seinen Erinnerungen fort. »Als es uns hierherverschlagen hatte, wollte ich wieder in Getränken machen.« Er zuckte die Schultern. »Stattdessen haben mich die Amis Eichenwälder pflanzen lassen. Zur Strafe und im Zuge der Entnazifizierung. Für die waren wir ja alle Nazis. Drei Helle, drei Korn!«

Gianni merkte, wie sein Geist sich scheinbar von seinem Körper löste. Mit jedem Schluck Bier und jedem Glas Korn entfernten sie sich etwas mehr voneinander.

»Martin hatte ja eine Gaststätte daheim in Danzig. Dann wurde er eingezogen und kam nach Stalingrad.« Erich trank in durstigen Zügen. »Und von dort ging's direkt in die russische Gefangenschaft nach Sibirien. Mein kleiner Bruder. Statt Ausschank im eigenen Lokal drei Jahre Zwangsarbeit.«

Gianni sah Carla an, und die zuckte hilflos mit den Schultern. Das war nicht zu übersetzen.

Giannis Geist hatte sich mittlerweile endgültig von seinem Körper gelöst und bewegte sich in einem Strudel über dem Tisch. Er sah von oben auf Carla und Erich herab und bemühte sich, die Lampe zu fassen zu bekommen, um die immer schneller werdende Drehung zu stoppen. Carla sah vieräugig zu ihm herauf und sprach eigenartig gedehnt: »Gianni, geht es dir gut?« Währenddessen stellte die Bedienung eine weitere Runde auf den Tisch. Gianni hatte den Überblick verloren. Wie viele Gläser waren das jetzt? Acht? Zwölf? Hundert?

Am Ende des Abends verabschiedete Erich die beiden gut gelaunt, und Gianni stolperte die Treppen hinauf in ihr Zimmer. Ihm war jämmerlich zumute. Eine erste kostbare gemeinsame Nacht mit Carla, und er war nicht in der Lage, auch nur ein Wort herauszubringen. Geschweige denn zu anderem fähig. Carla öffnete die Balkontür und trat in die kühle Abendluft hinaus. »Schau nur, Gianni, der Sternenhimmel.« Aber Gianni hatte sich bereits den Geranien in den Balkonkästen zugewandt.

Am nächsten Morgen hatte ein Landregen eingesetzt. Wo am Vortag noch Berge und Landschaften mit grünen Wiesen unter strahlend blauem Himmel leuchteten, lag nun eine bleigraue Schlechtwetterfront. Gianni fühlte sich entsprechend. Beim

Gedanken an Bier und Korn spürte er eine furchtbare Übelkeit in sich aufsteigen. Hirn und Magen waren in diesem Fall scheinbar direkt miteinander verbunden. Carla hatte ihm in der Frühe eine Alka-Seltzer ans Bett gebracht. Selbst die sprudelnden Bläschen der Tablette hatten ihn in Windeseile im Bad verschwinden lassen. Als sie kurz darauf ihren Weg nach Süden fortsetzten, hämmerte das gleichmäßige Rattern des *Maggiolino* in seinem Schädel wie Spitzhacken in einem Steinbruch.

Erst als sie die Brennerstraße mit ihren vielen Serpentinen und unwegsamen Straßenabschnitten hinter sich gelassen hatten und auf italienischer Seite auf ebener Straße durch die immer flacher werdenden Gebirgsausläufer fuhren, ging es ihm langsam besser.

Gianni

August 1964, L'Aquila

Ganz Italien hatte Gianni Carla zeigen wollen. All die wunderschönen Orte seiner Heimat. Vom Norden bis nach Sizilien. Stattdessen war er die Strecke wie ein Besessener gefahren und hatte sich und Carla kaum eine Pause zugestanden. Nur nach L'Aquila musste er einen kleinen Abstecher machen. Er wollte vorher mit Giorgio sprechen – und sei es auch nur, um zu erfahren, wie die Stimmung in Magnì war.

Giorgio empfing ihn, als wäre er gerade erst von einer etwas längeren Urlaubsreise zurückgekehrt. Insgeheim vermutete Gianni, dass es Giorgios Erfahrung mit geständigen Delinquenten war, die ihn diese Ruhe und Sicherheit ausstrahlen ließ. Schon allein, damit Gianni nicht Hals über Kopf wieder das Weite suchte. Er ersparte ihm all die Kommentare wie »Du hast deinen Eltern das Herz gebrochen« oder »Wie konntest du uns das nur antun« oder auch »Du hast die Pacht unterschlagen«. Stattdessen umarmte er ihn etwas länger, als es vielleicht üblich gewesen wäre, und drückte ihn auf einen Stuhl am Esstisch. Die zierliche Artua dagegen presste die beinahe anderthalb Kopf größere Carla so herzlich an sich, dass man denken konnte, die Deutsche wäre schon lange ein Teil der Familie.

»Ihr schlaft natürlich bei uns heute.« Artua wies resolut auf die halb offene Tür, hinter der man ein Ehebett sehen konnte. Als Gianni vorsichtig protestieren wollte, hob sie bestimmt den Arm und brachte ihn mit einer ungeduldigen Geste zum Schweigen. »*Basta adesso.* Was in L'Aquila geschieht, bleibt in L'Aquila.«

Während Giorgio Gianni von zu Hause erzählte – von Salvatrice und Carmelo, von Peppino, dem ewigen Junggesellen, und von Salvatore und Lina, die mittlerweile zwei Mädchen hatten –, gesellte sich Carla zu Artua und schaute ihr über die Schulter.

»Maccheroni alla chi-tar-ra!«, erklärte sie der Deutschen extra etwas lauter. Damit sie sie auch verstand. Carla beobachtete fasziniert, wie Artua mit geschickten Bewegungen einen glatten Nudelteig immer wieder durch die chromglänzende Marcato gleiten ließ. Mit jedem Mal wurde der Teig noch feiner, elastischer und länger. *»Una spe-cia-li-tà abruz-ze-se.«* Sie zog die Wörter auseinander wie den Nudelteig in der Maschine und lächelte Carla dabei aufmunternd an. Als sie mit der Konsistenz der Pasta zufrieden war, hob sie einen Holzrahmen mit fein gespannten Drähten auf die Arbeitsplatte, legte die bemehlte Teigplatte darauf und rollte mit einem schmalen Holz darüber, sodass sich viele schmale Nudeln mit quadratischem Querschnitt bildeten.

»Buona.« Artua hob den Knöchel ihres Zeigefingers an ihre Wange und drehte ihn, als wollte sie ein Loch hineinbohren. *»Adesso provi tu …!«* Sie reichte Carla energisch das Nudelholz. Und Carla machte die ersten Nudeln ihres Lebens.

»Brava!« Artua klopfte ihr auf die Schulter, als sei sie nun bereit, einen italienischen Mann zu heiraten.

Gianni beobachtete Carla und schenkte ihr ein Lächeln, als sie zu ihm herübersah. Er wusste, wie schwer es war, sich in einer Sprache, die nicht die eigene war, mit Menschen zu verständigen, bei denen man einen guten Eindruck hinterlassen wollte.

»Maccheroni alla chitarra.« Er stand auf und trat hinter die beiden. »Das Werkzeug, mit dem man sie macht, sieht wie eine Musikinstrumente aus. Die Maccheroni werden in den

Abruzzen *tradizionale* mit Tomaten, Speck, Rind-, Lamm- und Schweinefleisch und Pecorino zubereitet. *Semplice, ma molto buono!*« Er wollte nach dem Löffel greifen, der neben dem Sugo lag, aber Artua klopfte ihm resolut auf die Finger.

»Non si tocca!«

Beim Abendessen erklärte Gianni Carla, dass in Italien jede Sorte Pasta ihre Bestimmung habe. Es gebe nicht einfach irgendeine Nudel zu jeder beliebigen Soße. Für stückige, gröbere Gerichte wie Pasta al Ragù, alla Puttanesca oder die sizilianische wunderbare Pasta alla Norma eigneten sich gröbere Nudeln wie Penne oder Farfalle. Gut passten auch Conchiglie, die sich wie kleine Muscheln mit der dickflüssigen Soße füllten. In Bologna servierte man die stadtbekannte sämige Fleischsoße am liebsten mit Fettuccine, die beim Aufdrehen besonders viele der feinen Fleischstückchen aufnahmen. Spaghetti eigneten sich hingegen hervorragend für Gerichte mit glatten und feinen Soßen wie al Pomodoro, alla Carbonara oder mit Pesto Genovese.

»Die Fusilli … haben eine ganz besondere Geschichte.« Gianni wandte sich an Artua. *»Dai, passami un fusillo, per favore.«* Als sie ihm eine der gedrehten Nudeln herüberreichte, hielt er sie Carla vors Gesicht. *»Guarda, funziona come una vite* … wie ein Schraube.« Er drehte sie vor ihren Augen. »Schraubt er sich *e si attacca direttamente alla bocca.*«

Carla sah ihn strafend an. Sie ließ sich nicht gern vorführen.

»Okay.« Gianni lenkte ein. »*Scherzavo*. Aber siehst du, wie besonders diese Nudel ist? *La superfice e speciale.* Hat sie viel mehr Oberfläche als andere Pasta. Weil sie auf kleinem Raum gedreht ist. So kann sie besonders viel von dem feinen *sugo* aufnehmen. Oder vom Olivenöl. Vor vierhundert Jahre gab es eine Koch am Hof des Duca di Firenze. Er hatte ein kleine Sohn, der die frischen Spaghetti um die Stricknadel seiner Nonna wickelte. Und so il Fusillo war erfunden!« Er lächelte, legte die Nudel vorsichtig auf den Tisch und gab ihr einen Schubs, sodass sie in Carlas Richtung rollte. Carla hatte ihn noch nie so unbeschwert und fröhlich erlebt.

Nach dem Essen ging Carla zu Bett, während Gianni und Giorgio noch viele Stunden am Tisch saßen, Trebbiano tranken und Geschichten austauschten. Es gab unendlich viel zu erzählen. Sie verabredeten schließlich, dass Giorgio die Familie nicht informieren sollte. Gianni würde spontan entscheiden, wie er sich der Angelegenheit stellte.

Als auch Gianni endlich im Bett lag, ging ihm die Sache mit der Nudel nicht mehr aus dem Kopf.

Gianni

August 1964, Magnì

Als der *Maggiolino* zwei Tage nach ihrem Besuch bei Giorgio und Artua schließlich in Messina von der Fähre rollte, war Gianni kaum noch in der Lage, einen klaren Gedanken zu fassen. Noch während sie durch Reggio Calabria in Richtung Villa San Giovanni fuhren, war er so mitteilungsbedürftig gewesen, wie Carla ihn noch nie erlebt hatte. Er hatte wie ein Wasserfall geredet, einfach um die eigenen Gedanken zu verdrängen.

Nun, da sie – *finalmente!* – am Ziel waren, hatte es ihm auf einmal die Sprache verschlagen. Die Bilder seiner Abreise waren mit einer solchen Heftigkeit zurückgekehrt, dass er sich kaum auf die Fahrt konzentrieren konnte. Schweigend erreichten sie die Provinz Ragusa, wo immer mehr seiner Erinnerungen wie Luftblasen an die Oberfläche stiegen.

Carla hatte sich das Kopftuch fest um die Haare gewickelt und trug eine Sonnenbrille. Er sah kurz zu ihr hinüber und versuchte, die Umgebung nicht mit seinen, sondern mit ihren Augen zu sehen – die staubigen Straßen, die vertrockneten Felder, am Straßenrand eine überfahrene Katze, die verlassenen Häuser rechts und links der Landstraße. Weiter südlich die petrochemische Anlage, die erst aus dem Boden gestampft worden war, als er die Insel verlassen hatte, und die sich jetzt wie ein schmutziger Pulpo an der Küstenregion um Augusta herum festgesetzt hatte.

Auf einmal schien es ihm unmöglich, ihr seine Liebe zu diesem Land zu erklären. So viel Schönes zwar, aber auch so viel Hässliches. Die Hitze, die über den Feldern und Straßen brütete, ließ die Bilder flirren wie bei einer Fata Morgana. Die Straße führte an einer Masseria vorbei, und Dunggeruch wehte zu ihnen herüber. Die mageren Kühe auf dem Feld daneben hatten dieselbe ausgeblichene Farbe wie die vertrockneten Grashalme, die sie kauten.

Auf ihrem Weg von Deutschland quer durch ganz Italien bis hierher, zum äußersten Zipfel Europas, hätte es so viel Schönheit zu sehen gegeben. Berghänge im Sonnenschein, grüne saftige Landschaften, die Kunstschätze von Florenz und Rom, die Marmorsteinbrüche von Carrara, unendliche weiße Strände vor einem glitzernden Meer, der Vesuv in seiner majestätischen Erhabenheit und das grüne Capri davor. Selbst mit ihrem leuchtend blauen Wasser war die Straße von Messina von unglaublicher Schönheit. Vielleicht auch noch Taormina, ein bunter Fleck von gepflegtem Tourismus inmitten des steinigen Kiesstrandes von Siziliens Ostküste. Doch je näher man seiner Heimatstadt kam, desto karger wurde die Landschaft. Vorbei die sattgrünen Orangen- und Zitronenplantagen rund um den Etna, vorbei die wild wuchernden Oleanderbüsche und Bougainvilleen. Hier schien alles aus Staub. Nur die Kakteen, die Carrubi und die Olivenbäume schienen der Hitze zu trotzen. Warum war ihm das alles früher nie aufgefallen? War es der Vergleich mit dem trotz all der Grautöne doch recht grünen Berlin, der ihm auf einmal alles anders erscheinen ließ? Oder war es, weil sich in seiner Erinnerung die schönen Bilder über die hässlichen gelegt hatten? Die Bilder von einem saftig grünen und blühenden Sizilien, wie es sich nur in den wenigen Wochen im Frühling präsentierte, bevor die Hitze kam?

»Es ist wunderschön.« Carla hatte die erlösenden Worte gesprochen, noch bevor Gianni ihr erklären konnte, dass sie sich im kargsten aller sizilianischen Landstriche und im trockensten aller Monate befanden. »Ich mag die Schlichtheit und die Weite.«

Gianni lächelte dankbar. »Ich werde dich erst in ein Albergo in Pozzallo bringen, bevor ich mit meine Eltern spreche. Es ist lange her, dass wir uns gesehen habe, und ich muss ein paar Dinge klären.« Er rieb sich verlegen die Nase und schob im Zuge dieser Bewegung die Sonnenbrille in den hoch gewanderten Haaransatz. *»Non è lontano.«*

Carla sah ihn überrascht an. »Du meinst … allein?«

Sie war eine emanzipierte Frau – viel selbstständiger als alle Sizilianerinnen, die er kannte. Und dennoch schien es ihr nicht geheuer, hier an diesem fremden Ort, ohne Begleitung und ohne ausreichende Kenntnis der fremden Sprache. Gianni hatte volles Verständnis dafür. Er dachte an seinen ersten Tag in Deutschland auf dem Kölner Hauptbahnhof und wünschte sich, er könnte ihr das ersparen.

»Nur ein paar Stunden.« Gianni hob bedauernd die Schulter. »Ich werde mich beeilen. *Promesso.*«

Der *Maggiolino* wirkte in dem alten Hafenort wie ein Fremdkörper. Als Gianni vor der Pension an der Piazzetta della Madonnina hielt, sah er, wie Carla sich um Fassung bemühte.

Er trug ihr den Koffer hoch in das kleine Zimmer mit Waschgelegenheit, dessen Fenster zur Piazzetta zeigte.

»Mi raccomando …« Er umarmte Carla und legte seine Hand auf ihre Wange. »Ich bin schnell zurück. Versprochen.«

Als der Wagen dreißig Minuten später über den schlaglochübersäten Weg nach Magnì rumpelte, während das trockene Gestrüpp rechts und links nach dem Lack zu greifen schien, hatte Gianni auf einmal das Gefühl, er wäre niemals weg gewesen. Jede Pflanze, jedes Stück Mauer und jede einzelne Delle auf dem harten Sandboden schienen ihm so vertraut, als wäre er erst gestern hier mit dem Karren entlanggefahren. Der Geruch des Hochsommers – von der Sonne getrockneter Staub und verbrannte Felder – trug ihn zurück in die Vergangenheit. Zurück zu den zwanzig Sommern, die er hier verbracht hatte.

Er fuhr nicht auf den Hof, sondern ließ den Wagen ein paar Hundert Meter vor dem umzäunten Grundstück stehen und lief das letzte Stückchen zu Fuß. Je näher er Magnì kam, desto unscheinbarer schien ihm das Haus. Als er schließlich an dem kleinen Tor angekommen war, das etwas schief in den Angeln hing, hob er es auf der einen Seite an, damit es nicht quietschte. Jetzt, am frühen Samstagnachmittag, würde Carmelo bereits zu Hause sein und eine kleine Siesta halten, während Salvatrice vermutlich mit den Vorbereitungen für das Abendessen beschäftigt war.

Er war sich nicht sicher, wie er das Wiedersehen am geschicktesten einfädeln sollte. Leise lief er über den Hof. Von den zwei Maultieren im Gatter schien nur noch eines übrig zu sein. Es hob alarmiert den Kopf, sah Gianni an und bewegte dabei seine Ohren vor und zurück, als würde es damit in seiner Erinnerung blättern. Gianni kraulte das Tier am Kopf, dort, wo das Fell ganz weich war. Und auf einmal wusste er, was zu tun war. Aus der Küche hörte er wie vermutet das Klappern von Töpfen und Tellern. Er griff in seine Hosentasche, um sicherzustellen, dass das Geld, dass er vorhin dort deponiert hatte, noch da war. Dann steckte er den Kopf tief in den Brunnen mit dem alten Eimer und rief, so laut er konnte: *»Al pozzo dei pazzi una pazza lavava le pezze …«*

Bestimmte Ereignisse werfen ihre Schatten voraus. Und wer aufmerksam ist, kann sie bereits bei Tagesbeginn sehen. Salvatrice hatte geahnt, dass dieser Tag besonders werden würde. Zum einen hatte es ihr der morgendliche Kaffeesatz verraten –

eine *Trinacria*, das sizilianische Medusenhaupt mit drei Beinen –, zum anderen hatte sie heute Morgen, als sie die Milch von Enzos Girgentana-Ziegen entgegennehmen wollte, eine ungewöhnliche Wolkenformation am Himmel entdeckt, die, sie könnte schwören, in Form einer Schildkröte direkt auf Magnì herabgeblickt hatte. Jeder hier wusste, dass *Tartarughe*, die jemanden oder etwas ansahen, Glück brachten. Auch Enzo hatte ihr versichert, dass dies nur ein eindeutiges Zeichen sein könne. Dennoch konnte sie es zunächst nicht glauben, als aus dem Hof der Zungenbrecher ertönte, den Gianni als Kind schon immer in den Brunnen gerufen hatte.

»Oh dio mio! Carmelo! Corri! Veloce! È ritornato! Nostro figlio è ritornato!«

Als seine Mutter schließlich aus dem Haus gerannt kam, hatte sich Gianni zunächst fürchterlich erschrocken. Sie war ganz weiß im Gesicht. Selbst die Haare leuchteten geisterhaft im stumpfen Nachmittagslicht. Bei genauerem Hinsehen allerdings stellte sich das Weiß als Mehl heraus, das dort gelandet war, als sie vor Schreck die Hände vors Gesicht geschlagen hatte.

Carmelo hingegen war wirklich gealtert. Giannis Vater sah aus, als hätte jemand die Luft aus ihm herausgelassen. Die Kleidung hing lose an ihm herunter, als wäre der Gewichtsverlust so plötzlich gekommen, dass man noch keine Zeit gefunden hatte, passende Sachen zu kaufen. Die Wangen waren eingefallen, und die Arme, die immer wie kräftige Äste gewirkt hatten, waren nun ausgedörrte Zweige.

Gianni, der sich so viel zu sagen vorgenommen hatte, wenn es erst einmal so weit wäre, stand nun da ohne ein Wort. Er reichte seinem Vater stumm die 20 500 Lire aus seiner Hosentasche und sah dabei aus, als erwartete er eine Ohrfeige. Und erst als Carmelo ihn daraufhin in die Arme schloss, ihn fünfmal auf die Wangen küsste und ihm anschließend mit flachen Händen kräftig auf die Schultern klopfte, löste sich die gewaltige Anspannung und flutete seine Augen. Zu dritt standen sie im Hof und hielten sich fest. Salvatrice stimmte eine Art Singsang an, von dem Gianni nicht wusste, ob es ein Gebet, ein Wehklagen oder ein Ausruf der Freude war. Eine sich wiederholende Litanei von lang gezogenen Tönen. Wahrscheinlich war es alles gleichzeitig.

Die Zeit, die ihm eben noch so kompakt vorgekommen war, schien zu fliegen. Salvatrice hatte das Telefon zur Hand genommen, das neuerdings im Flur auf der kleinen Kommode zu stehen schien.

»È ritornato.« Sie rief nur diese zwei Wörter in die Sprechmuschel, und dennoch wusste Gianni, wer am anderen Ende der Leitung war.

Wenige Minuten später hielt eine rote Ape neben Giannis hellblauem *Maggiolino*. Salvatore schien noch während der Fahrt herausgesprungen zu sein, rannte zu Gianni und umarmte ihn.

»Mach das nie wieder!« Er fasste Giannis Kopf mit beiden Händen und drehte ihn hin und her, als würde er eine Melone auf einen Pfahl spießen wollen. *»Mai più!«*

Fast zeitgleich mit Salvatore war Peppino nach Hause gekommen. Gianni stellte mit einer gewissen Befriedigung fest, dass auch das einst volle Haar seines kleinen Bruders sich hier und da zu lichten begonnen hatte. Peppino kam zu ihm, sah ihm kurz ernst ins Gesicht und stieß ihn an. *»Che stronzo, che sei!«*, umarmte ihn dann aber und sagte leiser, als es sonst seine Art war: »Ich habe dich so vermisst, *fratellone*.«

Und schließlich begann Gianni zu erzählen. Erst etwas zögerlich, von seinem morgendlichen Besuch bei Barone Cartia, dann von seiner Abreise, der Ankunft in Köln und den vielen Landsleuten dort auf den Bahnsteigen. Er erzählte von der winterlichen Kälte in Deutschland und von seiner ersten Anstellung bei der Eisenbahngesellschaft. Vom deutschen Essen und dem schlechten Caffè, den sie Kaffee nannten. Er gab Kostproben seines erworbenen deutschen Wortschatzes – »Gute Nackt! *Si dicono per buona notte. E* Prost! *invece di salute*« – und zeigte ihnen anhand von Salvatrices Holzbrett, auf dem normalerweise Brot geschnitten wurde, wie man ein Tablett mit Gläsern balanciert.

Salvatrice war beeindruckt. Ihr Gianni, der immer zwei linke Hände gehabt hatte, wenn er auch nur den Tisch decken sollte, war nun *Cameriere*?

Carmelo dagegen zog die Augenbrauen hoch, hob das Kinn und zog zugleich verächtlich die Mundwinkel nach unten, während er seine Finger schnabelförmig im Handgelenk kreisen ließ. »Und wo genau ist dieser Beruf nun besser als ehrliche Landwirtschaft? Andere Leute bedienen und Essen servieren?«

Peppino war bereits zu alter Form aufgelaufen und imitierte Giannis Art, das Tablett zu tragen. *»Cavolo! Sembri un finocchio!«*

Nur Salvatore blieb still, und Gianni sah in seinen Augen die Fragen: »Was ist aus deinem Studium geworden? Hast du nun wirklich dein Glück als Kellner gefunden? Bist du zufrieden, so weit weg von deiner Heimat?«

Gianni erzählte ihnen von der Schönheit des Berliner Tiergartens und des Kurfürstendamms. »Ein Boulevard, so beeindruckend und groß, wie man ihn sonst nur in Rom findet.« Er musste etwas großspuriger von Berlin erzählen, da er die Skepsis in den Blicken seiner Familie spürte. Er erzählte von den Doppeldeckerbussen, die dort verkehrten, von der neu erbauten Kongresshalle, die die Berliner aufgrund ihrer Form *ostrica incinta* – schwangere Auster – nannten, und von seiner Arbeit auf dem Flughafen Tempelhof, von dem aus Flüge in alle Welt gingen. Auch berichtete er von der beeindruckenden Mauer, die man vor drei Jahren *all'improviso* in nur einer Nacht gebaut hatte, sowie von dem großen Kaufhaus des Westens, das sage und schreibe noch größer war als das Rinascente in Milano. Nur eine Sache ließ er in seiner Begeisterung unerwähnt, und es war schließlich Peppino, der den schmalen glänzenden Ring an Giannis Finger als Erster zur Kenntnis nahm.

»E cosa sarebbe questo?« Er wies mit einer Kopfbewegung auf Giannis linke Hand.

Gianni wusste, dass er seiner Familie eine Erklärung schuldete. In Italien trug man den Verlobungsring an der rechten und den Ehering an der linken Hand. In Deutschland war es genau umgekehrt. Er beeilte sich, die Sache zu erklären, und ließ die Bombe platzen.

»Ich habe eine Fidanzata. Wir werden im Mai heiraten. Sie ist Deutsche.«

Einen Moment lang hätte man eine Stecknadel fallen hören können. Salvatrice hielt sich die Hand vor den Mund. Damit war ihre Hoffnung, der verlorene Sohn würde nach Hause zurückkehren, auf immer und ewig begraben. Andererseits würde sie Enkel bekommen. Und – das Wichtigste – Gianni würde glücklich sein.

»Porcamiseria!« Carmelo hatte als Erster die Sprache wiedergefunden und ließ seine Faust donnernd auf den Tisch fallen. »Das nenne ich mal eine Neuigkeit!« Er klopfte Gianni auf die Schulter.

Salvatore und Peppino waren augenscheinlich glücklich über Giannis Geständnis und drängten sich gegenseitig beiseite, um ihm zu gratulieren.

»Und wann werden wir sie mal zu Gesicht bekommen – deine *fidanzata tedesca*?«, rief Salvatrice in den allgemeinen Tumult, immer noch mit einem Funken Hoffnung, es würde sich doch nur um eine fixe Idee handeln.

»Sie wartet in einer Pension in Pozzallo …«

Gianni kam nicht dazu, weiterzusprechen. Salvatrice hatte ihren runden Körper in Windeseile vor ihm in Position gebracht und schüttelte ihn an den Schultern.

»*Ma che dici?* Du lässt das arme Mädchen mutterseelenallein in einem fremden Land, einer fremden Stadt und inmitten von *stranieri* sitzen? Was habe ich dir eigentlich beigebracht?« Sie holte zu einer Backpfeife aus, in der sich sämtliche Emotionen der letzten zwei Stunden entladen wollten und die Gianni mit seinem rechten Arm gerade noch abfangen konnte. »Aber auf der Stelle holst du das arme Mädchen her, *disgraziato*!«

Gianni lächelte. Er hatte gehofft, dass sie so reagieren würde. Er schloss sie kurz in die Arme, nickte den anderen zu und rief im Gehen noch über die Schulter: *»A dopo!«*

Als Gianni und Carla eine Stunde später in Magnì vorfuhren, stand eine kleine Menschentraube im Hof schweigend Spalier. Zu Carmelo, Salvatrice, Peppino und Salvatore hatte sich, die kleine Anna an der Hand und die noch kleinere Aurora auf dem Arm, Lina dazugesellt, die wiederum Agnesa und Rosalia informiert hatte, welche sich zu diesem Anlass eigens aufs Land hatten fahren lassen, nicht ohne vorher Padre Vincenzo Bescheid gegeben zu haben. Die spätnachmittägliche Hitze lag zwischen ihnen und den Ankömmlingen, und man hörte lediglich einige Zikaden streichen.

»Auguri gli sposi!«, rief Anna mit hellem Stimmchen in die Stille und wedelte aufgeregt mit einem Taschentuch, während Gianni Hand in Hand mit Carla den Hof betrat.

Lina zupfte sie am Ärmel und zischte ihr zu, dass es sich hier mitnichten um ein Hochzeitspaar handele. *»Sono mica sposati!«*

Der Rest der Gesellschaft stand abwartend und verlegen da und versuchte, nicht allzu neugierig die *Crucca* anzustarren, die ihnen Gianni gestohlen hatte.

»Vi presento Carla, la mia fidanzata.«

Einen weiteren Moment lang herrschte argwöhnisches Schweigen. Der Maulesel stieß ein ungeduldiges Schnauben aus, als wollte er die beiden Parteien ermutigen, endlich etwas zu sagen. Gianni hatte das seltsame Gefühl, als stünde er gerade mit einem Bein in seiner Vergangenheit und mit dem anderen in der Zukunft. Und dazwischen ein Haufen Eselsmist.

Schließlich war es Salvatrice, die die Stille unterbrach und sich aus den Reihen löste. Sie lief zu Carla, zwickte sie prüfend in die Wange – *»Ma come sei magra!* Was bist du dünn, Mädchen« – und drückte ihr mehrere stachlige Küsse auf jede Seite, wobei sie beide, anfänglich etwas irritiert, Nase an Nase aneinandergerieten.

Gianni freute sich. Das Gleiche war auch ihm in Deutschland regelmäßig passiert. Ebenso wie sie die Eheringe seitenverkehrt trugen, so küssten sich die Deutschen auch falsch herum. Wenn sie sich überhaupt küssten. Anstatt rechts – links – rechts – links – rechts wie in Italien, ging es in Deutschland links – rechts. Das konnte, wenn man nicht darauf vorbereitet war, zu bösen Zusammenstößen führen. Aber in diesem Fall führte es nur zu einem herzlichen Lachen, und das Eis war gebrochen. Als hätte Salvatrice den Beginn mit einer Trillerpfeife bekannt gegeben, fingen auch alle anderen Anwesenden auf einmal an zu reden. Alle wollten Carla einmal aus der Nähe begutachten, ihr etwas Nettes sagen oder sie einfach nur in die Wange zwicken. Gianni musste lächeln. *Come Biancaneve e i sette nani*, wie Schneewittchen, freute er sich.

»Vieni Carla, andiamo in cucina e prepariamo una bella pizza.« Salvatrice hakte die deutlich größere Carla unter, und die beiden verschwanden im Haus, um sich um das Abendessen zu kümmern. Gianni folgte ihnen und sah Carlas Entsetzen, als sie die schlichte, verrußte Küche sah und die vielen Fliegen, die

sich auf der Wachsdecke niedergelassen hatten. Salvatrice holte nicht ohne Stolz einen mit Teig gefüllten Holzzuber hervor und wies mit einem Nicken darauf. *»L'impasto!«*

Beim anschließenden energischen Kneten des Teigs löste sich eine Haarsträhne aus ihrem grau durchsetzten Dutt, und ein Schweißtropfen rann ihr von der Stirn, suchte sich seinen Weg über die Nasenwurzel und die Nasenspitze, um schließlich in den Teig zu tropfen. Gianni beobachtete Carlas Blick, der dem Tropfen gefolgt war, und war sich auf einmal nicht mehr sicher, ob er gut daran getan hatte, Carla mit hierherzubringen. Er dachte einen Moment an Hildes Sauerbraten, und plötzlich verstand er anhand dieser kleinen Begebenheit, wie verschieden Carlas und seine Welt doch waren.

Als wenig später die Sfincione auf dem Tisch im Hof stand, hatte Carla offensichtlich keinen Appetit. Sie hatte sich so auf eine echte Pizza gefreut. Und nun gab es stattdessen diesen hohen Teigboden, der wie eine dicke Weißbrotstulle aussah, bestrichen mit etwas trockenem Tomatenmark, trockenem Pecorino, Kapern und Oregano.

»Pizza si-cil-iana«, erklärte Salvatrice möglichst deutlich, damit die *tedesca* sie verstand. *»Lo sfin-cio-ne. Buo-no!«* Sie küsste ihre zusammengelegten Fingerspitzen und entblößte anschließend lachend ihre etwas schiefe obere Zahnreihe. *»Benvenuta in Sicilia!«*

Nach dem Essen erzählte Gianni von seinen Plänen. In leuchtenden Farben malte er die Vision seines eigenen Restaurants in den nächtlichen Himmel über Magnì. Und die Beschreibung war so perfekt, dass sie alle es bereits vor sich sahen.

»Und es kann nur einen Namen haben.« Er sah in eine Reihe von gespannten Gesichtern. Padre Vincenzo, Agnesa und Rosalia hofften auf etwas Christliches, Carmelo konnte sich vorstellen, es »Il Ragusano« zu nennen. Salvatrice hätte sich »Don Carmelo« gewünscht, während Peppino »Il Fannullone« vorschlug.

Gianni schüttelte den Kopf. »Es gibt nur einen Namen für unser Restaurant.« Liebevoll legte er seinen Arm um Carla. »Wir werden es *Il Gattopardo* nennen.«

Tita

Donnerstag, 09. September 2004, Ragusa

Am nächsten Morgen wachte Tita mit einem leichten Kater auf. Es brummte nicht nur ihr Kopf, sondern auch das Handy neben ihr auf dem Nachttisch.

»Schläfst du etwa noch?« Gianluca klang wie der frische Morgen.

Tita warf einen Blick auf die Uhr. Es war zehn nach acht.

»Hier im Süden muss man früh anfangen …«

»… sonst erwischt einen die Mittagshitze«, ergänzte Tita leicht gereizt.

Sie trafen sich um neun in Ragusa Superiore. Tita hatte unten an der Hotelbar einen Cappuccino hinuntergestürzt und dazu ein sehr süßes Cornetto gefrühstückt, das klebrige Spuren an ihren Fingern hinterlassen hatte.

Im Taxi hatte sie vergeblich versucht, die fettigen Krümel von ihren Händen und aus ihren Mundwinkeln zu entfernen. Um 9.03 Uhr stand Gianluca bereits ungeduldig am Eingang des Finanzamts.

»Sie haben nur bis 11.30 Uhr geöffnet.« Er rieb sich ungeduldig die Hände und öffnete Tita die Tür.

»Zweieinhalb Stunden«, sagte Tita und dachte bei sich: Wo ist das Problem?

Die *Agenzia delle Entrate* befand sich in einem neueren Wohnviertel von Ragusa Superiore.

Das Amt unterschied sich nur unwesentlich von deutschen Ämtern. Auch hier musste man eine Wartenummer ziehen, und auch hier hing ein Geruch nach alten Akten und Staub in der

Luft. Allerdings fehlte das Aroma von Tee und Filterkaffee, das aus deutschen Amtsstuben nicht wegzudenken war.

Gianluca zeigte mit einem Nicken auf die Schlange von Menschen, die vor ihnen an der Reihe waren. Es waren mindestens zwanzig. Tita rechnete. Wenn jeder von ihnen auch nur zehn Minuten brauchen würde, wären sie in dreieinhalb Stunden an der Reihe. Mitten in der Mittagspause.

Sie zogen eine Wartenummer und nahmen auf den Bänken im Flur Platz. Alle paar Minuten leuchtete mit einem »Ping!« eine neue digitale Nummer über der Tür auf. Nach einer halben Stunde öffnete ein weiterer Schalter, und die Chancen standen nun nicht schlecht, doch noch aufgerufen zu werden. Tatsächlich erschien die Nummer 062 im Display, als Gianluca gerade ein Wasser bei der gegenüberliegenden Bar kaufen war.

Tita betrat den Raum und ging zum nächstfreien Schalter.

»Desidera?« Die Sachbearbeiterin hinter dem Schalter schaute sie über ihre Brille an, ohne den Kopf zu heben.

»Ich brauche einen *codice fiscale*«, setzte Tita an.

Die Beamtin schaute gereizt. »In- oder Ausland?«

Tita verstand nicht. »Ich möchte hier eine Immobilie erwerben …«

»Das interessiert mich nicht. Woher kommen Sie?«

»Ich komme aus Deutschland, aber ich …«

»Formular AA4/8, *la sezione ›Residenza Estero‹*. Ausfüllen und heute Nachmittag bei meinen Kollegen einreichen.«

Noch bevor Tita weitere Fragen stellen konnte, hatte die Sachbearbeiterin ein Rollo heruntergelassen. 11.23 Uhr. Mittagspause.

Das Formular klemmte in der Durchreiche wie eine herausgestreckte Zunge.

Als Gianluca mit dem Wasser um die Ecke kam, stand Tita bereits wieder auf dem Flur.

»Sie haben dich abgefrühstückt.« Gianluca grinste. »Aber du scheinst deine Sache gut gemacht zu haben. Immerhin hast du gleich das richtige Formular ergattert. Das schaffen nicht alle.«

Sie kehrten zum Mittagessen in ein kleines Restaurant in einer Seitenstraße ein. Gianluca half Tita gerade, das Formular auszufüllen, als ihr Handy summte.

Tita fühlte sich von ihm beobachtet, während sie dem Anrufer in knappen Worten antwortete. *»Pronto. – Si. – Si. – Si. – Con Piacere. – Si. Grazie.«*

Als sie wieder aufgelegt hatte, klärte sie Gianluca auf. »Das war Vito. Ich treffe ihn und seine Frau heute Abend im Yachtclub. Eigentlich hatte ich mir etwas anderes vorgenommen.« Sie hob die Schultern. »Ich hatte keine Chance zu widersprechen.«

Gianluca nickte nachdenklich und sagte dann: »Manche Leute kennen keine Fragen. Nur Antworten.«

Pünktlich um 15.50 Uhr stand Tita erneut in der Warteschlange. Gianluca konnte sie diesmal nicht begleiten, da er in der Kanzlei zu tun hatte. Während draußen träge die Nachmittagssonne in den Straßen lungerte, herrschte im Neonlicht des Amtes eine unbarmherzige Zeitschleife, die nur vom gelegentlichen »Ping!« der Wartenummernanzeige unterbrochen wurde. Eineinhalb Stunden später war Tita an der Reihe und trat an den zugewiesenen Schalter.

Der Sachbearbeiter hielt sein Telefonino in der Hand und schien beschäftigt – wenn Tita richtig verstand, ging es um ein familiäres Abendessen am kommenden Sonntag. Er bedeutete ihr mit einer fahrigen Handbewegung, sich zu gedulden und Abstand zu halten, und drehte sich auf seinem Stuhl um neunzig Grad, um von ihrem Anblick nicht belästigt zu werden. Fünfzehn Minuten später hatte Tita folgende Informationen: Die Preise für Vongole waren, vermutlich aufgrund des warmen Wetters, höher als sonst. Die Mutter des Sachbearbeiters hatte eine Sehnenentzündung und sah sich nicht in der Lage, die Einkäufe zu erledigen. Seine Schwägerin hingegen, das Luder, war nun vermutlich endgültig mit dem Busfahrer durchgebrannt, was zur Folge hatte, dass sich sein Bruder Giampaolo in der Wohnung einigelte und selbst am Sonntag nicht bereit war, einen Fuß vor die Tür zu setzen. Ferner wurde der Kauf von *Cima di Rapa* als Beilage erwogen, während die Signora am anderen Ende offensichtlich vehement gegen Melanzane stimmte.

Tita sah auf die Uhr. In einer Stunde würde das Amt schließen.

Nach dem kurzen Austausch weiterer Details begann man sich zu verabschieden. Das erste »Ciao«, dicht gefolgt von einem zweiten, verebbte in einem erneuten Wortschwall der Frau Mamma. *»Si!«* Tita folgte gespannt den Versuchen, das Telefonat zu einem Ende zu führen. *»Si, Mamma. Dai. Ciao. Ciao. Ciao. Certo. Ciao. Ciao.«* Der Sachbearbeiter nickte heftig und fuchtelte mit einer Hand vor dem Telefonhörer herum, als würde seine Mutter diese Geste durch die Leitung wahrnehmen. *»No. Mamma. Non ti preoccupare! Ci penso io. Si. Si.«*

Tita wurde langsam unruhig. Seit mittlerweile zwanzig Minuten folgte sie den Belangen dieser offensichtlich sehr kommunikationsfreudigen Familie. *»Scusi …«*, warf sie vorsichtig ein und wurde mit einem strengen Seitenblick zu mehr Geduld aufgefordert.

»Mamma. Ci penso io. Si. Ci vado e lo porto a casa tua. Si.« Erneut folgte ein Wortschwall aus dem kleinen Telefon. *»Si, Mamma. Ni viremmu! Ciao. Ciao. Ciao … Ciao.«*

Tita hing gespannt an seinen Lippen. *»Ciao.«* Erneutes Warten. *»Si, ciao ciao ciao ciao.«* Er sah auf sein Mobiltelefon, als wollte er sichergehen, dass nicht doch noch ein Wort hinterhertröpfeln würde, setzte mit einem letzten »Ciao!« nach und legte es mit dem Display nach oben auf den Schreibtisch. Dann nickte er Tita auffordernd zu. Scheinbar waren die Wörter in beruflicher Hinsicht deutlich begrenzter.

Tita nickte zurück und schob das ausgefüllte Formular AA4/8 durch den Schlitz des Schalters.

Der Sachbearbeiter, dessen Bruder Giampaolo hieß und der am kommenden Sonntag Vongole essen würde, warf einen ungeduldigen Blick darauf, dann sah er genervt zu Tita. *»Primo piano.«* Er schob ihr das Papier zurück und setzte nach: »First floor.«

Noch bevor Tita verstand, hatte er bereits den kleinen Knopf für die nächste Wartenummer gedrückt.

Im ersten Stock war deutlich weniger Betrieb. Tita war erleichtert. Vielleicht wäre der Antrag auf einen *codice fiscale* doch noch zu schaffen in den verbleibenden 45 Minuten. Sie ging an den Türen entlang, ohne einen Hinweis auf den passenden Sachbearbeiter zu finden. Auf dem Gang kam ihr eine junge Frau entgegen, die einen Stapel Akten auf dem Arm trug und zielstrebig zu einer der Türen eilte.

»Scusi, signora!« Tita fragte sich, ob die Ansprache »Signora« korrekt war oder ob man hier im konservativen Süden noch »Signorina« sagte. *»Per la richiesta di un codice fiscale?«*

Im Vorbeieilen rief das Fräulein ihr »Daune-stairs!« zu.

Tita blieb stehen und begann langsam zu verzweifeln. Sie musste an das Labyrinth im Garten von Donnafugata denken. Was würde Gianluca jetzt an ihrer Stelle tun?

Sie straffte die Schultern und trat, ohne zu klopfen, in den nächstbesten Raum ein. Offenbar arbeiteten im ersten Stockwerk Sachbearbeiter von höherer Qualifikation. Es gab hier keine Schalter. Das Zimmer war möbliert mit zwei kleineren und einem großen Schreibtisch, auf dem eine italienische und eine sizilianische Miniaturflagge sowie ein Foto von einer dunkelhaarigen Frau und zwei Kindern standen. Dahinter saß ein grau melierter Mittfünfziger an einem antik wirkenden Computer und vertrieb sich offensichtlich die Zeit mit Tetris.

Als er Tita erblickte, hellte sich seine Miene auf. *»Piacere, signorina.* Wie kann ich Ihnen weiterhelfen?«

Tita war erleichtert. Das erste Mal, seit sie ihren Fuß in dieses Amt gesetzt hatte, hatte sie das Gefühl, ernst genommen zu werden. Sie sah auf das kleine Schild neben den Miniaturflaggen. Dottore Michele Barlotti. Sie räusperte sich. »Signor Barlotti. Ich möchte einen Antrag auf einen *codice fiscale* stellen. Ich möchte ein Haus auf Sizilien kaufen und komme aus Deutschland.« Sie hatte dazugelernt. Bereits in den ersten zwei Sätzen lagen alle Fakten klar zutage. Um das Gesagte zu untermauern, schob sie das Formular AA4/8 über den Tisch.

Dottore Barlotti sah auf das Formular, als hätte er dergleichen noch nie zu Gesicht bekommen. Er drehte es und betrachtete es skeptisch von allen Seiten, um es anschließend wieder auf den Tisch gleiten zu lassen und seine Hand darauf zu legen.

»Keine Sorge, Signorina …«, – er nahm das Schriftstück wieder auf und glitt mit dem Finger ein paar Zeilen entlang –, »… Tita. Ich werde mich um Ihre Angelegenheit kümmern.«

Eine Welle von Dankbarkeit erfasste Tita. Dottore Barlotti wandte sich seinem Computer zu, ließ Tetris im Hintergrund verschwinden und öffnete eine Seite, die offensichtlich zur internen Abteilung des Finanzamts gehörte. Hier klappte ein digitales Formular auf, in das er nun – mit einem Finger immer wieder suchend über der Tastatur verharrend – alle Informationen des händisch ausgestellten Formulars übertrug.

Tita sah auf die Uhr an der Wand. Noch zwanzig Minuten.

Nach zehn weiteren Minuten waren alle Informationen per Ein-Finger-System erfasst. Dottore Barlotti lehnte sich in seinem Stuhl zurück und betrachtete zufrieden sein Werk. Er schickte das Dokument zum Nadeldrucker, der nach drei weiteren Minuten zögerlich anfing, den Inhalt auf ein Papier zu nadeln. Ohne eine Aufforderung erhalten zu haben, stand einer der Mitarbeiter auf, nahm das Blatt aus dem Drucker und machte an einem Fotokopierer im Nebenzimmer drei Kopien. Ein weiterer Kollege hatte sich währenddessen erhoben, ging ebenfalls zum Kopierer, nahm die Seiten an sich und trug sie zurück an den Schreibtisch von Dottore Barlotti. Tita war fasziniert. Hier machten drei Leute den Job von einem. Wenn nicht sogar einem halben. Drei Minuten vor sechs. Noch war alles möglich.

»Manca ancora il certificato di nascita.« Er sah sie erwartungsvoll an. Tita verstand nicht.

»Aber Sie haben doch meinen Personalausweis …«, entfuhr es ihr. »Das kann nicht sein. Meine Geburtsurkunde tut hier doch nichts zur Sache …«

Dottore Barlotti hob bedauernd die Achseln. »Gesetz ist Gesetz. Hier steht eindeutig: Geburtsurkunde.« Er wies auf ein dickes Buch, das neben den Flaggen lag, und tippte beharrend darauf.

»Aber das wäre ja eine Katastrophe!« Tita wollte sich nicht geschlagen geben. »Ich fliege Sonntag zurück und habe nur noch heute und morgen, um den Kauf abzuwickeln.«

Ihr Gegenüber setzte eine mitfühlende Miene auf. »Ich verstehe Sie sehr gut, Signorina, aber mir sind bedauerlicherweise die Hände gebunden.« Wie zum Beweis hielt er Tita seine manikürten Finger unter die Nase. Plötzlich schien ihm eine Idee gekommen zu sein. »Ich kann versuchen, eine Ausnahmegenehmigung zu erwirken …« Er sah sie abschätzend an, als ob er zunächst prüfen müsste, ob ihre Person einen solchen Aufwand rechtfertigen würde. »Bitte schreiben Sie mir hier Ihre Mobilfunknummer auf, ich werde sehen, was sich tun lässt.«

Tita nickte dankbar und schrieb ihre Nummer auf. Mit diesen Schwierigkeiten hatte sie nicht gerechnet.

Als sie kurz nach sechs die *Agenzia delle Entrate* verließ, fühlte sie sich elend. Der Tag hatte nichts gebracht. Die Chance, eine Ausnahmegenehmigung zu erhalten, schien ihr so gut wie ausgeschlossen. Zio Salvatore hatte sie noch immer nicht getroffen, in knapp zwei Stunden war sie mit Vito und Emanuela verabredet, und sie wusste nicht einmal ansatzweise, worüber sie sich mit ihnen unterhalten sollte.

Als sie – zurück in Marina di Ragusa – gerade vor ihrem Hotel stand und in ihrer Handtasche nach dem Zimmerschlüssel suchte, klingelte ihr Handy. Eine italienische Festnetznummer.

»Pronto?«

»Signorina Tita, Michele hier.« Dottore Barlottis gurrendes Lachen sollte charmant klingen.

Titas Herz hüpfte. Er hatte es tatsächlich geschafft. Er hatte die Ausnahmegenehmigung. »Dottore Barlotti, was für eine Freude. Konnten Sie etwas erreichen?«

»*Ma che …?* Jetzt ist Feierabend. Nicht einmal der Papst könnte jetzt eine Ausnahmegenehmigung erwirken.« Er gurrte erneut. »Ich rufe an, um zu fragen, ob ich Sie heute Abend zum Essen ausführen darf.«

Als Tita kurz vor acht ihr Zimmer wieder verließ, war sie immer noch fassungslos vor Wut. Was erlaubte sich dieser verheiratete Westentaschencasanova? Erst ergaunerte er sich unter einem Vorwand ihre Nummer, und dann wurde er auch noch ausfallend, als sie ablehnte, mit ihm essen zu gehen. Sie versuchte, sich die Situation in Deutschland vorzustellen, und musste trotz aller Wut lachen. Langsam begann sie zu ahnen, was Gianluca gemeint hatte, als er sich über die italienische Bürokratie äußerte.

Sie lief über die Piazza zum Yachtclub. Offensichtlich gehörte Vito tatsächlich zur privilegierteren Klasse im Landkreis Ragusa, wenn er sich hier mit ihr treffen wollte. Sie strich ihr Kleid glatt und klingelte an der weißen Tür mit dem hochglanzpolierten Messingbullauge.

Als ihr geöffnet wurde, vergaß sie für einen Moment alles um sich herum. Während der Club von außen eher wie ein schlichtes, weiß getünchtes Strandhaus wirkte, war die Innenausstattung luxuriös. Viel Messing, es dominierten die Farben Weiß und Dunkelblau. An den Wänden hing maritime Kunst, auf den matt gescheuerten Dielen waren dicke dunkelblaue Teppiche ausgelegt. Tita fragte sich unweigerlich, wie man wohl jeden Tag den Sand aus den dichten Fasern bekam. Auf den Tischen lagen bodenlange weiße Tischdecken, darauf Windlichter mit polierten Messingsockeln.

Ein Kellner begleitete Tita nach draußen. Der großzügige Innenraum ging nahtlos in eine überdachte Veranda über, deren offene Seiten mit weißen Tüchern verhangen waren, die sich sanft im Wind bewegten wie die Schirme der Medusen an warmen Tagen im Meer. Auch vorn zum Strand hin gab es Vorhänge, die jedoch offen waren, vermutlich um den Blick auf die am Horizont versinkende Sonne nicht zu versperren. Auf den Tischen der Terrasse lagen ebenfalls Tischtücher, aber nur ein einziger Tisch war komplett mit Windlicht, Stoffservietten, Besteck und Brotkorb eingedeckt. An ihm saßen eine schlanke junge Frau von vielleicht Ende zwanzig, deren Gesicht sich aufhellte, als sie Tita sah, und – mit dem Rücken zum Eingang – ein offensichtlich älterer Herr, dessen grauer, kurz geschnittener Haarkranz von hinten wie ein heruntergefallener Heiligenschein wirkte. Als die Frau ihm leise etwas mitteilte und dabei in Titas Richtung nickte, erhob er sich steif, wandte sich um und breitete die Arme aus.

Tita war überrascht. Sie hatte Vito das letzte Mal vor fast dreißig Jahren gesehen. Er war natürlich älter geworden. Allerdings war sie davon ausgegangen, dass seine Frau Emanuela nach wie vor an seiner Seite wäre. Während die Frau sehr hohe geschnürte Sandaletten und ein leichtes Seidenkleid trug, das sich im Wind ebenso bauschte wie die Vorhänge, war Vito eher sportlich gekleidet. Er trug Chinos und Segelschuhe, dazu ein dunkelblaues Poloshirt, dem man unweigerlich anmerkte, dass es teuer gewesen sein musste.

Tita fragte sich einmal mehr, wieso man manchen Leuten einfach ansah, dass sie wohlhabend und erfolgreich waren. Da war zum einen natürlich der Kleidungsstil. Sie hatte erst kürzlich in einem Magazin gelesen, dass die Superreichen niemals Logostatements tragen würden. »Warum sollte ich Werbung für Gucci, Chanel oder Louis Vuitton machen?«, fragte in dem Artikel ein prominentes It-Girl. Das wäre nur etwas für Leute, die ihren spärlichen Wohlstand mühsam demonstrieren müssten. Wirklich Reiche trügen Kleidung, die keinen Markenaufdruck besaß, sondern sich einzig durch die Qualität des Materials auszeichnete. Tita schätzte, das Polo von Vito war aus einem Seiden-Leinen-Gemisch – kühl an warmen Tagen und perfekt für einen Abend wie diesen. Darüber hinaus sah man den Wohlstand am gepflegten Haarschnitt, den manikürten Fingern und einer goldenen Patek Philippe Nautilus am Handgelenk.

»Tita! Amure! Che piacere!« Er umarmte Tita und drückte ihr drei Küsse auf die Wangen. Dann musterte er sie und sagte zu seiner jungen Begleitung: *»Ma guarda come è bella.«* Dann wieder zu Tita gewandt: »Das letzte Mal warst du halb so groß. Und halb so hübsch.«

Seine Begleitung umarmte Tita ebenfalls und wollte sie kaum wieder loslassen. Ihre langen Ohrringe klingelten dabei so dicht an Titas Ohr, dass sie Angst hatte, sie würde sich darin verhaken. Sie war noch nie gut darin gewesen, mit ihren Gefühlen hinter dem Berg zu halten. Scheinbar wirkte sie reichlich perplex über die Distanzlosigkeit der fremden Frau, der das nicht verborgen blieb. »Tita!«, rief sie vorwurfsvoll und schüttelte ihre Locken. »Kennst du mich nicht mehr? Ich bin's, Emanuela!«

In der ersten halben Stunde, in der sie Höflichkeiten austauschten, starrte Tita beinahe zwanghaft Emanuela an. Die Frau musste etwa so alt wie ihre Mutter sein – also mindestens 65. Aber das konnte nicht sein. Die Jugendlichkeit, die sie ausstrahlte, war keine Folge von Schönheitsoperationen, so viel stand fest. Dafür war das Lachen zu natürlich, die Haut zu elastisch. Und es war nicht nur die Haut. Alle Bereiche, an denen sich das Alter sonst bemerkbar machte, Falten um die Augen, Altersflecken auf den Händen, geschwollene Knöchel oder hervortretende Adern … all das fehlte. Stattdessen entblößte Emanuela beim Lachen ein paar strahlend weiße, ebenmäßige Zähne, ihre Haare glänzten, die gebräunte Haut war glatt und ihre Figur die einer Zwanzigjährigen. Und das, obwohl sie zwei Söhne hatte, die etwa in Titas Alter waren. Vielleicht hatte Vito als Pharmazeut ja eine ungeheuerliche Entdeckung gemacht. Eine besondere Creme oder ein Elixier, das zu ewiger Jugend verhalf. Sie betrachtete Vito. Er selbst hatte davon scheinbar nichts abbekommen.

Tita wurde aus ihren Gedanken gerissen. Ein Kellner servierte Àmmaru Rùssu, rote Garnelen – das Feinste an Krustentieren, was die Insel zu bieten hatte, so Vito. Die rubinroten Schalen umschlossen das fast durchsichtige Fleisch. *Crudo*, also roh, lagen sie halb ausgelöst und aufgefächert mit einer Tomatenjus, gezupfter Burrata und etwas Kaviar auf dem Teller.

Tita zerdrückte das weiche Fleisch mit der Zunge am Gaumen und schmeckte das feine, süßliche Aroma, das nachhallte, bis sie es mit einem Schluck eiskaltem Grillo hinunterspülte. Es schmeckte köstlich.

Vito beobachtete sie zufrieden. »Sie werden an der Küste vor Mazara del Vallo gefangen. Es braucht besonders sauberes Wasser und starke Strömungen, damit sie gedeihen.« Er nahm eine Serviette und tupfte sich den Mund ab, bevor auch er einen Schluck Wein nahm. »Die Saison ist beinahe vorbei. In dieser Jahreszeit sind sie besonders köstlich. Und kostbar.«

Als der Kellner die Teller abtrug, zog Emanuela einen teuer aussehenden Lippenstift aus der Tasche und zog sich die Lippen mithilfe eines kleinen aufklappbaren Spiegels nach.

Tita sah sich um und fragte sich, wieso es so leer war in diesem Restaurant. Auch wenn der Club nur Mitgliedern offenstand, schien ihr die Leere doch ungewöhnlich.

Vito hatte ihren Blick bemerkt. »Du fragst dich, wieso wir hier allein essen?«

Tita war etwas unangenehm berührt. Sie mochte nicht, wenn man ihr ihre Gedanken ansehen konnte. »Ja. Tatsächlich. Das habe ich mich gefragt.«

Emanuela lachte hell auf und legte Tita nachsichtig eine Hand auf den Arm.

Vito lehnte sich zurück und sah Tita aufmerksam an. »Ich schätze es nicht, wenn ich bei wichtigen Unterredungen gestört werde.«

Emanuela fügte erklärend hinzu: »Der Club gehört heute Abend ganz allein uns.«

Tita nickte und verstand trotzdem nicht gleich. Das erklärte natürlich, warum hier kein einziger weiterer Gast auftauchte. Sie fand das eigentlich schade. Normalerweise beobachtete sie gern andere Menschen. Es fühlte sich lebendig an und ließ der Fantasie Flügel wachsen. Hier aber fühlte sie sich eher einsam. Wenn Einsamkeit das Privileg der oberen Zehntausend war, dann gehörte sie lieber nicht dazu.

»Bitte erzähl doch von zu Hause. Was machst du im Leben? Wie geht es deiner Mutter? Was macht Daniele? Habt ihr noch Kontakt zur Verwandtschaft hier?«

Und Tita erzählte. Sie berichtete von Mamma, die noch immer in ihrem Elternhaus in Nikolassee wohnte und mittlerweile einen neuen Mann an ihrer Seite hatte. Von Daniele, der den gleichen Beruf wie Tita erlernt hatte und lange Zeit mit einer Italienerin liiert war. Und von ihrem Beruf, der ihr aus der Entfernung noch unwichtiger und überflüssiger vorkam als in Berlin.

»Erzähl uns von Gianni.« Vito lehnte sich zurück.

Tita erzählte von Papà, von der Pizzafabrik und von der italienischen Comunità in Berlin. Sie erzählte von Papàs Krankheit, dem unglücklichen Verkauf der Firma und von Papàs Tod. Es war, als hätte jemand einen Stöpsel gezogen und all die aufgestauten Erinnerungen könnten endlich abfließen.

Sie erzählte auch von Peppino und ihrem Erbe, dem Vorsatz, Magnì zu kaufen, und den Schwierigkeiten, denen sie dabei begegnete. Sie erzählte von der Bürokratie in der *Agenzia delle Entrate* und von Dottore Barlotti, der eher an einem Essen mit ihr interessiert war als am Erwirken einer Sondergenehmigung.

Vito sah sie interessiert an. »Das ist Sizilien.« Er hob die

Augenbrauen, und die Flügel seiner schmalen schnabelartigen Nase blähten sich leicht auf. »Wusstest du das nicht? Ein uraltes Prinzip, dem sich die Sizilianer fügen. Auf unsere Regierung hier war nie Verlass. Der Norden, und dazu zähle ich auch Rom, interessiert sich nicht für unsere Belange. Sie regieren sozusagen an uns vorbei.« Er lächelte, nahm ein Stück Brot und zerbröselte es, ohne davon zu essen. »Wir haben hier andere Regelungen gefunden, auf die mehr Verlass ist. Das ist der Grund, warum Sizilien immer noch authentisch ist.«

Tita hätte am liebsten geantwortet, dass das wohl auch der Grund sei, warum Berge von Müll an den Straßen lagen und die Bevölkerung nach wie vor zur ärmsten Italiens zählte. Vito sah ihr die Zweifel an.

»Solltest du jemals wirklich hier leben, wirst du sehen, dass kein Weg an dieser Alternative vorbeiführt.«

Tita fragte sich, welche Alternative er meinte. Bestechung? Cosa Nostra? Beides?

Sie dachte an Gianluca. *»La mafia al sud non esiste«*, hatte er ihr versichert. Hier im Süden Siziliens gebe es nur brave Bauern, die für die Getreideversorgung ganz Italiens zuständig seien. Die Cosa Nostra sitze nur im Norden Siziliens. In Palermo, Corleone und Messina.

Tita hatte ihre Zweifel. Sie war damals noch zu klein gewesen, um die ersten Berichte über die Cosa Nostra in Deutschland mitzuverfolgen. Aber sie wusste aus Zeitungsberichten, dass die »Pista della Morte« – die Route der Cosa Nostra von Sizilien nach Deutschland – ihren Anfang in Palma di Montechiaro und in Gela genommen hatte, das wiederum nur sechzig Kilometer von Ragusa entfernt lag. Von wegen *»La mafia al sud non esiste«*. Der Weg führte von dort zunächst nach Mannheim, um sich dann wie ein Krake auch in allen anderen deutschen Großstädten auszubreiten. Nicht umsonst hieß der Originaltitel der Erfolgsserie »Allein gegen die Mafia«, die bis vor Kurzem gedreht wurde, auf Italienisch *»La Piovra«* – »Der Krake«.

Anfang der siebziger Jahre hatten sich die ersten Ausläufer der Cosa Nostra ihren Weg von Sizilien nach Deutschland gesucht. Zunächst nur um einzelnen Mitgliedern der »Familie« Unterschlupf zu gewähren, später um organisiert Geldwäsche, Erpressung und illegale Baugeschäfte zu betreiben – immer im geschützten Umfeld der italienischen Gastronomie.

Tita erinnerte sich noch gut an einen Zeitungsartikel von vor zwei Jahren. Damals hatte ein wichtiger Kronzeuge ausgesagt, der Mafioso Antonino Giuffré. »Man sucht sich deutsche Bekannte, besonders solche, die im Bankgewerbe oder als Unternehmer tätig sind – das war vor allem so, als Berlin zur neuen deutschen Hauptstadt wurde –, dort wurden Millionen investiert. Was glauben Sie, wie viele italienische Unternehmen dort tätig waren? Hunderte! Und jeder sagt: Aber das ist doch nur natürlich, dass die Leute dorthin kommen, wo es Arbeit gibt. Dabei geht es um etwas ganz anderes.«

»La mafia al sud non esiste«, sagte sie mehr zu sich selbst, obwohl sie sich zu Beginn des Abends fest vorgenommen hatte, keinerlei politische Themen anzuschneiden.

Vito sah sie überrascht an und nickte. »*Certo, che no!* Ich würde es auch nicht Mafia nennen.« Er zog kopfschüttelnd die Mundwinkel nach unten, zuckte mit den Schultern und hob dabei unschuldig die Hände, als würde er ihr voll und ganz zustimmen. »Hier gibt es keine Mafia in dem Sinne. Wir tun uns nur gegenseitig kleine Gefallen. Weil es sonst niemand macht. Niemand möchte hier mit der Mafia zu tun haben.«

Ein Kellner platzierte drei Gestelle vor ihnen, in denen sich gedrehte Papiertütchen mit Fritto Misto befanden. Emanuela zog mit spitzen Fingern einen Calamaretto heraus und steckte ihn sich in den Mund. Danach tauchte sie die Hand in eine

Schale mit Zitronenwasser und trocknete sich die Finger an ihrer Serviette. Tita musste an die Palmolive-Werbung denken. Es war Zeit, zu einem anderen Thema überzugehen.

Das fand Vito offensichtlich auch. »Und was treibt dich dazu, hier auf Sizilien Grundbesitz erwerben zu wollen?«

Diese Frage kannte Tita schon. »Es ist ja nicht irgendein Grundbesitz«, erwiderte sie fest. »Es ist unser Familiensitz.«

Vito lächelte nachsichtig. »Natürlich. Ich verstehe. Ich wollte nur sicher sein, dass du weißt, dass es deutlich … schönere und besser gelegene Landsitze hier in der Gegend gibt. Falls du also Bedarf haben solltest, kann ich dich gerne mit einigen Immobilienmaklern bekannt machen, die dir auf meine Empfehlung im Preis entgegenkommen werden.« Wieder tupfte er sich mit der Serviette den Mund ab.

Tita schüttelte den Kopf. »Nein, danke. Es ist mir wichtig, genau dieses Haus im Familienbesitz zu halten.«

Sie sah, wie sich Vitos Miene veränderte und etwas überraschend Weiches bekam. »Dein Vater war ein Träumer«, sagte er unvermittelt. »Ein Idealist und ein Träumer. Es wundert mich nicht, dass er die Fabrik, von der du erzählt hast, nicht halten konnte. Man kann nicht Gutmensch und gleichzeitig Geschäftsmann sein. Niemand kann das. Er war damals schon sehr zart. Nicht physisch, sondern psychisch.«

Er dachte nach. »War er nicht auch lange in dieses Mädchen verliebt? Ich habe ihren Namen vergessen. Maria? Marietta?«

Tita ignorierte seine Frage. »Franca meinte, er sei in Berlin eingegangen wie ein Carrubo, den man an einen anderen Ort verpflanzt habe.«

Vito lachte spöttisch. »Franca? Eiswaffel-Francesca? Was weiß diese Frau schon vom Leben. Sie ist nie aus ihrem Laden in diesem Kaff herausgekommen.« Er setzte sich auf und warf einen kurzen Blick auf die Uhr an seinem Handgelenk. »Gianni hätte einen Partner gebraucht, der ihm zur Seite steht. Er fürs Kreative, der andere fürs Geschäftliche. Ihr würdet heute zu den reichsten Familien Deutschlands gehören.« Er sah sie bedauernd an. »*Magari.* Sehr bedauerlich.«

»*Magari*«, wiederholte Tita und war insgeheim froh, dass alles anders gekommen war.

»Wir haben viel zusammen unternommen damals, bevor er nach Siracusa zu den Priestern ging.« Vito hing seinen Gedanken nach, und als der Kellner den Caffè servierte, war er in jener Zeit angekommen, als für Gianni und ihn das Leben noch alle Möglichkeiten offenhielt.

»Ich erinnere mich an einen Tag, an dem wir *una gara dei scarafaggi* organisiert haben – ein Kakerlakenrennen.« Er lachte, und Emanuela verzog das Gesicht. »Wir waren vielleicht zwölf oder dreizehn Jahre alt. Eine Rennbahn mit Tribünen an den Seiten aus Schachteln und Hölzern. An einem Ende hatten wir zwei separate Startboxen aufgebaut, am anderen Ende einen Strich im Sand gezogen, der die Ziellinie markierte. Gianni hatte eigentlich die schnellere Schabe. Sie hätte auf jeden Fall gewonnen. Aber kurz vor dem Start lief er noch einmal ins Haus, um ein Taschentuch zu holen, das als Zielfahne dienen sollte.« Emanuela und Tita sahen ihn entgeistert an. »Während er fort war, habe ich mit einer Lupe ein Bein seiner Rennschabe angesengt.« Er grinste und wirkte auf einmal deutlich jünger. »Ich weiß, das war nicht nett. Sein Champion humpelte fünfbeinig ins Ziel. Ich habe das Rennen gewonnen.«

Als der Abend schließlich vorbei war, fühlte sich Tita erschöpft. Es war nicht nur die italienische Sprache mit dem sizilianischen Dialekt, die ihr äußerste Konzentration abverlangt hatte, es war auch die einnehmende Art, mit der Vito sie behandelt hatte. Sie hatte das Gefühl, als hätte er den ganzen Abend über das

Gespräch bestimmt, auch wenn überwiegend sie selbst erzählt hatte. Eigentlich waren die beiden reizend zu ihr gewesen, und dennoch fühlte sie sich auf dem Weg ins Hotel wie die fünfbeinige Kakerlake.

Und auf einmal musste Tita an die Gegensatzpaare auf ihrem Schreibtisch denken. »Niemals nur freundlich. Immer auch etwas bedrohlich.«

Gianni

Mai 1966, Berlin

Die letzten Tage der Schwangerschaft waren anstrengend für Carla. Während Anfang Mai die Temperaturen auf schwüle 28 Grad geklettert waren, fielen sie wenige Tage später um fast 20 Grad ins Bodenlose, um dann wieder nach oben zu klettern. Auf Sonne folgte Regen, der wieder von Sonne abgelöst wurde. Wäre es nur heiß oder nur kalt gewesen, hätte sich der Körper auf die Temperatur einstellen können, aber so sei der unentschlossene Frühling »eine schwere Geburt«, wie Martin das nannte.

Gianni schloss die Wohnungstür auf, deponierte den Schlüssel auf der kleinen Kommode im Flur und ließ sich auf das Sofa im Wohnzimmer fallen, die Zigarette in der Hand. Wenn Carla das wüsste, dachte er und legte die Füße auf den Couchtisch. Sie war noch keine zwei Stunden weg, und doch schien ihm die Wohnung leer und seelenlos. In der Küche standen noch ihre beiden Tassen von vorhin. Er versuchte sich auf etwas Vernünftiges zu konzentrieren.

Die Klinik würde ihn doch anrufen, wenn es soweit war? Was, wenn es Komplikationen gäbe? Er zündete sich eine weitere Zigarette an und merkte erst nach zwei Zügen, dass die erste noch im Aschenbecher glomm. Natürlich wünschte er sich einen *maschietto* – einen Stammhalter.

Massimos Frau Monika und Nuccios Frau Regina waren sich sicher: Es würde ein Junge. Der spitze Bauch, das volle Haar, die klare Haut – ein Junge macht die Mutter schön, hieß es. Insgeheim hatte er sich schon ein paar Namen zurechtgelegt.

Marcello vielleicht. Oder Daniele. Er trat auf den kleinen Balkon und sah die Straße entlang. Unter ihm war die rote Markise des *Il Gattopardo* gespannt. Carla hatte die Terrasse bepflanzt und sich um die Speisekarten gekümmert, bevor der Bauch vom Umfang einer gigantischen Wassermelone sie an weiteren Aktivitäten gehindert hatte. Ein Jahr waren sie jetzt verheiratet. Dass die Familie aus Sizilien zur Hochzeit nicht anwesend war, hatte ihn getroffen, war aber zu erwarten gewesen. Allein die Flüge hätten ein Vermögen verschlungen. Sie würden in ein paar Monaten zu dritt nach Sizilien reisen, wenn es die Gesundheit von Mutter und Kind zuließe.

Das letzte Jahr hatte für ihn ansonsten alles gebracht, was er sich gewünscht hatte. Nach der Hochzeit hatten sie zunächst die Räume für das Restaurant angemietet. Martin hatte Wort gehalten und ihm mit Rat und Tat bei der Finanzierung und Organisation zur Seite gestanden. Im ersten Stock über dem Gastraum war eine Wohnung frei. Hier waren Carla und er letzten Herbst eingezogen und hatten, schon in Erwartung einer baldigen Familienerweiterung, ein eigenes Nest gebaut, nachdem sie die ersten Wochen als Ehepaar noch bei Martin und Hilde gewohnt hatten. Carla hatte ein Händchen bei der Einrichtung gezeigt. Während die Wände des Flurs mit Stoffbahnen in rotblauem Schottenkaro bezogen waren, war das Wohnzimmer in einem matten Schilfgrün gestrichen. Die glänzenden Messingwandlampen strahlten eine gewisse Grandezza aus. Seine Frau hatte Stil.

Das hatte sie auch bei der Eröffnung des *Il Gattopardo* bewiesen. Die Auswahl der Möbel, die Tischwäsche, selbst die Speisekarten hatte sie liebevoll arrangiert.

Er sah ungeduldig auf die Uhr. Jetzt könnten sie sich bald mal melden. Er fühlte sich einsam. Sie war jetzt schon drei Stunden im Klinikum. Sein Sohn ließ sich Zeit. Gegen elf Uhr ging er nach unten, schloss das Restaurant auf und begrüßte das Personal. Er vertrieb sich die Zeit mit dem Sortieren der Tonbänder, blätterte abwesend in den Reservierungen und rückte hier und da das Besteck auf den eingedeckten Tischen zurecht. Gegen halb zwölf kamen die ersten Gäste. Pizza. Immer wollten sie nur Pizza. Mittags! Er würde wohl oder übel die Speisekarte erweitern müssen. Vielleicht würde er die Pizza auch in einer separaten Backstube vorproduzieren lassen. Dann wäre die Restaurantküche frei vom aufwendigen Fertigen der Pizzaböden. Man würde die runden Bleche mit den Teigböden nur belegen und in den doppelstöckigen Ofen schieben müssen. Er würde das mit Carla besprechen, sobald sie wieder bei ihm war.

Halb sechs. Noch immer keine Nachricht aus der Klinik. Hoffentlich waren Carla und der Kleine wohlauf. Gianni hatte das Gefühl durchzudrehen. Er konnte sich kaum noch auf etwas konzentrieren. Sollte er anrufen und sich zum Kreißsaal durchstellen lassen? Die ersten Gäste des Abendgeschäfts trafen bereits ein. Gut, dass heute Freitag, der 13., war und nicht Freitag, der 17. In Italien war die Siebzehn eine Unglückszahl. Er dachte einen Moment an Salvatrice und wünschte sich, sie wäre hier, um ihm in dieser schweren Stunde zur Seite zu stehen.

Zehn nach sieben klingelte endlich das Telefon am Tresen. Gianni nahm mit fahrigen Händen ab und lauschte ernst den Worten am anderen Ende. Dann legte er auf, blieb einen Moment reglos sitzen und sah ins Leere. Erst dann sprang er auf und rief den überraschten Gästen zu: »*Che meraviglia!* Ihr seid alle eingeladen! Ich habe eine Tochter!«

Gianni

November 1970, Berlin

Gianni war nun schon fast zehn Jahre von zu Hause fort. In Berlin kamen neuerdings auch immer mehr türkische Gastarbeiter an. Von Arslan, der seit ein paar Monaten im *Il Gattopardo* in der Küche aushalf, hatte er gehört, dass die einfachsten Unterkünfte – ein Gemeinschaftszimmer in einer renovierungsbedürftigen Sammelunterkunft, Hinterhof, ohne Möbel, nur mit einer Schlafstätte ausgestattet – 130 DM kostete. Eine Wuchermiete. Es war damals schon schwer gewesen, aber verglichen mit den heutigen Bedingungen hatte er wirklich Glück gehabt.

Manchmal, wenn das Heimweh nach Carmelo, Salvatrice, Peppino, Salvatore und Giorgio zu groß wurde, nahm sich Gianni ein Stück Papier – einen Zettel, einen Werbeprospekt, einen Stadtplan, was auch immer ihm gerade in die Hände fiel – und schrieb seine Erinnerungen an Sizilien auf. Es waren traurige Texte mit viel Sehnsucht, die nicht für fremde Augen bestimmt waren.

Zu Ostern lag Berlin noch immer unter einer dicken Schneedecke. Manche Stimmen behaupteten, das verrückte Wetter hinge mit der Mondlandung im Juli letzten Jahres zusammen. Womöglich hätte man beim Betreten des Mondes das kleine Stück Universum, das für das Wetter zuständig war, verschoben, und nun hätten sie den Salat. Gianni glaubte das selbstverständlich nicht. Dennoch hatte er das Gefühl, irgendetwas wäre aus den Fugen geraten.

Tita rannte mittlerweile mit ihren vier Jahren wie ein Wirbelwind durch die Wohnung. Gianni hatte sich vor drei Jahren auf der 25. Großen Deutschen Funkausstellung eine Super-8-Kamera von Kodak geleistet und filmte seitdem jeden ihrer Schritte, jeden Ausflug, jeden Urlaub. Und er hatte Sizilien auf kleinen Filmschnipseln eingefangen, die sie sich in Berlin ab und zu mit dem Projektor auf der ausziehbaren Leinwand im Wohnzimmer ansahen. Die Bilder wirkten eigenartig fremd, so ohne Ton, und leicht wacklig. Die Menschen, die er eingefangen hatte, fühlten sich unsicher und schnitten Grimassen oder drehten sich beiseite. Und Magnì erschien im Film seltsam leer. Wahrscheinlich weil die Geräusche fehlten. Das Tellerklappern von Salvatrice aus der Küche, das Hämmern von Peppino aus dem Geräteschuppen oder das Scharren, Schnauben und gelegentliche Schreien der Maultiere. Ohne all das wirkten das Haus und der Hof mit dem Carrubo sonderbar verlassen. Auch das Meer hatte Gianni gefilmt. Und den Lungomare und die Piazza mit der Gelateria.

Als Carla ihm vor einigen Tagen verraten hatte, dass sie im Juli nächsten Jahres wieder ein Kind erwarte, war er außer sich vor Freude gewesen. Heimlich, ganz heimlich nur fragte er sich, ob es diesmal wohl ein Junge würde.

Tita

August 1971, Magnì

All die Jahre, wenn sie im Sommer *a casa* waren – so nannte Papà Sizilien, auch wenn sein Zuhause schon lange in Berlin war –, verwandelte er sich in dem Moment, in dem er sizilianischen Boden betrat, in einen Sizilianer. Tita fand, er streifte sein Deutschsein ab wie einen Arbeitskittel. Wie von Zauberhand wechselte seine Sprache, normalerweise ein bemühtes Deutsch mit stark italienischem Akzent, in ein breites Sizilianisch.

Tita liebte diese Sprache, die so anders war als die deutsche und auch als die italienische. Das Sizilianische hatte einen tief gurrenden, zärtlichen Klang, der ihm fast etwas Orientalisches gab. Viele Wörter stammten aus dem Griechischen, dem Spanischen, dem Französischen oder dem Arabischen. Wenn Papà sizilianisch sprach, veränderte sich seine Stimme. Sie wurde tiefer und klangvoller, und wer ihm zuhörte, meinte alle Gefühle der Welt darin zu hören, auch wenn man kein Wort verstand.

Mamma hatte Tita viel von früher erzählt. Zum Beispiel, wie sie bei ihren ersten Besuchen in Magnì versucht hatte, ihr frisch erlerntes Hochitalienisch zu sprechen, und Nonna Salvatrice sie entgeistert angesehen und Papà zugeraunt hatte: »*Ma picchì parra accussì … tischi toschi?* Warum spricht sie so gestelzt?« Mamma sagte, das Sizilianische sei so verschieden vom normalen Italienisch, dass es sie an den Rand der Verzweiflung gebracht habe und Papà immer wieder habe übersetzen müssen.

Und auch Papàs Bewegungen und seine Mimik wechselten *a casa*. Papà auf Sizilien, das war, als hätte man eine Topfpflanze nach langer Trockenheit gewässert und würde zusehen, wie sich die Blätter und die Blüten in Minuten mit Wasser vollsogen und wieder aufrichteten.

Jedes Jahr, wenn sie in den Ferien nach der langen Fahrt endlich in Magnì ankamen, brach ein Sturm los. Dieses Jahr war da keine Ausnahme. Als sie auf dem Hof vorfuhren, kam Salvatrice ihnen bereits entgegengelaufen.

»Picciriddu miu!«, rief sie, warf die Arme nach oben und eilte zu Papà, um ihn zu herzen. Gleich darauf begrüßte sie Mamma sowie den kleinen Daniele auf ihrem Arm, den sie über und über mit Küssen bedeckte und mit spitzen Ausrufen des Entzückens bedachte. Und dann schließlich – Tita wusste, was das bedeutete – lenkte sie ihren forschenden Blick ins Wageninnere, um ihre Enkelin zu begrüßen. *»Trisoru!«*, schrie sie begeistert. »Deine Nonna hat eine Ewigkeit auf dich gewartet. Dass ich das noch erleben darf!« Sie zwängte ihren opulenten Oberkörper in den engen Wagen und drückte Tita, dass diese meinte, jedes Quäntchen Luft würde aus ihr weichen. Dann kamen die Küsse. Stachelige, zahnlose und beherzte Küsse. Auf jeder Seite mindestens fünf. Zum Abschluss des feierlichen Begrüßungsrituals wurde Tita schmerzhaft mit den Knöcheln von Zeige- und Mittelfinger in die Wange gezwickt. Auch das wiederholte sich Jahr für Jahr. Sie verstand nicht, wieso alle Bekannten auf Sizilien, ob nah, kaum oder gar nicht verwandt, jüngere Anwesende in die Wange zwickten.

Nach der allgemeinen Begrüßung, dem Küssen und dem Zwicken von Nonno Carmelo, Zio Salvatore, Zio Peppino, Zio Giorgio, Zia Lina, Zia Artua und selbst den nur wenig älteren Cousinen Aurora, Anna und Gabriella stand Tita mit hochroten Wangen im Hof und hoffte auf schnellen Rückzug.

Den nächsten Programmpunkt im alljährlichen Begrüßungsritual nannte sie insgeheim *»Macomeseimagra«*. Auch wenn sie die Bedeutung des Wortes nicht verstand, waren die Konsequenzen immer fürchterlich. Sie wurde zunächst auf Armeslänge gehalten und begutachtet. All die Jahre war sie immer zu dünn, so viel war zu verstehen. Abhilfe wurde geschaffen, indem Nonna ihre berüchtigten Uralt-Kekse aus der gläsernen Deckelvase in der Küche holte.

Tita vermutete insgeheim, dass diese Kekse bereits zu Nonna Salvatrices Kindheit auf der Anrichte gestanden hatten und dass lediglich die Tatsache, dass sie zu hart und zu trocken für jedes Lebewesen dieser Erde waren, sie vor Wurmfraß gerettet hatte. Die einzige Möglichkeit, sie herunterzuwürgen, war Zia Linas Granita. Die hingegen war wunderbar und köstlich. Lina pflückte dafür ein paar von den Zitronen, die hinter den Ställen in Santa Croce Camerina wuchsen, presste sie aus, verrührte sie mit Zucker und Wasser, bis es nicht mehr knirschte, und stellte die Mischung in einer Aluminiumform ganz oben in den schweren alten Eisschrank. Jede halbe Stunde nahm sie sie heraus, zerkleinerte die Eiskristalle, die sich bis dahin gebildet hatten, und stellte das Ganze wieder kalt. Am Ende hatte man eine köstlich aromatische, süßsaure Wassereismasse, die sich wunderbar zum Tunken der trockenen Kekse eignete. Noch besser passten die auf nur einer Seite gezuckerten Savoiardi, die aber nicht immer zur Verfügung standen.

Manchmal saugten Aurora und Tita an der Granita auch mittels eines Strohhalms. Das Besondere daran war, dass die ersten Schübe so herrlich sauer und so wunderbar süß gleichzeitig waren – niemals nur sauer oder nur süß – und mit der Zeit immer sanfter und wässriger schmeckten, bis nur noch die Ahnung eines Aromas übrig blieb. Wie der letzte Ton ihrer Klavierübungen zu Hause in Berlin, der noch nachhallte, auch wenn sie schon längst die Hand von den Tasten genommen hatte.

Dieses Jahr gab es allerdings eine kleine Änderung. Auch diesmal packte Nonna Salvatrice Tita an den Schultern, hielt sie vor sich und runzelte die Stirn. *»Ma come sei magra!«* und zu Mamma gewandt: *»Ma nun date a manciari nenti a sta bimba!«* Mit diesen Worten eilte sie ins Haus, um die gefürchteten Biscotti zu holen. Allerdings hatte Tita Glück. Der kleine Daniele mit seinen gerade mal zwei Monaten zog den Großteil der Aufmerksamkeit auf sich, und sie konnte den Keks unbemerkt verschwinden lassen.

Am Abend traf sich die Familie zum Essen im Hof. Es war kurz vor neun Uhr, die Hitze hatte etwas nachgelassen, und ein leichter Wind wehte über Magnì. Tita war bereits mehrfach auf der Matte im Hof eingeschlafen, Seite an Seite mit Hofhund Pupo. Salvatore meinte, Pupo sei ein Cirneco dell' Etna, ein sizilianischer Windhund, der Rest der Familie war sich aber einig, dass es sich um eine klassisch ragusanische Promenadenmischung handelte. Wenn die lange Tafel im Hof gedeckt war, brauchte man Pupo nicht lang zu bitten. Er stand aufmerksam wartend im Hintergrund und achtete auf Knochen, die vom Tisch herunterfielen.

Als Salvatrice Tita weckte, stand Pupo bereits wedelnd neben ihr. Tita hingegen musste zum Essen überredet werden. Sie war müde und mochte zudem das Lammfleisch nicht, das es geben würde. Es hatte einen strengen Eigengeschmack und ein eigenartig sämiges Fett, das sich mit den Kräutern und dem Knoblauch zu einem unangenehm intensiven Geschmack verband.

Dennoch bestand Salvatrice an diesem Abend und auch an den folgenden darauf, dass sie mit am Tisch saß. Tita kannte den wahren Grund.

»Lassàri in tririci!«, rief Salvatrice jedes Mal warnend aus, wenn man zu dreizehnt am Tisch saß, und bekreuzigte sich

mehrfach. Die Warnung spielte auf Jesus und die zwölf Apostel an, und Salvatrice sprach für alle Bewohner der Insel, wenn sie darauf beharrte, dass man niemals zu dreizehnt an einem Tisch sitzen solle, da sonst fürchterliches Unglück über die Anwesenden hereinbräche.

Der Glaube an bestimmte Zusammenhänge, das hatte Nonna Salvatrice ihr in bemühtem Italienisch erklärt, spiele auf Sizilien eine große Rolle. In jedem Bereich des Alltags gebe es einige Dinge, die man tue oder eben nicht. Weil sonst das Unheil in verschiedenster Form über einen hereinbräche, so viel sei sicher. So dürfe man beispielsweise keinen Hut aufs Bett legen oder über Silvester Wäsche auf der Leine hängen lassen, da ansonsten kurze Zeit später jemand aus der Familie sterben würde. Habe man das Gefühl, vom *Malocchio*, dem bösen Blick, getroffen worden zu sein, helfe in neunzig Prozent der Fälle, wenn man Zeige- und kleinen Finger abspreize und *»Sciò, sciò, sciò!«* murmele. Besonders ernst zu nehmen sei das Vorbeirollen eines Leichenwagens. Dann würden sich sizilianische Männer beherzt in den Schritt greifen, quasi um dem Tod die eigene Vitalität zu demonstrieren.

Im Fall *»Lassàri in tririci!«* war das Unheil allerdings auf einfache Weise zu vermeiden, wie sie fand. Eben indem man nicht zu dreizehnt am Tisch sitze. Da nun aber – wenn man Pupo nicht mitrechnet – Salvatrice und Carmelo, Gianni und Carla, Giorgio und Artua, Salvatore und Lina, Aurora, Anna, Gabriella, der ewige Junggeselle Peppino und nun eben auch der kleine Daniele, der ja eigentlich noch gar nicht sitzen könne, genau dreizehn waren, musste Tita, egal wie spät es auch sein mochte, schlaftrunken am Tisch bleiben und gute Miene zum bösen Spiel machen. Und das würde die nächsten Jahre vermutlich auch so bleiben.

Tita

Freitag, 10. September 2004, Ragusa

Am nächsten Morgen, als Tita die Augen aufschlug, war irgendetwas anders. Sie brauchte einen Moment, um die Veränderung wahrzunehmen. Bergfest. Heute und morgen noch, dann würde sie zurückkehren in ihr altes Leben. In die kleine, gemütliche Wohnung in Berlin-Wilmersdorf, zu ihrem Schreibtisch und zu ihren Freunden. Im Moment wollte sie daran noch nicht einmal denken. Sie war so sehr in dieses andere Leben hineingeschlüpft, war den verblassten und dennoch so intensiven Spuren von Papà gefolgt und hatte ihre Liebe zu dieser Insel und ihren Bewohnern wiederentdeckt, dass sie auf keinen Fall jetzt schon zurückwollte. Es war, als hätte man zwei köstliche Löffel von einem Eisbecher gekostet, und genau dann, wenn der Gaumen sich an die Kälte gewöhnt und das süße Aroma die Zunge erobert hatte, müsste man ihn wieder hergeben. Sie sah auf die Uhr. Zehn vor acht. Sie war scheinbar in ihrem neuen Leben angekommen. »Hier muss man früh anfangen, sonst erwischt einen die Mittagshitze.«

Als sie die Fensterläden öffnete, fiel helles Morgenlicht in ihr Zimmer. Wie rasch man sich anpasste. Es war der dritte Morgen, an dem sie hier aufwachte, und schon erschien ihr die Schönheit, die sie da draußen vor ihrem Fenster sah, beinahe selbstverständlich. Das leuchtend blaue Meer, der weiße Strand, die Palmen am Lungomare. Es war erstaunlich, wie schnell sich der Mensch an Gegebenheiten gewöhnte. An die guten wie an die schlechten.

Sie erinnerte sich an die Zeit vor 26 Jahren, als Papà gestorben war. Natürlich standen sie alle unter Schock. Und der hielt auch noch lange an. Dennoch fing sie etwa eine Woche nach der Beerdigung an, sich zu gewöhnen. Sie dachte zwar an Papà, aber sie war nicht mehr überrascht, wenn sie morgens aufwachte und ihr schlagartig bewusst wurde, dass er ab jetzt nicht mehr da sein würde. Sie wusste, dass er sie von nun an nie mehr durch die Luft wirbeln würde, nie mehr »Bist du noch appetitlick?« fragen und nie wieder mit Daniele und ihr über den Rummelplatz gehen würde. Sie wusste, dass sie niemals mehr mit ihrem Finger über die zwei Knöchel seines abgetrennten Daumens streichen und nie wieder zusammen mit ihm auf der Hollywoodschaukel von Oma Hilde und Opa Martin die Füße nach oben schwingen würde, um höher und höher zu schaukeln. Er war erst zwei Wochen tot, da hatte sich ihr Verstand schon angepasst. Widerwillig und unter Schmerzen zwar, aber dennoch erfolgreich. Nachts allerdings, wenn der Kopf ausgeschaltet war und die Seele ihren eigenen Bedürfnissen nachgehen konnte, nachts kam er sie besuchen. Und nicht nur sie. Auch Mamma sagte morgens in regelmäßigen Abständen: »Euer Vater hat mich heute Nacht besucht.« Dann erzählte sie Tita und Daniele, was er ihr von dem Ort, an dem er sich jetzt befand, berichtet hatte. Dass es ihm gut gehe, dass er nach wie vor bei ihnen sei und dass sie sich keine Sorgen um ihn machen sollten. Nach einigen Jahren ließen seine Besuche nach. Er schaute zwar ab und zu in Mammas Träumen vorbei, aber er schien ihr »etwas blass« geworden zu sein. Tita träumte mittlerweile nur noch sehr selten von ihm. Vermutlich hatte er nun andere Verpflichtungen, dort, wo er jetzt war.

Als Tita kurz vor neun an die Rezeption kam, um sich ihren morgendlichen Cappuccino zubereiten zu lassen, grüßte sie der Concierge und überreichte ihr einen Umschlag, der offenbar schon in ihrem Fach auf sie gewartet hatte. Als sie ihn öffnete, traute sie ihren Augen kaum. Es war ihr *codice fiscale.*

Sie wählte Gianlucas Nummer. »Planänderung. Wir müssen nicht mehr zur *Agenzia delle Entrate*. Ich habe den *codice fiscale.*«

»Hast du Vito gestern davon erzählt?«

»Ja, schon, wieso …«

Gianluca lachte trocken. »Und du wunderst dich nicht, dass dein *codice fiscale* vor neun Uhr morgens ausgestellt und sogar zu dir ins Hotel geliefert wurde?«

Tita fiel schlagartig die Unterhaltung vom gestrigen Abend wieder ein.

»Du meinst, es fand auf … alternativem Weg statt?« Sie sah Gianluca vor sich, wie er spöttisch die Lippen spitzte.

»Ja«, sagte er voller Ironie. »Auf alternativem Weg.«

Der Hotelangestellte schob ihr den Cappuccino und eine klebrige Brioche über den Tresen. Anscheinend hatte Vito recht gehabt. In diesem Teil Europas führte kein Weg an der »Alternative« vorbei.

Sie verabredeten sich für kurz vor zwölf in der Kanzlei. Tita stattete auf ihrem Weg der Banca di Sicilia einen Besuch ab. Immobilien konnte man in Italien nur über ein italienisches Bankkonto erwerben. Die Eröffnung solch eines Kontos war mittels *codice fiscale* und ihres deutschen Personalausweises kein Problem mehr. Mit einer Blitzüberweisung würde sie es gerade noch rechtzeitig schaffen, das Geld auf das italienische Konto zu transferieren. Damit wäre der Kauf von Magnì sicher.

Als sie in der Kanzlei eintraf, schob ihr Gianluca wortlos einen Espresso zu und sortierte die notwendigen Unterlagen, ohne aufzusehen.

»Ich wusste davon nichts.«

»Natürlich wusstest du davon nichts, und es ist großartig, dass du die Unterlagen jetzt beisammenhast. Aber so etwas dürfte nicht passieren. Es ist hier im Süden zur Regel geworden. Und das ärgert mich.«

Tita nickte und fühlte sich schuldig. Ohne es zu wissen und ohne es zu wollen, war sie Teil des »Alternativprogramms« der sizilianischen Behörden geworden. »Wir tun uns hier kleine Gefallen, weil es sonst niemand tut«, hatte Vito gesagt.

»Aber hast du nicht auch gesagt, dass du dem Inhaber der Drogerie in deinem Haus schon einmal aus der Klemme geholfen hast?«

Gianluca sah aus, als hätte er gerade auf eine Zitrone gebissen. »Mit bestimmten Leuten macht man keine Geschäfte. *Basta.*«

Damit war das Thema erledigt.

Er schob Tita die zu unterschreibenden restlichen Papiere über den Tisch und versprach, mittels einer Vollmacht am Montag den Kauf bei der Immobilienagentur abzuwickeln.

Sie schwiegen einen Moment, bis Tita schließlich sagte: »Ich werde heute Nachmittag Zio Salvatore besuchen. Die Adresse stand im Telefonbuch …« Sie kramte einen Zettel aus der Tasche. »Santa Croce Camerina, Via Aretusa 12.«

Gianlucas Züge entspannten sich wieder. »Das ist eine sehr gute Entscheidung. Hast du heute Abend schon etwas vor?«

»Ich treffe Fabrizio um halb neun im *Da Carmelo*. Er möchte mir seine ersten Entwürfe für den Umbau von Magnì zeigen. Vielleicht möchtest du ja mitkommen? Wir müssen schließlich auch noch auf den Vertrag anstoßen.«

Gianluca freute sich offensichtlich über das Angebot. »Ich dachte schon, du fragst nie«, scherzte er in seiner gewohnten Art. Der Groll schien vergessen. »Ich werde da sein, auch wenn es sehr früh ist für ein Abendessen, *Crucca!*«

Als das Taxi am frühen Nachmittag in Santa Croce Camerina vorfuhr, sah Tita aus dem Fenster und zweifelte einen Moment, ob die Adresse die richtige war. Das kleine blassgelbe Haus mit den halb heruntergelassenen Rollos stand auf einer betonierten Fläche, die sich im Schatten von zwei alten Carrubi bis zu einem verfallenen Lagerhaus am Ende des Hofs hinzog. Die großen Rosen-Gewächshäuser gab es nicht mehr. Stattdessen standen direkt neben dem Hof zwei Lagerhallen mit angerosteten Wellblechdächern, in deren Einfahrten große Mengen ausrangierter Plastikfolie gelagert wurden. »Fruitlogistica Russo S.n.c.« stand in großen verblassten Lettern darüber.

Sie zahlte das Taxi und stieg aus. Auch hinter dem Haus, wo früher die Felder und die Ställe gewesen waren, hatte es eine Veränderung gegeben. Unendliche Reihen von Reben wuchsen unter lattengestützten wind-, wasser- und lichtbeständigen Foliendächern wie Zwangsarbeiter, die ihr Leben unter Tage verbringen mussten.

Sie ging langsam durch die Einfahrt und ließ ihre Finger über die raue Oberfläche der Trockenmauern gleiten. Die damaligen Durchbrüche, die zu den Gewächshäusern und Feldern geführt hatten, waren ungleichmäßig mit modernen Kalksand-Ziegelsteinen zugemauert worden. Nur die Halle mit den kleinen Luftschlitzen unterhalb des Daches erkannte Tita sofort wieder. Das Kükenhaus hingegen war verschwunden.

Kurz vor dem Wohnhaus blieb sie unschlüssig stehen.

»Pronto?«

Plötzlich kamen ihr Zweifel. Sie rechnete nach. Salvatore musste jetzt 79 sein. Lina nur unwesentlich jünger. Hoffentlich wohnten sie hier überhaupt noch. Und hoffentlich traf sie nicht der Schlag, wenn sich Tita zu erkennen gab. Das letzte Lebenszeichen war immerhin 26 Jahre her.

Der alte karamellfarbene Hund, der direkt neben der offenen Haustür in der Sonne lag, hob nur kurz seinen Kopf, blinzelte sie an, wedelte zweimal unentschlossen und schlief weiter.

»Pronto!«, rief Tita auf gut Glück ein weiteres Mal und wartete einen Moment, ob sich etwas tat. Sie fühlte sich wie eine Zeitreisende, die in die Vergangenheit zurückkehrte.

Als sie fast schon aufgeben wollte, hörte sie das Geklapper von Tellern aus dem Haus. Sie steckte den Kopf durch den Holzperlenvorhang im Eingang und rief ein weiteres Mal *»Pronto!«* in den dunklen Flur.

Diesmal kam eine Reaktion. Wer auch immer den Abwasch erledigte, hörte nun auf und näherte sich in schleppenden Schritten der Haustür.

Zia Lina hatte sich verändert, aber wenn man genau hinsah, war das Funkeln in ihren dunklen Augen das Gleiche geblieben. Die Haare waren immer noch schwarz, wenngleich mit weißen Strähnen durchzogen. Sie hatte offensichtlich zugenommen und schien Schwierigkeiten beim Laufen zu haben. Zu ihrem schwarzen Kleid trug sie eine geblümte Schürze und offene Pantoffeln. In der Hand hielt sie einen Teller, den sie im Gehen mit einem Handtuch trocken rieb. Noch bevor sie aus dem Schatten des Flurs in den Eingangsbereich zu Tita getreten war, rief sie fragend mit leicht gebrechlicher Stimme: *»Chi é?«*

»Zia Lina, sono Tita!«

Ihr Name stand für einen Moment im Raum und breitete sich aus wie Quecksilber, das aus einem zerbrochenen Thermometer fließt.

Lina sah Tita an, als wäre ihr ein Geist erschienen, und als sie erschrocken die Hände vor den Mund hob, fiel unter lautem Geklapper der Teller auf den Boden und zersprang in mehrere Teile.

Sie ließ das unnötig gewordene Handtuch hinterherfallen und setzte sich unter Mühe zunächst langsam, dann immer schneller in Bewegung. Als sie Tita schließlich in die Arme schloss, kullerten bereits die Tränen an ihren Wangen herunter.

Tita war überrascht, dass ihr Gesicht, trotz ihres erheblichen Umfangs, immer noch die gleichen feinen Züge besaß wie vor 26 Jahren.

»Dio mio, o dio mio.« Sie küsste Tita fünfmal auf jede Wange und betrachtete sie kurz mit etwas Abstand, wie um sich zu vergewissern, dass sie nicht träumte. »Tita!« Sie wischte sich mit der Schürze die Tränen aus den Augen. »Dass wir dich noch einmal sehen dürfen in unserem Leben. Wir haben so oft von euch gesprochen.«

Tita kämpfte sofort mit ihrem schlechten Gewissen. In Berlin hatte nie jemand von den Sizilianern gesprochen. Es war ein Tabuthema gewesen. Und auch wenn vielleicht jeder von ihnen oftmals an Sizilien und die Verwandtschaft gedacht hatte, so waren doch jegliche Erinnerungen oder der Wunsch nach einem Wiedersehen so sicher weggeschlossen worden wie radioaktiver Müll in einem Endlager.

Lina setzte sich auf die kleine Bank, die an der Wand stand, rang nach Luft und klopfte auf den freien Platz neben sich. »*Scusami*. Das Herz!« Sie schlug sich auf die Brust und atmete ein paarmal schwer. »Es macht nicht mehr so mit, wie ich es gern hätte.« Sie nahm Titas Hand und drückte sie. »Tita, du glaubst nicht, wie oft wir versucht haben, euch anzurufen. Immer nur dieses Rauschen in der Leitung und dann eine mechanische deutsche Stimme, die etwas sagte, was wir nicht verstanden haben. Was macht Carla? Wie geht es Daniele? Sind alle gesund? Lebt Hilde noch?«

Tita zweifelte nicht daran, dass es ausgeschlossen gewesen war, sie telefonisch zu erreichen. Schließlich waren sie in all den Jahren dreimal umgezogen, und die alte Telefonnummer gab es schon lange nicht mehr.

Sie schüttelte traurig den Kopf. »Nein. Oma ist schon lange tot. Mamma geht es gut. Sie ist wieder verheiratet und wohnt im Haus meiner Großeltern. Daniele ist mittlerweile ein gefragter Webdesigner …«

Bei diesem Wort nickte Lina, sah dabei allerdings so verständnislos aus, dass Tita lächeln musste.

»Ich bin Grafikerin und gestalte Buchumschläge. *Copertine di libri.* Für Verlage.«

Das wiederum verstand Lina. *»Sei un' artista!«* Sie sah Tita liebevoll an und nickte. Ja, das habe sie schon damals bemerkt, als Tita mit Kreidesteinen den gesamten Hof inklusive der Hausfassade verschönert habe.

Die Erinnerung holte sie ins Hier und Jetzt zurück.

»Mamma mia! Ich muss deinem Zio Bescheid geben. Wie stelle ich es nur an, dass ihn nicht der Schlag trifft?« Sie sah Tita besorgt an. »Wir Frauen müssen immer auf unsere Männer aufpassen. Auch wenn es heißt, wir seien das schwache Geschlecht, unsere Männer sterben immer vor uns.« Sie bekreuzigte sich. »Nonno Carmelo, dein Vater, Giorgio, Nonno Martin. Alle Männer gehen vor ihren Frauen. Und jetzt auch noch Peppino.« Sie sah ihr fest in die Augen. »*Dio mi sia testimone!* Meinen lasse ich nicht vor mir gehen. *Orva di l'occhi!*«

Sie erhob sich unter Schwierigkeiten und ging schleppend zum Telefon, das auf einem Spitzendeckchen auf einer kleinen Kommode im Flur stand. Während sie zögerlich eine Nummer wählte, die sie von einem Zettel am Spiegel ablas, sah sie Tita an.

»Er spielt freitags immer Karten in Ragusa. Wundere dich nicht. Ich sage ihm nicht, dass du hier sitzt. Sonst setzt er sein Auto gegen eine Mauer auf dem Heimweg.« Sie lächelte nachsichtig, konzentrierte sich dann und rief in dem Café an, in dem sich die Freunde zur Scopa trafen.

Eine halbe Stunde später rumpelte eine alte Ape auf den Hof. »*N'un miriri e sbiriri!* Wo ist das Biest?«, hörten sie ihn rufen.

Lina zwinkerte Tita zu. Sie saßen mittlerweile am Esstisch. Lina hatte Salvatore erzählt, es hinge eine verletzte Katze im Carrubo, und das Geschrei mache die gesamte Gegend verrückt. Sie bedeutete Tita zu warten und lief hinaus.

»Was holst du mich extra von meiner Scopa weg nur wegen dieses Katzenviehs!«

Es folgte leises Murmeln von Lina, und noch bevor sie ihre Ansprache hatte beenden können, stürzte Salvatore ins Zimmer. Er blieb einen Moment stehen und versuchte seine Gedanken zu sortieren. *»Bedda matri!«*, brach es schließlich aus ihm heraus. Noch bevor Tita ein Wort sagen konnte, hatte er sie in die Arme geschlossen und ihren Kopf an seine Schulter gedrückt.

Tita dachte zunächst, es wäre eine längere Umarmung, doch nach einigen Sekunden merkte sie, dass Salvatore sie nicht loslassen konnte, weil sein ganzer Körper in unkontrollierten Schüben von Schluchzern geschüttelt wurde. Immer wenn der Griff etwas lockerer wurde, folgte die nächste Welle, und er presste sie wieder an sich, als stünde zu befürchten, sie würde ansonsten fortflattern wie ein Vogel.

Nachdem sie so wortlos für ein oder zwei Minuten gestanden hatten, umarmt und Kopf an Kopf, hielt er sie auf Armeslänge vor sich und murmelte fassungslos: »Mein Gott, du bist ihm wie aus dem Gesicht geschnitten!«

Salvatore hatte sich nur wenig verändert. Er hatte damals schon einer trockenen Dattel geähnelt, und so wirkte er auch heute noch. Die Haut an seinen Armen hing mittlerweile schlaff herunter, wahrscheinlich weil die Muskulatur nicht mehr so stark in Anspruch genommen wurde wie zu den Zeiten, als er noch auf den Feldern gearbeitet hatte.

Sie verbrachten den Nachmittag am Esstisch. Salvatore hatte eine Kiste mit alten Fotos aus dem Schrank hervorgeholt, und gemeinsam reisten sie in eine Vergangenheit, die Tita nie gekannt hatte und die Salvatore so kostbar war, dass er ununterbrochen weinte.

»Hier siehst du Gianni als Kind. Er muss etwa zehn gewesen sein. Da hatte er seinen Daumen noch.« Er lächelte sie unter Tränen an. »Und hier … Das sind Gianni und Peppino im Klostergarten. Gianni in Soutane und Peppino, der Lausbub, mit dem Kopf voller Flausen. Das muss etwa 1955 gewesen sein. Und hier …« Er wühlte in den Fotos und zog ein größeres Gruppenbild mit gezacktem Rand aus dem Stapel. »… ist Gianni mit seiner Lateinklasse. Kurz vor dem Abitur. Siehst du, er hat einen Kringel um seinen Kopf gemacht und »Ego sum« dazugeschrieben. Das ist lateinisch.« Er zeigte liebevoll auf einen jungen Mann in Soutane, der die restlichen Schüler etwas überragte und nachdenklich in die Kamera sah. Scheinbar hatte Salvatore schon öfter auf diese Stelle gezeigt, denn oberhalb des Kopfes von Gianni hatte sich im Laufe der Jahre ein bräunlicher Fleck gebildet.

»Ich war so stolz auf meinen kleinen Bruder.« Er stützte kurz seinen Ellenbogen auf dem Tisch ab und grub seine Finger in die Augenhöhlen, als wollte er dort die Tränen zurückschieben.

»Ich hätte ihn so gerne aufgehalten, als er damals mit mir gesprochen hat. Ich wollte ihn nicht gehen lassen. Wer sollte ihn beschützen da oben im Norden bei den *Crucchi*?« Er sah Tita entschuldigend an und zuckte die Achseln. »So dachte ich damals. *Focu 'ranni sono. Focu 'ranni.*«

Er schnäuzte sich in ein zerknittertes Stofftaschentuch, das er aus seiner Hosentasche befördert hatte.

»Wenn ich ihn nur noch einmal sehen könnte, ich würde

ihm sagen, wie stolz ich auf ihn bin und dass er damals das Richtige getan hat. Man muss immer auf sein Herz hören.«

Tita nickte. Sie dachte an ihr eigenes Leben und an all die Kompromisse, die sie nicht nur in beruflicher Hinsicht eingegangen war. War es nicht immer besser, seinem Herzen zu folgen, als Dinge zu tun, die konsequent oder vernünftig waren? Seit sie auf Sizilien war, stellte auch sie ihr Leben zu Hause in Berlin zunehmend infrage.

Salvatore zog eines der Fotos aus den unteren Lagen hervor. Es war ein Farbfoto, und den vielen blassen Rot- und Gelbtönen zufolge musste es Mitte der siebziger Jahre aufgenommen worden sein. Tita sah sich selbst, lachend, mit einer Schleife im Haar, sie sah Aurora, Anna, Lina, Salvatore und Nonna Salvatrice, aber auch Giorgio, Artua, Gabriella und Daniele. Und sie sah in der Mitte der Gruppe Mamma und Papà, fröhlich in die Kamera blickend und untergehakt. Alle winkten vermutlich Peppino zu, der gerade im Begriff stand, das Foto zu machen. Im Hintergrund sah man die Carrubi im Hof von Santa Croce Camerina und ein Stück Kofferraum eines Fiats mit Ragusaner Kennzeichen. Es war ein Schnappschuss aus einer glücklichen Zeit. Gianni, Giorgio, Salvatrice und Peppino lebten inzwischen nicht mehr. Der Rest der Familie war in alle Himmelsrichtungen zerstreut. Nur eins war geblieben und würde auch in Zukunft bleiben: Die Carrubi breiteten unverändert ihr Blätterdach über dem Hof aus. Vielleicht waren sie noch etwas stattlicher und knorriger als damals, aber ihre bläulichen Schatten und die Ruhe, die sie ausstrahlten, waren geblieben.

»Zio.« Tita legte ihre Hand auf Salvatores faltigen Arm. »Ich werde nach Magnì ziehen. So bald wie möglich.«

Salvatore sah sie an, und seine Augen füllten sich mit Tränen. »Tita! Das ist das schönste Geschenk, das du uns machen kannst. Magnì und wir werden dich mit offenen Armen empfangen. Diese Insel vergisst niemanden, und niemand vergisst diese Insel.« Er wandte sich einen Moment ab, um Tita nicht die Rührung in seinen Augen zu zeigen.

Als sich Tita am frühen Abend anschickte zu gehen, hielt Salvatore sie am Arm fest. *»Aspetta!«*

Er verschwand im abgedunkelten Nebenraum und kam mit einem Stapel Papiere und einer Flasche zurück. *»Tieni!«* Er hielt Tita die Flasche mit einer leuchtend gelben, zähen Flüssigkeit unter die Nase. *»Liquore agli agrumi! Buono!«* Er gab seinem zusammengelegten Daumen und Zeigefinger einen schmatzenden Kuss. »Ich habe die Früchte eigenhändig gesammelt. Zitronen, Mandarinen und Orangen. Alle hier aus der Gegend.« Er zog den Korken aus der Flasche und roch daran. »Selbst von dem kleinen Orangenbaum, der hinter Magnì wächst, erinnerst du dich?« Tita schüttelte den Kopf.

»Gianni liebte diesen Baum. Wir haben ihn vor einer Ewigkeit gefällt, weil er zu schwach war. Aber er hat es dennoch geschafft, nachzuwachsen. *All improviso.* Viele Jahre später. Aus dem Orangenbaum war ein Pomeranzenbaum geworden. Weil die Triebe im unteren Bereich nachgewachsen waren. Unterhalb der Veredlung. Dieser Baum wusste scheinbar selbst am besten, was für ihn gut war. Und er brauchte Zeit. Viel Zeit.« Er lächelte in Gedanken an den kleinen Baum mit dem Überlebenswillen einer *Quercia.* Dann goss er die schwefelgelbe Flüssigkeit in zwei kleine Gläser und stieß mit Tita an.

»Auf Gianni«, sagte er.

»Auf Papà«, sagte Tita. Der bittersüße Likör legte sich wie ein Mantel um die Magenwände und um die Seele, und nach dem dritten Glas schmeckte er nicht mehr so streng wie zu Beginn. Niemals nur süß, dachte Tita. Immer auch ein bisschen bitter.

»Du musst die Schalen ganz vorsichtig abhobeln, bevor du die Früchte für ein paar Wochen in Alkohol einlegst. Es darf kein *albedo* mit dabei sein.«

Tita sah ihn fragend an. »*albedo*?«

Salvatore stöpselte die Flasche wieder zu. »So nennt man die weiße Schicht zwischen Fruchtfleisch und Schale. Die musst du entfernen, sonst wird der Likör zu bitter. Die Pomeranze gibt ihm sowieso schon das herbe Aroma. Das Bittere gehört dazu wie der Tod zum Leben.«

Anschließend drückte er Tita mehrere mit Schreibmaschine getippte Zettel in die Hand. »Tita, nimm das bitte und verwende es, wozu auch immer. Es sind Erinnerungen an deinen Papà, die ich vor ein paar Jahren aufgeschrieben habe. Kleine Episoden aus seinem Leben, die ich festhalten wollte, bevor sie auch aus meinem Kopf verschwinden. Du weißt doch, die Toten bleiben in uns lebendig, solange wir an sie denken.«

Tita merkte, wie die Kopfschmerzen kamen. Es war die Sorte Kopfschmerzen, die sie bekam, wenn sie versuchte, die Tränen zurückzuhalten. Die Konzentration, die sie brauchte, um ungewollte Gedanken zu verbannen, verursachte eine solche Anstrengung, dass sich die Gefäße in ihrem Kopf krampfartig zusammenzogen und für eine Migräne sorgten.

»Wir sehen uns noch einmal, bevor ich fahre«, versprach sie Lina und Salvatore, während sie ins Taxi stieg.

Als sie vom Hof rollte, drehte sich Tita noch einmal um. Da standen sie Arm in Arm unter den Carrubi. Und Salvatore weinte.

Gianni

April 1972, Bielefeld

Carla kam aus der Telefonzelle an der Raststätte und lächelte Gianni zu. »Daniele schläft, und Tita spielt mit ihrem Opa ›Mensch ärgere dich nicht‹! Wir sollen uns keine Gedanken machen.«

Sie stieg ein, und Gianni lenkte *La Giulia* wieder auf die A2. Er sah kurz zu Carla hinüber. »*Beati loro!* Ich würde auch lieber schlafen.«

Carla nahm seine rechte Hand behutsam vom Lenkrad und legte sie in ihre. »Mach dir keine Sorgen. Deine wird die beste sein.«

Gianni lächelte. »*Chista è a zita, cu 'a voli sa marita*« – Das ist die Braut, wer sie will, wird sie heiraten.

Er dachte an die letzten Monate zurück. Was für ein Jahr! Vor neun Monaten war Daniele zur Welt gekommen. *Un maschiotto.* Er war so stolz. Und das *Il Gattopardo* lief immer besser. Die Tische waren jeden Abend voll besetzt, und auch tagsüber wurden es immer mehr Gäste. Zum Jahreswechsel folgten die Eröffnungen von zwei weiteren Restaurants. Und die Pizza-Versandbäckerei konnte sich vor Aufträgen kaum retten. In einer ehemaligen Zehlendorfer Bäckerei hatte er zunächst mit zwei Angestellten die Teigböden für das *Il Gattopardo* und später dann auch für die weiteren Restaurants hergestellt. Das war praktisch und nahm den Küchenteams eine Menge zeit- und platzraubende Arbeit ab. Als immer mehr Anfragen kamen, begannen sie schließlich vorzuproduzieren und die gesamte Pizza mit Belag in großen Tiefkühltruhen einzufrieren. Als letztes

Jahr die Anfragen selbst aus Italien kamen, produzierten sie in der kleinen Backstube bereits unglaubliche tausend Pizzen im Monat. Handgefertigt und konventionell eingefroren. Bis heute war es ihm ein Rätsel, wie sie das hatten schaffen können. Und nun also die Einladung bei Dr. Oetker.

Was ursprünglich eine fixe Idee gewesen war, hatte sich als veritables Geschäftsmodell herausgestellt. Ausgerechnet Pizza. Er konnte es selbst nicht glauben. Hatte er doch in seinen Anfängen hier den *Crucchi* die authentische italienische Küche nahebringen wollen. Ein Spezialitätenrestaurant sollte das *Il Gattopardo* werden, keine simple Pizzeria. Aber wirklich reich wurde man eben mit etwas anderem. Er dachte an Franco, der ein Vermögen mit Pizza a Taglio am Kurfürstendamm gemacht hatte. Oder an Nuccio, in dessen Pizzeria sich die Leute die Klinke in die Hand gaben. Die Pizzerien waren wahre Goldgruben. Die Zutaten waren günstig und verdarben nicht so schnell wie beispielsweise frischer Fisch. Er sah den gefüllten Kühlraum des *Il Gattopardo* vor sich.

Gianni hatte diesen Wechsel in der Gastronomie schon geahnt, bevor er nach Berlin kam. Schon als er den Artikel im *Corriere della Sera* über die Brückenrestaurants gelesen hatte. Die Zeiten waren im Begriff, sich zu ändern. Die Leute wollten nicht mehr einfach nur im Restaurant sitzen und satt werden. Wenn sie ausgingen, wollten sie etwas erleben – gedanklich in ferne Länder reisen. Oder aber es musste schnell gehen. Etwas Unkompliziertes und Günstiges auf die Hand. Zum Beispiel für Angestellte, die in der Mittagspause nur rasch etwas essen wollten, Studenten, deren Budget begrenzt war, oder einfach für Menschen, die Besseres zu tun hatten, als sich beim Essen hinzusetzen und miteinander zu kommunizieren. Einen Moment dachte er sehnsüchtig an die kleine Küche in Magnì. An die langen Abende, in denen sie über Stunden zusammengesessen, gegessen und gleichzeitig die Ereignisse des Tages besprochen hatten. Es war eine andere Zeit in einer anderen Welt.

Vor vier Jahren hatte *KFC* – ein Hähnchengrill aus Kentucky – eine erste Filiale in Frankfurt am Main eröffnet. Und von der Restaurantkette *Wienerwald* gab es wohl mittlerweile an die 700 Lokale in Deutschland und Österreich.

Letztes Jahr schließlich hatte in München eine amerikanische Burgerkette eröffnet. Gianni hatte gelesen, dass die Leute wie verrückt nach diesen Polpette in Brioche-Brötchen von *McDonald's* waren und in langen Schlangen anstanden. Und das war sicherlich erst der Anfang dieses sogenannten »Fast Food«, das gerade – im wahrsten Sinne des Wortes – in aller Munde war.

Viele Gäste wollten ihr Essen mittlerweile auch ganz in Ruhe zu Hause verzehren. Wie Bären, die ihre Beute in eine Höhle schleppten. Hausfrauen, die keine Zeit fanden, einzukaufen oder zu kochen; hungrige Menschen, die nicht kochen konnten und dennoch ihre vier Wände nicht verlassen wollten, um satt zu werden; Singles, die es nicht lohnenswert fanden, für sich allein zu kochen. Es war tatsächlich eine neue Zeit. Und hier begann nun die Sternstunde der Tiefkühlkost. Die Tiefkühlpizza war wie vieles andere vor ein paar Jahren in Amerika erfunden worden. Seit vier Jahren, fast zeitgleich zu seiner eigenen Pizza-Versandbäckerei, stellte der Bäcker Romano Freddi aus Mantua seine tiefgefrorenen Pizzen her. Kurz darauf wurde Dr. Oetker auf die italienische Spezialität von Signor Freddi aufmerksam, und seit zwei Jahren wurden sie in Aluminium-Schalen als Pizza alla Romana – mit Mozzarella, Provolone, Mortadella, Tomaten und Paprika belegt – über Dr. Oetker in den Supermärkten verkauft. Und jetzt suchte man offensichtlich einen Partner in Deutschland.

Er fand den Namen immer noch passend. *Pizza-Versand-*

bäckerei. Das war selbsterklärend und einzigartig. Es gab schließlich sonst in Deutschland keinen Tiefkühlpizzaversand. Und es klang nach etwas Großem. Nach einem Unternehmen, das weltweit agieren würde. Er wollte einen Namen, der groß klang. Größer, als er selbst es war. Als Dr. Oetker vor vier Wochen bei der *Pizza-Versandbäckerei* anrief und Gianni zu einem Probeessen einlud, war er zunächst wie gelähmt gewesen. Er war sich nicht sicher, ob er die große Nachfrage bei einer Zusammenarbeit würde bedienen können. In jedem Fall stünde dann eine Vergrößerung an.

Er blickte auf die Uhr. In etwa einer Stunde würden sie in Bielefeld sein. Wenn alles gut liefe, würde er in Kürze den Schritt vom Gastronomen zum Unternehmer tun. Lediglich die Einkaufspreise der Lebensmittel bereiteten ihm Sorgen. Es war das Zugeständnis an *die Firma*, das er hatte machen müssen. Aber auch das würde sich mit der Zeit irgendwie regeln. Er nahm sich vor, möglichst bald mit Vito darüber zu reden.

Er sah zu Carla hinüber. Sie war neben ihm eingeschlafen, eine Hand auf seinem Bein. Zusammen waren sie unschlagbar, dachte er. Zusammen würden sie alles schaffen, so wie sie bisher immer alles geschafft hatten.

Er setzte den Blinker. »Bielefeld-Ost«. Die nächste Ausfahrt würde ihn auf die B 66 bringen, von dort wären es nur noch zwanzig Minuten bis zum Werksgelände und damit vielleicht auch bis zu einem ganz neuen Kapitel in seinem Leben.

Gianni

November 1972, Berlin

Es war kurz nach Mitternacht. Die Gäste waren aufgrund der Extremwetterlage am Abend weitestgehend ausgeblieben, und Gianni war eigentlich nur ins Restaurant gefahren, um sicherzustellen, dass der starke Sturm nicht die Fensterscheiben eindrückte. Er schloss die Tür ab, rüttelte noch einmal an den heruntergelassenen Gittern, schlug den Mantelkragen hoch und kämpfte sich durch die immer noch starken Windböen zu seinem Auto. Noch am Vorabend hatten sie Quimburga in der *Tagesschau* als leichten Herbststurm angekündigt. Was dann in den folgenden 24 Stunden geschah, glich einer Apokalypse. In Ostberlin hatte es zwei Turmgiebel der Friedrichshagener Christophoruskirche heruntergerissen. In der *Abendschau* hatten sie über eine Rentnerin berichtet, die unter den Trümmern begraben wurde. »Unkraut vergeht nicht!«, hatte sie gerufen, bevor alles über ihr zusammenbrach. Überall waren Dächer von den Häusern geweht worden und Bäume umgestürzt. Der Sturm hatte sich als einer der schlimmsten seit über sechzig Jahren herausgestellt.

Der Wind kam Gianni mit solcher Wucht entgegen, dass das Atmen schwerfiel. Er versenkte die Nasenspitze im Rollkragen seines Pullovers aus bester sechsfädiger Kaschmirwolle. Er hatte ihn erst vor ein paar Tagen beim Herrenausstatter Mientus in der Wilmersdorfer Straße erstanden. Als Tribut an den nahenden kalten Winter und ein bisschen als Belohnung für die gut laufenden Geschäfte. Der Sommer war in Berlin bis in den September hinein heiß und trocken gewesen. Fast sizilianische Verhältnisse, hatte er gedacht. Doch dann hielt der Herbst Einzug, wie im Jahr davor tobten die Stürme, und es gab bereits Mitte November Schneeregen. Wenn ihm vor fünfzehn Jahren jemand prophezeit hätte, dass er sein Leben in einer so unwirtlichen, ja, nahezu menschenfeindlichen Umgebung verbringen würde, er hätte ihn für verrückt gehalten.

Il Gattone stand unbeschadet am Straßenrand. Es waren zwar jede Menge Äste ringsherum heruntergefallen, aber keiner war der weinroten Katze zu nahe gekommen. Er stieg erleichtert ein und zündete sich eine Atika am Zigarettenanzünder an. Als der tiefe Klang des Motors ertönte, warf er einen Blick auf die Uhr. Kurz vor halb eins. Im *Drugstore* war es um diese Uhrzeit normalerweise noch leer. Viele der Gäste kamen erst, wenn ihre eigenen Restaurants geschlossen waren. Seit ein paar Monaten hatte sich die italienische Comunità in die Bar am Kurfürstendamm zurückgezogen. Da war man unter sich, konnte Neuigkeiten aus Italien besprechen, Karten spielen und Kontakte pflegen. Heute hatten sicher auch die anderen Gastronomen früher Schluss gemacht.

Er setzte den Blinker und bog vom Hohenzollerndamm in die Uhlandstraße. Quimburga hatte auch hier gewütet. Die menschenleeren Straßen waren von Ästen, Baugerüsten und sogar von umhergewirbelten Fahrrädern versperrt. An manchen Stellen war die Feuerwehr im Einsatz. Gianni schaute über das Lenkrad zum Himmel. Die bedrohlich grauen Wolken, von Berlins Lichtern orange angestrahlt, sahen immer noch aus, als würden sie im Zeitraffer über die Stadt fliegen, während sich die Lage hier unten langsam zu entspannen schien.

Als Gianni am *Drugstore* ankam, öffnete sich gerade die Tür, und Selvaggio trat nach draußen, den Kamelhaarmantel offen, den passenden Hut tief ins Gesicht geschoben und eine Zigarette in der Hand.

»Ciao, amico.« Gianni klopfte dem Freund auf die Schulter und stellte sich, frierend auf der Stelle tretend, neben ihn. Selvaggio hatte seine neuen Schuhe an. Eine Maßanfertigung von einem neuen Schuhmacher aus Brescia, Mario Bertulli. Er war eigens dafür nach Italien gereist. »Ein kleiner Absatz für mich, aber ein großer Effekt *per le donne*«, hatte er Gianni erklärt. Dieser Bertulli hatte mit dem integrierten Absatz, dem man seine Höhe nicht ansah, den großen Wurf gelandet. Gianni bewunderte die Weitsicht und Geschäftstüchtigkeit dieses Mannes. Eine Vielzahl prominenter Männer aus Politik und Kultur hatten mithilfe dieses Tricks seit Jahresbeginn bereits auffallend an Körpergröße gewonnen. Selvaggio hatte stolze acht Zentimeter zugelegt, und wenn man genau hinsah, konnte man das Stück Saum an seiner Schlaghose erkennen, das bis vor Kurzem noch umgeschlagen war.

Als sie wenig später an die Bar traten, war Franco schon da. Gianni stellte sich neben ihn, klopfte ihm auf die Schulter und bestellte sich einen Negroni. Erst als er den ersten Schluck des bittersüßen Getränks genommen hatte, begann er zu reden.

»Ich hab die Zusage.« Er sah wie beiläufig geradeaus, bemüht, ein feines Lächeln zu unterdrücken.

Franco sah ihn fassungslos an. »Du hast die Zusage? Du hast die Zusage!« Die Wiederholung hatte er so laut ausgerufen, dass sich einige Gäste bereits umdrehten. »*Ma sei scemo?* Das erzählst du hier so beiläufig?«

Gianni erzählte von dem Anruf, der am späten Vormittag aus Bielefeld gekommen war. Er hatte das Rennen gemacht. Die Tiefkühlpizza von Dr. Oetker würde in Zukunft statt aus Mantua aus Berlin-Moabit kommen. Sie planten zunächst eine monatliche Produktion von etwa 100 000 Stück.

»*Meno male* – gut, dass ich die Fabrik angemietet habe.« Gianni zündete sich eine Zigarette an und nahm einen tiefen

Zug. »Wir wollen die Aluminiumschalen, in denen die Pizzen bisher ausgeliefert wurden, weglassen. Wir werden sie einfach in Folie einschweißen. Das spart Geld und Ressourcen. Mir fehlt nur noch eine Idee für die Kühlanlage. Und die Kapazitäten zum Einfrieren von so hohen Stückzahlen. Auf herkömmlichem Weg müssten wir mehrere Hundert Meter Förderbänder bereitstellen. Der Platz reicht einfach nicht. Wir müssen effektiver werden.« Er stieß den Rauch aus und beobachtete nachdenklich, wie er sich im Raum verteilte. »Ich brauche eine Idee. Und ich brauche einen Partner.« Er sah Franco an. »Franco, steig mit mir ins Tiefkühlgeschäft ein. Du hast die Erfahrung, ich weiß, dass ich dir trauen kann, wir wären ein gutes Team. Ich brauche jemanden an meiner Seite.«

Franco zögerte, schüttelte dann aber bestimmt den Kopf. »Zu viele Baustellen in meinem Leben.« Er zuckte bedauernd mit den Achseln. »Der Schritt ist mir zu groß. Aber vermutlich werde ich es irgendwann bereuen.«

Als Gianni spät nachts nach Hause fuhr, hatte er zwar immer noch keinen Partner für die *Pizza-Versandbäckerei*, aber auf einmal, ganz plötzlich und ohne Vorankündigung, die Idee für die Kühlanlage. Er würde sie spiralförmig bauen lassen und somit den fehlenden Platz schaffen.

Nichts geschieht ohne Grund, dachte er zufrieden und sah den Fusillo in Artuas Küche vor sich.

Tita

Freitag, 10. September 2004, Ragusa

Das Lokal, in dem sie sich mit Fabrizio und Gianluca verabredet hatte, war vom Hotel nur eine Viertelstunde Fußweg entfernt. Tita freute sich auf einen unbeschwerten Abend unter Freunden, bei dem keine Gefahr bestand, dass sie in Tränen ausbrechen oder sich wie eine Küchenschabe fühlen würde. Auf dem Lungomare schlenderten die Menschen in Familienverbänden zum Essen, und wieder war die schwüle Hitze hier am Strand so viel drückender als zum Beispiel in Santa Croce Camerina. Die Feuchtigkeit legte sich wie ein glänzender Film auf die Haut, als würde das Meer, das sich bereits in ein müdes Graublau zurückgezogen hatte, einen Gruß an die vorbeischlendernden Passanten schicken wollen. Als Tita an der verabredeten Adresse angekommen war, fühlte sie sich, als wäre sie soeben an Land geschwommen.

Das *Da Carmelo* war mehr eine Strandbude als ein Restaurant. Das gesamte Haus war auf Pfählen in den Sand gebaut, sodass die Wellen an aufgewühlten Tagen direkt bis unter die Gäste rollten und dort den Geruch nach sauberem salzigem Meerwasser zurückließen. Man trat vom Lungomare aus in einen Raum, der, seitlich von Glasscheiben vor zu starkem Wind geschützt, direkt auf eine hölzerne Veranda mit Meerblick führte. Die Einrichtung war einfach. Das Weiß der Bretter war offensichtlich schon viele Male überstrichen worden. Das Geländer leuchtete in einem künstlich wirkenden Azurblau, das sich in den Papierservietten auf den einfachen, weiß gedeckten Tischen wiederholte. Grissini und Besteck steckten in papiernen Umschlägen. Die Stühle waren aus weiß gestrichenem Holz und Korbgeflecht, wie sie wahrscheinlich schon seit Jahrhunderten in sizilianischen Gaststätten zu finden waren.

Im Eingang stand eine große Kühltruhe mit Eisschnee, auf dem die Fischfänge des Tages ausgestellt waren. Tita sah im Vorübergehen einen Scorfano mit beängstigend aufgerissenem Maul, zwei Cernie, große Stücke von Tonno und Pesce Spada sowie Berge von Vongole Veraci und Ricci di Mare. Von der Veranda hörte sie das Rauschen des mittlerweile dunklen Meeres, das sich mit Gläserklirren und Stimmengemurmel zu einer angenehmen Geräuschkulisse verband.

Fabrizio und Gianluca waren bereits da, und als Tita an den Tisch trat, erhoben sie sich zur Begrüßung. Mit dabei saß eine zierliche, androgyn wirkende junge Frau mit kurzen schwarzen Haaren, die sich nun ebenfalls erhob, Tita mit einem warmen Lächeln begrüßte und ihr beide Hände reichte.

»Tita, das ist Tami.« Fabrizio wies auf Tami und legte ihr kurz den Arm um die Schulter. »Ich habe mir erlaubt, sie mitzubringen. Sie kommt ursprünglich aus Albanien, lebt aber mit ihrer Familie seit dem Sturz des kommunistischen Regimes 1990 auf Sizilien und hat an der Accademia di Belle Arti di Brera in Milano Kulturgeschichte und *Decorazione* studiert. Sie ist eine wirklich begnadete Innenarchitektin. Ihr werdet euch großartig verstehen, und ich kann mich in Ruhe auf die Bereiche der Architektur konzentrieren, von denen ich Ahnung habe.«

Gianluca schaute belustigt zu ihm hinüber. »Welche genau wären das? Du meinst die Bereiche ›*Stare con le mani in mano*‹ oder ›Besprechung im Café‹, ›eine Nacht drüber schlafen‹ und ›auf morgen verschieben‹?«

Fabrizio boxte ihn in die Seite. »*Ma che stronzo, che sei!* Mach mich vor den Damen nicht schlechter, als ich bin.«

Gianluca wandte sich wieder Tita zu. *»Scherzavo.* Fabrizio ist der beste Architekt, den du dir für dein Vorhaben wünschen kannst, und Tami hat bereits einige große Projekte hier auf Sizilien begleitet. Sie ist eine Expertin, wenn es um hiesige Kunst und Materialien geht. Ich würde sagen, sie ist selbst eine Künstlerin.«

Tami verbeugte sich geschmeichelt, setzte sich, nahm ihr leeres Glas und hob es. »Nachdem die Herren uns ja netterweise schon bekannt gemacht haben … *Un brindisi!* Auf diese Insel der Widersprüche, auf der so viele Kulturen ihre Spuren hinterlassen haben und auf der sich auch heute noch so viele unterschiedliche Kulturen zu Hause fühlen!«

»Wäre das nicht besser mit Wein im Glas?«, lachte Tita.

Gianluca orderte eine Flasche Grillo, und als kurze Zeit später der kalte Wein ihre Gläser beschlagen ließ, wiederholten sie ihren Trinkspruch.

Nachdem Tita Magnì kurz beschrieben hatte und auch ihre Vorstellungen und Wünsche den Umbau betreffend, nickte Tami. »Fabrizio hat mir schon alles erzählt und ein paar Bilder gezeigt. Ich verstehe zu hundert Prozent, was du meinst, und ich habe ein paar Sachen mitgebracht.«

Tita war überrascht, wie direkt Tami ihre Anregungen aufgenommen hatte. Sie stimmte Fabrizio und Gianluca zu. Tami schien wirklich etwas zu verstehen von ihrem Metier.

Aber zunächst lag Tita noch etwas anderes auf der Seele.

»Liebe Freunde. Ich bin glücklich und fühle mich geehrt, dass ihr mich bei meinem Projekt unterstützen möchtet. Ich habe das Gefühl, es wird eine großartige Zusammenarbeit, und ich bin mir sicher, dass ihr die Richtigen dafür seid. Aber«, – sie setzte ihr Glas kurz ab –, »ich bin leider keine reiche deutsche Touristin, die sich für 100 000 Euro ihr Feriendomizil hier ausbauen kann.« Sie schaute etwas unglücklich von einem zum anderen. »Um ehrlich zu sein, fiel es mir schon schwer, das Geld für den Kauf aufzubringen.«

Gianluca warf Fabrizio einen kurzen Blick zu.

Fabrizio legte seine Hand auf Titas Arm und sagte: »*Non ti preoccupare!* Wir wissen, dass du ein begrenztes Budget hast, und unsere Planungen werden darauf Rücksicht nehmen.«

»Und du weißt ja, *siamo terroni!* Eine Stunde unserer südländischen Arbeitskraft kostet ungefähr so viel wie die eines Maulesels.« Gianluca hob sein Glas.

»Und die Materialien liegen ja quasi umsonst auf den Feldern!«, rief Tami, und erneut stießen sie an.

»Auf Magnì!«

»Auf Magnì!«

Der Kellner stellte einen großen, bunt bemalten Teller mit halbierten Pomodori di Pachino auf den Tisch. Daneben ein kleines rundes Tablett mit Essig, Öl, Pfeffer, grobem Meersalz und, in kleinen Glasschälchen, Sardellen, Zwiebeln, frischem Basilikum und Kapern.

»Ich danke euch so sehr.«

Tita war glücklich, gerührt und auch ein bisschen unsicher. Sie vermischte auf ihrem Teller ein paar Tomaten mit den anderen Zutaten und nahm eine Gabel davon. Die Tomaten schmeckten süß, als hätte man Zucker darüber gestreut. Gleichzeitig hatten sie einen herben Geschmack nach Meer und eine leichte Säure, die erst zum Vorschein kam, wenn man meinte, man hätte schon alle Aromen herausgeschmeckt. Während der Genuss ihre Sinne flutete, stellte sie wieder einmal fest, dass sie und diese Insel, trotz all der Bedenken, die sie seit Jahrzehnten gehegt hatte, einfach zusammengehörten.

Die Einfachheit der Rezepte, die die Qualität der Produkte in den Vordergrund stellte, die Kargheit der Landschaft, die gleichzeitig den Pflanzen, die hier wuchsen, einen so vorteilhaften Rahmen bot, und die Herzlichkeit der Menschen, deren Lachen und Weinen in allen Lebenslagen sich immer die Waage zu halten schienen – all das kam ihr so vertraut vor, als hätte es schon immer zu ihrem Leben gehört. Vielleicht konnte Liebe zu jemandem oder etwas doch auf genetische Weise übertragen werden, und Papà hatte ihr diese eigenartige Melancholie, die sich immer wieder mit Glück abwechselte, in die Wiege gelegt.

Und während sie »la scarpetta« machte und das Olivenöl mit etwas Brot vom Teller stippte, erwähnte sie ganz beiläufig die Neuigkeit. So wie man erzählt, dass man irgendwann einmal eine Weltreise unternehmen oder den Beruf wechseln möchte.

»Ich habe vor, ganz hierherzuziehen.«

Gianluca ließ seine Gabel sinken und sah sie mit offenem Mund an.

Fabrizio sagte: »*Caspita!* Da muss ich mich wohl noch mehr anstrengen.«

Und Tami lächelte und sagte leise: »Das kann ich gut verstehen.«

»Du weißt schon, dass die meisten Leute hier eigentlich wegziehen? Du würdest sozusagen gegen den Strom schwimmen.« Gianluca lächelte sie mit dem gleichen Lächeln an, das er vor einer gefühlten Ewigkeit gezeigt hatte, als sie ihm in der Kanzlei erklärte, warum sie Magnì kaufen wolle.

»Ich weiß, es klingt sonderbar. Erst meide ich Sizilien für 26 Jahre wie der Teufel das Weihwasser, und auf einmal will ich herziehen. Es ist wirklich verrückt.« Tita wischte ein paar unsichtbare Krümel von ihrem Kleid.

»Na ja, nicht verrückter, als in einer Nacht-und-Nebel-Aktion aus einem sizilianischen Kloster nach Berlin zu fliehen«, gab Gianluca zu bedenken.

»Und sich drei Jahre nicht zu melden!«, warf Fabrizio ein.

»Es ist eine großartige Idee.« Tami lächelte warm. »Man sollte immer dem Herzen folgen.«

Auf dem Tisch stand jetzt eine Platte mit kleinen frittierten Fischen.

»Aaah! La Frittura di Paranza!« Fabrizio nahm eine halbe Zitrone und träufelte großzügig Saft über den Teller.

»Was bedeutet Paranza?« Tita kannte zwar das Gericht, aber nicht den Namen.

»Das ist der Fang, den die Schleppnetzboote an Land bringen.« Fabrizio verteilte die Fischchen auf die Teller. »Alles, was das Meer bei einem Fang an kleinen Fischen hergibt. Im Gegensatz zum Fritto Misto, bei dem auch Calamaretti, Gamberetti und Gemüse wie Zucchini, Paprika oder Karotten frittiert werden. Die Paranza ist übrigens ein spezielles Fischerboot mit Schleppnetz.«

»Oder auch eine kleine Gruppe der Camorra.« Fabrizio zwinkerte. »Allerdings essen wir die hier nur ungern frittiert.«

Als schließlich auch die Frittura abgeräumt war, zog Fabrizio einen Stapel Pappen aus einer Mappe und breitete sie auf dem Tisch aus. »Bevor wir zu satt sind, sollten wir uns das einmal ansehen.«

Tita konnte es kaum noch abwarten.

»Ich habe hier ein paar Fotos von Magnì gemacht und auf einer Seite zusammengestellt. Die wichtigsten Dinge, die zunächst in Angriff genommen werden müssen, sind Wasser, Abwasser und Strom. Und wenn du tatsächlich planst, länger hier zu leben, brauchst du auch Internet und eine Heizung. Auch wenn man es sich im Sommer nicht vorstellen kann, die Nächte im Winter sind kalt. Die Tage übrigens auch.« Er rieb sich die Hände, als herrschten gerade Minusgrade. »Für uns Südländer sind 15 Grad tagsüber unterhalb des Zumutbaren.«

Tita musste lachen. Sie erinnerte sich an die Passagiere eines italienischen Reisebusses in Berlin, die an einem sonnigen, warmen Maitag aus dem Fahrzeug stiegen, als würden sie zu einer Expedition in die Arktis aufbrechen. »Ja, ich verstehe. Eine Heizung wäre sicherlich nicht schlecht.«

»Wir müssen uns außerdem das Dach genauer anschauen.« Fabrizio zeigte auf eines der Fotos. »Man sieht hier, dass es einige Schwachstellen gibt, die einer Reparatur bedürfen. Auch ein funktionierender Brunnen wäre von Vorteil.«

Tita wurde es langsam unbehaglich. Mit jedem einzelnen Punkt würden die Kosten bereits jetzt erheblich sein.

»Zu guter Letzt … Du wirst eine Klimaanlage brauchen. Vielleicht schaffst du es ein oder zwei Sommer mit einem Ventilator, aber immer, wenn das Thermometer auf über vierzig Grad klettert, wirst du dich ins kühle Berlin zurückwünschen.«

Titas Mut war mittlerweile mindestens so tief gesunken wie die Temperaturen in Magnì im Winter. Das würde sie niemals alles bezahlen können. Und hier wäre noch nicht einmal ein bisschen Einrichtung oder Gartenbepflanzung dabei. Nur das Notwendigste, hatte Fabrizio gesagt.

Der betrachtete sie mitfühlend. »Du brauchst nicht den Kopf hängen zu lassen. *Col tempo e con la paglia si maturano le nespole.* Mit Geduld und Zeit kommt man weit. Es wird etwas dauern, aber ich verspreche dir, wir bekommen das hin.« Zunächst müsse man eine Bestandsaufnahme machen. Er würde nächste Woche die elektrischen Leitungen prüfen lassen. Das Wasser sei momentan noch abgestellt. »Ich gehe davon aus, dass die Leitungen mit Frischwasser noch funktionieren. Peppino hat schließlich bis vor ein paar Monaten noch dort gelebt. Für das Abwasser muss im Moment weiterhin die Latrine reichen.«

Tita verzog das Gesicht.

»Sobald du Geld hast, kannst du Magnì an die öffentliche Kanalisation anschließen lassen. Momentan steht das nicht an erster Stelle.« Fabrizio hatte einen sachlichen und bestimmten Ton angenommen, seit sie über die Renovierungsmaßnahmen sprachen. Und das war gut so.

»Bleibt noch die Reparatur des Dachs, die zunächst oberste Priorität hat. Damit die Substanz im kommenden Winter keinen Schaden nimmt.«

Tita nickte.

»Kommen wir jetzt zu den guten Nachrichten: Mein Freund Massimo wird sich des Dachs annehmen. Er sagte bereits, dass ihn die Reparatur höchstens zwei Stunden kosten würde. Die Dachziegel können wir von einem seiner Abrissprojekte kostenfrei übernehmen. So wird dich die Reparatur etwa hundert Euro kosten.«

Tita konnte es kaum glauben.

»Die nächste gute Nachricht: Der Brunnen im Hof führt noch Wasser. Für die Bewässerung der Pflanzen müsste es reichen. Und auch die Latrine ist noch funktionsfähig. Der Wagen kommt in regelmäßigen Abständen zum Abpumpen.«

Tita sah ihn unglücklich an.

»Glaub mir, du gewöhnst dich daran. Später möchtest du sie nicht mehr missen.«

Im Hintergrund kicherte Tami, und Gianluca hielt sich die Nase zu.

»Bleiben noch Heizung und Klimaanlage. Die können aber auch bis nächstes Jahr warten. Peppino hat das schließlich auch geschafft. Auf jeden Fall werden wir einige Solarpaneele auf dem Dach anbringen.«

Tita schöpfte Hoffnung – sollte die Elektrik noch in gutem Zustand sein, würde sie dieses Jahr nur das Dach in Angriff nehmen müssen.

»Bevor du dich zu früh freust: All das setzt eine gehörige Portion Eigenleistung voraus. Du wirst mit anpacken müssen. Immer wenn es deine Zeit erlaubt. Das ganze Anwesen ist ziemlich in die Jahre gekommen. Peppino hatte vermutlich nicht mehr die Kraft, alles instand zu halten. Das Haus muss entrümpelt werden. Das alte Badezimmer – wenn man es so nennen will – muss komplett raus. Die Küche wird ebenso wie die Latrine zunächst mal ein Kompromiss bleiben …«

»Das sehe ich nicht so«, warf Tami ein. »Dazu kommen wir später.«

Fabrizio fuhr unbeirrt fort. »Wenn schließlich alles leer und entkernt ist, geht es los mit dem eigentlichen Umbau.« Er zog die nächste Pappe aus der Tasche und lehnte sie an eine der Wasserflaschen auf dem Tisch. »Als du von Magnì gesprochen hast, hast du mich verzaubert. Du hast von den Farben der Felder und Carrubi geschwärmt. Von den blassen, pastellenen Tönen. Von der lehmfarbenen Erde, von den hellen Steinmauern, vom Wind, der über die Felder weht, und von den klassischen Materialien hier auf der Insel. Als Architekt brauche ich immer erst einmal eine Inspiration, die ich mir zum Ziel setzen kann. Und die habe ich jetzt: In Magnì werden wir die Landschaft in den Innenraum holen. Wir werden drinnen und draußen verbinden und alt und modern.«

Er holte eine weitere Pappe mit zwei Grundrissen aus der Mappe.

»Ouh, noch nicht auf den Millimeter, *mi raccomando.* Nur erst einmal, um eine Vision zu haben.« Er zeigte auf den ersten Grundriss, dessen viele kleine gestrichelte Linien die Zimmerwände in Magnì darstellten. »Diese Aufteilung ist«, – er kratzte sich nachdenklich am Kinn – »sagen wir mal ›nicht mehr ganz zeitgemäß‹. Ich habe den Grundriss entkernt und einige Zimmer sowie die Scheune zusammengelegt, damit alles etwas luftiger wird. Wir haben jetzt hier eine große Wohnküche. Das ehemalige doppelflügelige Holztor, das von der Scheune in den Hof führt, wird gegen eine Terrassentür ausgetauscht. Hinter der Wohnküche liegen zwei Schlafzimmer, deren Wände wir ebenfalls durch große Terrassentüren ersetzen werden. Wenn du morgens aufwachst, wirst du auf die Felder hinter Magnì schauen. Du wirst denken, die Carrubi wachsen in deinem Zimmer. All diese Räume liegen nach Nordosten. Die Sonne wird dich wecken, aber die Hitze bleibt draußen.« Er zeigte auf die ehemalige Garage. »Hier werden wir ein Badezimmer einrichten. Auch hier mit einer großen Terrassentür nach Nordosten. Wenn dir danach ist, kannst du sie aufschieben und dein Bad im Freien nehmen.« Er grinste. »Aber pass auf, dass dich die Eidechsen nicht besuchen kommen.«

Tita hatte es die Sprache verschlagen. Es war wie in ihren kühnsten Träumen, und dennoch blieb es Magnì.

»In der ehemaligen Gerätekammer neben dem Eingang werden wir dir ein kleines Arbeitszimmer einrichten. Mit einer Pergola davor, die tagsüber die Sonne fernhält. Damit du zum Arbeiten kommst. Der Hof bleibt, wie er ist. Man könnte es sich nicht schöner ausdenken. Der alte Carrubo wirft einen wunderbaren Schatten über den großen Steintisch. Wir werden oft bei dir zu Besuch sein. Da ist mindestens Platz für …«

»… *tririci!*«, jubelte Tita.

Fabrizio nickte leicht irritiert. »Ja, mindestens. Der wundervolle Brunnen bleibt auch. Und wenn du merkst, dass du für immer hierbleiben möchtest, kannst du auf der Westseite des Hauses immer noch ein schmales Bassin anlegen lassen, in das tagsüber das Wasser plätschert.«

»Es ist perfekt, Fabrizio.« Tita war den Tränen nah.

»Was das Klima angeht: Die dicken Steinmauern halten ja Hitze wie Kälte weitestgehend draußen. Die neuen Türen und

Fenster werden aus dunklen Eisenrahmen mit temperatur- und UV-beständigen Scheiben sein. So hältst du es vielleicht erst einmal ohne Klimaanlage aus.« Er zwinkerte ihr zu. »In der Küche werden wir eine offene Feuerstelle beibehalten.«

Für einen Moment sah Tita Peppino vor sich, wie er mit einem Schilfrohr den Ricotta in dem großen Kupfertopf umrührte.

Doch bevor sie traurig werden konnte, rief Gianluca: *»Aaaah! Finalmente! Il cuscus! Sto morendo di fame!«*

Der Kellner brachte eine große, marokkanisch anmutende Schüssel, deren Gewicht ihn auf dem Weg zum Tisch leicht schlingern ließ. Der Couscous war durchmischt mit Meeresfrüchten und Stücken von gebratenem Fisch, obenauf lagen gegrillte Gambas, Miesmuscheln und einige Vongole.

»Es gibt nichts Besseres!« Fabrizio rieb sich voller Vorfreude die Hände, und Tami schob die Gläser, Flaschen und Pappen beiseite, um der gigantischen Schüssel Platz zu schaffen.

»Ist denn Couscous eine Spezialität aus Sizilien?«, fragte Tita erstaunt.

»*Come no!* Und ob!«, rief Gianluca, ohne den Blick vom Essen abzuwenden. »Couscous ist eines unserer heiligen Nationalgerichte.«

»Besatzeressen«, frotzelte Fabrizio.

»Der Couscous ist aus dem Maghreb zu uns nach Sizilien herübergeweht.« Tami tat jedem einen Berg Couscous und Meeresfrüchte auf. »250 Jahre arabische Herrschaft auf Sizilien haben überall Spuren hinterlassen. Die Griechen haben uns zwar die blühenden Gärten mit Zitrusfrüchten, Datteln, Bananen, Pistazien, Mirtilli, Melonen und Albicocche hinterlassen. Aber die Sarazenen haben die sizilianische Küche wirklich maßgeblich beeinflusst. Sie brachten uns Safran, Zimt, Nelken,

Sesam, aber auch Gelsomino, Rosenaroma und Bergamotte. Die Vorliebe der Sizilianer für sehr süße Speisen kommt auch von den Arabern. Bis heute haben viele sizilianische Gerichte arabisch klingende Namen. Du kennst doch bestimmt …« Sie nahm eine Gabel Couscous in den Mund und ruderte mit der Hand vor ihrem Mund, bevor sie Daumen und Zeigefinger küsste. *»Delizioso!«* Sie tupfte sich den Mund ab, nahm einen Schluck Grillo und fuhr fort. »… Torrone. Diese unglaublich klebrige leckere Süßigkeit aus Honig und Mandeln? Bei uns heißt sie auch Cubbaita, vom arabischen ›qubbayt‹.«

»Komm zur Sache, dein Essen wird kalt.« Fabrizio lud sich gerade eine zweite Portion auf den Teller. Tita musste sich zwingen, Tamis Ausführungen weiter zu folgen. Das dampfende Gericht nahm ihre volle Aufmerksamkeit in Anspruch.

Tami nahm wieder einen Bissen und fuhr fort: »Der Couscous wurde also von den Arabern eingeführt. Mazara war die erste Stadt, die sie auf Sizilien eroberten, und von dort und aus Trapani kommen auch die besten Couscous-Varianten. Man macht es aus Hartweizengries, der aber etwas gröber ist als der im Maghreb.« Sie hob wie zum Beweis ihre Gabel, auf der die Couscous-Körner gut zu erkennen waren.

»Und hier auf Sizilien machen wir den Couscous mit Fisch, nicht mit Fleisch. Die Körner werden in der *pignatta du cùscusu*, einer Art Terrakottasieb, und in dem *Mafarrada*, einer Terrakottaschüssel mit flachem Boden, vor- und zubereitet. Die Basis ist ein sehr würziger Fischfond, über dem der Couscous gedämpft wird. Manche Köchinnen legen Zitronenscheiben und Lorbeerblätter auf die Löcher der Pignatta, damit der Gries nicht durchrutscht. So nimmt das Gericht das ganze Aroma des Fonds auf.«

Gianluca ermahnte sie mit vollem Mund. »*Basta adesso!* Iss lieber!« Doch Tami war noch nicht fertig.

»Wichtig ist, dass der Gries gut quellen kann und dass man ihn zwischenzeitlich durchmengt, damit er nicht zusammenklebt. Es gibt so viele Couscous-Varianten wie Sandkörner am Meer. Jede Familie hat ihr eigenes Rezept. Wer es sich leisten kann, gibt in die Suppe Zackenbarsch, Knurrhahn, Kabeljau, Seeteufel, Cozze, Vongole und die Schalen einiger Krustentiere. Am Ende wird der gegarte Gries mit Tomatenmark, Petersilie, den gekochten Fischstücken, den Muscheln und einigen gebratenen Gambas serviert. Es ist eine Delikatesse …«

»Von der du bald nichts mehr abbekommen wirst, wenn du weiter Vorträge hältst«, lachte Fabrizio.

Tita lehnte sich zurück, schloss die Augen und genoss diesen Moment. Vom Meer wehte eine leichte Brise über die Veranda. Sie hatte mit Fabrizios Vorschlägen und Kostenaufstellungen eine wirkliche Perspektive, und das erste Mal, seit sie aus einer Laune heraus beschlossen hatte, Magnì zu kaufen, sah sie alles wirklich vor sich. Die Gesellschaft dieser Menschen war so angenehm, und sie war so herzlich und vorbehaltlos in ihrer Mitte aufgenommen worden, dass sie sich kaum vorstellen konnte, dass sie erst seit vier Tagen hier war. Noch weniger konnte sie sich vorstellen, in zwei Tagen wieder nach Berlin zu reisen. Die große, laute und schnelle Stadt schien ihr so weit entfernt, dass sie fast so etwas wie Panik in sich aufsteigen fühlte.

Sie war angenehm satt, aber als die eiskalte aufgeschnittene Wassermelone und eine Schüssel winzig kleiner Birnen in Eiswasser auf den Tisch gestellt wurden, griff sie trotzdem beherzt zu. Nach all den würzigen Aromen wirkte das Obst erfrischend.

Als schließlich der Caffè serviert wurde, ergriff Tami wieder das Wort. »Tita. Ich weiß, du liebst die Insel. Ihre Farben und Aromen, das Klima und die Weite, den Himmel und die Bäume. Fabrizio möchte dir mit den großen Fensterfronten die

Außenwelt nach innen holen. Ich möchte, dass das Innere des Hauses in die Landschaft übergeht.«

Sie zog eine Tafel aus Fabrizios Mappe. Darauf waren viele Fotos von Innenräumen und Farbschnipsel zu einer Collage montiert. Die dominierenden Farben waren ein silbriges Hellgrün, Hellblau, Terracotta und ein paar helle Ockertöne. Mittendrin hatte Tami ein Gitter aus breiten schwarzen Linien über sizilianische Landschaftsfotos gelegt, um den Blick aus den eisernen Terrassentüren zu simulieren. Es gab Fotos von Kakteen und von leuchtend pink blühenden Bougainvilleen. Ein Foto zeigte eine Pomeranze, zwei weitere Carrubi und Olivenbäume. Ganz an den Rand hatte sie eine Abbildung von einem langen, sehr schmalen Schwimmbassin geklebt, das mit hellen Tuffsteinen eingefasst war. Das Wasser schimmerte im gleichen hellen Grün wie die Bäume.

Tita stockte der Atem. Wie konnte es sein, dass man mit so wenigen Bildern und Farben den Charakter Siziliens einfangen konnte?

»Das ist ein Moodboard.« Tami lehnte die Pappe gegen die Wasserflasche, wo vor Kurzem noch Fabrizios Skizzen gestanden hatten. »Ich habe hier erst einmal Farben und Impressionen zusammengetragen, damit wir am Ende wissen, wie das Ganze wirken soll.«

Sie holte eine weitere Pappe hervor, auf der die Innenräume, wie sie einmal werden sollten, mit lockeren Strichen aufs Papier geworfen waren. »Ich könnte mir vorstellen, dass wir die Küche als offenen Bereich anlegen, in dem du mit Freunden kochst, aber auch am Esstisch sitzt und Zeitung liest oder Oliven entkernst.« Sie zwinkerte Tita zu. »Du hast einen Ausgang direkt in den Hof und eine kleine Tür nach hinten zu einem Kräutergarten. Die Feuerstelle für den Kupfertopf bleibt, wo sie ist. In der Mitte der Küche steht eine große gemauerte Kücheninsel mit einem steinernen Waschbecken und einigen Gaskochfeldern. Hier kannst du Gemüse putzen oder deine Pasta anrichten. Da drüben«, – sie zeigte auf einige Linien am Rand –, »werden wir Regale aus Kalksandsteinen bauen. Da hast du viel Platz für Utensilien und Vorräte. Der Tisch hier«, – sie zeigte auf einen angedeuteten Holztisch, der mindestens zehn Personen Platz bieten würde –, »ist das zentrale Element in deiner Küche. Wenn du aus irgendeinem Grund mal nicht draußen am Steintisch sitzen kannst, kannst du dich hierher zurückziehen.«

Tita nickte nur. Bei dem Gedanken, Magnì wieder mit Leben zu füllen, mit Familie und Freunden an dem großen Steintisch zu sitzen und zu essen, wurde es ihr ganz warm ums Herz.

»Wir werden den Innenbereich sehr modern gestalten. Moderne Lampen, klare Formen, helle Farben. Allerdings wird der Fußboden weiterhin aus den schon sehr abgetretenen Steinen bestehen, über die schon deine Nonna und dein Nonno liefen. Auch der alte Herd wird bleiben, wenn es nach mir ginge. Er müsste etwas überarbeitet werden, das steht fest, aber eigentlich sind diese alten Eisenmonster unverwüstlich.«

Tita sah bereits alles vor sich.

»Du kannst irgendwann teure Kupfertöpfe anschaffen, aber erst einmal kaufen wir dir ein paar günstige Töpfe und Pfannen aus Aluminium – Tausende sizilianischer Hausfrauen können nicht irren.« Tami lachte, und Tita machte insgeheim bereits eine Liste der Anschaffungen.

»Nun zum Bad. Das wird leider ein Loch ins Budget reißen.« Sie zog bedauernd die Achseln hoch und die Mundwinkel nach unten. »Das ist nicht zu ändern, da alles neu gelegt werden muss und die Garage bisher kein Zu- und Abwasser hat. Aber dafür wirst du danach ein Luxus-Spa haben.« Sie wies auf die Skizze, die eine frei stehende moderne Wanne vor einer der aufgezogenen Terrassentüren mit den Eisenstreben zeigte.

Dann holte sie eine weitere Tafel heraus. Hier waren Bilder von breiten, gemütlichen Sofas in Ocker- und Terracottatönen zu sehen. Außerdem Abbildungen von modernen schwarzen Wand- und Stehlampen, Teppichen mit marokkanischen Mustern und Stühlen, die aus silbrig gebleichtem Treibholz gebaut zu sein schienen. Es gab Fotos von Körben aus geflochtenem Schilf, die offensichtlich in die gemauerten Regale gehörten, von einer rostig schwarzen Leiter aus Eisen, an der Handtücher hingen, und von einem hölzernen Couchtisch von der Länge der Sofas.

Die letzte Tafel, die sie aus der Mappe zog, war voller Pflanzenfotos. »Du hast glücklicherweise eins im Überfluss … Wir brauchen bestimmt keine Carrubi und Olivenbäume anzupflanzen. Davon gibt es reichlich in und um Magnì.« Tami lächelte Tita aufmunternd zu. »Auch eine kleine Pomeranze haben wir an der Mauer hinter dem Haus. Ich würde allerdings zur Sonnenseite eine rankende Bougainvillea pflanzen. Die wird an einer Seite das Haus überwuchern und dir mit ihren leuchtenden Blüten selbst an Tagen, an denen einmal nicht die Sonne scheint, den Weg nach Hause leuchten. Ich würde dir auch gerne ein paar Sukkulenten und Kakteen anpflanzen. Auf der Westseite des Hauses, wo irgendwann einmal das Schwimmbassin sein wird. Und natürlich einen üppigen Kräutergarten hinter dem Haus und Lavendel vor die Schlafzimmertüren. Gegen die Fliegen.« Sie hob die Hände. »Das war's!«

Gianluca, Fabrizio und Tita brachen in Applaus aus, sodass sich einige Gäste neugierig umdrehten.

Zu guter Letzt legte Tami noch einige Materialmuster auf den Tisch. Möbelstoffläppchen in Grün-, Ocker- und Terracottatönen, die Scherbe eines unregelmäßig lasierten cremefarbenen Keramikgeschirrs, ein Stück rostig schwarzes Eisenprofil, einen kleinen Kalksand- und einen Tuffstein sowie eine Seite mit Proben verschiedener Wandfarben.

»Tami, Fabrizio, Gianluca, ich weiß nicht, wie ich euch danken kann …« Tita drehte verlegen das Wasserglas in ihrer Hand. »Und ich weiß auch ehrlich gesagt immer noch nicht, ob ich mir euch und all das leisten kann.« Dann straffte sie die Schultern und sah alle der Reihe nach an. »Aber ich wäre ja verrückt, es nicht wenigstens zu versuchen!«

Erneut wurde es laut an ihrem Tisch. Diesmal aber aufgrund des allgemeinen Jubels. Und schließlich eines erneuten *brindisi*.

»Auf Magnì!«

»Auf Magnì!«

Gianni

Januar 1976, Berlin

Wenn Gianni die Augen schloss, sah er Magnì und die Macchia mediterranea vor sich. Die silbergrünen Blätter der Olivenbäume und der Carrubi, die ockergelben Felder, deren Farbe die Sonne im Laufe des Sommers geschluckt hatte, und die kreidefarbenen Mauern, an deren Rändern die hell blaugrauen Blätter des Heiligenkrauts wirkten wie kleine Stückchen der ebenfalls hell blaugrauen Cumuluswölkchen am Himmel. Wenn Gianni die Augen geschlossen hielt, roch er die Landschaft, als brauchte der Geruchssinn die Unterstützung der Bilder, um sich zu entfalten. Er roch die würzigen Vanillenoten des Heiligenkrauts, den Staub auf den Wegen und die trockenen Kräuter auf den Feldern.

Sobald er die Augen öffnete, verschwand auch der Geruch. Der Schnee hatte jeden einzelnen schwarzen Ast der großen alten Bäume im Klinikpark fürsorglich zugedeckt, als wollte er verhindern, dass sie frieren. Die Alleen, die von den Patienten öfter genutzt wurden, hatten sich von Weiß über ein schmutziges Grau zu Schwarz gefärbt, während kleinere Wege ihre schneeweiße Farbe behalten hatten. Auch Schnee hatte seinen eigenen Geruch, fand Gianni. Aber solange er auch darüber nachdachte, ihm fiel nicht ein, wie man ihn hätte beschreiben können.

Augen zu, Pastell – Augen auf, Schwarz-Weiß. Gianni wiederholte das Ganze ein paarmal, bis ihm schwindelig wurde.

Sie liefen über die gefrorenen Wege durch den Park. Carla zog ihre grobe maisgelbe Wollmütze etwas tiefer über die Ohren und sah zu ihm herüber. »Alles okay?«

Er nickte. Daniele und Tita warfen sich in einiger Entfernung schreiend Schneebälle an den Kopf. Die drei würden heute Nachmittag wieder nach Hause zurückkehren. In die behagliche, luftige Wohnung mit den hohen Decken und den eukalyptusfarbenen Wänden, die mit der deutschen Sofagarnitur und der Keramik aus Caltagirone wie eine deutsch-sizilianische Collage wirkte.

Nur er selbst würde eine weitere Woche in dem sterilen Doppelzimmer mit dem kalten Licht bleiben müssen. Eine weitere Woche voller Belehrungen, die er nicht hören wollte. Eine weitere Woche mit Essen, das die Nahrungsaufnahme auf ein notwendiges Übel reduzierte, fernab von jeglichem Genuss. Eine Woche ohne Zigaretten. Ohne Wein. Und vor allem … ohne seine Familie. Dieses Umfeld machte ihn krank.

Er sah zu Carla hinüber und nickte noch einmal. »Näckste Woche bin ich wieder bei euch. Keine Problem. Alles wird gut.«

Nichts war gut, dachte er bei sich. Seit diese *maledetta malatia* entdeckt worden war, krempelte man sein Leben komplett auf links. Es war, als hätte er damit sein Recht auf Selbstbestimmung verloren. Verdammt noch mal, er war 36 Jahre alt, er stand in der Blüte seines Lebens – nicht einmal Salvatrice hatte ihn seinerzeit an so kurzer Leine gehalten.

Es hatte zunächst ganz harmlos angefangen. Die Müdigkeit, das Kribbeln in den Händen und dieser furchtbare Durst, der sich ebenso wenig stillen ließ wie das Heimweh. Niemals wäre er auf den Gedanken gekommen, deswegen zum Arzt zu gehen, hätte Carla ihn nicht dazu gedrängt. Als die Diagnose kam, war er noch ganz entspannt. Als man ihn dann nötigte, sich für ein paar Wochen in die Klinik am Stadtrand zu begeben, um mit der Krankheit umgehen zu lernen, hätte er im Leben nicht geglaubt, was das für Konsequenzen haben würde.

Jeder Tag würde ab jetzt in Broteinheiten unterteilt sein. Jeden Tag würde er sich Insulin spritzen müssen, von dessen korrekter Dosierung seine verbleibende Lebenszeit abhing. Jeden Tag, jede Stunde, jede Minute im Leben schoben sich die Berechnungen zur Regulierung seines Blutzuckers in den Vordergrund und verhinderten jegliche Spontaneität. Der Preis für das Schleifenlassen, so viel hatte man ihn wissen lassen, wären Amputationen, Verlust der Sehkraft, Schädigung der Arterien und damit das Risiko von Herzinfarkt und Schlaganfall. »Eine Zivilisationskrankheit«, hatte man ihm gesagt. Als wäre das für eine Krankheit ein besonderes Prädikat. Vielleicht war man in Deutschland zivilisierter als anderswo. Auf Sizilien hatte er noch nie von Diabetes gehört.

Er merkte, wie Carla ihn wieder prüfend von der Seite ansah. Dann griff sie nach seiner Hand. »Du grübelst schon wieder.« Sie nahm ihn in den Arm und drückte ihm einen gefrorenen Kuss auf die Wange. »Aber ich weiß, womit ich dich aufheitern kann … Es gibt gute Nachrichten.«

»Ich weiß es! Ich weiß es schon!« Tita zwängte sich außer Atem und nass vom Schnee zwischen Carla und ihn.

»Amore, erzähl es mir!«, bat er Tita.

»Zio Giorgio kommt nach Berlin! Schon übernächste Woche!«

Gianni brauchte einen Moment, um den Satz zu verstehen. Als er die Augen schloss, roch er wieder das Heiligenkraut. Als er schließlich die Augen wieder öffnete, war es, als hätte er in einer anderen Welt Anlauf genommen. Er packte Tita unter den Achseln und wirbelte sie im Kreis, bis sie beide nach Luft japsten und die Welt um sie herum sich weiterdrehte, obwohl sie schon längst still standen.

Als Gianni endlich wieder zu Hause war, war der Schnee geschmolzen und hatte Berlins Straßen in einem hässlich nassen Schwarzgrau zurückgelassen. In den Nachrichten hatte man Ende Dezember von einem »plötzlichen Wintereinbruch« gesprochen, als wäre dies ein völlig unerwartetes Naturphänomen. Hätte es auf Sizilien geschneit, hätte Gianni den Begriff nachvollziehen können. Aber hier in Deutschland kehrte der Winter verlässlich jedes Jahr mit Eiseskälte zurück. Seit einigen Jahren hielt man Berlins Straßen mit Salz eisfrei. Der sulzige Matsch, der sich dadurch bildete, wurde von Tag zu Tag dunkler, bis er schließlich, als schwarze Kruste am Straßenrand ausdauernd, auf die Rückkehr der Frühlingssonne wartete. Normalerweise waren der Januar und schlimmer noch der Februar Giannis ungeliebteste Monate. Im Februar sank seine Hoffnung auf ihren absoluten Tiefpunkt. Die Wiederkehr von Wärme, Vegetation und Licht schien weiter entfernt als das Meer Siziliens. Die Reserven an Tageslicht, das doch so wichtig für den Stoffwechsel ist, waren aufgebraucht, und wer nicht wirklichen Grund zum Fröhlichsein hatte, kämpfte mit einer veritablen Winterdepression. Normalerweise. Als der Februar dieses Jahr vor der Tür stand, war Gianni glücklich. Giorgio würde kommen. Es war das erste Mal, dass er Besuch aus Sizilien bekam. In all den Jahren, selbst zu ihrer Hochzeit, hatte niemand zu Besuch kommen können. Mittlerweile wäre die Reise für Salvatrice schon zu beschwerlich – von den Kosten nach wie vor ganz abgesehen –, und Salvatore und Peppino konnten die Höfe nicht einfach zurücklassen. Jedes Jahr am Ende des Sommers versprach man einander, sich im nächsten Jahr in Berlin zu treffen. Und jedes Jahr im Frühling musste man sich eingestehen, dass man es wieder nicht schaffen würde. Diesmal war es anders. Giorgio würde kommen.

Und Giorgio kam. Gianni holte ihn vom Flughafen ab. Der neue Flughafen Tegel verströmte einen Hauch von Weltstadtflair. Seit er vor zwei Jahren eröffnet worden war, war Gianni oft mit Tita und Daniele auf der Besucherterrasse gewesen, und gemeinsam hatten sie die startenden und landenden Flugzeuge beobachtet. Die Kinder hatten Spaß an den Maschinen, die sich scheinbar schwerelos in den Himmel schraubten, während Gianni sich mit etwas Wehmut vorzustellen versuchte, dass Magnì, die Sonne und das Meer nur wenige Flugstunden entfernt lagen.

Er mochte den neuen Flughafen. Mit seiner sechseckigen Form und der gelben Innenausstattung erinnerte er ihn an eine Bienenwabe, von der aus sich ein geschäftiges Treiben in verschiedene Flugrichtungen ausbreitete. Mit seinen kurzen Wegen erleichterte er der stetig wachsenden Zahl von Passagieren die An- und Abreise. Gianni dachte an Vitruvio, den römischen Architekten aus dem 1. Jahrhundert vor Christus. Im Seminario hatten sie seine Theorien zum Tempelbau gründlich studiert und in die Moderne übersetzt. Die Qualität eines Bauwerks sei in drei Begriffen zusammenzufassen: Festigkeit, Nützlichkeit und Schönheit. Auch wenn es sich hier um einen Flughafen handelte, die Attribute waren die gleichen geblieben. Was war ein Flughafen anderes als ein moderner Tempel der Zivilisation?

Als der Flug aus Rom gelandet war und die ersten Passagiere auf dem Weg zum Gepäckband hinter der Milchglasscheibe auftauchten, stellte sich Gianni auf die Zehenspitzen, um einen Blick zu erhaschen. Er hatte Giorgio eine ganze Weile nicht gesehen. Der Gedanke, ihn ausgerechnet hier in Berlin zu treffen, fühlte sich fremd an. Schade, dass er in diesem hässlichsten aller Monate anreiste. Für einen Moment musste er an Carla denken, die Sizilien damals ebenfalls im unvorteilhaftesten Monat kennengelernt hatte. Scheinbar war es sein Schicksal, seine Heimatorte geliebten Menschen immer dann vorstellen zu müssen, wenn er sich fast ein bisschen dafür schämte.

Als Giorgio endlich mit einem kleinen Koffer in der Hand die Automatiktür Richtung Ausgang passierte, waren alle Bedenken vergessen.

»Fratellone!«

»Cucciolo!«

So hatte ihn seit Jahren niemand mehr genannt. Es fühlte sich nicht mehr richtig an. Er war kein Welpe mehr. Er hatte hier *all'estero* – im Ausland – seinen eigenen Weg eingeschlagen. Er hatte eine Familie gegründet, eine lästige »Zivilisationskrankheit« auf den Schultern und ein kleines Vermögen gemacht und – wenn er ehrlich war – vermutlich bald auch wieder verloren. Er hatte eine Handvoll Restaurants eröffnet und zum Teil verpachtet und die allererste deutsche Fabrik für Tiefkühlpizza gegründet, die die tiefgefrorenen Teigböden mittlerweile sogar nach Italien exportierte. Wenn man so wollte, hatte er es geschafft. Wenn da nicht die Probleme wären, die ihn seit einigen Jahren verfolgten wie die Aspisviper eine Eidechse im Unterholz.

Er wischte die Sorgen weg und schloss Giorgio in die Arme. »Was für eine Freude, dich zu sehen!«

Giorgio hatte Tränen in den Augen und fuhr Gianni durchs immer schütterer werdende Haar. »Du wirst ja erwachsen, mein Kleiner.«

»Und du trägst immer noch diesen schön gewölbten Stoff vor dir her.« Gianni strich über Giorgios unübersehbaren Bauch, und einen Moment lang fühlten sich beide wieder übermütig wie Kinder.

Giorgio blieb eine ganze Woche. Gianni zeigte ihm Berlins Sehenswürdigkeiten, den Funkturm, das Treppchen zum Brandenburger Tor, auf dem man mit wohligem Gruseln über die Mauer schauen konnte, den Kurfürstendamm mit der Kaiser-Wilhelm-Gedächtniskirche, die sie hier liebevoll *il dente cavo* – den hohlen Zahn – nannten. Er führte ihn um den zugefrorenen Grunewaldsee, wo er ihn sogar überreden konnte, seinen Fuß auf die spiegelglatte Oberfläche zu setzen. Und er zeigte ihm voller Stolz die Pizzafabrik mit den spiralförmig angeordneten Kühltürmen – ohne allerdings seine Sorgen zu erwähnen. Sie saßen jeden Abend oben im Wohnzimmer bei Carla, Tita und Daniele oder bis spät im *Il Gattopardo* und erzählten von Sizilien, von Magnì und der Familie, von Erinnerungen und von Neuigkeiten. Dann packte Gianni seine Super-8-Filme aus, und sie betrachteten mit einer Mischung aus Ausgelassenheit und Ehrfurcht die Filmausschnitte der letzten Jahre.

Als Giorgio eine Woche später in derselben gelben Wabe auf seinen Abflug wartete, sah er Gianni ausnahmsweise ernst in die Augen. »*Auguri, Gianni. Ci sei riuscito.* Du hast es geschafft. Familie und Beruf. Du bist ein gemachter Mann.«

Aus nicht ersichtlichem Grund machte Gianni diese Bemerkung eher traurig als stolz. Was hatte er geschafft? Ja, er hatte eine wundervolle Familie, aber die Arbeit fraß ihn auf. Jede Nacht saß er mit fremden Leuten im Restaurant und gab den gut gelaunten Gastronomen, anstatt zu Hause bei Carla und den Kindern zu sein. Und er war so furchtbar müde.

Manchmal dachte er über die Gemeinsamkeiten seiner zwei Welten nach. Im Grunde genommen waren beides Inseln. Sizilien, eingegrenzt vom Meer, Westberlin, umschlossen von einer Mauer. »*Lu mari è amaru.*« – Das Meer ist bitter, sagte man auf Sizilien. Wie eigenartig, ausgerechnet die Bewohner einer

Insel, die 1152 Kilometer Küsten hat, stehen dem Meer mit Argwohn gegenüber. Wahrscheinlich weil alles, was im Laufe der Jahrtausende vom Meer kam, eine Bedrohung bedeutete … Besatzer, Stürme und Piraten. Allerdings, dachte Gianni, gedieh auf Inseln auch die Kultur besonders gut. Zwar gab es Westberlin noch nicht allzu lang, aber im Grunde genommen war das Inselgefühl hier das gleiche.

Als Giorgio schließlich im Flieger Richtung Rom saß, startete Gianni *il Gattone* und verließ das Flughafengelände in Richtung Süden der Stadt. Sie würden sich heute Abend bei Hilde und Martin treffen. Er freute sich immer auf die gemeinsamen Stunden mit seinen Schwiegereltern. Sie waren seine Ersatzfamilie. Vor allem wenn ihm das Leben gerade mal wieder besonders anstrengend zu sein schien.

Lu mari è amaru, sagte er in Gedanken und zündete sich eine Zigarette an.

Tita

August 1976, Santa Croce Camerina

Der matschige Winter war nahtlos in einen Bilderbuchsommer übergegangen und hatte den Frühling übersprungen. In Berlin hatte sich bereits seit Wochen der blaue Himmel über die Stadt gespannt, lange bevor sie das Auto für die Sommerferien beluden.

Tita hatte Anfang des Jahres die Aufnahmeprüfung für ein katholisches Gymnasium bestanden und war seitdem aufgeregt, glücklich und ängstlich zugleich. »*Sei la mia sprizzagioia!*«, sagte Papà immer, wenn sie aufgedreht angehopst kam. Und »*Diventerai un insegnante, ne sono sicuro.* Du wirst ganz bestimmt eine Lehrerin!«

Jetzt, wo sie endlich auf Sizilien waren, brachte jeder Tag neue Abenteuer. Sie wohnten diesmal in einer Ferienwohnung in Marina di Ragusa. Wenn Tita morgens aufwachte und die Fensterläden öffnete, sah sie das Meer, das Tag für Tag in routinierter Gleichmäßigkeit am Strand leckte wie zu Hause in Berlin Katze Cicca ihr Fell.

An den bewirtschafteten Strandabschnitten war der Sand bereits in der Morgendämmerung von Müll befreit und geharkt worden. Die Strandbars hatten die zugeklappten Schirme und Liegen in dichten Reihen aufgestellt.

Die freien Strandabschnitte lagen dagegen noch vollkommen leer in der Morgensonne. Im Laufe des Vormittags sprossen hier die Sonnenschirme kreuz und quer aus dem Sand wie blaue, rote, gelbe, gestreifte und gepunktete Pilze. Und unter jedem Schirm versammelte sich eine Familie – die Senioren auf mitgebrachten Liege- oder Klappstühlen, die Jüngeren auf Handtüchern oder beim Ballspiel in Wassernähe, die Kinder mit Schaufeln oder kleinen Plastik-Zootieren.

So wie die Wellen jeden Tag Tausende Muschelschalen an den Strand spülten, so wurden im Laufe des Vormittags Hunderte von Familien von der Landseite angespült. Der Raum zwischen Meer und Lungomare füllte sich mit Menschen, Förmchen, Stühlen, Schirmen, Gummireifen, Hunden, Kofferradios, Picknicktaschen, Zeitungen, Sonnenhüten, Tüchern und Liegen, bis kein Quadratzentimeter Sand mehr zu sehen war. Tita und Papà liebten das wilde Durcheinander, während sich Mamma lieber an einen etwas ruhigeren Strandabschnitt begeben hätte. Das bunte Treiben währte bis *mezzogiorno*. Dann – als hätte jemand den Stöpsel in einer Badewanne gezogen – floss die Menschenmenge erst langsam, dann immer schneller innerhalb einer Stunde wieder ab. Mittagszeit. Von halb eins bis etwa zwei Uhr lag der Strand still und verlassen. Die zurückgebliebenen Sonnenschirme warteten geduldig auf die Rückkehr ihrer Familien. Bis es nach dem Mittagessen wieder von vorn losging.

Die Hauptzeit der Strandüberfüllung fiel auf den wichtigsten italienischen Feiertag des Jahres: Ferragosto. Bereits Tage, wenn nicht Wochen vorher wurde eingekauft, vorbereitet, gebacken und gepackt. Alle Geschäfte waren zu Ferragosto geschlossen, da ganz Italien am 15. August und mindestens drei Tage davor und danach am Meer verbrachte. Bereits in den frühen Morgenstunden waren die Zufahrtsstraßen zum Meer mit langen Autokolonnen blockiert.

»Papà, warum feiert man Ferragosto?«

Papà überlegte und kratzte sich nachdenklich an der Stirn. »Insomma … an Ferragosto feiern wir … den Sommer und das Leben!«

Tita nickte. Das leuchtete ein. Wo sonst könnte man den Sommer und das Leben besser feiern wenn nicht hier auf der schönsten Insel der Welt?

Mammas Erklärung zu Ferragosto dagegen – »Mariä Himmelfahrt. Das ist der Tag, an dem der Tod und die Wiedergeburt der Jungfrau Maria gefeiert werden« – erschien ihr ganz und gar nicht plausibel. Zum einen: Wie konnte man etwas so Trauriges wie den Tod der Jungfrau Maria fröhlich feiern? Zum anderen: Dann müssten sie in Deutschland ja auch Ferragosto feiern. Da war doch die Jungfrau Maria genauso in den Himmel gefahren.

Wenn Mamma, Papà, Daniele und sie den Tag nicht am Strand verbrachten, fuhren sie nach Magnì zu Peppino oder nach Santa Croce Camerina zu Zio Salvatore und Zia Lina. Nonna Salvatrice wohnte seit Nonno Carmelos Tod vor vier Jahren im Stadthaus der mittlerweile auch verstorbenen Tanten Rosalia und Agnesa im Zentrum von Ragusa Superiore. Tita hasste es, dort zu Besuch zu sein. Die enge Straße war düster und roch immer ein wenig nach Urin. Die sehr schmale Häuserzeile war deutlich höher, als die Gasse breit war. Man musste direkt nach dem Eintreten vom schmalen Bürgersteig, auf dem nicht einmal ein Stuhl Platz gehabt hätte, mehrere eng gewundene Stiegen hinaufsteigen. Oben war ein dunkles Zimmer und etwas weiter hinten ein zweites. Die Farbe an den Wänden war ein undefinierbares Graugrünbeige. Im hinteren Zimmer, Salvatrices Schlafzimmer, stand ein schmiedeeisernes Doppelbett, das so schmal war, dass Tita sich nicht vorstellen konnte, wie Nonno und Nonna darin jemals zu zweit geschlafen haben konnten. An den Kopfenden waren zwischen den geschwungenen Eisenornamenten ovale Rosetten mit gemalten Landschaftsmotiven angebracht. Besonders ungewöhnlich fand Tita die Konstruktion der Liegeflächen. Während die Betten in

Deutschland unter einer dicken, flexiblen Federkernmatratze einen Lattenrost oder ein biegsames Metallgitter hatten, bestanden die Betten auf Sizilien aus zwei schmiedeeisernen Ständern mit jeweils vier Füßen, der eine oben am Kopfende, der andere am Fußende. Darauf wurde eine Holzplatte gelegt. Darüber wiederum eine dünne, mit Rosshaar oder Stroh gefüllte Matte. Es war, verglichen mit Deutschland, eine recht harte Angelegenheit. Die Bettdecken zu Hause waren auch ganz anders. Besonders bei Oma und Opa. Dicke Gebilde aus Daunenfedern, die, wenn man nicht achtgab, auf die obere Seite des Inletts wanderten und den Schlafenden unter einem halbseitigen Plüschberg begruben, während sich die untere Seite kalte Füße holte.

Tita dachte an Oma Hildes Erzählungen. Als Krieg war und die Familie fliehen musste, hatte Titas Urgroßmutter zunächst die Federbetten gesichert und darin auf dem Flüchtlingstreck das letzte Hab und Gut der Familie eingenäht. Die Vorstellung, dass man, wenn man von zu Hause fliehen musste, zunächst seine Bettdecke sicherte, kam ihr damals so absurd vor, dass sie Oma Hilde zunächst unterstellte, sie zum Narren halten zu wollen, sie beschimpfte und nicht weiter zuhören wollte.

Auf Sizilien käme man vermutlich nicht auf den Gedanken, seine Bettdecke mitzunehmen, sollte man mal fliehen müssen. Und wenn, wäre das ein deutlich platzsparenderes Unterfangen, da die sizilianischen Decken eigentlich nur Laken waren. Tita hasste die straff unter die harte Matratze geklemmten Tücher, die man jeden Abend zunächst mühsam unter der Matratze hervorzerren musste, um sich gemütlich darin einwickeln zu können. Ein paarmal hatte sie versucht, sich unter die festgezogene Decke zu legen, wie man einen Brief in einen Umschlag legte, doch sie konnte so nicht schlafen. Mamma hatte ihr erzählt, dass früher und vereinzelt auch heute noch Babys fest in

Tücher gewickelt wurden. Angeblich um ihre Gliedmaßen vor Verformung zu schützen, aber auch um sie ruhigzustellen. Tita fand die Vorstellung beängstigend und war Mamma einmal mehr dankbar für ihre scheinbar doch recht locker gewickelte Kleinkindzeit mit Decken, die man nach Belieben über sich legen konnte.

An diesem Morgen fuhren sie nicht zu Nonna Salvatrice und auch nicht nach Magnì, sondern nach Santa Croce Camerina, wo Salvatore und Lina in einem schönen, viel moderneren Haus wohnten, dessen Böden aus glänzendem Terrazzo bestanden und dessen Wände glatt und hellgelb gestrichen waren.

Papà wollte sich mit seinem alten Schulfreund Vito in Ragusa treffen, während Mamma Lina bei den Vorbereitungen für das abendliche Familienessen helfen würde.

Titas Tag lag vor ihr wie eine geöffnete Konfektschachtel. In Santa Croce gab es immer viel zu entdecken. Oft saß sie mit ihrer nur zwei Jahre älteren Cousine Aurora auf der Mauer vor dem Haus. Auch wenn sie selbst nur ein paar Brocken Italienisch und Aurora kein Wort Deutsch sprach, verstanden sie sich bestens. Dann erzählte Tita Aurora von Berlin – von den grauen Straßen und den Häuserblöcken, von ihrer schönen Wohnung im Stadtteil Grunewald, von ihrem Kanarienvogel Tito und der Katze Cica, von der Schule und vom *Il Gattopardo* und der neuen Pizzafabrik. Aurora saß dann ganz still und lauschte den fremd klingenden Wörtern. Manchmal, wenn es ihr passend erschien – vielleicht aufgrund einer besonderen Betonung oder weil Titas Stimme gen Ende eines Satzes anstieg wie bei einer Frage –, nickte sie ernst und sagte *»Sì!«* oder *»Mamma mia!«*. Andersherum erzählte auch Aurora in einem Schwall sizilianischer Wörter Geschichten, die Tita im Kopf zu wilden Abenteuern zusammensetzte und ab und zu mit deutschen Ausrufen oder Fragen wie etwa »Ach, echt?« oder »Wie verrückt ist das denn?« kommentierte.

An diesem Vormittag gab es nichts mehr zu erzählen, und Aurora lud Tita zu einer Besichtigungstour in ihrem Zuhause ein. Sie reichte Tita die Hand und rief: *»Vieni!«*

Zusammen durchquerten sie den Hof mit den zwei Carrubi und blieben schließlich vor dem großen Tor der Halle mit dem Wellblechdach stehen, das im gleißenden Licht der Mittagssonne lag.

»Attenzione!« Aurora hob ermahnend den Zeigefinger, deutete anschließend mit beiden Händen einen sehr, sehr schmalen Zwischenraum an und schlängelte sich sogleich selbst blitzgeschwind durch die so geschaffene Enge hindurch. Anschließend zeigte sie mit dem Finger auf sich und ließ ihre rechte Hand mehrmals in einer rollenden Bewegung kreisen. *»Dopo!«*

Tita nickte. Wenn Aurora das Tor einen Spalt öffnete, sollte sie schnell hindurchschlüpfen, und Aurora würde kurz darauf folgen.

Sie standen in Startposition. Aurora nickte, öffnete für einen kurzen Moment das Tor einen Spalt breit und ließ zunächst Tita eintreten.

Als Tita den Raum betrat, mussten sich ihre Augen zunächst an die anderen Lichtverhältnisse gewöhnen. Draußen, im hellen Tageslicht, das vom grauen Betonboden reflektiert wurde, hatte sie die Hände schützend über ihre Augen legen müssen. Hier drinnen hingegen herrschte ein mattrotes Dämmerlicht, das von zwei Wärmelampen ausging.

Als Tita wenige Augenblicke später wieder sehen konnte, traute sie ihren Augen nicht. In dem Raum von der Größe eines Klassenzimmers waren Hunderte Küken in hellgelben Wolken zusammengedrängt. Wenn Tita einen Schritt vorwärts machte, teilte sich die Wolke, um sich hinter ihr wieder zu schließen. Tita lief vorsichtig durch das Meer von Federbällen und war erstaunt, wie wenig ängstlich die Tiere waren.

Erneut fiel ein kurzer, staubiger Strahl von weißem Licht in den Raum, und Aurora schlüpfte herein. Sie beide liefen parallel zueinander voneinander weg und wieder aufeinander zu, und die Küken spülten um ihre Knöchel wie eine fließende Einheit.

Tita nahm eines der Tiere auf die Hand. Das Küken sah sie vertrauensvoll aus großen, schwarz glänzenden Augen an, deren Ränder von winzigen Federkielen gesäumt waren. Das Einzige, was auf eine gewisse Aufregung schließen ließ, war der aufgerissene Schnabel, durch den das Tier atmete.

Sie verbrachten etwa fünfzehn Minuten im warmen Dunkel des Kükenzimmers. Tita war süchtig nach der Berührung des weichen gelben Flaums, und sie beschloss, Mamma zu fragen, ob sie eines der Kleinen nach Berlin mitnehmen durfte. Sie würde es Calimero nennen, und es würde bei ihr im Bett schlafen dürfen. Jeden Morgen würde es ein Ei legen und so seinen Aufenthalt vor Mamma und Papà rechtfertigen. Wenn sie in der Schule wäre, würde Calimero brav auf sie warten. Vielleicht könnte man ihm aber auch beibringen, an der Leine zu laufen und sie auf diese Weise ins Gymnasium zu begleiten. Sie beschloss, das Thema gleich heute Abend beim Essen anzusprechen.

Aurora nahm sie an die Hand und führte sie zu dem Gebäude, das direkt neben dem Kükenhaus lag. Hier trat man durch eine niedrige Stahltür ein. Der dahinterliegende Raum war ungewöhnlich groß und hoch, gemessen an der kleinen Tür. Auch hier herrschte Dämmerlicht, aber es hatte nichts Warmes und Tröstendes wie in der Halle nebenan. Hier fielen einfach nur wenige staubige Lichtstrahlen durch einige undichte Stellen im

Dach und versickerten in einem müden Grau auf dem Weg nach unten. Es gab keine Fenster, sondern nur einige schmutzige Luken oben an den Wänden.

Tita stand, schaute und bereute auf einmal, dass sie hier war. In dieser Halle gab es etwa zwanzig lange Reihen von Käfigen, in denen auf engem Raum Hühner zusammengepfercht waren. Sie standen auf Gittern, die von ihren Ausscheidungen bereits so verkrustet waren, dass man kein Metall mehr erkennen konnte. So dicht waren sie aneinandergepresst, dass keines der Tiere auch nur einen Schritt vor oder zurück machen konnte. Am hinteren Teil der Käfige gab es eine durchgehende Öffnung im Gitter, durch die die Eier in eine darunterliegende Auffangrinne rollen konnten.

Aurora lachte fröhlich, lief durch die Reihen und erklärte Tita die Anlage. *»Le galline!«*, führte sie aus und zeigte auf die Hühner.

Tita meinte, es müsse sich eventuell um eine besondere Rasse handeln, denn diese Tiere sahen so anders aus als die in ihren Tierbüchern zu Hause. Viele der Hühner hatten keine Federn, und einige hatten verkrüppelte Füße, ähnlich den Tauben in Berlin, die Tita unter einer Brücke beobachtet hatte. Sie machten auch nicht die Laute, die sie von Hühnern kannte. Das glucksende Gackern und das aufgeregte Schnattern, wenn Futter auf den Boden geworfen wurde. Hier war es fast still, nur ein raumfüllendes leises Murren war zu hören, das ab und zu anschwoll und dann wieder erschöpft in das Grundgemurmel zurückfiel.

Tita lief die Gänge mit den Käfigen entlang. War das normal? Wurden alle Hühner heute so gehalten? Erzählten ihre Bücher zu Hause von längst vergangenen Zeiten?

Sie fühlte sich irgendwie betrogen und blieb vor einer Reihe Käfige unvermittelt stehen. Eines der vielen Hühner stand sichtlich erschöpft da. Es beteiligte sich nicht am Murren, und Tita hatte das Gefühl, es stand nur noch aufrecht, weil es durch die direkte Nähe der Nachbarn rechts und links gehalten wurde. Es sah sie an aus runden, gleichgültigen Augen, und Tita dachte an das kleine Küken von eben, das sein ganzes unglückliches Leben noch vor sich hatte.

Sie streckte einen Finger aus, um den halb offenen Schnabel durch die Gitterstäbe zu streicheln, und zog ihn entsetzt zurück, als das Tier in einer ruckartigen Bewegung danach hackte.

Aurora trat zu ihr, lachte und rief: »*No! Non toccare! Sono cattive!* Böse Hühner!«

Tita war froh, als Aurora sich schließlich anschickte, diesen bedrückenden Ort wieder zu verlassen. Aber auf dem Weg nach draußen, kurz vor der kleinen Tür, sah sie etwas Faszinierendes. Sie streckte die Hand aus und griff in die Eierrinne unter den Käfigen. Was sich dort weich und mehlig in ihre Hand schmiegte, hatte sie noch nie gesehen. Es war ein Windei – ein Ei ohne Schale. Durch die milchige Haut konnte man das Eigelb im Innern erkennen, das wie ein Astronaut in der Schwerelosigkeit schwebte. Tita fragte sich, wie man ein solches Ei ausbrüten könnte, ohne eine gewaltige Schweinerei zu verursachen. Sie streichelte über die weiche Oberfläche. Ob wohl ein Küken, das aus einem solchen Ei schlüpfte, anders wäre als eines, das aus einer harten Schale kam? Schließlich bekäme es ja viel mehr von der Außenwelt mit. Und es wäre auch viel empfindsamer, da ja beispielsweise Temperatur und Licht viel direkter Einfluss nehmen könnten. Hell und Dunkel würde das Samtei-Küken viel früher erfahren. Und es würde auch die Geräusche seiner Umwelt viel früher hören. Tita ließ das Ei sanft in die Rinne zurückrollen. Vielleicht war es bei all dem Elend ringsum besser, wenn aus diesem Ei kein Küken schlüpfte.

Als sie aus der Halle traten, war das Licht auf dem Hof immer noch gleißend, und dennoch hatte Tita das Gefühl, es läge ein Schatten über der Anlage.

Aus dem Gebäude rechts neben der Halle drangen seltsame Geräusche. Aurora nahm Tita erneut an die Hand, und gemeinsam traten sie durch die verbeulte Eisentür in den kleinen weißen Raum, durch dessen Fenster das helle Sonnenlicht schien.

Zunächst sah Tita nur Zia Lina, die ihren Blick kurz hob, den beiden Mädchen zulächelte und sich dann wieder dem zappelnden und flatternden Huhn in ihrer Hand zuwandte. Dann erst bemerkte Tita die eigenartige Konstruktion. In dem gekachelten weißen Raum stand links vor einem der Fenster eine große weiße Gummiwalze, von der ringsum viele salatgurkengroße Gummiknüppel abstanden. Daneben befand sich eine blecherne Wanne, über der eine Reihe großer Trichter angebracht war. In einem steckte bereits ein Huhn mit dem Kopf nach unten und den Füßen nach oben und machte die seltsam gurgelnden Geräusche, die Tita draußen bereits gehört hatte. Lina fädelte gerade das zweite Huhn in einen Trichter.

»Wie schön, dass ihr hier seid.« Sie strich Tita über den Kopf. »Aurora, gib mir das Messer, bitte.« Und während sich Tita noch fragte, wie die Hühner mit dem Po nach oben Eier legen sollten und welchen Sinn die Wanne darunter hatte, zog Lina die Köpfe der Hühner ganz nach unten. Und trennte sie mit einem einzigen schnellen Schnitt ab.

Tita wurde einen Moment schwarz vor Augen. Ungläubig sah sie das Blut aus den Trichtern in die Wanne strömen, unfähig, den Blick abzuwenden, während Lina die unnötig gewordenen Köpfe, die eben noch gesehen, gehört, gefressen, gegackert und gehackt hatten, in eine Abfalltonne neben der Wanne warf. Aurora schien diese Zeremonie schon des Öfteren gesehen zu haben, denn sie zeigte sich nicht im Mindesten beeindruckt, während Tita meinte, sich übergeben zu müssen. Der Anblick der Tiere, deren Hälse nun funktionslos aus den Trichtern ragten, und der zwei Köpfe, die vorwurfsvoll glotzend im Müll lagen, war einfach zu viel. Außerdem hatte sich binnen Sekunden ein süßlich metallischer Geruch in dem kleinen Raum ausgebreitet, der ihr Übelkeit verursachte.

Lina kam besorgt zu ihr. »*Sediti, amore.*«

Sie drückte Tita auf einen Stuhl mit rotem Kunststoffbezug. Aus Titas Gesicht war offensichtlich jede Farbe gewichen.

Lina nahm ein Glas aus dem kleinen Wandschrank und füllte es mit Wasser. »Trink das. Du verträgst bestimmt die Hitze nicht.«

Dass Tita etwas anderes in diesem Raum zu schaffen machte, schien sowohl Lina als auch Aurora nicht in den Sinn zu kommen. Während sie gehorsam das lauwarme Wasser trank und sich bemühte, den Geruch des Blutes zu ignorieren, schoben sich Bilder eines ganz anderen Szenarios vor ihre Augen.

Es war vor etwa zwei Jahren in Berlin gewesen. Sie kamen erst spät von Oma und Opa, und Papà steuerte das Auto auf dem Weg nach Hause durch den Grunewald. Draußen war es dunkel, und nur das kleine Stück Straße direkt vor ihnen lag im kurzen Lichtkegel ihres Wagens. Tita erinnerte dieser erhellte Ausschnitt an die kleine Plastikkamera mit Rom-Motiven, die ihr Mamma und Papà einmal von einer Reise mitgebracht hatten. Man musste sie gegen das Licht halten, und wenn man hindurchsah, wechselten sich winzig kleine Dias mit Stadtansichten von Rom auf wunderbare Weise ab. Jedes Mal, wenn Tita den Auslöseknopf drückte, erschien ein neues Bild, während das vorherige im Dunkel des Kamerakästchens verschwand. Sie hatte stundenlang durch den Sucher gesehen und sich gefragt, ob die Bilder, die gerade nicht zu sehen waren, dennoch weiterexistierten. Und wenn ja, wo? Es hatte sie derart beschäftigt, dass sie irgendwann die Gabel ihres Puppenbestecks dazu verwendete, die Kamera aufzubrechen, um hineinzuschauen. Tita erinnerte sich noch gut, wie enttäuscht sie gewesen war, als sich die schlichte Technik offenbarte: Eine Scheibe mit zehn winzig kleinen Motiven, die sich mit jedem Knopfdruck über eine Lochreihe und ein kleines Zahnrad weiterbewegt hatte.

Vor ihnen fuhr ein weiteres Auto. Tita saß auf der Rückbank und folgte den roten Rücklichtern. Nur einmal hüpften die Lichter kurz nach oben und senkten sich sofort wieder. Als würden sie Hopse spielen. Oder Gummitwist. Sie hätte es lustig gefunden. Oder vielleicht hätte sie es auch nicht weiter zur Kenntnis genommen, wenn nicht Papà mit einem Mal das Lenkrad herumgerissen und Mamma geschrien hätte. Das Auto drehte sich so schnell um die eigene Achse, dass man meinte, in einem Karussell zu sitzen. Noch in der Drehung nahm sie draußen etwas wahr, was da nicht hingehörte. Es waren die bunten Tupfen auf der Straße, die kurz im Lichtkegel auftauchten und wie die Rom-Bilder gleich wieder in der Dunkelheit verschwanden. So schnell, dass man meinen konnte, sie wären gar nicht da gewesen. Als das Auto zum Stillstand gekommen war, strahlten die Scheinwerfer die Bäume seitlich der Straße an. Nichts deutete auf etwas Ungewöhnliches hin, aber sie alle, Mamma, Papà und Tita, wussten, dass es da gewesen war. Papà schaltete die Warnblinkanlage an und stieg aus. Tita fragte sich, ob ihm – wäre er allein gewesen – sein Kopf vielleicht einen Streich gespielt und er sich eingeredet hätte, er hätte nichts gesehen.

»Vielleicht war es ein Reh«, meinte Mamma zu Tita.

Tita fragte sich, warum das Reh bunte Sachen auf der Straße verteilt hatte.

Als die Polizei endlich eintraf, war das, was Mamma für ein

Reh gehalten hatte, bereits kalt. So erklärte es der Polizist zumindest Papà. »Er ist schon kalt. Er war scheinbar schon tot, als der Wagen vor ihnen drüberfuhr.«

Tita sah aus dem Fenster. Sie fragte sich, warum man einen bereits kalten Körper zudeckte, wenn er doch eigentlich davon nichts mehr mitbekam. Das ohne Unterbrechung zuckende Blaulicht des Polizeiwagens spiegelte sich lautlos in einer schwarzen Pfütze mitten auf der Straße.

»Was ist das Schwarze?«, fragte Tita.

»Das ist Blut«, antwortete Mamma.

Zia Lina hatte, während Tita an ihrem Wasserglas nippte, die eigenartige Walze mit einem kleinen Kippschalter in Bewegung gesetzt. Mit einem elektrischen Summen drehte sie sich um die eigene Achse, sodass man nach einer Weile die einzelnen Knüppel nicht mehr wahrnahm, sondern diese wie milchiger Nebel um die Rolle zu schweben schienen. Aurora und Lina unterhielten sich über das Abendessen. Und während sie Scherze machten, holten sie, scheinbar beiläufig, die ausgebluteten Hühnerkörper aus den Trichtern und hielten sie an den Füßen in den hellen Knüppeldunst. Hunderte von Federn flogen auf und senkten sich wie Schnee auf den Kachelfußboden. Manche landeten in der Wanne und setzten sich sanft auf das rote Blut. Andere schwebten bis zum Mülleimer, als wollten sie den einsamen Köpfen ein letztes Mal nahe sein. Tita konnte den Blick nicht abwenden. Die Wucht der Knüppel musste die Knochen in den kleinen Körpern brutal zertrümmern.

Wie damals, als der Polizist sagte: »Er ist schon kalt« und Tita sich fragte, ob »Er« wohl noch gemerkt hatte, wie das Auto vor ihnen über ihn rübergefahren war, so fragte sie sich jetzt, ob die kopflosen Hühnerkörper das Zerschlagen der Knochen noch spürten.

Als Lina und Aurora schließlich von den Tieren abließen, lagen die Körper nackt, rosa und gummiartig auf der Arbeitsfläche. An manchen Stellen hatten sie blaue Flecken.

Aurora lief zur Tür. *»Vieni!«* Und noch im Hinausgehen sah Tita, wie Lina die kleinen gelblichen Füße mit den zierlichen Krallen mit einem Axthieb abtrennte.

Aurora hatte sich schon auf den Weg zu den Gewächshäusern gemacht. Große, lange Holzkonstruktionen, deren Wände und Dächer aus fester transparenter Folie bestanden. Wenn man eintrat, schlug einem feuchte Hitze entgegen, und der rötliche, lehmig schwere Boden blieb an den Schuhen haften. Hier wuchsen in langen Reihen Rosenbüsche, deren Knospen in allen Stadien auf die Blüte und anschließende Ernte warteten, um irgendwann in den Händen einer Braut zu landen, in einer Vase ein Zuhause zu verschönern oder einen Kirchenaltar zu schmücken. Der Duft war betäubend und wurde durch die Feuchtigkeit noch intensiver. Es tat gut, nach der bedrückenden Stimmung im Hühnerstall nun von Helligkeit, angenehmen Gerüchen und Schönheit umgeben zu sein. Sie durchquerten die langen Reihen von Blumen und tauchten dann kurz durch das gleißende Sonnenlicht, bevor sie das nächste Gewächshaus betraten, in dem Zucchini und Paprika wuchsen. Tita durfte sich die glänzendsten der rot leuchtenden Schoten aussuchen. Am Ende stapelten sie sie in einer Pyramide neben dem Spülstein in Linas Küche.

Papà war aus der Stadt zurück und saß – mit einer Zigarette in der Hand – unter den Carrubi. Salvatore saß neben ihm und hörte aufmerksam und ernst zu. Offenbar hatte Papà viel Neues von Vito erfahren, denn die Worte stürzten nur so aus ihm heraus. Als Tita sich auf seinen Schoß setzte und die Arme um ihn schlang, hörte er auf zu reden, zwickte sie in die Wange und lächelte sie kurz müde an, um dann irgendetwas Belangloses über das Abendessen zu sagen. Er hätte seine Erzählung nicht unterbrechen müssen, dachte Tita. Sie verstand eh kein Sizilianisch.

»Hattest du Spaß, Amore?«

Tita dachte kurz nach. Spaß konnte man das heute nicht direkt nennen, aber es war auf jeden Fall aufschlussreich. Sie beschloss, die heutige Begegnung mit dem Hühnertod bei Mamma und Papà nicht anzusprechen. Je weiter die Bilder des Nachmittags in ihrer Erinnerung verschwanden, desto besser.

Als es Abend wurde, lagen die beiden Körper, die heute früh noch Hühner gewesen waren, aufgeklappt und in Öl und Kräutern mariniert, auf dem Grill. Daneben die rot glänzenden Paprikaschoten, deren Schalen sich in ein knittriges Schwarz verwandelt hatten. Warum, fragte sie sich, aß man Hühner, deren Köpfe überflüssig waren, und warum nahm man die schönsten roten Paprika, wenn man sie dann ohnehin schwarz röstete? Als sie alle im Hof an der langen Tafel mit der Wachsdecke saßen und Salvatore die Fleischstücke auf die Teller verteilte, schüttelte Tita den Kopf.

Sie hatte an diesem Abend keinen Appetit. Noch nicht einmal auf die Paprika.

Tita

Samstag, 11. September 2004, Ragusa

Der nächste Morgen begann noch früher als sonst. Tita hatte am Abend zuvor aus einer Laune und der Begeisterung heraus für diesen Abend ein Essen in Magnì geplant. Sie wollte allen danken, bevor sie am nächsten Tag nach Hause flog. Und sie wollte einmal spüren, wie es sich anfühlte, in Magnì so alltäglichen Dingen wie dem Essen mit Freunden nachzugehen. Sie hatte selbstverständlich ihre Freunde Gianluca, Fabrizio und Tami eingeladen. Aber auch Zio Salvatore und Zia Lina, Franca und ihren Mann Franco aus der Gelateria, Gianlucas Schwester Antonia und deren Freundin Enrica sowie Papàs Freund Vito und seine Frau Emanuela. Sie rechnete kurz nach. Was für ein Glück! Mit ihr selbst waren sie zu zwölft. Nonna Salvatrice wäre zufrieden.

Tami hatte Tita angeboten, das Essen gemeinsam bei ihr zu Hause zuzubereiten und dann alles mit dem Auto nach Magnì zu bringen. Tita hatte eine Weile überlegt, was sie kochen sollte. Es müsste etwas Einfaches sein, das sich in einem Topf zubereiten ließe. Außerdem wollte sie gerne etwas Deutsches kochen. Auch wenn sie die italienische Küche liebte, ärgerte es sie, dass die meisten Italiener so abfällig über das deutsche Essen sprachen. Und dann, irgendwann mitten in der Nacht, war es ihr eingefallen. Sie würde Königsberger Klopse zubereiten, so wie Oma Hilde sie ihr immer gemacht hatte.

Im Prinzip gab es kaum ein deutsches Gericht, das sizilianischer war als Königsberger Klopse. Die Zutaten waren fast ausnahmslos feste Bestandteile der sizilianischen Küche: Rindfleisch und Schalotten wurden gewürzt mit Sardellen, Zitronen, Lorbeer, Piment und Kapern. Auf Kartoffeln würde sie diesmal verzichten. Es würde stattdessen frisches Weißbrot dazu geben. Sie würden Wein und Wasser trinken, und zum Nachtisch würde sie eine große, saftige Wassermelone aufschneiden, die sie mit ein paar mitgebrachten Eiswürfeln in der Maultiertränke am Stall kühl halten würde.

Um sieben Uhr morgens stand Tita bereits auf dem Markt, der sich, ausgehend von der Piazza Mercato, in alle Richtungen schlängelte wie ein ausgebreiteter Oktopus. Ein Stand voller Gewürze raubte ihr mit seiner olfaktorischen Kakofonie fast die Sinne. Dahinter ein Fischstand, dessen Auslagen vor Kurzem noch gelebt hatten. Große Thunfischteile und ein beachtlicher Schwertfisch, dessen Augen rund und erstaunt auf die Berge von Garnelen und Muscheln zu blicken schienen. Daneben der Fleischer, der seine Ware direkt aus dem Wagen anbot, und die vielen Obst- und Gemüsestände. Tita musste an den Kaufmannsladen denken, den sie als Kind besessen hatte. Kleine, glänzend lackierte Holzäpfel und -birnen, Bananen und Kopfsalat in hübschen Kistchen zu Pyramiden gestapelt.

Hier waren Gemüse und Obst echt. Aber sie waren genauso liebevoll geschichtet, dass man meinte, jedes einzelne Stück wäre eine kleine Kostbarkeit. Auberginen und Zucchini, Fenchelknollen und Zwiebeln, leuchtend rote Chilischoten und gewundene Knoblauchstränge, aber auch Berge verschiedener Zitronensorten, Orangen und Mandarinen, Granatäpfel und Aprikosen. Dann ein Stand mit getrockneten Früchten, Datteln und Nüssen, bergeweise Orangeat, Zitronat und andere kandierte Früchte in bunten Farben. Hier gab es auch die Cubbaita, von der Tami gestern gesprochen hatte, sowie verschiedene Sorten von Torrone. Weiter hinten waren die Stände mit Textilien und Hauswirtschaftszubehör. Geklöppelte und bestickte Decken in allen Größen, gehäkelte Babysachen, bunte Geschirrtücher mit Sizilien als Aufdruck, Aluminiumtöpfe und Pfannen, Waschbretter, Suppenkellen und Besen.

Tita fühlte sich wie im Schlaraffenland. Es gab so vieles, was sie am liebsten gleich mitgenommen hätte.

Als sie schließlich, beladen wie ein sizilianischer Maulesel, bei Tami vor der Tür stand, war es kurz vor zehn. Tami hatte bereits zwei Aluminiumtöpfe bereitgestellt und eine große Schüssel, in der sie jetzt das Rinderhack mit Pangrattato, Eiern, den gehackten Schalotten, einigen zerdrückten Sardellen, Pfeffer und Salz vermischten.

»Was ist das für ein Rezept?«, fragte Tami.

»Königsberger Klopse.« Tita knetete die Fleischmasse und achtete darauf, dass die Brösel keine Klumpen bildeten. »Angeblich geht das Rezept auf Immanuel Kant zurück, der im 18. Jahrhundert an der Königsberger Universität Philosophie lehrte. Man sagt, er war sehr sparsam und hat seine Gäste oft mit gegarten Hackbällchen bewirtet.« Tita freute sich, dieses eine Mal Tami etwas erklären zu können. Die hörte staunend und gespannt zu. »Später haben dann ostpreußische Küchenmamsellen das Gericht nach Berlin und München mitgebracht. Meine Großeltern mütterlicherseits kommen ursprünglich aus Westpreußen. Das war immer mein Lieblingsessen zu Hause in Berlin. Wie allerdings so exotische Zutaten wie Zitronen, Sardellen und Kapern in unsere Region gelangten, ist mir auch ein Rätsel.« Tita formte kleine Bällchen und legte sie anschließend in die sprudelnde, mit Gewürzen und Zitronenschalen angereicherte Bouillon. »Wenn sie nach oben steigen, sind sie fertig.«

Tami beobachtete interessiert die in der Brühe durcheinanderwirbelnden Klopse. Und in der Tat tauchten nach einigen

Minuten die ersten an der Oberfläche auf wie Bojen im unruhigen Meer.

Nachdem sie die Klopse herausgefischt und die Flüssigkeit passiert, etwas eingekocht und gebunden hatten, legten sie sie schließlich zusammen mit den Kapern wieder in die cremige Soße. Tita stellte die Töpfe beiseite. Allerdings nicht, ohne vorher mit einem Löffel einen besonders schönen Klops herauszunehmen und ihn Tami unter die Nase zu halten.

»Assaggia!«, befahl sie ihr lachend. »Ich habe in den letzten Tagen so viel Neues kennengelernt, jetzt seid ihr mal dran.«

Tami nahm den Löffel skeptisch entgegen, roch an dem Bällchen, pustete und biss dann vorsichtig ein Viertel von dem weichen Fleisch ab.

»Mamma mia!« Sie riss die Augen auf und ließ ihre rechte Hand ums Handgelenk kreisen. *»Come sono buoni, questi ›Klopsi‹!«*

Wenig später beluden sie das Auto. Tami packte Teller, Gläser, Besteck, Servietten und ein großes Holzbrett mit einem Messer für das Brot ein. Tita schleppte die Wein- und Wasserflaschen herbei und wuchtete die große Wassermelone auf die Rückbank. Einen Moment lang sah sie Papà auf dem Fahrersitz, wie er sich zu ihr und der Riesenmelone umdrehte und sein Giannilächeln lächelte. *»Muluni! Diliziusi!«*

Als sie gegen Mittag in Magnì eintrafen, kam Tita das Haus mit dem Hof ein weiteres Mal viel zu klein vor, um alle Erinnerungen und Gefühle darin unterzubringen. Die hellen Steine leuchteten in der Sonne, und an den knorrigen Ästen des Carrubo begleiteten die neuen unscheinbaren Knospen die ausgewachsenen ledrigen Hülsenfrüchte, die seit letztem Herbst auf eine Länge von bis zu dreißig Zentimetern herangewachsen waren.

»Wusstest du, dass der Carrubo erst nach sechs Jahren das erste Mal blüht?« Tami pflückte eine der geringelten Hülsen, brach sie auf und schüttelte etwa zehn bräunliche Samen heraus. »Wenn du sie jetzt pflanzt, blühen sie, wenn alles fertig renoviert ist und du hier schon lange wohnst.« Sie lächelte und drückte Tita die Samen in die Hand. »Sie brauchen unseren kalkhaltigen Boden und lieben das Meersalz in der Luft. Denk also bitte gar nicht erst daran, sie in Berlin einpflanzen zu wollen.«

Tita steckte die Samen in ihre Jackentasche und strich liebevoll über den knorrigen Stamm.

»Keine Zeit für Sentimentalitäten.« Tami nickte in die Richtung der mit Schoten übersäten Pflastersteine und reichte Tita einen Besen aus Zwergpalmblättern. Sie selbst begann, Steintisch und Bank feucht abzuwischen und hatte binnen kürzester Zeit ein Meer von Blütenstaub in ihrem Eimer.

»Bis heute Abend ist hier aber noch einiges zu tun.« Sie sah sich um. »Drinnen muss vorerst nichts gemacht werden. Wir bleiben ja im Hof.« Sie sah in den kleinen separaten Verschlag mit der Holztür und zog den Kopf schnell wieder heraus. »Außer vielleicht die Latrine. Die könnte eine kurze Reinigung gebrauchen.«

Als Tita gefegt hatte, Hof wie Zufahrt von Blättern, Schoten und Staub befreit waren, Tisch und Bank matt glänzten und schließlich auch die Toilette einigermaßen geputzt war, setzten sie sich kurz und entwarfen einen Schlachtplan.

»Tisch decken, die Getränke und die Melone in die Tränke mit dem Eis legen, die Kerzen verteilen.« Tami ging die Liste durch und nagte nachdenklich an ihrem Bleistift.

»Das Brennholz in der Feuerstelle aufschichten«, fügte Tita hinzu. »Und um drei kommt Fabrizio und geht noch einmal alle Umbaupunkte mit mir durch. Er meinte, ich müsse mir das alles noch einmal vor Ort ansehen. Außerdem gebe es noch ein paar offene Fragen.«

»Wunderbar.« Tami wischte sich eine Strähne aus der Stirn. »Ich würde sowieso gern noch duschen und mich umziehen nach all der Plackerei.«

Tita sah sie dankbar an. »Deine Hilfe hier war großartig.«

Sie lehnten sich einen Augenblick zurück und genossen die laute Stille. Auf den Feldern hatten die Zikaden angefangen, ein unterschwelliges Flirren anzustimmen. Wie das Schwingen der Streichinstrumente, das im Orchester eine Sinfonie vorwärtsträgt, ohne sich in den Vordergrund zu drängen.

Außerdem hörten sie die Beccaficchi, die sich zu einem nachmittäglichen Chor in den Kronen der Bäume verabredet hatten. Ansonsten hörte man nichts – bis auf das trockene Knacken der Halme und das Rascheln der ledrigen Laubblätter, die sich aus der Sonne drehten. Tita versuchte sich vorzustellen, wie es wäre, hier zu wohnen, für immer.

»Es ist schön hier«, sagte Tami, als hätte sie Tita denken gehört.

»Ja«, antwortete Tita und schloss die Augen.

Kurz nach drei rollte Fabrizios weißer Lancia Ypsilon auf den Hof. Er war bewaffnet mit Zollstock, Notizblock und Fotoapparat. Außerdem hatte er die Skizzen mitgebracht.

»Das sieht ja schon großartig aus!« Er wischte im Vorübergehen mit dem Finger über den blanken Steintisch.

Gemeinsam schritten sie die Räume ab, und je detaillierter Fabrizio seine Pläne erklärte, desto klarer entstand das neue Magnì vor Titas Augen.

Einen wichtigen Platz würden die alten Bauelemente und Materialien einnehmen. Dazu gehörten die Deckenbalken, die Steinmauern und der ungleichmäßig abgelaufene, an manchen

Stellen von schleifenden Schritten blank polierte Steinboden. »*Balatuni!*«, erklärte Fabrizio. Die würden dem Haus seinen alten Charme lassen. Modern würde dagegen jede Art von Beleuchtung sein, die Raumaufteilung mit den neuen Terrassentüren aus schwarzem Eisen und die Möbel. Fabrizio erklärte Tita den neuen Lichteinfall. Wenn die Wände erst einmal gefallen wären, würden die Himmelsrichtungen eine besondere Rolle bei der optimalen Klimatisierung der Räume spielen. Sie untersuchten die undichte Stelle im Dach, die bei genauerer Betrachtung gar nicht so schlimm aussah, und ließen an einem Seil den rostigen Eimer in den Brunnen, um den Wasserstand zu prüfen. Anschließend nahmen sie am Steintisch Platz und schrieben Listen und lange Zahlenreihen.

»Weißt du eigentlich, was ein Baglio ist?« Fabrizio hielt inne und sah Tita fragend an, als würde diese Information eine tragende Rolle bei der Berechnung der Kosten spielen.

Tita schüttelte den Kopf. »Ein Bauernhaus vermutlich?«

Fabrizio schnaubte verächtlich. »Ein Bauernhaus? Das ist nicht nur ein ›Bauernhaus‹. Das ist gemauerte jahrhundertealte sizilianische Geschichte.« Er legte seine Notizen beiseite, stand auf, um sich in die Mitte des Hofes zu stellen, und drehte sich langsam einmal um die eigene Achse, während er die Arme ausbreitete.

»Das Wort ›Baglium‹ stammt vermutlich vom lateinischen ›ballium‹, einem von hohen Mauern umgebenen Hof, oder auch vom arabischen Bahah, dem Hof. Man muss unterscheiden zwischen herrschaftlichen und bäuerlichen Bagli. Die herrschaftlichen Bagli, ebenso wie die Kirchen, wurden aus vornehmem Tuffstein errichtet. Um sie herum siedelten sich im Laufe der Zeit kleine Bauernhäuser an. So wuchsen ganze Dörfer. Die bäuerlichen Bagli entstanden erst gegen Ende des 19. Jahrhunderts und wurden von den Pächtern der adligen Großgrundbesitzer erbaut. Die Wände waren hier nicht ganz so dick und aus gewöhnlichen Findlingen mit Mörtelfugen. Im Inneren«, – er wies auf Magnì –, »befanden sich Stall, Scheune, eine Feuerstelle und ein Raum zum Essen und zum Schlafen. Alle Räume waren miteinander verbunden. Und der Zugang erfolgte durch ein einziges großes Tor.« Triumphierend sah er Tita an. »Du bist Besitzerin eines klassischen bäuerlichen Baglio. Ich würde sagen, sizilianischer kann man nicht wohnen.«

Am Nachmittag trafen Antonia und Enrica ein. Sie trugen unter größter Anstrengung zwei weiße Keramikköpfe in den Hof, aus denen üppige Büschel von Basilikum ragten, und wuchteten sie rechts und links neben die Eingangstür.

»*Carissima*, du weißt sicherlich, was es mit dem *Testa di Moro* hier auf Sizilien auf sich hat?« Antonia zupfte ein Blatt Basilikum ab und steckte es Tita in den Mund.

»Um ehrlich zu sein ...« Tita hatte noch genug von Fabrizios Lehrstunde über die Bagli. Noch mehr sizilianische Kulturgeschichte würde sie heute nicht verkraften, zumal es noch endlos viel zu tun gab, bevor die restlichen Gäste eintrafen.

»Vor vielen hundert Jahren, kurz nach Ende der arabischen Besatzung, wohnte ein wunderschönes Mädchen in der ›Kalsa‹, Palermos vornehmstem Stadtteil.« Antonia überging Titas Protest einfach. »Sie stand jeden Morgen auf dem Balkon und wässerte mit Hingabe ihr Basilikum. Eines Tages kam ein junger, gut gekleideter Mohr vorbei ...«

Enrica warf ihr einen bösen Blick zu.

»Was? Ich kann nichts dafür. Man nannte die Nordafrikaner auf Sizilien damals Mohren.« Sie hob entschuldigend die Schultern.

»Jedenfalls sah er sie dort auf dem Balkon, und die beiden verliebten sich auf Anhieb. Es folgten Tage stürmischer Leidenschaft.« Sie untermalte das Gesagte, indem sie die überraschte Enrica an sich riss. »Einige Zeit später erkannte die Schöne durch einen unglücklichen Zufall, dass ihr Liebhaber bereits Frau und Kind in der Heimat hatte. Daher sann sie auf blutige Rache. Sie wartete, bis ihr Galan eingeschlafen war, um ihn dann mit einem Schwertstreich zu enthaupten!« Sie machte eine unmissverständliche Geste.

»Als leidenschaftliche Gärtnerin, die sie nun einmal war, nutzte sie den Kopf des Mohren als Vase und pflanzte darin Basilikum. Das wuchs dort so prächtig, dass sich nach und nach alle Nachbarn in der Kalsa und schließlich die Bewohner von ganz Sizilien Vasen in Form von maurischen Königsköpfen anfertigen ließen.«

»Das ist nicht dein Ernst.« Tita war mal wieder fassungslos über die Sagen, Märchen und Geschichten dieser Insel. Liebe und Mord lagen nirgendwo so dicht beieinander wie hier.

»Absolut«, bekräftigte Antonia. »Aber damit du keine jungen Männer umbringen musst, haben wir dir hier die Köpfe aus Keramik mitgebracht.« Sie strahlte Tita an.

»Danke.« Tita war überwältigt. Von der Geschichte, aber auch von der Schönheit der beiden Köpfe, eines Königs und einer Königin. Sie waren weiß lasiert, ohne jegliche Bemalung. In ihrem Elternhaus in Berlin und auch in den Restaurants von Papà standen *Teste di Moro*. Er hatte sie aus Sizilien mitgebracht. Allerdings in der bemalten Version. Normalerweise gab es einen schwarzen und einen weißen König sowie eine Königin. Sie wurden in Caltagirone, der Hochburg der Keramikkunst im Innern der Insel, bemalt. Das Paar aber, das Antonia und Enrica mitgebracht hatten, wirkte durch die Schlichtheit nahezu modern. Rechts und links neben dem Eingang gaben sie dem Hof etwas liebevoll Bewohntes.

Während die Freunde im Hof den Tisch deckten und Tami in der Küche den Herd befeuerte, stahl sich Tita in einem unbeobachteten Moment davon und trat hinter dem Haus aufs Feld. Sie atmete die Stille ein. Rechts lehnte sich der kleine Pomeranzenbaum müde an die Mauer. Links war der Blick frei und suchte sich seinen Weg entlang der Trockenmauern. Sie griff in die Jackentasche und schloss ihre Hand um die Carrubo-Samen. Tami hatte recht. Sie konnte sie nicht mitnehmen. Sie würden in Berlin vielleicht eine Weile durchhalten, würden keimen und ihre Wurzeln in irgendeine Topferde graben, um sich in der fremden Umgebung festzuhalten. Aber am Ende würden sie eingehen – weil ihnen das Meer fehlte. Und die Wärme. Und die trockene Landschaft.

Als sie wieder ins Haus ging, hatte sie zehn kleine Samenkörner in die Erde gesteckt, in einer Reihe längs der Mauer, die ihr Grundstück einrahmte. Sie hoffte, sie würden es schaffen. Und sie hoffte, in sechs Jahren würde sie sehen, wie die Carrubi das erste Mal blühten.

Gegen 19 Uhr trafen auch die restlichen Gäste ein, allen voran die Zii. Lina trug einen Korb mit drei Flaschen *liquore agli agrumi*, Salvatore hielt eine mannshohe Pflanze im Arm, die er vorsichtig an die Hauswand lehnte.

»Eine Bougainvillea!« Tita umarmte ihn und strich liebevoll über die leuchtend pinkfarbenen Blüten, die in Kaskaden wie Taschentücher zwischen den grünen Blättern hervorquollen.

»Das ist unglaublich! Tami hat mir auch empfohlen, hier eine Bougainvillea zu pflanzen!« Sie lief zum Brunnen, holte einen halben Eimer Wasser aus der Tiefe und goss ein wenig davon in den Topf.

»So erstaunlich ist das gar nicht.« Salvatore schmunzelte, und sein faltig braunes Dattelgesicht geriet in Bewegung. »Die

Bougainvillea gilt hier auf Sizilien als Symbol der Leidenschaft und des Willkommens. Sie steht sprichwörtlich für die sizilianische Gastfreundschaft, weshalb man sie an vielen Hauseingängen findet.« Er hob mit einer Hand ein ganzes Blütenbüschel in die Höhe. »Wenn du also Bougainvilleen siehst, weißt du: Hier sind Gäste herzlich willkommen.«

Tita wusste auch schon einen Platz, wo sich die üppig wuchernde Pflanze würde ausbreiten können. Direkt am Eingang würde sie ihr, wie Tami sagte, nach Hause leuchten und, wie Zio Salvatore sagte, Gäste willkommen heißen. Von dort könnte sie sich mehrere Meter in die Höhe strecken und sich schließlich auf dem Dach ausbreiten.

Tami kam vorbei, warf einen Blick auf die Pflanze und freute sich. »Eine Bougainvillea! Da hat aber mal jemand mitgedacht.«

Salvatore wischte sich eine Träne aus dem Augenwinkel und umarmte Tita. »Ich hoffe, du findest dein Glück hier. Ich habe das Gefühl, mit dir kommt auch Gianni zurück auf die Insel.«

Noch bevor Tita ihre sentimentalen Kopfschmerzen bekommen konnte, schob sich Gianluca mit Franca und Franco dazwischen. »Hier wird jetzt nicht geweint.« Er umarmte die Zii und wandte sich dann Tita zu. »Hör mal, wir haben lange überlegt, was wir dir zur Einweihung schenken könnten.« Er drehte sich halb um die eigene Achse und rollte einen zierlichen Autoreifen um sich herum. »Für ein ›standesgemäßes‹ Auto, wie es dir gefallen würde, fehlen uns momentan die Mittel«, – er zwinkerte Tita zu –, »aber um die täglichen Besorgungen zu machen, wird dir *La Giardiniera* in deiner Garage gute Dienste leisten.« Er nickte zu dem Wagen hinüber. »Sie ist zwar beinahe so alt wie Mamma und Magnì, aber mit ein bisschen Liebe werden wir sie wieder flott kriegen.«

Franca hob die Hand und versuchte zischend, Gianluca am Ohr zu ziehen.

»Mein Freund Salvo wird sich darum kümmern. Er ist ein erfahrener Mechaniker und hat ein Händchen für ältere Damen.« Erneut ging er vor Franca in Deckung. »Am Montag werden wir uns *La Giardiniera* mal ansehen, und wenn du das nächste Mal hier bist, kannst du bereits einkaufen fahren.«

Tita merkte, wie ihr der Gedanke daran einen Stich versetzte. Montag. Da würde sie bereits wieder in Berlin an ihrem Schreibtisch sitzen, und die Reise, all die Menschen hier und Magnì würden ihr nur noch vorkommen wie ein unwirklicher Traum.

»Danke!« Es fiel Tita schwer, ihre Dankbarkeit ausdrücken.

Als Letzte fuhren Vito und Emanuela in einem nagelneu funkelnden, tiefschwarzen Ferrari 612 Scaglietti auf den Hof. Sie mussten sich auf dem Zufahrtsweg millimeterweise vorwärtsbewegt haben, um den Wagen durch die Schlaglöcher zu manövrieren. Emanuela schwang elegant die gebräunten Beine mit goldenen Sandalen aus dem Auto, während sich Vito mit einiger Mühe aus dem engen, recht tiefen Fahrersitz mühte.

»Tita!« Emanuela umarmte sie herzlich. »Wie wunderbar, dass nun doch noch alles geklappt hat.«

Tita beobachtete die beiden, während sie sie begrüßte. Es war nicht die leiseste Andeutung der »alternativen Lösung« in ihren Gesichtern zu finden. Auch erwähnte Vito mit keinem Wort die vorangegangenen Gespräche darüber.

»Willkommen noch einmal auf Sizilien«, sagte Vito ernst und sah Tita aus warmen braunen Augen an. »Solltest du jemals Hilfe benötigen, du hast meine Nummer.«

Tita nickte. »Danke!«

Er drückte ihr eine bemalte Fliese in die Hand, auf der »Cave canem!« stand.

Tita sah ihn fragend an. »Ich habe doch gar keinen Hund?«

Er hob eine Augenbraue und fixierte sie einen Moment. »Bring das vorn am Haus an. Du wirst sehen, es funktioniert sogar besser als ein Hund.«

Und wieder hatte Tita dieses seltsame Gefühl, dass sie schon im Yachtclub gehabt hatte.

In der Zwischenzeit hatte Tami Dutzende von Teelichtern angezündet, die sie in kleinen weißen Pergamenttütchen im Hof verteilte. Während die Sonne langsam in einem müden Blaugrau verschwand, leuchteten die Lichter unten wie Glühwürmchen.

»Rosso di sera bel tempo si spera; rosso di mattina, cattivo tempo si avvicina.« Salvatore hatte witternd seine Nase in die Abendluft gereckt. »Es wird Regen geben.«

Die Gesellschaft protestierte lautstark. Die Luft war trocken und lau, kein Wind wehte, und der Himmel war wolkenlos und ließ die Sterne funkeln.

»Salvatore!« Franca stieß ihn in die Seite. »Du dunkles Orakel! Wo, meinst du, sollte wohl der Regen herkommen? Weit und breit ist kein Wölkchen zu sehen.«

»*Orva di l'occhi*«, lächelte Salvatore. »Wir werden sehen.«

Es wurde ein wundervoller Abend. Die Dunkelheit lag auf der Landschaft wie ein Tuch aus tiefblauem Stoff, und die Zikaden hatten ihr Streichen gedämpft. Das leise Zirpen mischte sich nur noch als summender Unterton zwischen die Stimmen.

Tita war glücklich. Das Essen war gut angekommen. Und sollte doch der ein oder andere Gast dem deutschen Gericht skeptisch gegenübergestanden haben, hatte er es sich zumindest nicht anmerken lassen. Die grünen Schalen der Wassermelone lagen wie lachende Münder auf den Tellern. Als Lina schließlich den Likör ausschenkte, stand Tita auf und klopfte mit der Gabel an ihr Glas.

»Meine lieben Freunde.«

Hier und da ertönte ein *»Zitti!«* oder *»Pssst!«*, und in kurzer Zeit waren auch die letzten Sätze verklungen.

»Es gibt Momente, da merkt man, dass die Möglichkeiten der Sprache endlich sind. Weder auf Deutsch noch auf Italienisch kann ich euch meine Dankbarkeit vermitteln.« Sie holte tief Luft. »26 Jahre bin ich nicht hier gewesen. 26 Jahre habe ich versucht, jede Erinnerung an Papà, an meine Kindheit und an diese Insel wegzuschließen. Aus Angst vor der Traurigkeit und vor all den Gefühlen, denen ich mich mein ganzes Leben nicht gestellt habe. Und 26 Jahre lang hat mir etwas gefehlt, von dem ich nicht wusste, was es war.«

»Brava!« Antonia hob ihr Glas, bemerkte, dass es ein unpassender Zeitpunkt war, und stellte es leise wieder ab.

»Ihr alle habt in diesen fünf Tagen dazu beigetragen, dass ich mich nicht wie eine Fremde fühlte, sondern wie jemand, der lange unterwegs war und nun endlich zurück nach Hause gekommen ist.« Sie räusperte sich. »Und dieses Zuhause, das ich langsam aufbauen und in Besitz nehmen werde, wird mehr für mich sein als ein Ferienhaus.« Sie sah zu Zio Salvatore und lächelte ihm zu. »Ich habe das Gefühl, als wäre ich endlich angekommen. Ich habe hier meine Wurzeln gefunden, und so wie Papà vor beinahe 45 Jahren von hier weggegangen ist und in Berlin sein Glück gefunden hat, so werde ich hierher zurückkommen und versuchen, die Lücke, die er hier hinterlassen hat, zu schließen.«

Zia Lina schnäuzte laut in ihr Taschentuch.

»Vielleicht nicht sofort. Alles wird dauern. Ich muss mich organisieren. Mein Beruf muss mit mir umziehen, und ich hoffe auch, mich hier in Zukunft mehr dem Schreiben widmen zu können.« Sie nahm einen Schluck Wasser, um einer leichten Atemlosigkeit entgegenzuwirken. »Außerdem wird es Jahre dauern, bis hier alles so ist, wie es sein soll. Aber ich werde es – mit eurer Hilfe – schaffen.« Sie nickte dankbar Fabrizio und Tami zu und holte ein weiteres Mal tief Luft. »Ich danke euch allen so sehr für eure Liebe, für eure Unterstützung in jeder Hinsicht und für die vielen schönen Geschichten von Sizilien und von Papà. Ihr habt mir damit das größte Geschenk von allen gemacht, und ich werde sie aufschreiben und hüten wie einen Schatz.«

Jetzt brachen sich doch die Tränen ihre Bahn, sosehr sie auch versuchte gegenzusteuern. Wenn ihre emotionale Migräne erst einmal die Oberhand hätte, wäre der Abend gelaufen. Da half nur eine abrupte unsentimentale Kehrtwende.

»Lasst uns anstoßen. Auf Papà und auf Magnì.« Sie hob ihr Glas. »Mögen wir nicht blind werden von Salvatores Schnaps!«

Salvatore protestierte lachend, und der Rest stimmte ein. Schließlich stießen alle an, umarmten Tita und fanden in Kürze zurück zu ihren Gesprächen – wie ein Plattenspieler, der nach kurzer Pause leiernd wieder seinen Betrieb aufnahm.

Der Abschied fiel Tita schwer. Besonders von den Zii, bei denen man nie wissen konnte, wie lange ihre robuste Gesundheit noch anhalten würde. Tita hatte ihre Berliner Telefonnummer und ihre Mobilfunknummer auf zwei Zettel geschrieben. Doppelt hält besser, dachte sie sich.

»Mi raccomando«, Lina umarmte sie unter Tränen. *»Mai più lontano dagli occhi, lontano dal cuore …«*

Tita schüttelte den Kopf und hatte einen Kloß im Hals. »Nein, Zia. Wir bleiben in Kontakt. Und bald bin ich zurück. Versprochen.«

Salvatore wollte etwas sagen, brachte aber kein Wort heraus

und drückte sie für eine kleine Ewigkeit. Schließlich ließ er Tita los, wischte sich eine Träne aus dem Augenwinkel und steckte sein Stofftaschentuch mit eingerolltem rotem Saum in Titas Jackentasche. *»Arrivederci!«* Seine Augen waren ganz klein, als würde er sie am liebsten verschließen vor dem bevorstehenden Abschied. *»Mi raccomando* …«, sagte schließlich auch er. »Du musst wiederkommen. Ich habe deinen Vater verloren, aber dich zurückgewonnen.« Er drückte sie ein weiteres Mal und wandte sich dann sehr schnell zum Gehen.

Als alle Reste eingesammelt, der Müll in Tüten verstaut und die Kerzen gelöscht waren, verabschiedeten sich schließlich auch Gianluca und Fabrizio. Tami würde Tita zum Hotel fahren.

»Ich hol dich morgen früh ab.« Gianluca tat so, als wäre es längst verabredet, dass er sie zum Flughafen begleiten würde.

Tita drückte ihn und merkte, wie ihre mühsam aufrechterhaltene Gefühlskontrolle langsam in sich zusammensackte. »Danke!« Zu mehr war sie nicht mehr in der Lage. Der ganze Rest war bereits gesagt worden.

Als sie langsam vom Hof rollten, warf Tita einen Blick zurück. Ihr Haus. Ihr Land. Ihr Zuhause. Neben der Tür stand die Bougainvillea, deren Blüten in der Dunkelheit schwarz wirkten.

»Ich pflanze sie dir morgen ein. Versprochen.«

Ein weiteres Mal fragte sich Tita, ob Tami Gedanken lesen konnte.

Gianni

September 1976, Berlin

Gianni betrachtete die Bougainvillea, die Carla neben den Eingang des Restaurants gepflanzt hatte. Die Pflanze hatte es nicht geschafft. Die Blüten waren seit dem Frühling jeden Tag heller geworden und schließlich abgefallen. Sie würden sie im Herbst entsorgen müssen.

Er ließ zwei Tabletten Natreen aus dem Spender in seinen Espresso fallen und beobachtete, wie der Süßstoff sich zunächst auf der Crema hielt, um sich dann sprudelnd mit der nach oben steigenden schwarzen Flüssigkeit zu vermengen.

»Weiß Vito davon?« Selvaggio lehnte sich vor, kippte seinen Caffè in einem Zug hinunter und sah Gianni fragend an.

»Vito kann uns hier in Berlin auch nicht helfen.« Gianni massierte gereizt mit Daumen und Zeigefinger seine Augen und zündete sich eine Atika an.

»Du siehst schlecht aus, Gianni. Vielleicht solltest du etwas kürzertreten.«

Die Terrasse des *Il Gattopardo* lag im hellen Sonnenlicht eines warmen Spätsommertages. Gianni schloss die Augen. Wenn man es nicht besser wüsste, hätte man meinen können, man wäre in Italien. In den steinernen Ziersäulen und Blumenkästen, die die Terrasse von der Straße abtrennten, wuchsen Fleißige Lieschen in Rot und Pink. Die weiß lackierten Eisenstühle, deren Lehnen aus symmetrisch gespiegelten Schnörkeln geschmiedet und deren Polster mit rotem Kunstleder bezogen waren, hätten so auch vor einem Restaurant in Venedig oder Rom stehen können. Gianni und Carla hatten sie von einem Traditionsunternehmen in der Toskana anfertigen und nach Berlin transportieren lassen. Genauso wie die Holzstühle und die Wandvertäfelung im Innenraum. Carla hatte gesagt, die Deutschen müssten Italien mit allen Sinnen kennenlernen. So wie sie selbst das Land durch Gianni kennengelernt hatte. Das Essen war nur ein Teil davon. Die Getränke, die Einrichtung, die Musik, ja, selbst die Sprache der Kellner – alles müsse Urlaub ausstrahlen.

Als sie das *Il Gattopardo* vor zehn Jahren eröffnet hatten, standen auf der Speisekarte noch einige Zugeständnisse an das, was damals als »gute deutsche Küche« galt. Zuppa di Tartaruga – Schildkrötensuppe – 2,50 DM. Toast Hawaii – 3,00 DM. Bœuf Stroganoff – 7,50 DM. Gianni hatte sich darauf eingelassen, weil Martin es ihm geraten hatte. »Was der Bauer nicht kennt, das frisst er nicht. Wenigstens für den Anfang. Irgendwann werden sich die Zeiten ändern«, hatte sein Schwiegervater ihm gesagt. Und er hatte recht behalten. Daneben standen die italienischen Gerichte, von denen viele Ende der sechziger Jahre noch als exotisch galten: Cannelloni alla Siciliana – 5 DM. Saltimbocca alla Romana – 8 DM. Zabaglione – 3 DM. Die Preise waren damals schon nicht günstig, aber Gianni hatte von Anfang an Wert darauf gelegt, sich von den Pizzerien, von denen es in der Stadt bereits einige gab, zu unterscheiden.

Carla hatte die Speisekarte mit der Hand geschrieben und mit gezeichneten Vignetten dekoriert. Auf einer Seite zog ein Paladin in Rüstung und mit Federbusch auf dem Kopf ein Schwert, bereit, die Fische, Garnelen, Trauben und Weinflaschen zu verteidigen, die zu seinen Füßen lagen. Eine andere Seite zeigte zwei Frauen in sizilianischer Tracht, die, umringt von Zitronen und Artischocken, Körbe mit Feigen und Orangen auf den Köpfen balancierten. Und ganz vorn, auf Seite eins, prangte die sizilianische Sonne mit einer Zipfelmütze, die von einer Gabel durchstoßen war, die wiederum einen Fisch aufgespießt hatte. Darunter stand zur Begrüßung: »Wir können Ihnen nicht die Sonne und das Meer Siziliens bieten. Wir werden uns aber bemühen, Ihnen mit unseren Spezialitäten den Eindruck einer netten italienischen Stunde zu vermitteln. Salute e Buon Appetito!«

Gianni lächelte in Gedanken daran. *»Buon Appetito!«* war Carlas Idee gewesen. In Italien wünschte man sich nicht guten Appetit vor dem Essen. Aber sie meinte, es wäre höflicher so. Sie waren damals Pioniere, zusammen mit einigen wenigen anderen in dieser Zeit. Alles war noch etwas improvisiert, sie erlebten Rückschläge, und Gianni musste viele Zugeständnisse machen, wenn es um geliebte traditionelle Gerichte ging. Allein die Zutaten zu importieren war eine Herausforderung.

Aber mittlerweile hatte sich die italienische Küche in Deutschland etabliert. Sie war sogar schick geworden. Selbst die konservativen und störrischen Berliner hatten sein Essen angenommen, und in den letzten Jahren hatte sich das kleine Restaurant in der Schorlemerallee sogar zu einem Hotspot von Politikern und Schauspielern entwickelt. Iwan Desny, Erik Ode, Harald Juhnke, Herbert von Karajan – und mit den Prominenten kamen die Gäste, die den Prominenten nah sein wollten. Langsam, ganz allmählich hatte Gianni die Auswahl der Gerichte geändert und war erfolgreich damit. Nur die Pizza war bei aller Aufgeschlossenheit nicht wegzudenken. Selbst mittags wollten die Gäste Pizza essen. *»Pazzesco!«*, fand Gianni.

Unter der roten Markise, die sich über die gesamte Breite der Terrasse zog, staute sich die Hitze. Das gefilterte Sonnenlicht ließ die Gesichter der Gäste rot leuchten und gab dem ganzen Ambiente etwas Intimes. Vielleicht hatte Selvaggio recht. Er müsste etwas kürzertreten. Er war so müde in letzter Zeit. Die paar Stunden Schlaf reichten nicht mehr aus, um seinen Körper funktionsfähig zu halten. Der Chef ging immer zuletzt. Vielleicht müsste er aber auch die Insulinmenge etwas erhöhen. Seit er sich die Spritzen setzte, kam er eigentlich ganz gut zurecht. Und trotzdem, diese ständige Rechnerei mit den Broteinheiten war kaum durchzuhalten, wenn man in der Gastronomie tätig war. Und natürlich musste er mit den Gästen auch anstoßen. Bis spät in die Nacht. In letzter Zeit ekelte er sich nahezu vor Alkohol. Durch den Alkohol sank der Zuckergehalt im Blut, und die Gefahr einer Unterzuckerung wuchs. Als er vor einem knappen Jahr die Diagnose erhalten hatte, war er noch zuversichtlich gewesen. »Zuckerkrank«, dass hörte sich so freundlich an. In Italien sagte man *»diabetico«*, das hörte sich schon eher krank an. Aber »zuckerkrank«? Er hatte erst nach und nach begriffen, was das für sein Leben bedeutete. Carla hatte die Küche aufgeräumt und sämtliche zuckerhaltigen Produkte durch Süßstoffvarianten ersetzt. Auch tagsüber im Restaurant hatte er die strikte Anweisung, seine Broteinheiten unter sorgfältiger Kontrolle zu halten und nach Möglichkeit auf Kohlenhydrate ganz zu verzichten. Er hatte sich lange Zeit geweigert. Pasta, Pizza, Brot. Was war das für ein Dasein ohne all das? Aber Carla und die Ärzte waren in diesem Punkt unnachgiebig. Sie hätten ihm auch das Rauchen noch abgewöhnt, wenn er nicht insistiert hätte.

Er drückte die Zigarette in dem kleinen Aschenbecher vor ihm aus. *»Fatevi i cazzi vostri!«*, stand handgeschrieben darauf, »Kümmert euch um euren eigenen Scheiß!« Carla und er hatten ihn vor einen paar Jahren aus Taormina mitgebracht. Hier verstand sowieso niemand die Bedeutung.

»Gianni, träumst du?«

Er hatte Selvaggio über seinen Gedanken für einen Moment vollkommen vergessen.

»Ich sagte, wie hoch sind die Verluste?«

»Che ne so io.« Gianni zuckte mit den Achseln, schüttelte den Kopf und zog gleichzeitig die Mundwinkel herunter, während er die spitz zusammengelegten Finger ungeduldig im Handgelenk nicken ließ. Er verdrängte die Probleme, die sich in letzter Zeit vor ihm auftürmten wie die Felsen des Monte San Pellegrino. Obwohl das *Il Gattopardo* jeden Abend ausgebucht war und auch mittags die Geschäfte sehr gut liefen, schrieb er rote Zahlen. Seit er mitbekommen hatte, dass einige Köche und Kellner gemeinsame Sache machten und Monat für Monat in die eigene Tasche wirtschafteten, hatte er ein Bonbuch eingeführt und ließ jeden Monat Inventur machen. Das kostete Nerven und lag wie ein dunkler Schatten über dem Team. Außerdem hatte sich herausgestellt, dass die Lieferanten betrogen. Schinken, Käse und Salami beispielsweise wurden nach Gewicht abgerechnet. Spät genug hatten sie angefangen nachzuwiegen. Dabei taten sich Abgründe auf zwischen der abgerechneten und der tatsächlichen Menge.

Aber an alldem lag die finanzielle Schieflage nicht. Das hätte er noch ausgleichen können.

»Es sind die Einkäufe.« Gianni fingerte eine neue Zigarette aus der halb leeren Packung und zündete sie an. »Die Preise. Für das Mehl, für die Weine. Vor allem für die Dosentomaten …« Er stieß den Rauch aus, sah dem blauen Dunst einen Moment nach und blickte dann müde zu Selvaggio. »Sie verkaufen dir die Ware zu Fantasiepreisen, sehen dir dann beim verzweifelten Kampf ums Überleben zu und bieten dir zu guter Letzt einen Kredit zu Wucherkonditionen an. Ein Teufelskreis, bei dem es nur einen Gewinner gibt.«

Sein Freund nickte. »*Questi pezzi di merda.* Von Palma di Montechiaro bis zu uns nach Berlin. Mittlerweile haben sie ganz Deutschland im Griff.«

»Die Dosentomaten aus Bergamo könnte ich in Gold aufwiegen. *Ma che vuoi fare?*« Gianni lächelte schmerzlich. »Hast du gehört, dass sie bei Mimmo die Fensterscheiben bereits das dritte Mal eingeschlagen haben?« Er beobachtete drei Spatzen, die sich auf dem gepflasterten Boden der Terrasse um einige Brotkrümel stritten. »Ich bin froh, dass wir nicht mehr über dem Restaurant wohnen. *Non si sa mai.* Man kann nie wissen.«

»*Eh. Non si sa mai.* Sollte dir je etwas passieren, Gianni, ich pass auf, dass Carla und die Kinder aus der Sache rausgehalten werden.«

Selvaggio beugte sich vor, nahm eine Olive aus der kleinen Schale in der Mitte des Tisches und steckte sie sich in den Mund. »Was ist mit der Fabrik?«

»Könnte besser nicht laufen.« Gianni verzog den Mund. »7500 Tiefkühlpizzen täglich. Wir exportieren nach Italien und beliefern Dr. Oetker. Mary Roos hat sogar einen ›Happy-Pizza-Song‹ für Dr. Oetker aufgenommen. Es gibt Pizzateller, Pizza-Puzzle und Pizzaschneider zu kaufen. Die Leute sind ganz verrückt nach Tiefkühlpizza.«

»E allora …?«

»*Niente. La stessa cosa.* Wir machen Verlust. Ich hätte nicht einmal genug Geld in der Kasse, um Mobiliar für ein neues Restaurant zu kaufen. In meinem nächsten Lokal werden die Gäste wohl auf alten Obstkisten sitzen müssen. Du weißt ja, die Dosentomaten …«

»'sti stronzi.« Selvaggio schüttelte den Kopf. »Waschen ihr schmutziges Geld auf unsere Kosten sauber. Es wird einen Weg geben.«

»Vielleicht irgendwann einmal.« Gianni rieb sich wieder die Augen. »Im Moment kreisen die Geier bereits. Da hilft nur immer mehr und mehr arbeiten, eröffnen, verpachten, verkaufen. Mehr verdienen, noch mehr abgeben.« Einen Moment musste er an seinen Vater denken. Was hatte sich für ihn, Gianni, eigentlich zum Besseren gewendet? Unabhängig wollte er damals sein. Nicht mehr als Sklave einem Barone Cartia dienen und ein Land beackern, das nicht sein eigenes war – ohne die Möglichkeit, diesem Teufelskreis jemals zu entfliehen. Doch wenn man es bei Licht betrachtete, war er immer noch ein Sklave und beackerte ein Geschäftsfeld, dessen Früchte andere ernteten. »Es gibt einfach keinen Ausweg. Ich muss mir Geld leihen oder verkaufen.«

Selvaggio nickte, spuckte den glatt gelutschten Olivenkern aus und legte ihn neben Giannis ausgedrückte Zigaretten in den Aschenbecher. »*Fatevi i cazzi vostri.*«

Tita

November 1976, Berlin

Papà sagte, es gebe Zeiten, in denen würde sich alles ändern. Und zwar, um genau zu sein, alle sieben Jahre. Er sagte, das Universum hätte das so arrangiert. Und dass das Universum immer von Sommer zu Sommer rechnen würde. Sommer 1971 bis Sommer 1972 beispielsweise, so sagte er, sei eines von diesen besonderen Jahren gewesen. Da sei alles zusammengekommen. Danieles Geburt, das erfolgreiche Testessen bei Dr. Oetker in Bielefeld mit dem anschließenden Ausbau der Pizzafabrik in Berlin-Moabit, die Eröffnung von zwei weiteren Restaurants, Titas Einschulung, der Umzug nach Grunewald und schließlich – als trauriger Höhepunkt – Nonno Carmelos Tod. Der eine kommt, der andere geht, hatte Mamma gesagt. So sei das eben geregelt auf dieser Welt.

Nun schien das Jahr 1976 auch irgendwie ein besonderes gewesen zu sein. Obwohl die nächsten Änderungen laut Papàs Universum erst 1978 angestanden hätten.

Zunächst waren sie ein weiteres Mal umgezogen. Die neue Wohnung befand sich auch in Berlin-Grunewald, aber Tita hatte jetzt ein großes Zimmer ganz für sich allein und sogar einen eigenen Zugang zur Terrasse. Sie fühlte sich sehr erwachsen. Vor dem Umzug hatte sie sich bei Mamma vergewissert, dass die Tiere, die sie von klein auf begleitet hatten, auch in der neuen Umgebung ihren festen Platz haben würden. Da waren zunächst die zwei lebensgroßen Keramik-Leoparden aus Caltagirone, die mit geneigten Köpfen rechts und links den Durchgang vom Wohn- zum Esszimmer bewachten. Dann gab es zwei prächtige Fasane, ebenfalls aus bunt bemalter Keramik, in deren Bäuchen zu Silvester oder an sonstigen Festtagen Salate gereicht wurden. Und es gab das goldene Wildschwein, dessen Kopf auf einer rosa bemalten Pfeffermühle saß und aus dessen Maul der frisch gemahlene Pfeffer rieselte, wenn man die Kurbel bediente. Beim Anheben ertönte die Melodie einer kleinen Spieluhr. Wenngleich kein Tier, war Tita auch die Pagode sehr wichtig. Es handelte sich um eine Schatulle aus weißem Glas mit goldenen Verzierungen, in der Zigaretten aufbewahrt wurden. Drückte man auf einen verborgenen Knopf, öffneten sich ringsum kleine Türchen, in deren goldenen Laschen Zigaretten steckten. Während dieses Vorgangs spielte die Pagode die Titelmelodie von *Dr. Schiwago* beim Öffnen und *Strangers in the Night* beim Schließen. Trotz strengsten Verbotes von Mamma saßen Daniele und sie oft stundenlang davor und beobachteten die Türchen, wie sie sich öffneten und wieder schlossen.

Aufgrund von Papàs Zuckerkrankheit gab es nur noch anstrengendes Essen zu Hause. Mamma hatte zu Danieles und ihrem Entsetzen Pasta und Pizza komplett von der häuslichen Speisekarte verbannt.

Und – das war vermutlich die einschneidendste Änderung – Papà würde Ende des Jahres die Pizzafabrik verkaufen. Tita fand das sehr schade. Sie hatte sich an die große Halle mit den Förderbändern und den spiralförmigen Kühltürmen gewöhnt und liebte den Geruch nach kaltem Käse und Tomatensoße. Außerdem hatte ihr Opa Martin aus den Förderblechen mit den Rollen, die eigentlich die Pizza transportieren sollten, ein Skateboard geschweißt. Der letzte Schrei aus Amerika sei das, hatte Mamma gesagt.

Tita hatte Papà gefragt, ob er nicht lieber die Fabrik behalten und das neue Restaurant verkaufen wolle, aber er hatte nur müde gelächelt. *»Sono stanco, tesoro mio.«*

Nun würde also die *Pizza-Versandbäckerei*, Papàs ganzer Stolz und Titas Freude, in die Hände eines bayrischen Unternehmers fallen, der laut Mamma »damit angab wie eine Lore Affen«. Sie sagte, er würde die Zusammenarbeit mit Dr. Oetker einfach nur fortführen und dennoch behaupten, ein marodes Unternehmen zu retten. Mamma war »stinkesauer«, Papà war einfach nur still.

Tita befürchtete, mit den letzten belegten Teigböden der *Pizza-Versandbäckerei*, die Mitte Dezember in Moabit vom Band rollen würden, würde auch etwas von Papàs Fröhlichkeit verschwinden. Sie hasste diesen unbekannten Mann, der Papà traurig und Mamma wütend gemacht hatte, von ganzem Herzen.

Direkt nach den Sommerferien auf Sizilien war Tita eingeschult worden, diesmal auf ein katholisch-humanistisches Gymnasium. Als Anfang September der große Tag endlich gekommen war, holten Mamma, Papà und Daniele sie nach dem ersten Unterricht an der neuen Schule ab.

»Ich bin so stolz auf dich«, lächelte Papà.

»Jetzt kannst du beweisen, was du kannst«, sagte Mamma.

Zur Feier des Tages gingen sie Chinesisch essen. Das Restaurant befand sich im Obergeschoss des Kudamm-Karrees. Tita liebte die Einrichtung mit den roten und goldenen Elementen und den schwarzen Lacktischen. Überall züngelten Drachen von den Wänden, und in der Mitte gab es ein plätscherndes Bassin mit echten Fischen.

»Ente süßsauer und Herva mit Mosel bitte«, bestellte sie.

»Auf keinen Fall Herva mit Mosel.« Mamma schüttelte energisch den Kopf. »Da ist Alkohol drin.« Und zum Kellner gewandt: »Ente süßsauer und Herva mit *Zitrone* bitte.«

Tita schmollte. Sie hätte zu gerne einmal Herva mit Mosel gekostet. *Alle* Erwachsenen tranken *immer* Herva mit Mosel. Herva mit Zitrone war genauso langweilig wie die anderen Limonaden. Ob Sinalco, Bluna, Fanta, Florida Boy oder in Italien LemonSoda und OranSoda – irgendwie schmeckten sie alle gleich. Am schlimmsten allerdings fand Tita die dreieckigen Sunkist-Tetrapacks mit Kirschsaft. Wenn man den kleinen Plastikstrohhalm mit der schräg angeschnittenen Seite nicht vorsichtig genug in die dafür vorgesehene Membran steckte, gab das eine klebrige Riesenschweinerei. In der Grundschule hatte einfach jeder diese dreieckigen Saftbomben dabeigehabt. Sie war froh, dass die Zeit jetzt hinter ihr lag.

»Sei nicht traurig wegen der Fabrik, Papà. Dafür haben wir jetzt wieder mehr Zeit zusammen.«

Gianni lächelte müde und nickte, aber Tita hatte das Gefühl, er war nicht ganz bei der Sache. Und auch sie selbst war von dem, was sie gesagt hatte, nicht ganz überzeugt.

Papà war schon immer viel unterwegs gewesen. Er war bis spät in der Nacht im *Il Gattopardo* und traf sich dann noch mit anderen Italienern in einer Bar, wo sie Italienisch sprechen, Karten spielen und Erinnerungen austauschen konnten, sagte er. »Rumhängen« nannte Mamma das. Oft war Papà erst zu Hause, wenn es draußen schon hell wurde. Dennoch fand er immer Zeit für Daniele und Tita. Dann gingen sie gemeinsam auf den Rummelplatz. Papà hatte einen nicht enden wollenden Vorrat an Münzgeld für Fahrgeschäfte, Lose und Zuckerwatte in seinen Hosentaschen. Wenn er lief, klingelte es immer leise. Und sie kehrten erst dann nach Hause zurück, wenn sie auch das letzte Karussell, den letzten Losstand und die letzte Achterbahn besucht hatten.

Für Tita war Papàs Welt immer etwas aufregender als die anderer Menschen. Sie erinnerte sich an den Sommer vor zwei Jahren, als Papà sich mit *Il Gattone* in einer der engen Gassen von Ragusa Ibla verfahren hatte. Am Ende einer sehr verwinkelten schmalen Gasse ohne Wendemöglichkeit fand er sich zu Mammas Entsetzen in einer Sackgasse wieder, die in eine lange, steile Treppe mündete. Sie mussten alle aussteigen, und unter Danieles und Titas Jubel steuerte Papà die ihrer Würde beraubte hopsende Katze die Stufen hinunter, bis sie am Ende wieder auf eine befestigte Straße trafen.

Papà war Tita früher immer unverwundbar erschienen. Er war wie einer der Superhelden aus den Comics, die er ihr ab und zu mitbrachte. Bis vor etwa einem Jahr. Da hatte Tita zum ersten Mal wahrgenommen, dass Papà scheinbar doch auch nur ein Mensch war. Vielleicht lag es an dieser mysteriösen Krankheit. Vielleicht hing es aber auch mit den Fahrten nach Bergamo zusammen, die er seit ein paar Monaten in regelmäßigen Abständen unternahm und von denen er immer noch blasser und müder zurückkam, als er es sowieso schon war.

»Che stronzo!«, bedachte Tita den bayrischen Unternehmer mit dem einzigen italienischen Schimpfwort, das sie kannte.

Papà lächelte, stahl ein Stück Ananas von Titas Teller, steckte es sich nachdenklich in den Mund und sagte schließlich mit einem spöttischen Achselzucken: *»A rubare poco si va in galera, a rubare tanto si fa carriera.«*

Gianni

Dezember 1977, Berlin

Gianni stellte müde den Wagen vor der Haustür ab, stieg die halbe Treppe bis zu der schweren hölzernen Eingangstür hinauf und steckte den Schlüssel ins Schloss. Diese elenden Fahrten nach Bergamo kosteten ihn zu viel Kraft. Er hatte die Tür noch nicht ganz geöffnet, da stürzte sich Daniele schon auf ihn und umklammerte sein Bein.

»Papà, du bist zurück! Wann gehen wir ins Kino? Wann gehen wir endlich ins Kino?«

Er musste lächeln. Sein kleiner Sohn war ganz wild auf diesen neuen amerikanischen Film. »*Tesoro.* Wir können ihn uns noch nickt ansehen, deine *Krieg der Sterne*. Ist er in Deutschland erst Anfang Februar im Kino.« Er zwickte Daniele in die Nase und tat wieder so, als hätte er sie zwischen den Fingern.

Daniele schob seine Hand ungeduldig beiseite. Zu oft hatte er den Trick schon gesehen. »Aber warum? Ich will nicht bis Februar warten!«

Gianni setzte ein ernstes Gesicht auf. »Habe ich selbst mit Luke Skywalker telefoniert und hat er mir gesagt, dass er gleich am erste Tag für uns Tickets hat. Sitzen wir in der besten Reihe. *Promesso.*«

Die Tränen, die bereits in den Augen seines Sohnes geglitzert hatten, verdunsteten wie Morgentau an einem Sommertag, und er sah seinen Vater skeptisch, aber voller Hoffnung an. »Wirklich, Papà? Du hast mit Luke telefoniert?«

»*Certo, tesoro.* Sind wir sehr gute Freunde, seit er mir gezeigt hat sein Raumschiffe letzte Mal.«

»Das ist nicht einfach ein Raumschiff, Papà. Das ist der Millennium Falke von Han Solo!«

Tita kam in den Flur gelaufen und schmiegte sich an das andere Bein ihres Vaters. »Papà, hast du uns etwas mitgebracht?«

Eigentlich brachte er den Kindern fast immer etwas mit. Diesmal hatte er es einfach nicht geschafft. »*Come no?*«, antwortete er stattdessen. »Habe ich euch mitgebracht …« Schnell zog er ein paar entwertete Parktickets aus seiner Tasche und wedelte damit vor den Nasen der Kinder herum, um sie gleich wieder in seiner Tasche verschwinden zu lassen. »*Biglietti* für den Weihnachtenrummel!«

Der Weihnachtsmarkt in der Altstadt von Spandau fand zum vierten Mal statt, und diesmal wurden sogar Teile des Kulturprogramms auf der großen Bühne am Marktplatz vom Fernsehen übertragen. Gianni musste achtgeben, mit den Kindern nicht in eine der großen Pfützen auf dem Festplatz zu treten. Der Winter in Berlin war bisher alles andere als weihnachtlich. Tagsüber waren die Temperaturen auf bis zu fünfzehn Grad geklettert. Letzte Woche hatte Gianni sogar einen Zitronenfalter gesichtet. Im Dezember. Es war verrückt. Wie ein Gruß aus der sizilianischen Heimat. Zwar wusste Gianni, dass Zitronenfalter eine Art Frostschutzmittel aus Glycerin, Sorbit und Eiweißen bilden und so überwintern konnten, dennoch waren Schmetterlinge zu Weihnachten definitiv eine Ausnahme in der hiesigen Fauna.

Tita zog ungeduldig an seinem Arm. Während sie zu der lebensgroßen Krippe mit den echten Tieren wollte, drängte Daniele Gianni in Richtung des Karussells.

Die Straßen waren erfüllt vom lauten Rufen der Schausteller und Losverkäufer – »Drei Lose nur eine Mark!« –, von blecherner Weihnachtsmusik aus überforderten Lautsprechern und

Leierkastenmelodien, die sich gegen das Klingeln und Hupen der Karussells ringsum durchzusetzen versuchten.

»Ich will zum Reiten, Papà!« Tita zog ihn in Richtung eines Rondells, in dem ein paar Ponys gleichgültig im Kreis trotteten, auf ihren Rücken Kinder, die weder die hervorstehenden Rippen noch das stumpfe Fell bemerkten. Gianni dachte an seine Maultiere in Magnì. Sie waren Teil der Familie gewesen. Die Tiere hier taten ihm leid.

»*Subito, amore.* Wir machen alles nacheinander. Jetzt wir musse erste einmal etwas essen.« Er führte Tita und Daniele an einen Stand mit Zuckerwatte und kandierten Äpfeln. Es machte ihm Spaß, die Kinder beim Essen zu beobachten. Auch wenn er wusste, dass er anschließend völlig verklebte Hände halten würde.

Während die beiden ihre Zuckerwatte aßen, flogen seine Gedanken unwillkürlich nach Sizilien. Er hatte diesen Winter besonders große Sehnsucht. Nach den warmen Pastelltönen der Landschaft, nach Salvatrice und den Brüdern, nach dem warmen Wind, der einem über die Haut strich, wenn es kühl war, und dem Meer, das bedrohlich und beruhigend zugleich war. Es würde noch eine Ewigkeit dauern, bis er das alles wiedersähe. Er würde seine Füße am Strand von den Wellen umspülen lassen, und vielleicht würde er auch mal wieder nach den Ricci sehen, die sich den Sommer über im kühlen Wasser zwischen den Felsvorsprüngen versteckt hielten. Wenn er jetzt in Magnì wäre, würde er sich auf die Mauer hinter dem Haus setzen und sich an den kleinen Orangenbaum lehnen, der nun eine Pomeranze war. Abends würde er mit Carla zusammen die Freunde treffen, und gemeinsam würden sie in den weihnachtlich erleuchteten Straßen von Marina di Ragusa eine heiße Schokolade an der Piazza trinken und über Politik, Freundschaft und Fußball reden.

Er wusste selbst nicht, was mit ihm los war. Seit Wochen schon lag eine schwere Melancholie über ihm wie eine dichte dunkle Decke. Mehr als sonst musste er an Carmelo denken, der vor fünf Jahren für immer seine Augen geschlossen hatte. Dabei würde in ein paar Tagen Giannis neues Restaurant eröffnet. Außerdem hatte er nur noch wenige Termine in Bergamo vor sich, und selbst die Krankheit hatte er mittlerweile im Griff. Eigentlich war alles bestens. Und dennoch war ihm so schwer zumute, als müsste er sich von allem, was ihm lieb war, verabschieden.

Vermutlich lag es auch an diesen *tempi spaventosi*. Es war, als wäre die Welt um ihn herum verrückt geworden. Seit diesem Herbst war in Deutschland nichts mehr so, wie er es gewohnt war. Terror, Entführung, Bestechung, Gewalt und Drogen hatte er bisher eher mit Italien in Verbindung gebracht. Die gute Organisation und die Rechtschaffenheit der Deutschen waren ja nahezu sprichwörtlich. In Italien pfiff man anerkennend durch die Zähne, wenn von der deutschen Gründlichkeit die Rede war. Ja, so etwas fehlte in Italien.

Nun gab es gleich mehrfach Anlass, an der Souveränität Deutschlands zu zweifeln. Es hatte im September mit der Entführung des Wirtschaftsfunktionärs Hanns Martin Schleyer durch die RAF begonnen, seinen Lauf mit der Entführung der »Landshut« in Mogadischu genommen und schließlich in der Ermordung von Schleyer gemündet. Deutschlands Regierung hatte hilflos zugesehen – *con le mani in mano.* Wie in Italien. Gianni hatte das Gefühl, die Menschen in Berlin verharrten in lähmender Stille. Wie das Kaninchen, dass er eines Abends von der Straße aufgelesen und den Kindern mitgebracht hatte. Es hatte die Scheinwerfer seines Wagens auf sich zukommen sehen und war – anstatt wegzulaufen – wie angewurzelt mitten auf der Fahrbahn sitzen geblieben. Auge in Auge mit dem

Lichterpaar, das ihm entgegenkam. David gegen Goliath. Wenn er nicht gebremst hätte und ausgestiegen wäre, wäre *Il Gattone* einfach darübergerollt. Gianni hatte seitdem oft an die Situation denken müssen. Banküberfälle, Entführungen, Erpressungen. Die Bedrohung kam immer näher, und die Regierung verfiel in Schockstarre. Alles war besser, als nichts zu tun.

Das war die eine Seite. Auf der anderen Seite war vor einigen Monaten Elvis Presley gestorben, plötzlich und unerwartet mit nur 42 Jahren. Nicht dass Gianni ein großer Elvis-Fan gewesen wäre. Aber dennoch weckte sein Tod ein eigenartiges Gefühl in ihm. Elvis war nur vier Jahre älter als er. Er hatte mit seiner Musik Giannis Jugend begleitet. Nun war er an einem anderen Ort. *On the flip side*, hatte eine Zeitung geschrieben. Wie sollte man sich das vorstellen? Dass man nach dem Tod einfach auf die andere Seite der Medaille wechselte? Und alles ging dort in einem ebenfalls geregelten Ablauf weiter? Gianni glaubte nicht daran. Der King des Rock 'n' Roll war tot, und beinahe sinnbildlich wurde er abgelöst von immer mehr jungen Menschen im Berliner Stadtbild, die sich die Haare stachelig nach oben gelten und zerrissene Hosen mit Sicherheitsnadeln zusammenhielten. Die Generation, die dort nachwuchs, war Gianni fremd.

Und dann die Drogen. Die Zahl der Drogentoten war dies Jahr auf ein Höchstmaß gestiegen. Im Juni hatten sie Berlins bislang jüngste Herointote gefunden. Mit nur vierzehn Jahren. Die Spritze steckte noch in ihrem Arm. Gianni fragte sich einmal mehr, wie man sich freiwillig eine Spritze injizieren konnte. Er selbst hatte sich an das Spritzen des Insulins zwar gewöhnt, musste sich aber immer wieder aufs Neue überwinden, die farblose Flüssigkeit mittels einer Nadel in seine Blutbahn zu leiten.

Und natürlich bedrückte ihn auch seine berufliche Situation. Wenige Monate nach dem Verkauf seiner Fabrik hatte Gianni beschlossen, sich wieder vermehrt dem Restaurantgeschäft zuzuwenden. Vielleicht war er einfach nicht zum Unternehmer geboren. Es brauchte eben mehr zum Erfolg, als nur gute Ideen zu haben und erfindungsreich zu sein. Er dachte an Vito, der sich mittlerweile auf Sizilien ein kleines Imperium aufgebaut hatte. Kurz vor Weihnachten würde endlich das *Il Paladino* in der Nähe der Krummen Lanke öffnen. Gianni würde zur Rückzahlung des Kredits zwar noch ein paar weitere Male nach Bergamo fahren müssen, aber andererseits konnte er auch nicht wie das Kaninchen auf ein Wunder hoffen. Das Leben war ein Hamsterrad.

Er wischte die Gedanken beiseite und schnappte sich die klebende Tita und den klebenden Daniele, und gemeinsam bestiegen sie eines der sich wild drehenden Fahrgeschäfte – »Kommen Sie ran, steigen Sie ein. Eine Runde Fahrspaß zum Mitnehmen. Unsere Fahrt geht in die letzte Runde« –, und während die Raupe zunehmend an Fahrt gewann, genossen sie die kontrollierte Angst und schrien gegen den Fahrtwind an.

Gianni

Januar 1978, Berlin

Als Gianni die Augen öffnete, sah er zunächst nur einen Wassertropfen auf der Windschutzscheibe, der sich zögerlich in Zickzackbahnen seinen Weg schräg abwärts bahnte. Dabei traf er auf andere Tropfen, die sich dazugesellten und mit ihm verschmolzen, oder er rutschte knapp an bereits bestehenden größeren Wasseransammlungen vorbei. Als der Tropfen beinahe unten angekommen war, setzten sich schwerfällig die Scheibenwischer in Bewegung und schoben die frisch geschlossenen Weggemeinschaften mit einem Quietschen beiseite.

Gianni setzte sich auf. Irgendetwas war anders. *Il Gattone* hing in unkomfortabler Schräglage mit zwei Rädern in einem Graben. Er war sich einen Moment lang nicht sicher, was passiert war. Er war auf dem Rückweg von Bergamo nach Berlin. In der Nähe von München war er wegen eines Staus von der Autobahn abgefahren. Und dann?

Durch die nasse Scheibe sah er einen Polizisten auf sich zukommen. »Geht es Ihnen gut? Sie sind im Straßengraben gelandet. Soll ich einen Krankenwagen rufen?«

Gianni schüttelte den Kopf.

»Haben Sie Alkohol getrunken?«

Gianni schüttelte erneut den Kopf und holte leicht zitternd ein Stück Traubenzucker aus der Tasche. *»Sono diabetico.«* In Stresssituationen fiel er immer wieder ins Italienische zurück.

Er schob sich das Stück Dextro Energy in den Mund und wartete, dass sich sein Zuckerwert normalisieren würde. Er war leichtsinnig gewesen. Er hatte sich die übliche Insulinmenge gespritzt, ungeachtet der Tatsache, dass er gestern zwei Gläser Wein getrunken, wenig geschlafen und heute früh nur einen Caffè zu sich genommen hatte. Das und die ganze absurde Situation der letzten Tage hatten scheinbar zu einem extremen Abfall der Blutzuckerwerte geführt. Dabei hatte man ihm in der Klinik wieder und wieder eingebläut: Unterzuckerung ist für einen Diabetiker lebensbedrohlicher als Überzuckerung.

Der Polizist stand etwas hilflos im Nieselregen. »Sollen wir jemandem Bescheid geben?«

Gianni schüttelte dankbar den Kopf und lächelte. »Geht es schon wieder.«

Das war gelogen. Diese Fahrt war die schlimmste, die Gianni je erlebt hatte. Nicht genug damit, dass ihm in Bergamo sein Auto vom Hotelparkplatz gestohlen worden war, hatte man ihm anschließend bei der Polizia di Stato mitgeteilt, dass *Il Gattone* noch in derselben Nacht für einen bewaffneten Raubüberfall verwendet worden war. Er hatte einen ganzen Tag auf der Polizeiwache in Bahnhofsnähe verbringen müssen, bis geklärt war, dass er selbst zum einen nicht in den Überfall verwickelt war und zum anderen ein Recht auf die Herausgabe seines Wagens hatte, den man mittlerweile in einem Vorort aufgefunden hatte. Einem *Terrone* traute man in Norditalien alles zu. Anschließend musste er eine weitere Nacht in Bergamo verbringen, bis der Wagen auf eventuelle Spuren und Fingerabdrücke untersucht war. Und erst am Morgen darauf konnte er endlich die Heimreise antreten. Er hatte unterwegs versucht, Carla anzurufen, aber niemanden erreicht. Und nun, kaum in Deutschland, auch noch das.

Der Polizist hatte in der Zwischenzeit einen Abschleppdienst geordert und Gianni gebeten, das Auto möglichst nicht zu verlassen. Die Straße sei stark befahren, und man wolle verhindern, dass es zu weiteren Zwischenfällen komme.

Während Gianni auf den Pannendienst wartete, ließ er die letzten Wochen Revue passieren. Kurz vor Weihnachten war das *Il Paladino* eröffnet worden. Er hatte seinen Geburtstag dort gefeiert, und zu Silvester waren Franco, Selvaggio, Sauro und Mimmo vorbeigekommen. Carla und er hatten das neue Jahr gebührend begrüßt. Um Mitternacht hatte es Spumante und Panettone gegeben. Es hätte ein unbeschwerter Jahresbeginn werden können, wenn er sich nicht noch in derselben Nacht mit Carla gestritten hätte. Es war nicht ihr erster Streit, aber es war das erste Mal, dass sie sich nicht sofort wieder vertragen hatten.

Sie waren am frühen Neujahrsmorgen gut gelaunt nach Hause gekommen, als Gianni beim Betreten des Badezimmers beinahe der Schlag getroffen hätte.

»Hast du die Wäsche aufgehängt?«

Carla hatte mit den Achseln gezuckt. »Ja, gestern Mittag schon. Warum fragst du?«

Gianni hatte fassungslos den Kopf geschüttelt. »Niemals, NIEMALS darf man über Silvester die Wäsche aufhängen!« Er war sich unglücklich durchs Haar gefahren. »Du weißt, was dann passiert. Gibt es sonst einen Toten in der Familie. *Accidenti!* Ich bin nicht aberglaubick, aber das ist so leichtsinnig.« Gianni war ärgerlich zum Wäscheständer gegangen, hatte die Wäsche abgenommen und auf den Rand der Badewanne gelegt.

Mit etwas Abstand war ihm das Ganze nun doch unangenehm. Er selbst hatte sich über Salvatrice und ihre eisernen Regeln immer lustig gemacht. Es war nur Aberglaube. Nicht mehr und nicht weniger.

Mittlerweile war der Abschleppdienst gekommen, und *Il Gattone* hing am Seil wie ein Fisch am Angelhaken. Als der Wagen wieder mit allen vier Rädern auf der Straße stand und Gianni seine Fahrt endlich fortsetzen konnte, ging es ihm besser. Wenn er erst wieder zu Hause wäre, würde sich alles normalisieren. Auf schlechte Tage würden auch wieder bessere folgen. So war es schon immer, und so würde es auch diesmal sein.

Als er sich acht Stunden später anschickte, in Berlin den Haustürschlüssel ins Schloss zu stecken, kam ihm Carla zuvor. Mit verweinten Augen öffnete sie ihm die Tür und wirkte ganz schmal darin.

»Papa ist gestern gestorben.«

Tita

Februar 1978, Berlin

Opa Martin wurde an einem Montag beigesetzt. Tita fand den Tag unpassend. Ein Montag stand für Beginn, nicht für Ende. So traurig sie über seinen Tod war, sie konnte sich beim besten Willen nicht vorstellen, dass das tatsächlich Opa Martin war, der dort in der kleinen Kiste lag. Opa war immer so groß, bestimmt und unbeirrbar gewesen. Er hatte immer Spaß mit Daniele und ihr gemacht, konnte aber auch streng sein, und jetzt sollte er dort teilnahmslos in einem Sarg liegen und stillhalten? Bis in alle Ewigkeit? Sehr schwer vorstellbar.

Erstaunlich war auch, welche Wirkung der Tod auf andere Menschen hatte. Oma Hilde zum Beispiel war durchsichtig geworden. Als hätte jemand eine Buntstiftzeichnung wegradiert. Dabei war Opa manchmal ziemlich streng zu ihr gewesen. Zum Beispiel, wenn sie trotz ihres schlimmen Rückens die Treppe gescheuert hatte. Mamma dagegen war blass und sprach nur wenig. Am auffälligsten fand Tita Papàs Veränderung. Papà war sonst immer zu einem Scherz aufgelegt, und egal worüber er sich gerade den Kopf zerbrach, wenn Daniele oder Tita um die Ecke kamen, wischte er stets die Gedanken beiseite und war für sie da. Seit Opas Tod wirkte er auf Tita wie ein zerknittertes Butterbrotpapier. Als hätte man ihn einmal zusammengeknüllt und dann wieder sorgsam auseinandergestrichen, um ihn doch noch einmal für andere Zwecke zu verwenden. Das war ungewohnt, und es machte Tita fast ein bisschen Angst, wie er da so still, ernst und knitterig saß.

Als die Aufregung um die Beerdigung vorbei war, hielt das normale Leben wieder Einzug. Vielleicht mit der Ausnahme, dass Papà momentan oft zu Hause und sehr müde war. »Opas Tod hat ihn so mitgenommen«, erklärte Mamma.

Als der Februar vor der Tür stand, hofften alle, dass es nicht noch einmal Winter werden würde. Das milde Klima hatte sich bis jetzt gehalten. »Wenn das noch eine Woche so geht, blühen die Krokusse im Februar«, sagte Oma Hilde, die jetzt öfter bei ihnen zu Besuch war.

Papà hatte den Kinobesuch bei Luke Skywalker zu Danieles Entsetzen verschieben müssen. Entschuldigend hatte er Tita auf sein eines Bein und Daniele auf das andere gesetzt, sie beide ernst angesehen und ihnen versichert, dass es ihm sehr leidtue, dass er aber ein letztes Mal nach Bergamo müsse und am darauffolgenden Wochenende eine Delegation von Gastronomen aus Sizilien komme.

»Aber …«, und er lachte sein Giannilächeln, »machte nix. Haben wir so viel Zeit. Eine ganze Leben noch Zeit. Können wir näckste und ubernäckste Woche und uberubernäckste Woche und auch in drei Jahre ins Kino gehen«, sagte er zu Daniele. Und zu Tita gewandt: »Und könne wir feiern Ferragosto auf Sizilien, *tesoro mio.* Jede Sommer werden wir feiern bis zu dein Hochzeit, *amore. Promesso.*«

Es sollte das erste und einzige Mal sein, dass er nicht Wort halten würde.

Tita

Sonntag, 12. September 2004, Ragusa

Als Tita am nächsten Morgen aufwachte und die Fensterläden öffnete, war es bereits ungewöhnlich heiß. Obwohl es noch früh war, lag ein feiner Dunst über dem Meer.

Sie atmete noch einmal die salzige Luft ein, die sich hier am Lungomare bereits um diese Uhrzeit mit dem Duft von Jasmin und süßem Gebäck vermischte.

Heute würde sie also abreisen. Sie horchte in sich hinein und stellte zu ihrer Überraschung fest, dass da auch Freude auf ein Wiedersehen mit dem spröden, grauen und regnerischen Berlin war. Allerdings nur im Bewusstsein, dass sie schon bald hierher zurückkehren würde.

Tita lehnte sich noch einmal aus dem Fenster und hielt ihr Gesicht in die Morgensonne. Am Strand versammelten sich bereits die ersten Familien und klappten ihre Sonnenschirme auf. Sie nahm sich vor, sich jede Kleinigkeit zu merken, bis sie wiederkommen würde: Den besonderen Geruch hier am Meer. Das Geräusch der Brandung. Das Gefühl von Sonne auf der Haut und von Sand unter den Füßen.

Sie versuchte, sich noch einmal all die Gegensatzpaare einzuprägen, die diese Insel ausmachten. Süß und bitter. Traurig und fröhlich. Sonnig und schattig. Alt und neu. Lebendig und tot. Alles hatte hier nebeneinander seine Daseinsberechtigung. Und das machte den Charme dieses Fleckchens Erde und seiner Bewohner aus.

Tita packte ihren kleinen Koffer, sah sich noch einmal in ihrem Zimmer um und ging nach unten. Gianluca lehnte bereits am Tresen und trank einen Espresso. »Na, ausgeschlafen?«

»Es ist noch nicht einmal neun!« Tita zeigte entrüstet auf ihre Armbanduhr. Und als Gianluca gerade den Mund öffnete, fiel sie ihm ins Wort. »Sag es nicht!« Und mit verschränkten Armen wie ein trotziges Schulkind zitierte sie »Hier muss man früh anfangen, sonst erwischt einen die Mittagshitze«.

Gianluca pfiff anerkennend. *»Sei quasi quasi una mezza siciliana!«*

»Eine halbe Sizilianerin war ich schon bei meiner Geburt. Jetzt müsste ich also demnach eine ganze sein!«

Gianluca verstaute ihren Koffer im Auto, und Tita bezahlte ihr Hotelzimmer. Als sie langsam an der Piazza vorbeirollten, hatten die Alten noch nicht ihre Plätze eingenommen. Auch Francas Eisdiele war noch geschlossen. Ein ungewöhnlicher Anblick.

Titas Flieger ging kurz nach dreizehn Uhr. Sie würden knapp zwei Stunden bis nach Catania brauchen und zwei weitere Stunden Vorlauf bis zum Check-in. Und noch zwei Stunden später würde sie zurück in ihrem alten Leben sein.

Als sie auf die Hauptstraße Richtung Ragusa Superiore einbogen, hatte Tita das Gefühl, ein Film würde rückwärts abgespult.

Sie fuhren durch die *Zona Industriale*, an den Chemiefabriken, Autohändlern und wilden Müllhalden vorbei. Sie durchquerten kurz die Innenstadt, die sonntags erstaunlich still und leer wirkte. Schließlich bogen sie auf die Schnellstraße nach Catania ab. Nach etwa einer Stunde Fahrt, vorbei an verschwenderisch wachsenden Oleandern zwischen verbrannten und kahlen Landschaften, dann durch erste Zitronenplantagen, aber noch lange bevor die Bausünden Catanias am Horizont auftauchten, hielt Gianluca an einer *Stazione di rifornimento*, tankte und bestellte im Autogrill nebenan Espresso für sie beide, den sie, an den staubigen roten Fiat gelehnt, im Stehen tranken.

Während Tita noch den Zucker aus einem kleinen Tütchen in den Plastikbecher rieseln ließ, stockte sie auf einmal. Sie stellte den Caffè auf das Autodach und versuchte, sich den Geruch zu erklären, den sie eben wahrgenommen hatte. Ein Geruch, der vertraut und beunruhigend zugleich war. Ein heimeliger Geruch, den sie gut kannte, den sie aber niemals Sizilien zugeordnet hätte. Sie sah sich um und zermarterte sich das Hirn. Es kam ihr vor wie das Gesicht von jemandem, den man außerhalb der gewohnten Umgebung sah und deshalb nicht wiedererkannte. Wie ein Zahnarzt, den man ohne Kittel beim Einkaufen traf. Sie witterte weiter. Es war kein Blütenduft und auch nichts Essbares. Es hatte eher den Geruch von frisch gewaschener Wäsche. Oder von Ozon. Das Unkraut und die Gräser neben der Straße lagen ausgetrocknet und staubig am Boden. Die konnten es nicht sein. Es war ein Geruch, der sich wie eine Wand über die Landschaft schob. Ein Geruch, der Erinnerungen weckte, schöne und traurige.

Als sie sich langsam umdrehte und zurück in Richtung Süden schaute, sah sie etwas Unerwartetes. Dort hinten hatten sich dunkle Wolken zusammengezogen. Ohne dass ein Wind oder eine kühle Brise aufgekommen wäre. Aus dem Nichts waren sie entstanden. Vielleicht hatte das Meer sie auch ausgespuckt, so wie der Etna manchmal Rauchwölkchen ausatmete. Und auf einmal wusste sie, was sie roch.

Es dauerte noch einige Minuten, dann fiel ein schwerer Tropfen neben ihr auf den Boden und ließ die trockenen Kräuter knistern, als würden sie in Flammen stehen. Und erst dann breitete sich dieser Geruch in seiner ganzen Intensität aus. Würzig und lieblich, sauber und staubig – nichts war vergleichbar mit dem Duft von monatelang ausgetrocknetem Boden, auf den der erste Regen fiel.

»Ma guarda, che sbrizzìa!« Gianluca hielt Tita schnell die Wagentür auf und huschte dann, das Sakko halb über den Kopf gezogen, um das Auto herum auf die Fahrerseite. »Der Himmel weint.« Er sah zu Tita hinüber, während er sich in seinen Sitz fallen ließ.

Ich auch gleich, dachte Tita.

Als sie am Flughafen vorfuhren, hatte sich die Erde an das Wasser gewöhnt. Die Pflanzen schienen ihre Blätter in die Höhe zu halten, als wären es Hände, die dem Himmel für die Gabe danken wollten.

Gianluca hob den Koffer aus dem Wagen und stand trotz des Regens einen Moment unschlüssig vor Tita. Die gab sich einen Ruck, umarmte den Freund, drückte ihn ein letztes Mal und rannte mit ihrem Koffer in die Halle, ohne sich noch einmal umzudrehen.

Sie war sich nicht sicher, ob es der Regen oder die Tränen waren – ihr Gesicht war nass, und vermutlich würde ihr die Wimperntusche in Schlieren die Wangen herunterlaufen.

Als sie instinktiv in ihre Jackentasche griff, beförderte sie ein kleines Stofftaschentuch mit rotem, gerolltem Saum ans Tageslicht. Salvatores Taschentuch. Sie weinte.

Der automatisierte Ablauf am Flughafen ließ Tita schließlich – ähnlich den Behördengängen, die man bei einem Trauerfall zu erledigen hat – in blecherner Routine vergessen, dass sie Abschied nehmen musste.

Erst als sie die Gangway hochstieg, die sie vor sechs Tagen herabgestiegen war, kam die Traurigkeit wieder über sie wie der Regen zuvor.

Tita setzte sich auf ihren Platz und horchte in sich hinein. Ja, sie war traurig.

Als die Maschine auf dem Rollfeld durchstartete und schließlich in der Luft das Fahrgestell einzog, sah sie alles so klar wie die immer kleiner werdenden Rechtecke von ockerfarbenen und silbergrünen Feldern unter sich: Sie war nicht einfach nur traurig. Sie war gleichzeitig auch endlich glücklich.

Epilog

Tita

März 2024, Magnì

»Wenn wir wollen, dass alles so bleibt, wie es ist, muss sich alles ändern.«

GIUSEPPE TOMASI DI LAMPEDUSA (1896–1957), DER LEOPARD

Was ist klüger im Leben? An Ort und Stelle zu bleiben und sein Schicksal anzunehmen, wie es ist? Oder sich fortzubewegen in der Hoffnung, anderswo würde es besser?

Ich würde sagen, Letzteres. Zwanzig Jahre ist es jetzt her, dass ich nach Sizilien zurückgekehrt bin. Vor zwanzig Jahren hat mich die Insel empfangen wie eine gute alte Freundin. Sie hat mich zurückgeführt zu meinen Idealen und Wünschen, sie hat mich dazu gebracht, auch die Traurigkeit zuzulassen, die schließlich notwendig ist, um das Glück zu finden. Ohne Licht kein Schatten. Vor achtzehn Jahren bin ich ganz hierhergezogen. Nach Magnì, dem Stückchen Erde, das mir mittlerweile vertrauter ist als jeder Mensch und jeder andere Ort. Und – um das vorwegzunehmen – ich habe meinen Umzug keinen einzigen Tag bereut. Dennoch ist es erstaunlich, dass im Leben oft aus dem Glück der Gegenwart die Traurigkeit einer verlorenen Vergangenheit wird. Vermutlich ist es gut so, denn in Erwartung des Unglücks würde man glückliche Tage niemals so genießen können.

Nun sitze ich im Hof am Steintisch – unter dem geduldigen Carrubo, der schon so viele glückliche und traurige Zeiten gesehen und wieder vergessen hat – und schreibe. Allein schon die Tatsache, dass ich schreibe, ist ein besonderes Geschenk und keine Selbstverständlichkeit.

Ich hatte Salvatore damals versprochen, Papàs Geschichte aufzuschreiben, und ich habe Wort gehalten. Es hat ein Weilchen gedauert – zu lange, als dass er selbst es noch hätte miterleben können –, aber am Ende habe ich die Traurigkeit meiner Erinnerung überwunden und in Worte fließen lassen, die diese schöne Zeit so gut wie möglich konservieren. Selbst Geschichten aufzuschreiben, anstatt die Erlebnisse anderer Leute in Buchcover zu kleiden, hat mich zufriedener werden lassen. Und Geschichten zum Aufschreiben gibt es hier reichlich.

Papà ist nun schon 46 Jahre tot. Gianluca bereits vierzehn. Ich vermisse beide immer noch sehr. Nach Gianlucas Unfall hatte ich kurz überlegt, zurückzukehren in die große graue Stadt, in der sich die Gefühle so gut zwischen den Häuserreihen verstecken lassen. Ich habe mich dagegen entschieden, weil ich mittlerweile weiß, dass mir die Flucht vor der Trauer nicht guttut. Ich werde kein zweites Mal weglaufen.

Lina hat übrigens am Ende ihren Willen bekommen. Sie hat so gut auf Salvatore aufgepasst, dass er sie schließlich um drei ganze Jahre überlebt hat. Allerdings ist mit ihr auch sein Lachen gegangen. Wir saßen noch oft zusammen und haben uns die Kiste mit den Fotos angesehen. Jetzt zog er immer öfter auch Fotos von Lina heraus. Von ihrer Hochzeit, von den ersten Jahren in Santa Croce Camerina und von der Zeit, als meine Cousinen noch kleine Mädchen und wir jeden Sommer zusammen waren.

Auch Francas Mann Franco ist nicht mehr am Leben. Sie hat nach seinem Tod die Gelateria verkauft und wohnt nun in einem Seniorenwohnheim in der Nähe von Modica. Manchmal, wenn ich die Zeit finde, besuche ich sie, und dann erzählt sie ihre Geschichten, die alle viele Jahrzehnte alt sind. In ihrer Welt ist die Gegenwart nicht mehr vorhanden. Sie lebt nur noch in der glücklichen Zeit. Ich würde sagen, sie ist auf ihre Art ein zufriedener Mensch. Bei einem meiner Besuche habe ich ihr einen kleinen Kaktus mitgebracht. Er steht jetzt auf dem Tischchen vor dem Fenster, aber ich glaube, sie hat die Anspielung nicht verstanden. Neben unserem allmorgendlichen Caffè und dem Schwätzchen fehlen mir auch die zwei mannshohen Eistüten rechts und links vom Eingang der Gelateria. Der neue Inhaber hat sie durch moderne Mülleimer ersetzen lassen, aber jedes Mal, wenn ich an der Piazza vorbeilaufe, meine ich sie aus den Augenwinkeln zu sehen.

Antonia und Enrica sind vor ein paar Jahren nach Berlin gezogen. Ja, ausgerechnet nach Berlin. In die kalte graue Stadt. Für lesbische Paare gebe es auch im modernen Italien noch keine Zukunft, meinte Antonia. Ab und zu schreiben wir uns über WhatsApp. Sie ist mittlerweile von Enrica getrennt, und beide gehen ihren eigenen Weg. In Berlin sind sie geblieben.

Auch Fabrizio ist weggezogen. Er hat als Architekt in Mailand eine Bilderbuchkarriere hingelegt. Er ist ein leidenschaftlicher Vertreter von nachhaltiger Architektur und Vertical Gardening. Seine Häuser werden in Designmagazinen abgebildet, und Architekturstudenten halten Referate über ihn. Ich lebe sozusagen in einem seiner ganz frühen Werke.

Tami kommt mich oft besuchen. Sie ist nach Marzamemi gezogen und hat dort am Hafen einen kleinen Laden mit traditionellen Einrichtungsgegenständen eröffnet. Kissen, Keramik, Bildern und was Touristen sonst noch so gefällt. Wir treffen uns gelegentlich in der Mitte, in Modica, und gehen zusammen etwas essen oder machen halt in der Schokoladenmanufaktur.

Auch wenn ich hier viele neue Bekanntschaften gemacht habe, die Freundschaft mit Tami bleibt etwas Besonderes. Vielleicht weil wir beide einen guten Freund verloren haben, aber vermutlich eher, weil wir uns in vielen Dingen so gut ergänzen.

Wenn ich an die Zeit von vor zwanzig Jahren zurückdenke, wird mir ganz warm ums Herz. Papàs Patronenhülse, die ich am ersten Nachmittag mit Gianluca in Magnì gefunden habe, trage ich mittlerweile an einer schmalen Kette um den Hals. Vielleicht etwas zu melancholisch und rührselig, aber ich habe das Gefühl, sie erdet mich. Wie eine Brücke in meine verschiedenen Vergangenheiten.

Einiges hat sich in der Zwischenzeit verändert, aber vieles ist geblieben: Magnìs Steinmauern leuchten noch immer in diesem hellen Kreideton, wenn die Sonne darauf fällt. Die Bougainvillea ist über das Dach gekrochen, als würde sie hoffen, von dort oben einen Blick auf das Meer werfen zu können. Der Carrubo sprenkelt Sonnenflecken auf den Tisch, auf dem noch immer die Kerbe zu sehen ist, die Papàs Experiment vor fast einem Dreivierteljahrhundert verursacht hat. Hinter dem Haus lehnt sich noch immer die alte Pomeranze an die Mauer, als müsste sie sich von einer Strapaze ausruhen. Mittlerweile hat sie sich nahezu darübergeworfen, wie Wäsche, die man auf eine Leine hängt. Alles ist, wie es immer schon war. Das einzig Neue sind die sieben Carrubi entlang der Mauer der Grundstücksgrenze, die in dem Jahr, als Gianluca starb, das erste Mal geblüht haben. Drei der zehn haben es leider nicht geschafft.

Ich sitze hier draußen und schreibe, aber die Frühjahrssonne auf Sizilien ist noch recht kühl, wenn man keine Socken trägt. Ich sollte hineingehen, aber der Beccafico im Hof singt so herzzerreißend, dass es mir schwerfällt, aufzustehen.

Eben sehe ich, es ist kein Beccafico. Es ist eine Kalanderlerche.

Grazie a voi

Dieses Buch erzählt die wahre Geschichte meines Vaters Giovanni Di Stefano (1939–1978). Alle Rückblenden beruhen auf wahren Begebenheiten, sofern sich diese – basierend auf Erinnerungen und Aufzeichnungen meiner Familie – zurückverfolgen ließen. An einigen wenigen Stellen wurde liebevoll kreativ ergänzt oder verändert, einige Charaktere hinzugefügt.

Das Landgut Magnì zwischen Ragusa und dem ehemaligen Fischerort Mazzarelli, später Marina di Ragusa, gibt es tatsächlich. Auch habe ich Magnì zusammen mit meinem Bruder und meinen Cousinen von meinem Onkel Giuseppe »Peppino« Di Stefano 2004 geerbt. In Wirklichkeit erreichte mich der Anruf des Notars aber leider zu spät, und so ist zu meinem großen Bedauern Magnì nicht mehr im Familienbesitz. Immer wenn ich auf Sizilien bin, besuche ich das Haus, in dem nun eine andere Familie wohnt, die es modernisiert und umgebaut hat.

Ganz besonderer Dank gilt meinen drei Söhnen Lorenzo, Emilio und Luca, die mich immer wieder gebeten haben, die Geschichte ihres Großvaters Gianni aufzuschreiben, den sie nie kennengelernt haben. Und auch meinem geduldigen Mann Oliver, der gerne auch mal Frankreich bereisen würde, der aber seit Jahrzehnten jeden Sommer ergeben mit mir nach Sizilien fährt.

Auch möchte ich all jenen danken, die mir bei der aufwendigen Archivierung von Giannis Leben zur Seite standen: meiner Mutter Carla, meinem Bruder Daniel und meinem

Onkel Gebhard Stegmann, die mir an langen Nachmittagen und Abenden bei viel Wein von früher erzählt haben, auch wenn es manchmal wehtat. Dank der liebevollen schriftlichen Aufzeichnungen meines Onkels Salvatore (2021) war es mir möglich, viele lang zurückliegende Episoden im Leben meines Vaters wieder lebendig werden zu lassen. Meine Cousinen Anna, Aurora und Gabriella haben mich bei der Beschaffung von Dokumenten und Fotos unterstützt.

Sehr herzlich möchte ich auch Giannis Freunden danken, die mir in langen Gesprächen von den Anfängen der italienischen Gastronomie in Berlin erzählt haben: Cavaliere Massimo Mannozzi, Franco Francucci junior und senior, Piero Balistreri (†2014), Monika Regensburger sowie Giannis Schulfreund Rocco Occhipinti.

Außerdem ein *grazie mille* an Manuela Blisse vom Surpress Redaktionsbüro für die Suche im historischen Pressearchiv des Axel-Springer-Verlags, Oliver Pauly für die Unterstützung rund um Köln, Ado Lehne für die realitätsnahe Schilderung von Immobilienkäufen in Italien, das Team von »Mafia nein danke e.V.« für die konstruktiven Hinweise zu den Anfängen der Cosa Nostra in Deutschland sowie Claus-Carsten Andresen, den unermüdlichen Archivar der Dr. August Oetker KG.

Außerdem danke ich meiner verständnisvollen und geduldigen Lektorin Claudia Jürgens sowie Palma Müller-Scherf, die mich beim Feinschliff der Texte unterstützt haben.

Für ihre wertvollen Tipps und die Motivation danke ich der wunderbaren Anne Stern, die mich überhaupt erst dazu ermutigt hat, mit meiner Geschichte an die Öffentlichkeit zu gehen.

Und natürlich ein großes Dankeschön an Constanze Neumann, die in den Anfängen meiner Geschichte ein Buch gesehen und mir das Vertrauen entgegengebracht hat, es auch tatsächlich zu beenden.